शेयर मार्के

के

सक्सेस मंत्र

मैंने सौरभ की रिसर्च का गहनता से अध्ययन किया है और मैं उनके सटीक विश्लेषण से बेहद प्रभावित हूँ, जो उन्होंने 'शेयर मार्केट के सक्सेस मंत्र' में विस्तार से समझाया है। मुझे उम्मीद है कि यह पुस्तक निवेशकों को उस तकनीक से अवगत कराएगी, जिसके जरिए सौरभ और उनके सहयोगी दैनिक आधार पर काम करते हैं। मैं इस पुस्तक को बेहद अहम मानता हूँ, जिसके जरिए कोई भी निवेशक भारतीय शेयर बाजार में लाभ उठा सकता है।

—**विनोद राय,** भारत के पूर्व कंट्रोलर और ऑडिटर जनरल

~*~

सौरभ ने यह पुस्तक लिखकर नौसिखियों और समझदार निवेशकों के हित में बेहद महत्त्वपूर्ण काम किया है। उन्होंने निवेश से संबंधित प्रायोगिक सलाहों को छान-छानकर इस पुस्तक में डाला है, जिसमें उनका अपना अध्ययन और सफल इक्विटी निवेशकों का अनुभव समाहित है।

—**प्रदीप शाह,** चेयरमैन, इंडिएशिया फंड एडवाइजर्स प्राइवेट लिमिटेड और क्रिसिल के संस्थापक प्रबंध निदेशक

~*~

मैं इस पुस्तक को हर उस शख्स को पढ़ने के लिए सिफारिश करता हूँ, जिसकी भी दिलचस्पी भारतीय पब्लिक मार्केट में निवेश को लेकर है। इस पुस्तक में एक रहस्यमय चैप्टर भी है, जो आपको एक अहम निवेशक की पहचान के लिए हमेशा जिज्ञासु बनाए रखेगी। इसे जरूर खरीदें और पढ़ें!

—**संजय बख्शी,** एम.डी.आई. में प्रोफेसर और बेहद सफल पी.एम.एस. फंड मैनेजर

~*~

लंदन स्कूल ऑफ इकोनॉमिक्स के समय से ही (सौरभ) मुखर्जी ने वित्तीय आँकड़ों से परे भी देखना सीख लिया था और उन्होंने बेहद सधा हुआ जोखिम भी उठाया है। उनकी इस प्रवृत्ति ने उन्हें ऐसा आत्मविश्वास दिया है, जिससे उन्होंने बारंबार ऐसे निर्णय लिये हैं, जो हमेशा हवा के विपरीत उन्हें ऊँचाइयों की ओर ले गए हैं।

—**फोर्ब्स इंडिया**

शेयर मार्केट के सक्सेस मंत्र

सौरभ मुखर्जी

प्रभात प्रकाशन

प्रकाशक
प्रभात प्रकाशन प्रा. लि.
4/19 आसफ अली रोड, नई दिल्ली–110002
फोन : 23289777 • हेल्पलाइन नं. : 7827007777
इ–मेल : prabhatbooks@gmail.com ❖ वेब ठिकाना : www.prabhatbooks.com

संस्करण
2024

अनुवाद
राहुल त्रिपाठी

पेपरबैक मूल्य
तीन सौ पचास रुपए

मुद्रक
नरुला प्रिंटर्स, दिल्ली

———— ★ ————

SHARE MARKET KE SUCCESS MANTRA
by Shri Saurabh Mukherjee

Published by **PRABHAT PRAKASHAN PVT. LTD.**
4/19 Asaf Ali Road, New Delhi-110002

ISBN 978-93-5266-087-2
₹ 350.00 (PB)

घर की टीम
सरबनी, जीत और
मालिनी को

प्रस्तावना

भारत का स्टॉक मार्केट, जिसे दूसरे शब्दों में हम शेयर बाजार भी कहते हैं, अलग-अलग लोगों के लिए अलग-अलग मायने रखता है। किस्मतवाले जहाँ इसके रोमांच और वादे का लाभ पाते हैं, वहीं ज्यादातर मामलों में लोग इसके जोखिमों को समझ पाने में विफल साबित होते हैं, जो कि इसके ऐतिहासिक सफर के पारितोषिक के साथ ही दौड़ रहे होते हैं। बहुतों के लिए, बाजार और इसकी कार्यप्रणाली तार्किकता पर आधारित और उस पर महारत हासिल करने की कवायद है। एक ओर जहाँ स्टॉक मार्केट में शामिल सभी हिस्सेदार इसके असमान बेहतरीन प्रदर्शन की ताक में रहते हैं, वहीं शेयर बाजार में सफल होने की थाह पाना चुनिंदा लोगों को ही नसीब होता है, वह र्भ केवल उन्हें, जो येनकेन प्रकारेण बाजार का गणित समझने की जुगत में लगे होते हैं।

छह साल पहले, सौरभ मुखर्जी यू.के. से भारत आए। भारत आने से पहले मुखर्जी ने यू.के. में अपनी हाई रेटिंगवाली लंदन आधारित इंस्टीट्यूशनल इक्विटीज रिसर्च फ्रेंचाइजी बेच दी थी, जिसे उन्होंने अपने जीवन के दूसरे दशक के मध्य में शुरू किया था और वह उसके सह संस्थापक थे। उन दिनों भारतीय शेयर बाजार में उच्च गुणवत्तावाले शोध का बेहद अभाव था और थोड़ा-बहुत शोध चुनिंदा ब्रोकर ही किया करते थे। मुझे सौरभ का साथ मिला और उन्होंने ऐंबिट की इक्विटी फ्रेंचाइजी तैयार करने में मेरी मदद की। आज हमारा इंस्टीट्यूशनल इक्विटीज का कारोबार इस क्षेत्र के कुछ सम्मानित नामों में शुमार है और इसकी फ्रेंचाइजी उच्च गुणवत्ता, उच्च एकीकृत शोध के इर्द-गिर्द केंद्रित करके तैयार की गई है।

सौरभ का पूरा जुनूनी ध्यान उच्च गुणवत्ता पर आधारित रिसर्च पर होता है, जिसने उनको यह किताब लिखने के लिए प्रेरित किया है। सोच की स्पष्टता, जो कि उनका हॉलमार्क भी है, उसके जरिए उन्होंने पाठक को एक स्पष्ट सोच दी

है कि सफलतापूर्वक निवेश के अगुवा बनने के लिए जरूरी तत्त्व क्या हैं। एक दशक से अधिक का शेयर बाजार का अनुभव, जिसमें भारत और यू.के. शामिल हैं, सौरभ ने न केवल उनकी सीखों को अपनी पुस्तक में शामिल किया है, बल्कि भारत के उच्च वर्ग के निवेशकों के छोटे से समूह की सामूहिक विद्वत्ता का भी उल्लेख किया है। लंबी अवधि के जबरदस्त सफलतम निवेशकों में से हर एक ने बाजार को लेकर खुद के लिए एक जहीन नैविगेशन टूल बना रखा है, बल्कि खास नजरिया और सोच भी अख्तियार कर रखी है। इस पुस्तक में इन निवेशकों के विस्तृत साक्षात्कार समाहित हैं, जिसमें निवेशकों ने उन्मुक्त रूप से अपने जुनून, सपनों, आशंकाओं और कमियों का जिक्र किया है। इस प्रकार एक ऐसी दुनिया, जो रहस्यमयी तरीके से व्यवहार करती है, उसके बारे में पाठक हैरतअंगेज अंदरूनी जानकारियाँ हासिल कर सकेंगे।

यह किताब शोध की गहराइयों पर आधारित है, जिसमें कठोरतम विश्लेषण और फॉरेंसिक एकाउंटिंग तकनीक समाहित की गई है, जो कि ऐंबिट में हर कारोबार का मार्गदर्शक सिद्धांत बन चुका है। सौरभ उन चीजों पर विशेष जोर देते हैं कि कंपनियों के प्रदर्शन में कितनी आसानी से चमकती गलतियों या कमियों को नजरअंदाज कर दिया जाता है और किस तरह इनको आसानी से पकड़ा जा सकता है और वह भी आधारभूत नंबर क्रंचिंग टूल के बल पर। उन्होंने और भी गहराई में जाकर चतुराईपूर्ण तकनीकों की शृंखला तैयार की है, जिससे गंभीर एकाउंटिंग मामलों या कॉरपोरेट गवर्नेंस मामलों का खुलासा किया जा सकता है। इन मामलों को कंपनियाँ छिपाने का प्रयास करती हैं।

जबकि आधुनिक रिसर्च तकनीकों की तकनीकी जानकारी होना जरूरी है, फिर भी शेयर बाजार में सफलता के लिए सिर्फ यही एकमात्र स्थिति काफी नहीं है। इस जानकारी को कार्य की नैतिक मजबूती, चरित्र की ताकत, विनम्रता और सर्वाधिक महत्त्वपूर्ण, दूसरों से अलग सोच सकने की काबिलीयत के सम्मिश्रण की भी जरूरत होती है। इस आखिरी पहलू पर विशेष फोकस करते हुए, किताब इस बात पर जोर देती है कि किस तरह चरित्र की ताकत गहरे ज्ञान के साथ मिलकर एक ऐसा आधार तैयार करती है, जिससे अंतर पैदा करनेवाली सोच तैयार होती है और जो बदले में शानदार दीर्घकालीन निवेश से रिटर्न दिलाने में मददगार साबित होती है। विडंबना ही है कि जो लोग चरित्र की ताकत के इस सम्मिश्रण से लैस होते हैं, वे शायद ही पैसे या लालच से वशीभूत होते हैं; उनका एकमात्र उद्देश्य यह होता है कि वे शेयर बाजार से इतर खुद का ज्यादा-से-ज्यादा विस्तार करें और

इसका नतीजा यह होता है कि वे बिना जुनून के निवेश करते हैं और सफलता हासिल करते जाते हैं।

'कोलाहल के गुरु' भी इसलिए, ऐसी ही एक विलक्षण सोच पर प्रकाश डालती है, जो कि उच्च वर्ग के निवेशकों की एक खास मन:स्थिति पर फोकस करती है। यह पुस्तक उन लोगों की क्वालिटी बताती है कि किस तरह उन्होंने लगातार बेहतरीन प्रदर्शन किया है, भले ही भारतीय शेयर बाजार की स्थितियाँ चाहे जैसी भी रही हों। मैं इस पुस्तक को लेकर न केवल निवेशकों को, बल्कि हर किसी को पढ़ने की सलाह दूँगा, जो इस मुक्त बाजारवाली अर्थव्यवस्था में सफल होना चाहता है। भारत धीरे-धीरे उस दिशा में अग्रसर है। धीरज, विनम्रता, साहस और तार्किक सोच, दिखने में पुरातन लगनेवाले मूल्यों का शेयर बाजार के अंदर और बाहर अब भी सम्मान है और हम सब अब भी निवेश गुरुओं से प्रेरणा ले सकते हैं, जिन्होंने पिछले 20 सालों में अपनी उन ताकतों का प्रदर्शन किया है। मैं उम्मीद करता हूँ कि 'कोलाहल के गुरु' से आप जितनी अधिक-से-अधिक प्रेरणा ग्रहण करेंगे, उतना ही आनंद भी पाएँगे जैसा कि मुझे प्राप्त हुआ।

—अशोक वाधवा

ग्रुप सी.ई.ओ., ऐंबिट होल्डिंग्स

मुंबई

हाई नून ऑफ इंडियन कैपिटलिजम

कोलकाता की खाली सड़कों पर पुरानी एंबेसडर कार चलती चली जा रही थी, लेकिन धुंध थी कि छँटने का नाम नहीं ले रही थी। वह जनवरी की कड़ाके की ठंड भरी सुबह थी और अपने पाँच महीने के बच्चे और पत्नी के साथ मैं एयरपोर्ट की तरफ बढ़ा चला जा रहा था। मुझे लंदन की फ्लाइट पकड़नी थी और मैं यहाँ एक पारिवारिक समारोह में शामिल होने के लिए अपने पैतृक घर आया हुआ था। वह साल 2008 था। बसों और ट्राम में लोगों को काम पर जाते हुए मैं देख रहा था कि तभी टैक्सी ड्राइवर ने मुझसे हिंदी में सवाल किया, रिलायंस पावर···सर क्या लगता? कंपनी कैसी है? जब मैंने उसे जवाब में कहा कि मैं भारत में नहीं रहता, मैं रिलायंस पावर के बारे में नहीं जानता, तो ड्राइवर को लगा कि वह मेरी कुछ मदद कर सकता है। ड्राइवर ने कहा कि रिस्क कम है और सिक्योरिटी ज्यादा है। मुझे अफसोस हुआ अपनी बुद्धि पर कि ड्राइवर मुझसे रिलायंस पावर के इनिशियल पब्लिक इश्यू (आई.पी.ओ.), जो कि उस समय देश का सबसे बड़ा आई.पी.ओ. था, के बारे में बात कर रहा था और इतनी सी बात मैं समझ नहीं पाया। उस आई.पी.ओ. के जरिए कंपनी सार्वजनिक शेयर जारी कर 100 खरब रुपए जुटाना चाह रही थी।

तब तक, ठंड भरे कुहरे और मेरे बेटे की जरूरतों पर ध्यान देने की अपेक्षाओं के बीच, मैं कौतूहल से भर उठ। आखिरकार मैं कोलकाता में था, जो कि राज्य की राजधानी थी और जिस पर कम्युनिस्ट पार्टी ने 30 साल तक राज किया था। यह वह शहर था, जिसे विद्वानों और व्यंजनों के लिए जाना जाता था, न कि इसके जोखिम लेने की भूख के लिए इसे जाना जाता था और तब भी हर दूसरा व्यक्ति, जिससे मैं पिछले हफ्ते मिला, वह आई.पी.ओ. के बारे में ही बातें करता था। पिछली शाम, डिनर टेबल पर मैंने बुजुर्ग रिश्तेदारों,

वकील, वास्तुकार, अकाउंटेंट, अधिकारियों को यह चर्चा करते हुए सुना कि वे सब अगले हफ्ते आनेवाले रिलायंस पावर के आई.पी.ओ. को हासिल करने के लिए कितने लालायित हैं। मेरे बंगाली रिश्तेदारों ने पहले ऐसा जुनून न तो शेयर बाजार के लिए और न मुक्त अर्थव्यवस्थावाली इकाई को लेकर कभी दिखाया था। यह मेरे लिए सुखद आश्चर्य था, लेकिन मैं ज्यादा प्रभावित इस बात से था कि वामपंथी विचारों के गढ़ में किस तरह बदलाव की बयार चलने लगी थी।

मैंने ड्राइवर से कुछ सवाल किए ताकि मैं उसकी योजना को समझ सकूँ कि वह आई.पी.ओ. में कितना निवेश करने की सोच रहा है। वह ड्राइवर बिहार से यहाँ आया था और सालाना एक लाख रुपए कमा लेता था। उसे उम्मीद थी कि आई.पी.ओ. में वह 20 हजार रुपए निवेश तो कर ही सकता है। यह वह बचत थी, जिसे उसने पिछले कुछ सालों में जमा किया था। उसकी पिछली बचत गाँव में पानी का पंप लगवाने में खर्च हो गई थी। गाँव में ही उसके बच्चे और बीवी रहते थे और उसका वहाँ बड़ा परिवार था। उसने राष्ट्रीय स्तर की एक ब्रोकरेज फर्म की स्थानीय इकाई (सब ब्रोकरेज) के यहाँ अपना खाता खुलवा रखा था। उस स्थानीय ब्रोकर ने निवेशकों को यह बता रखा था कि यह आई.पी.ओ. किस्मतवाले निवेशकों को उनके शेयरों के बदले कम-से-कम 40 फीसद सालाना की दर से रिटर्न देने जा रहा है।

कुछ हफ्तों बाद, 11 फरवरी, 2008 को रिलायंस पावर का आई.पी.ओ. खुला। मुझे यह तो नहीं पता कि वह टैक्सी ड्राइवर खुशनसीब रहा या नहीं, जो रिलायंस पावर के आई.पी.ओ. में शेयर खरीद सका। मेरे रिश्तेदारों में से भी काफी ने आई.पी.ओ. में निवेश किया था। वे अब भी यह नहीं समझ सके हैं कि किस चीज ने उन्हें चोट पहुँचाई। एक निवेशक, जिसने आई.पी.ओ. में रिलायंस पावर में एक लाख रुपए के शेयर खरीदे थे, उसकी कीमत अगस्त 2014 में महज 32 हजार रुपए रह गई थी। इसका मतलब यह हुआ कि उन्हें सालाना 17 फीसद की दर से नकारात्मक रिटर्न हासिल हुआ और वह भी साढ़े छह साल की समय अवधि में।

कुल मिलाकर देखा जाए तो 103 खरब रुपए जनता के उस आई.पी.ओ. में निवेश हुए थे। छह साल बाद वह 103 खरब रुपए महज 33 खरब रुपए की कीमत के रह गए थे। सवाल यह है कि आखिर बाकी के 70 खरब रुपए कहाँ गए? आखिरकार यह एक प्रदर्शन करनेवाली कंपनी है, जिसने जनता के पैसे को बिजलीघर तैयार करने में निवेश करने का वादा किया था। क्या वे निवेश वास्तव

में धरातल पर उतर सके या सरकार ने योजना बदल दी और अवसरवादिता में शामिल हो गई या दूसरे कारक भी वहाँ खेल में मौजूद थे, जो रिलायंस पावर के सब-पार पोस्ट आई.पी.ओ. प्रदर्शन के बारे में विस्तार से जानते थे?

रिलायंस पावर को लेकर हुआ मामला चुनिंदा मामलों में चरम स्तर की तरह था, जिसने भारतीय बाजार में निवेश को और अधिक चुनौतीपूर्ण बना दिया। भारत में निवेश के अवसर कुछ इस कदर ज्यादा थे कि लगभग सभी अखबार पढ़नेवाले उनसे वाकिफ रहते थे और फिर भी भारतीय कंपनियों की अभिभूत करनेवाली संख्या भी उन अवसरों को हकीकत में बदल पाने और अपने शेयरधारकों के लिए दो अंकों का रिटर्न दिला पाने में नाकाम साबित हो रही थी। दरअसल, पिछले 20 सालों में, 80 फीसद सूचीबद्ध भारतीय कंपनियाँ अपने शेयर पर ऐसा रिटर्न दे पाने में विफल रहीं, जो मुद्रास्फीति की दर (जो कि अमूमन 7 फीसद पर रही है) से आगे जा सका हो। फिर भी, जबकि बहुसंख्यक कंपनियाँ, जहाँ अपने शेयरधारकों को दोहरे अंकों में रिटर्न नहीं दिला पाईं, वहीं बाकी बची अल्पसंख्यक कंपनियों ने या तो जी.डी.पी. वृद्धि दर के बराबर या उससे कहीं बेहतर (जो कि पिछले दो दशक में न्यूनतम 14 फीसद के आस-पास रहा है) रिटर्न दिलाया।

इन चुनौतियों का सीधा-सीधा मतलब यह है कि भारतीय शेयर बाजार में निवेशकों का बहुत छोटा तबका ही ऐसा है, जो बाजार में लंबे समय तक टिका रहा और संतोषजनक रिटर्न दे पाने में सफल हुआ। अच्छा रिटर्न हासिल करने के लिए उन निवेशकों को अपनी प्रतिभा का जबरदस्त नमूना पेश करते हुए उन अल्पसंख्यक कंपनियों का चयन किया होगा, जिन्होंने पिछले 20 सालों के दौरान भारतीय अर्थव्यवस्था में मजबूत प्रदर्शन किया और लाभ कमाने में सक्षम रहीं।

मैं जब से लंदन से भारतीय शेयर बाजार में काम करने के लिए लौटा, तभी से निवेशकों के इस उच्चवर्ग के समूह की सफलता ने मुझे आकर्षित किया है। किसी कंपनी की संभावनाओं को लेकर जब जन आकांक्षा उबाल मार रही थी, तब उस दशा में उन्होंने खुद पर कैसे काबू रखा और शांतचित्त बने रहे, वे कैसे यह समझ पाने में सफल हुए कि कौन सी कंपनी राजनीतिज्ञों और नौकरशाहों से बेहतरीन तरीके से सौदा करेगी और फिर भी अपने शेयरधारकों को अच्छा रिटर्न देगी, ज्यादातर कंपनियों की अकाउंटिंग तिकड़म के बीच वे कैसे निवेश लायक उन अल्पसंख्यक भारतीय कंपनियों का पता लगा सके, जो वास्तव में अच्छा काम कर रही थीं?

यह पुस्तक उन पहलुओं पर प्रकाश डालने का प्रयास करेगी कि किस तरह कोलाहल के गुरुओं ने भारतीय शेयर बाजार में अपना पोर्टफोलियो बनाया और महत्त्वपूर्ण यह कि कैसे वे दशकों तक उथल-पुथल से भरे बाजार में खुद को पल्लवित और पोषित कर सफलता के पायदान चढ़ते गए। एक ऐसे बाजार में उनका टिके रहना वाकई प्रेरणास्पद है, जहाँ अप्रशिक्षित आँखों को बाजार का चरित्र इनाम नहीं, बल्कि जोखिम भरा ज्यादा नजर आता है।

आभार

हममें से ज्यादातर लोग मध्यवर्गीय भारतीय परिवारों में पले-बढ़े हैं और हमने अपने अभिभावकों को जीवनयापन के लिए पिसते हुए देखा है। यहाँ तक कि इस संकटग्रस्त परिवेश में, मैं मानता हूँ कि मेरे अभिभावकों ने भारत और यू.के. में बहुत सारे लोगों की अपेक्षा ज्यादा झंझावात झेले हैं, ताकि मुझे और मेरी बहन को बेहतरीन तरीके से पाला-पोसा जा सके। उन्होंने जो शिक्षा मुझे प्रदान की, उसके लिए मैं उनका ऋणी हूँ और मेरा मानना है कि जीवन एक बड़े बैंक बैलेंस से कहीं बढ़कर है। मेरे पेशेवर जीवन में, मैं तीन लोगों का ऋणी रहा हूँ और उनका आभार जताना मेरी जिम्मेदारी बनती है। जॉन के, जिनकी फर्म—लंदन इकोनॉमिक्स मेरी पहली नियोक्ता थी, जहाँ मैंने लंदन स्कूल ऑफ इकोनॉमिक्स से ग्रेजुएशन करने के बाद नौकरी शुरू की, ने मुझे अपने बारे में सोचने का फायदा सिखाया, बजाय पुरातन परंपरागत बुद्धिमत्ता में भरोसा करने के। स्टीव नॉर्टन, एसेंचर में मेरे मैनेजमेंट कंसल्टेंट रहने के दौरान मेरे मैनेजरों में से एक, जिन्होंने मुझे वह ढाँचागत तरीका सिखाया, जिसके जरिए मुझे लिखना और सोचना आया, निक पॉल्सन-एलिस ने मुझे स्टॉकब्रोकिंग की दुनिया में कदम रखने का मौका दिया, जब उन्होंने दक्षिण लंदन स्थित अपने फ्लैट से क्लियर कैपिटल शुरू किया और मुझे सह संस्थापक बनने का मौका दिया।

भारतीय स्टॉक मार्केट में काम करने के कुछ वर्षों में ही मैंने इस किताब के लिए फंड मैनेजरों का इंटरव्यू करने के दौरान काफी कुछ गहनता से सीखा। इस किताब में उल्लिखित तमाम गुरुओं से परे भी तीन फंड मैनेजर हैं, जिनके प्रति मैं आभारी हूँ कि उन्होंने मुझे प्रोत्साहित किया और फंड मैनेजमेंट के तमाम पहलुओं से वाकिफ कराया—केनेथ एंद्रादे, जहीर सिताब्रखान और सौमेंद्र नाथ लाहिड़ी। इसी तरह से महत्त्वपूर्ण, प्रायोगिक सीख मुझे अपने दोस्तों आलोक वाजपेई और

अनिरुद्ध दत्ता से मिली और मैं भारतीय स्टॉक मार्केट के महासागर में तैरने की कला सीख पाया।

पश्चिमी फंड मैनेजरों की तमाम अच्छी किताबें मशहूर हैं, लेकिन वे पश्चिमी देशों के बाहर उतनी चर्चित नहीं हैं। अतः उभरते मार्केट फंड मैनेजरों पर एक अच्छी सामग्री का यहाँ नितांत अभाव है। इस परिप्रेक्ष्य में, मुझे दो पब्लिकेशंस बेहद लाभप्रद लगे। पहला तो भारतीय फंड मैनेजरों के इंटरव्यू पर आधारित 2005 में पहला सेट लॉन्च हुआ और उसे एक किताब में समाहित करते हुए एक किताब इंडियाज मनी मोनार्क्स लिखी चेतन पारीख ने, जो कि खुद जाने-माने मनी मैनेजर थे। दूसरा था—आउटलुक प्रॉफिट का विशेष संस्करण। यह अंक 19 मार्च, 2010 को प्रकाशित हुआ था और इस मैग्जीन में तमाम भारतीय फंड मैनेजरों के इंटरव्यू थे, जो बेहद गहनता से तैयार किए गए थे और उनकी बातों में स्टॉक मार्केट को लेकर काफी अंदरूनी जानकारियाँ निहित थीं।

मेरे नियोक्ता, ऐंबिट कैपिटल ने मुझे किताब लिखने की अनुमति प्रदान की और वह भी यह जानते हुए कि इससे मेरा ध्यान बँट सकता है और संस्था का काम प्रभावित हो सकता है। राहुल गुप्ता और अशोक वाधवा का शुक्रिया, जिन्होंने मेरी भावना को समझा और उसकी कद्र की।

तमाम सहयोगियों ने इस किताब के रिसर्चवाले हिस्से को पूरा करने में मेरी मदद की। मैं विशेष तौर पर करण खन्ना, गौरव मेहता, प्रतीक सिंघानिया, परिता अशार, रक्षित रंजन, रितिका मांकड़ मुखर्जी, पंकज अग्रवाल, नितिन भसीन, भार्गव बुद्धदेव, दयानंद मित्तल और अश्विन शेट्टी का उनके सहयोग के लिए शुक्रिया अदा करता हूँ। मैं अंकुर रुद्र का भी शुक्रिया अदा करता हूँ, जिन्होंने मेरे साथ एक दशक तक काम किया।

मैं अब अपने गृह नगर की तरफ आता हूँ, जहाँ तीन लोगों ने मेरे वहाँ होने के मौके को जमकर भुनाया। उस दौरान मैं अपने लैपटॉप पर किताब का काम कर रहा था। मेरे बच्चे—जीत और मालिनी और मेरी पत्नी सर्बानी ने मेरे तमाम नाटक और त्योरियों को झेला, जब मैं अध्यायों को लेकर खीझ जाता था। उनके स्नेह और सहयोग के बिना मेरे लिए इस किताब को पूरा कर पाना संभव नहीं था और न ही स्टॉक मार्केट में मैं इतने लंबे समय तक झंझावातों को ही झेल पाता। मैंने यह किताब उन्हें ही समर्पित की है और वादा किया है कि साल भर से पहले अगली किताब शुरू नहीं करूँगा।

यह किताब बगैर अरुंधती दासगुप्ता की बिजनेस स्टैंडर्ड बुक्स के बगैर पूरी

नहीं होती और उन्होंने मुझे प्रेरित न किया होता तो तीन साल के दौरान यह किताब शायद पूरी न हो पाती। मैं उनका शुक्रिया अदा करता हूँ, जिन्होंने मुझे इस किताब को लेकर पूरी तरह फोकस्ड रखा और मैं बीयर मार्केट में ब्रोकरेज के लिए भारी संघर्ष के दबाव से मुक्त हो सका।

और अंत में मैं विशेष शुक्रिया अदा करना चाहूँगा ऐंबिट के अपने स्टाफ का। मुझे पेय पदार्थ देनेवाले से लेकर उन लोगों तक का, जिन्होंने ऑफिस का माहौल बेहद सौम्य बनाए रखा और उन लोगों का भी, जो रोज सुबह ऐंबिट हाउस की छत पर तिरंगा फहराते हैं। इन सबका सहयोग हमारे दैनिक जीवन को हमेशा खास और आनंदमय बनाए रहा और इस तरह इस किताब से प्राप्त होनेवाली रॉयल्टी ओदिती फाउंडेशन को जाएगी, जो ऐंबिट की तरफ से बनाई गई एक गैर लाभकारी संस्था है, जो इस संस्था के स्टाफ की मदद के लिए है।

अनुक्रम

1

10,000 घंटे

हैदराबाद—पावर, इंफ्रास्ट्रक्चर और कंस्ट्रक्शन का स्वर्ग

मैं और मेरा परिवार 2008 की गरमियों में भारत लौटा था। यह वह दौर था, जब इंडियन प्रीमियर लीग का पहला सीजन समाप्ति की ओर था। हालाँकि शेयर बाजार जनवरी 2008 में चरम पर पहुँच चुका था, लेकिन अर्थव्यवस्था को लेकर यही महसूस किया जा रहा था कि पिछले चार साल से द्रुतगति से दौड़ रही सुपरचार्ज आर्थिक वृद्धि अभी और ऊपर जाएगी। लंदन-आधारित इक्विटी रिसर्च बिजनेस को बेचकर, जिसे मैंने कहीं बड़े ब्रिटिश ब्रोकरेज फर्म के साथ मिलकर खड़ा किया था, मैं अपने नए मालिकों द्वारा मुंबई भेज दिया गया, ताकि उनका भारतीय कारोबार खड़ा कर सकूँ। मैंने तय किया कि मैं कुछ महीने हर क्षेत्र में काम कर रहीं भारतीय कंपनियों के दिग्गजों से भेंट-मुलाकात करूँगा। इसी क्रम में अगस्त 2008 के गरमी से भरे एक दिन मैंने हैदराबाद की फ्लाइट पकड़ी।

देश की दिग्गज पावर और कंस्ट्रक्शन कंपनियों में से एक के चीफ फाइनेंशियल ऑफिसर (सी.एफ.ओ.) से मिलने के लिए मैं मुंबई से हैदराबाद के लिए उड़ा। मेरे साथ मेरे सहकर्मी थे, जो पावर सेक्टर के विशेषज्ञ थे। उस पूरी यात्रा के दौरान हम उस कंपनी की बैलेंस शीट को समझने की नाकाम कोशिश करते रहे, जिसमें कर्ज के कॉलम में बेहद भारी आँकड़ा दर्ज था और यह बैलेंस शीट के असेट यानी संपत्ति और लाइबिलिटीज यानी जिम्मेदारी के दोनों ओर दर्ज था। कंपनी ने उतना ही लोन ले रखा था, जितना कि उसे शेयरधारकों से रकम मिली हुई थी। यही नहीं, एक और दिलचस्प बात, कंपनी ने अपने शेयरधारकों से मिली रकम का दो गुना पैसा उधार भी दे रखा था। आखिर यह कंपनी इतना ज्यादा पैसा उधार क्यों दे रही थी और कौन था, जिसे यह उधार दिया गया?

तीन घंटे बाद, हमें तब जवाब मिला, जब हमने सी.एफ.ओ. से इस बाबत सवाल किया; पहले तो लंच पर विनम्र तरीके से और उसके बाद उनके ऑफिस में बेहद गंभीर और गहन पूछताछ के बाद। लिस्टेड कंपनी (काल्पनिक नाम लिस्टको रख लेते हैं) ने तमाम शेल कंपनियों (छिपी कंपनियाँ) को उधार दे रखा था। उन शेल कंपनियों ने उन पावर प्लांट्स में शेयर खरीद रखे थे, जिनके टेंडर लिस्टको कंपनी ने खरीद रखे थे। इन पावर प्लांट्स में से प्रत्येक का मैनेजमेंट एक विशेष उद्देश्य साधन यानी स्पेशल परपज वेहिकल (एस.पी.वी.) के माध्यम से सँभाला जाता था, जो बदले में लिस्टको कंपनी को कंस्ट्रक्शन का ऑर्डर देता था। इस तरह लिस्टको कंपनी द्वारा जारी लोन कंपनी के प्रॉफिट ऐंड लॉस अकाउंट (पी ऐंड एल) में आमदनी और अंततः लाभ के रूप में नजर आने लगते थे। सरल तौर पर, लिस्टको कंपनी ने बैंक से उधार लिया, फिर उसने खुद को उधार दिया और फिर उसे लाभ के तौर पर भी दिखा दिया।

यह लाभ, जिसे लिस्टको अपने पी एंड एल में दिखा रही थी, वह वास्तव में शेयरहोल्डरों की इक्विटी को बढ़ा रहा था। इसका नतीजा यह हुआ कि लिस्टको को बैंकों से और उधार मिलने की राह आसान हो गई, जिससे और अधिक पावर प्लांटों के निर्माण के लिए वित्त की व्यवस्था आसान हो गई (जिसके लिए कंस्ट्रक्शन लिस्टको के पास ही जाना तय था)। इस तरह यह अपवित्र गठजोड़ जारी रहा। (मुझे बाद में पता चला यह कंपनी, दरअसल अकाउंटिंग स्टैंडर्ड 21 का उल्लंघन कर रही थी।)

मुझे कुछ महीने और लगे और मैं अकाउंटिंग के महारथियों का पूरा खेल समझने लगा था। मैं न केवल संदेह के दायरे में आई कंपनी का खेल समझ रहा था, बल्कि यूटिलिटीज, इंफ्रास्ट्रक्चर, कंस्ट्रक्शन और भारत के रियल स्टेट सेक्टर में चल रही धाँधली को भी पकड़ पा रहा था। आनेवाले वर्षों में, जिन निवेशकों ने मेरी बात मानी और मेरे विचारों का समर्थन किया, उनका तो कंपनियों के फाइनेंशियल स्टेटमेंट और बिजनेस मॉडल से ही भरोसा उठ गया और अंततः उन कंपनियों के शेयरों के दाम भी जमीन पर आ गए। साल 2008 में शेयर बाजार के चरम के दौरान इन चार सेक्टरों में ही केवल भारतीय शेयर बाजार का 20 फीसद (या 14.5 ट्रिलियन रुपए) का मार्केट कैपिटलाइजेशन यानी बाजार पूँजीकरण हुआ पड़ा था। अब अगस्त 2014 में यह आँकड़ा घटकर महज 10 फीसद (या 9.3 ट्रिलियन रुपए) पर आ गया, जिसका मतलब यह हुआ कि जिन्होंने साल 2008

में उपर्युक्त सेक्टरों में शेयर खरीद रखे थे, उन्होंने पाँच ट्रिलियन रुपए (लगभग 100 बिलियन अमेरिकी डॉलर) की अपनी संपत्ति गँवा दी थी।

पावर, इंफ्रास्ट्रक्चर, कंस्ट्रक्शन और रियल स्टेट कंपनियों के अकाउंटिंग के महारथियों से बढ़कर, जो चीज ज्यादा दिलचस्प थी, वह यह कि उस दौर में ज्यादातर निवेशक भी खोजबीन करना उचित नहीं समझते थे। वास्तव में ज्यादातर फंड मैनेजर इन कंपनियों के संदिग्ध खातों को बखूबी समझते थे; फिर भी वे जोर देते थे कि लोग इन कंपनियों के शेयर ज्यादा-से-ज्यादा संख्या में खरीदें।

हालाँकि 2007 से 2010 के बीच भारत जिस मोह के चरम पर फँसा हुआ था, निवेशकों का एक छोटा समूह ऐसा भी था, जिसने खुद को इन सेक्टरों के शेयरों से बिल्कुल स्पष्ट तौर पर दूर रखा हुआ था। मेरे जैसे लोगों के लिए, जिन्होंने अभी-अभी भारत में कदम ही रखा था, कुछ चीजों ने निवेशकों का एक छोटा समूह बना दिया, जिनकी इस बात के लिए तारीफ करनी होगी कि उन्होंने एक ऐसे समय में उन हॉट सेक्टरों से दूरी बनाए रखने में भलाई समझी जब—

- इन सेक्टरों के सी.ई.ओ. को बिजनेस मैग्जीनों के कवर पेज पर तराशा जा रहा था;
- औसत फंड मैनेजर इन सेक्टरों से पैसा पीट रहे थे (और उन निवेशों से छोटी अवधि का इनाम हासिल कर रहे थे) और
- तमाम फंड मैनेजमेंट हाउसों के मार्केटिंग डिपार्टमेंटों में धड़ाधड़ इंडिया इंफ्रास्ट्रक्चर फंड लॉञ्च करने की होड़ मची हुई थी।

दुनिया के तमाम उभरते हुए बाजारों में इस तरह की अंधी दौड़ आमतौर पर कई दशकों तक देखी जा सकती है, जिसमें भ्रामक अकाउंटिंग, कई तरह के भ्रष्टाचार और निम्न तरलता (दुनिया के 15 बड़े शेयर बाजारों में भारत सबसे कम तरलतावाला देश माना जाता है[1]) कुछ चुनिंदा गुणों के रूप में विद्यमान रहते ही

---

1. किसी शेयर की लिक्विडिटी या तरलता को इस तरह मापा जाता है कि इसकी कितनी खरीद-बिक्री (जो कि मिलियन अमेरिकी डॉलर में मापा जाता है) रोजाना के आधार पर किसी चुनिंदा काउंटर पर कितनी होती है। इसे औसत दैनिक मूल्य या एवरेज डेली वैल्यू या ए.डी.वी. भी कहा जाता है। ए.डी.वी.—मार्केट कैप इस तरह एक सामान्य सा माप है कि शेयर बाजार किस स्तर तक तरल है। ज्यादातर बड़े स्टॉक मार्केटों में 0.30 फीसद के आस-पास अनुपात होता है, यानी 0.30 फीसद मार्केट कैप दैनिक आधार पर खरीद-बिक्री में शामिल है। भारत के हिसाब से संबंधित आँकड़ा फरवरी 2014 में महज 0.20 फीसद था, यह भी तब, जबकि हम एन.एस.ई. और बी.एस.ई. की कुल तरलता को साथ जोड़ कर चलें, तब।

हैं। यह किताब कुछ ऐसे ही लोगों की मन:स्थितियों के ऊपर भी केंद्रित है। यह उनके मनोविज्ञान, उनके कॅरियर और उनके सफल दीर्घकालिक निवेशक बनने के पीछे की कहानी पर ज्यादा बात करती है।

इसके अंतिम अध्याय में, यह किताब आपसे सवाल करेगी कि क्या आप और मैं उस प्रकार निवेश कर पाए, जिस प्रकार से उन अल्पसंख्यक निवेशकों ने निवेश किया और सफलता भी हासिल की।

हैदराबाद के सूत्र वर्ली से पकड़ में आए।

मुंबई में एक दौर था, जब सिंथेटिक कपड़ों की कंपनी निर्लान की तूती बोलती थी। 1970 और 1980 की शुरुआत में तब लाइसेंस राज अपने चरम पर था, निर्लान नाइलॉन पॉलिस्टर और नाइलॉन टायरकॉर्ड का उत्पादन करती थी। व्यवसाय से होनेवाली जबरदस्त आय को कंपनी ने कहीं निवेश करने की योजना बनाई। कंपनी ने वर्ली में ऑफिस के उद्देश्य को लेकर बहुमंजिली इमारत बनवाई, जिसका नाम था 'निर्लान हाउस'। दुर्भाग्य से, 1980 के उत्तरार्ध से, निर्लान की किस्मत ने ऐसी पलटी खाई कि भारत में 1991 के बाद से लाइसेंस राज की समाप्ति के चलते माँग से अधिक सिंथेटिक कपड़ों का उत्पादन होने लगा। 1988 में निर्लान को आधिकारिक रूप से बीमार कंपनी घोषित करना पड़ा और यह स्थिति 2006 तक बनी रही।

हालाँकि 80 के दशक में भले ही निर्लान की किस्मत खराब होनी शुरू हुई हो, लेकिन निर्लान हाउस के रूप में एक अच्छी कंपनी का उदय भी हुआ। 1988 में, वर्ली की इस कम चर्चित बिल्डिंग में, क्रिसिल का जन्म हुआ। हालाँकि क्रिसिल भारत में क्रेडिट रेटिंग देनेवाली अग्रणी कंपनी है और अब उसका हेडक्वार्टर भले ही वहाँ से 20 मील दूर पवई में खूबसूरत और विशेषीकृत रूप से तैयार ऑफिस में स्थानांतरित हो गया हो, लेकिन 1980 के उत्तरार्ध में निर्लान हाउस में उस फर्म के पहले प्रबंध निदेशक प्रदीप शाह ने इस ऐतिहासिक संस्थान की नींव रखी थी। ऐसा करके उन्होंने भारत में आधुनिक क्रेडिट रिसर्च की शुरुआत कराई और इसका प्रभाव यह हुआ कि भारत में कॉर्पोरेट बॉण्ड मार्केट की सक्रिय रचना हुई।

श्री शाह, जो कि एक पावरहाउस थे, ने आधुनिक दौर के तमाम वित्तीय पेशेवरों को प्रभावित किया, अकेले नहीं रह गए; 1980 के उत्तरार्ध और 1990 की शुरुआत में, तमाम असाधारण महिलाओं और पुरुषों ने क्रिसिल का साथ पकड़ा और वे लोग देश के पहले ऐसे पेशेवर बने, जिन्होंने वित्तीय दस्तावेजों का पेशेवराना विश्लेषण करना और कंपनियों को रेटिंग देने की कला सीखी। ऐसे ही

युवा प्रतिभावानों में से एक थे संजय भट्टाचार्य, जिन्होंने वर्ष 2000 में एच.डी.एफ. सी. असेट मैनेजमेंट की स्थापना कराई और कंपनी के संस्थापक चीफ इन्वेस्टमेंट ऑफिसर बने। यह कंपनी अब भारत का सबसे बड़ी म्यूचुअल फंड हाउस है, जिसके अंतर्गत एक ट्रिलियन रुपए का प्रबंधन किया जाता है।

क्रिसिल में शामिल होने से पहले, संजय पइले ही चार साल का अनुभव मार्केट रिसर्च कंपनी मार्ग (MARG), जो कि मार्केट रिसर्च में एक जाना माना नाम है, में ले चुके थे। उन्होंने आई.आई.एम. अहमदाबाद से एम.बी.ए. कर रखा था, लेकिन यह क्रिसिल ही थी, जिसमें 1988 में संजय को उनके गुरु मिले और यहाँ से उनकी जिंदगी बदल गई। क्रिसिल छोड़ने के बीस साल बाद भी, संजय ने मुझे बताया कि प्रदीप शाह ने उनके जीवन को किस प्रकार मूल्यवान् बना दिया।

जब उनसे पूछा कि एक युवा आई.आई.एम. ग्रेजुएट को किस चीज ने बेहद प्रभावित किया, तो संजय ने कहा, "वह (प्रदीप शाह) कहते थे कि आप लोग अपनी गलतियों से सीखें, क्योंकि आप लोग, जो गलतियाँ करेंगे, उनसे मुझे कोई दिक्कत नहीं है। सिर्फ इतना करें कि उन्हें दोहराने से बचें।" क्रिसिल में हम सबको उनके इस रवैये से काफी मदद मिली। किसी कंपनी को लेकर कई दिन तक अध्ययन करने के बाद मैं सोचता था कि मैंने काफी कुछ सीख लिया है। फिर मैं प्रदीप से मिलता और उनसे अपने निष्कर्षों पर चर्चा करता और तब हम लोग उन चीजों पर आकर सहमत होते कि हमें कंपनी के मालिकान से क्या बात करनी है। प्रदीप से मेरी बातचीत 15 मिनट होती और तब वे मुझसे तीन सवाल करते, जो इसे स्वाभाविक बना देता, उनकी तुलना के अनुसार, मैं कंपनी के बारे में वाकई नहीं जानता। संजय जोर देकर कहते कि क्रिसिल में बिताए सालों ने उनकी विश्लेषणात्मक क्षमताओं को आकार दिया। कठोर मेहनत, विस्तृत होना और बिजनेस डाटा के आकलन करने के दौरान संशय बनाए रखने की महत्ता उन्होंने वहीं सीखी। क्रिसिल में रहने के दौरान संजय कंपनियों के प्रमोटरों के साथ मीटिंग करने में व्यस्त रहते और जो वित्तीय लेखा-जोखा उन्हें दिया जाता, उसका विश्लेषण करते रहते, जिससे उनकी एक तरह से फाइनेंस की ट्रेनिंग ही होती रहती और जिसे पैसे से नहीं पाया जा सकता।

अपने कॅरियर के शुरुआती दिनों में इस तरह का असाधारण प्रयोग और वह भी ऐसे गुरुओं की देखरेख में सीखना या गुणोत्तर प्रगति करनेवाले संगठन की चारदीवारी में सीखना, उन दिनों एक सामान्य प्रक्रिया थी और ऐसे बहुत से महारथी निवेश गुरुओं का इस किताब में लगातार जिक्र है। दरअसल, एक अमेरिकी लेखक मैल्कम ग्लैडवेल और ब्रिटिश टेबल टेनिस चैंपियन कम लेखक मैथ्यू सईद ने

एक पैटर्न बनाकर दिखाया कि इन ज्ञानी गुरुओं द्वारा, जो अलग-अलग क्षेत्रों में सफलता के झंडे गाड़ रखे थे, दिया जानेवाला दीर्घकालीन उद्देश्यपरक प्रशिक्षण आप पर एक हॉलमार्क की तरह है। अपनी विचारोत्तेजक किताब—'आउटलायर्स : द स्टोरी ऑफ सक्सेस', में लेखक ग्लैडवेल ने सफलता को लेकर हमारे परंपरागत विचारों को बिल्कुल उलटकर रख दिया, जिसमें हम यह मानते थे कि सफलता अमूमन जन्मजात प्रतिभावानों के हिस्से में आती है और ऐसे लोग महामानव की श्रेणी में आते हैं। विपरीत उदाहरणों का प्रयोग करके जैसे बिल गेट्स, द बीटल्स, कनाडियन आइस हॉकी खिलाड़ियों और न्यूयॉर्क में यहूदी वकीलों के माध्यम से ग्लैडवेल ने निष्कर्ष निकाला कि सफलता कुछ गहन प्रयोगों का अनूठा मिश्रण है। साधारणतया, कई हजार घंटों का अभ्यास और सामाजिक हालात, उदाहरण के लिए, उचित समय पर, उचित जगह और उचित अभिभावकों के यहाँ जन्म लेना भी मायने रखता है। मैथ्यू सईद ने इसी आधार के विचारों को खेल में भी प्रयोग किया।

अपनी प्रेरणास्पद किताब, 'बाउंस—द मिथ ऑफ टैलेंट ऐंड द पावर ऑफ प्रैक्टिस', में मैथ्यू सईद ने गैलडवेल की सोच और उठाया तथा उसे विस्तार दिया। यू.के. के नंबर एक टेबल टेनिस खिलाड़ी सईद ने उपलब्धियाँ हासिल करनेवाले प्रतिभावान महामानवों को लेकर हमारी बहुत सारी मिथ्या सोच पर पानी फेर दिया। सईद ने सफलता दिलानेवाली बातों को प्रमुखता से बताया—

- **10 हजार घंटे अभ्यास :** '…विज्ञान की कला के दृष्टिकोण से, बोर्ड गेम से तथा टेनिस के दृष्टिकोण से यह पाया गया है कि न्यूनतम दस साल चाहिए होते हैं किसी भी पेचीदा काम में दक्ष होने में…आउटलायर्स (किताब) में…मैल्कम ग्लैडवेल ने इस ओर इशारा किया है कि उल्लेखनीय प्रदर्शन करनेवाले सालाना एक हजार घंटे अभ्यास करते हैं। इस आधार पर उन्होंने इसे पुनः व्याख्यायित किया कि दस साल में दस हजार घंटे का अभ्यास आपको उच्च स्तर का खिलाड़ी बना सकता है।[2]
- **कोचों और संस्थानों का मार्गदर्शन :** जो कि उद्देश्यपरक अभ्यास के लिए प्रेरित करता हो। सीखने और विकास करने की पूरी प्रक्रिया ज्यादा प्रभावी हो जाती है, अगर यह अभ्यास विशेषज्ञों की निगरानी में किया जाए, जो उभरते सितारे की गलतियों को पकड़ सकें और उन्हें न केवल दूर करने के उपाय करें, बल्कि उसकी ताकत का दोहन कर सकें।

2. बाउंस—द मिथ ऑफ टैलेंट ऐंड द पावर ऑफ प्रैक्टिस, मैथ्यू सईद, (हार्पर कॉलिंस, 2010), पेज 15-16

- कल के सितारों को ऐसा माहौल प्रदान करना, ताकि कल को उन्हें उपर्युक्त दोनों का लाभ मिल सके। इस माहौल के पनपे बगैर और उन अवसरों के बिना, जो उस माहौल में पनपते हैं, हम सचिन तेंदुलकर, विश्वनाथ आनंद, नारायण मूर्ति और वॉरन बफे जैसे प्रतिभावानों से वंचित रह जाते। इस तरह का माहौल प्रदानकर बहुत से युवा स्त्री और पुरुषों को अगली पीढ़ी का बिल गेट्स, आकियो मोरितास, दीपक पारेख और वीरेंदर सहवाग बनाया जा सकता है।

इस किताब में मैंने इस चीज का प्रयोग भारत में निवेश प्रबंधन के पेशे में करने का प्रयास किया है। मेरे दशकों के स्टॉकब्रोकिंग के अनुभव ने मुझे फंड मैनेजरों के क्रियाकलापों को दो अलग देशों—यू.के. और भारत, खासकर तिमाहियों के समापन के दौरान देखने का अवसर प्रदान किया है और जो कुछ भी मैंने पाया है, उससे मुझे यह तो समझ में आ गया है कि बड़े पैमाने पर पैसे का सफलतापूर्वक प्रबंधन और वह भी लंबे समय तक; यहाँ से आता है—

- एक दशक या उसके आस-पास की बेहद कठिन ट्रेनिंग, जिसमें कंपनियों का विश्लेषण, प्रबंधकीय टीमों से पूछताछ, प्राथमिक डाटा सूत्रों का खनन और बिजनेस साइकल को समझना शामिल है;
- बौद्धिक निष्ठा पर भी काफी कुछ निर्भर करता है और उसका जुनूनी स्तर बरकरार रखना भी चुनौतीपूर्ण है। ऐसा इसलिए, ताकि शोधकार्यों में कंपनी को समझने और तत्परता को लेकर कहीं शॉर्टकट न अपनाया जा सके। खासकर प्रशिक्षण काल का शुरुआती दौर पूरा होने के बाद यह सुनिश्चित करना कि क्लाइंट की संपत्ति संरक्षित है और उच्च स्तर पर सहेजी जा रही है और
- प्रशिक्षण, स्व जागरूकता और विनम्रता के जरिए, जो क्षमता विकसित की गई है, ताकि रोज के लालच और भय से सफलतापूर्वक पार पाया जा सके और ऐसे निवेशकों से दूर रहकर बचा जा सके, जो इन प्राथमिक भावनाओं में आकर गलत राह चुन लेते हैं।

दिलचस्प तौर पर, मैं यहाँ कुछ व्यावहारिक गलतियों की ओर इशारा करना चाहता हूँ, जिन्हें सफल फंड मैनेजर कभी नहीं दरशाते। स्टॉक मार्केट में लंबे समय तक पैसा बनाने का मूल मंत्र कुछ इस तरह है—

- लालच या सुपररिच होने की चाह न के बराबर होनी चाहिए। वास्तव में, भले ही यह खुद में विचित्र लगे, लेकिन शेयर बाजार में लोभ के

लिए जगह नहीं है और यह विनाशकारी लक्षण माना जाता है।

- वित्तीय ज्ञान के अलावा शेयर बाजार में काम कर रहे शख्स को देश की राजनीतिक, मनोवैज्ञानिक और संस्कृति के बारे में भी अच्छी जानकारी होनी चाहिए। दरअसल, सर्वश्रेष्ठ फंड मैनेजर बेहद जिज्ञासु और उत्सुकता रखनेवाले लोग होते हैं। ये ऐसे लोग होते हैं, जिन्हें उदाहरण के लिए, 1971 के भारत-पाकिस्तान युद्ध में भी दिलचस्पी होती है। ये टेस्ट क्रिकेट में भारतीय टीम के प्रदर्शन में गिरावट के कारणों के बारे में भी उतना ही जानते हैं, जितना कि शेयर बाजार में बहुसंख्यक अद्यतन पी/ई (प्राइस/अर्निंग) को समझते हैं।
- उन्हें आक्रामकता, अपने व्यक्तित्व का दिखावा और वॉल स्ट्रीट को केंद्र में रखकर बननेवाली हॉलीवुड फिल्मों में आप जिस तरह का व्यवहार देखते हैं, उस तरह का शायद ही आपको इन लोगों में देखने को मिले। यानी ये बेहद सामान्य, सरल और सहज तरीके से अपना काम करते रहते हैं। गुरुओं ने इस किताब में उनके बारे में व्याख्यायित किया है कि वे बेहद सरल प्रोफाइल अपनाते हैं।

हालाँकि उनमें से किसी को भी अंतर्मुखी नहीं कहा जा सकता, फिर भी फंड मैनेजरों में से कुछ ही मीडिया के व्यक्तित्व भी होते हैं। इस किताब का मूल उद्देश्य यह नहीं है कि आप और मैं सुपरस्टार फंड मैनेजर बन सकते हैं या नहीं बन सकते। हमारी कुछ कर गुजरने की क्षमता उससे कुछ कम या ज्यादा नहीं, जिसके बल पर शतरंज ग्रैंडमास्टर्स या पुरस्कार जीतनेवाले लेखक या सेलिब्रिटी शेफ आगे दिखते हैं, बल्कि महारत हासिल करने के लिए हमें लंबे समय तक मेहनत और लगन से उस क्रम में अभ्यास करना होता है, जिसके बारे में इस किताब में उन लोगों का जिक्र किया गया है, जिन्होंने मेहनत के बल पर ऊँचाई हासिल की।

जैसा कि महानतम ब्रिटिश फंड मैनेजर एंथनी बोल्टॉन ने अपनी सेवानिवृत्ति के उपरांत लिखा है, "अनुभव कीमती है। जैसा कि मार्क ट्वेन ने कहा है, इतिहास खुद को कभी नहीं दोहराता, बल्कि तुकबंदी करता है। एकसमान पैटर्न समय समय पर बार-बार खुद प्रकट होते हैं और एक व्यक्ति तब तक सौम्य निवेशक नहीं बन सकता, जब तक कि उसे पूरे अर्थशास्त्र और शेयर बाजार के चक्र का अनुभव नहीं होता।"[3]

---

3. बाउंस, द मिथ ऑफ टेलेंट ऐंड पावर ऑफ प्रैक्टिस पृष्ठ 15-16

इस संबंध में किताबी कीड़ों को एक सफल दीर्घकालीन निवेशक बनने के लिए उसी तरह की यात्रा करनी पड़ती है जैसे कि ज्यादातर सफल उपन्यासकारों ने राह चुनी है। अनुभव, ज्ञान और पहलुओं के बहुत सारे स्तरों को हासिल करने के लिए कोई शॉर्टकट नहीं है, जिसे लगभग एक दशक तक शेयर बाजार की धूल फाँकने के बाद आपको प्राप्त होता है, लेकिन केवल समय ही अकेले काफी नहीं है। आवश्यक रूप से मध्य वर्ग के चरित्र के पहलुओं को देखते हुए, जैसे कि कठोर काम की नीति, विनम्रता, जिज्ञासा; सबकुछ मिलाकर मन की स्वतंत्रता और चरित्र ही सफलता के केंद्र में होता है।

दस साल पहले, जब मैंने इक्विटी विशेषज्ञ के रूप में काम शुरू किया था तो मुझे याद है कि दक्षिण लंदन के छोटे से फ्लैट में बनाए संकुचित से कार्यालय में मैं ब्रिटिश फंड मैनेजरों को बुलाता था, जो छोटे कैपवाले निवेश आइडिया के बारे में सुनते थे। मुझे यह देखकर हैरत होती थी कि यू.के. में छोटे कैप के ज्यादातर निवेशक वे थे, जो मुझसे फोन पर चर्चा करके अपना अच्छा समय बिताते थे, जबकि मैं इक्विटी रिसर्च में प्रशिक्षु लाइसेंस के साथ अपनी राह बनाने में पसीना बहा रहा था, तभी फरवरी 2004 में मेरे पास एक फोन आया, जो एडिनबरा आधारित निवेश कंपनी एबरफोर्थ पार्टनर्स के डेविड रॉस ने किया था। यद्यपि कि मैं उस दौरान नौसिखिया था, लेकिन मैं जानता था कि एबरफोर्थ पार्टनर्स यू.के. का प्रमुख स्मॉल कैप इन्वेस्टमेंट हाउस था और एडिनबरा के छोटे से शहर से ही अनेक बिलियन पाउंड की रकम का प्रबंधन करता था। डेविड रॉस, जो कि उस फर्म में एक पार्टनर थे, उनकी एक विशेषता यह भी थी कि मूल्यों के निवेश की कला के वे बेहद सम्मानित पादरी भी थे।

फंड मैनेजरों को शायद ही कभी ब्रोकर कहा जाता है, ब्रोकर के जीवन का यह एक सत्य है, जो कि उसके करियर में शुरू में ही जुड़ जाता है। मेरे जैसे के लिए, डेविड रॉस सचिन तेंदुलकर की तरह थे, स्कूली छात्र क्रिकेटर। मेरा उत्साह तब तकलीफ में बदल गया, जब डेविड ने कहा कि मैं तुम्हारी रिसर्च पढ़ता रहा हूँ। मैं चाहता था कि तुम्हारे ऑफिस आकर तुमसे मिलूँ। एक सर्वकालिक महानतम निवेशक के इन विचारों से भयाक्रांत, जो कि इस समय लंदन के बिल्कुल गलत हिस्से में बने मेरे फ्लैट के ऑफिस में मौजूद था, मैंने किताब में मौजूद हर चाल से डेविड को आश्वस्त करने का प्रयास किया कि उनका यहाँ आना फिजूल था। अंततः मैंने कहा कि मुझे बेहद खुशी होगी अगर मुझे एडिनबरा के लिए सबसे पहली उड़ान मिल जाए और मैं दौड़कर मेलविले स्ट्रीट पर बने एबरफोर्थ के ऑफिस

पहुँच सकूँ। डेविड के पास कुछ नहीं था। वे स्पष्ट तौर पर यह देखना चाहते थे कि हम कौन हैं और हमारे कार्यालय कैसे दिखते हैं। इसलिए, अनिच्छुक होकर, मैंने भी उन्हें अपने पते दे दिए थे।

अंतत:, बड़ा दिन आ ही गया, यह कुछ इस तरह लग रहा था मानो पोप स्वयं पधार रहे हों। छोटी सी टीम ने खुद को ठीक-ठाक बनाया और दरवाजे की घंटी बजने का इंतजार करने लगी। डेविड पहुँचे, उन्होंने कॉफी का पहला मग उठाया और फिर बोले कि हमारे काम की ताजगी से उन्होंने समझ लिया है, यह एक स्टार्ट अप है। वह यहाँ तक आए तो महज इसलिए ताकि हमें उत्साहित कर सकें और हमें अपने प्रयासों को और ऊँचा उठाने को प्रेरित कर सके, हमें सुनिश्चित कर सकें कि उनकी फर्म हमारे काम के लिए भुगतान कर सकें और सबसे जरूरी, स्माल कैप इन्वेस्टिंग के तकनीकी पहलुओं से रूबरू कराते हुए इससे पार पाने में हमारा मार्गदर्शन कर सकें। उनको आने की जरूरत नहीं थी; हम स्वयं स्कॉटलैंड जाकर उनसे मिलने में अपार हर्ष महसूस करते। वे यहाँ आए, क्योंकि वे जिज्ञासु थे, वे नए लड़कों से उनके ठिकाने के पिछवाड़े में मिलना चाहते थे और एक टीम को प्रोत्साहित करना चाहते थे, जिसे लेकर वे महसूस करते थे कि आनेवाले वर्षों में वह टीम निवेश के नए तरीके खोजेगी।

व्यवहार का यह विपरीतार्थक पैटर्न कि ज्यादातर दीर्घकालिक सफल निवेशक अकसर ऐसे लोग होते हैं, जो कि नए लोगों से मिलने के प्रति ज्यादा उत्सुक होते हैं, वे ज्यादा-से-ज्यादा नए विचारों को सुनने के इच्छुक होते हैं और वे ज्यादा समय खर्च करते हैं निवेश की कला को लेकर चर्चा करने में। ये सब संकेतात्मक चीजें हैं, जो बताती हैं कि इन लोगों के लंबे समय तक बाजार में टिके रहने का मूल मंत्र क्या है।

दीर्घकालिक निवेशकों पर फोकस क्यों करें?

इससे पहले कि हम किताब के ढाँचे की तह में गोता लगाएँ, मैं चाहता हूँ कि इस बारे में विस्तार से बताऊँ कि मैंने इस किताब में क्यों दीर्घकालीन निवेशकों को लेकर फोकस किया है और जो विरोधाभासी भी है, मान लीजिए, छोटी अवधि के सटोरियों के, जबकि इक्विटी बाजार में निवेश के और भी सफल तरीके मौजूद हैं, ऐसे में उनकी वह क्षमता, जो कि लंबी अवधि में बाजार को पछाड़ते हुए कहीं ज्यादा रिटर्न देने की कुव्वत रखती है (मान लें कि तीन साल या उससे ज्यादा में) तो यह चीज भारतीय परिपेक्ष्य में अब तक साबित नहीं हुई थी। ज्यादातर परिपक्व

बाजारों, जैसे कि अमेरिका के, जहाँ बड़ी मात्रा में तरलता और अधिक पारदर्शिता मौजूद है, वहाँ छोटी अवधि की ट्रेडिंग की जा सकती है और लंबे समय से यह क्रम सफलतापूर्वक चल भी रहा है और महान् अमेरिकी निवेशकों जैसे कि जॉर्ज सोरोस, जूलियन रॉबर्टसन और माइकल स्टेनहार्ट ने इसे साबित भी कर दिखाया है।

हालाँकि भारत के मामले में, जहाँ कम तरलता एक मुद्दा है और यह 15 बड़े इक्विटी बाजारों में सबसे पीछे भी है, केवल एक ही तरीका काम आ सकता है कि निवेशकों का पैसा लंबे समय के लिए बाजार में लाया जा सके। इसलिए यह किताब उन चीजों पर फोकस करती है कि किस तरह भारत में चुनिंदा दीर्घ-कालीन निवेशकों ने अपने दिमाग को अथक प्रयास करके प्रशिक्षित किया है और पिछले बीस सालों में वे निरंतर इंडेक्स को पीछे छोड़ते रहे हैं।

इस किताब के परिणामोत्तेजक अध्यायों में, हमने तीन कठिन पहलुओं को खँगाला है, जिसमें दीर्घकालीन निवेश की सफलता के गुण को उभारा गया है—

- अथक शोध;
- सफल निवेश के लिए सरल थंब रूल और
- धैर्य, चरित्र और विपरीत चलने की कला।

इस किताब का अंतिम अध्याय तब मस्तिष्क विज्ञान और मनोविज्ञान को लेकर अद्यतन शोध (लेटेस्ट रिसर्च) का प्रयोग करते हुए इस सवाल कि क्या आप दीर्घकालीन सफल निवेशक बन सकते हैं, पर अपना मंथन केंद्रित करता है।

इन अध्यायों को ऐसे गुरुओं के साक्षात्कारों से भी लैस किया गया है, जिन्होंने भारतीय बाजार में एक दशक या उससे अधिक समय से सफलता के झंडे गाड़ रखे हैं। दिग्गजों के साक्षात्कारों को देने का उद्देश्य सिर्फ इतना है कि इस किताब में बताई गई बातों और सिद्धांतों को व्यावहारिक तौर पर भी साबित करके दिखाया जा सके।

इस अध्याय के तत्काल बाद हमने संजय भट्टाचार्य से बात की, जिनके बारे में पहले बताया जा चुका है, एच.डी.एफ.सी. असेट मैनेजमेंट जैसे पावरहाउस को खड़ा करने में संजय अहम् भूमिका निभा चुके हैं। दूसरे अध्याय के बाद हमने एलरॉय लोबो से साक्षात्कार किया, जिन्होंने संजय की तरह ही इक्विटी विश्लेषक के शानदार कॅरियर को एक ऊँचाई देने के बाद, कोटक महिंद्रा बैंक के असेट मैनेजमेंट कारोबार को अपने हाथ में लिया। एलरॉय के नेतृत्व में पिछले सात साल से कोटक भारत के टॉप 10 म्युचुअल फंड हाउसों में से एक बन गया है। तीसरे अध्याय के बाद, हम आपकी मुलाकात दो खास निवेशकों-आकाश प्रकाश, जो

कि भारत के पहले हाई प्रोफाइल फंड मैनेजरों की श्रेणी में आते हैं और जिन्होंने अपना खुद का फंड मैनेजमेंट हाउस (अमांसा) खड़ा किया और शंकरन नारायण, जो कि आई.सी.आई.सी.आई. प्रूडेंशियल म्यूचुअल फंड के सी.आई.ओ. हैं, से कराएँगे। नारायण देश के एकमात्र सी.आई.ओ. हैं, जिन्हें मैं जानता हूँ और जिन्होंने अपने पिता के पैसे का निवेश करना तब शुरू किया था, जब वे चेन्नई में हाइस्कूल में थे। नारायण ने 2004 में जब आई.सी.आई.सी.आई. प्रूडेंशियल में बतौर फंड मैनेजर ज्वाइन किया, तब तक वे शेयर बाजार में पिछले 15 साल तक निवेश कर चुके थे।

पिछले एक दशक के दौरान, फर्स्ट स्टेट स्टिवर्ट, जो कि फर्स्ट स्टेट इन्वेस्टमेंट्स का ही हिस्सा है, सबसे बड़े संस्थागत निवेशकों में से एक बनकर उभरा है और इसने न केवल भारतीय बाजार, बल्कि सहज रूप से अंतरराष्ट्रीय बाजार में भी अपनी सफलता के झंडे गाड़े हैं। ऐसी दुनिया में जहाँ वित्तीय बाजारों को लेकर एक सामान्य सोच यह है कि यहाँ लालच, गैरसिद्धांतवादी पुरुषों का वर्चस्व है, फर्स्ट स्टेट स्टिवर्ट का उदय एक सुखद आश्चर्य के रूप में सामने आया है। यह संस्था उन कारोबारों में व्यापक निवेश के मौके देखती है या निवेश करती है, जो नैतिक प्रबंधकीय टीम के द्वारा संचालित होता है, जहाँ समस्त निवेशकों के हितों का ध्यान रखा जाता है और न केवल शेयरधारकों, बल्कि कर्मचारियों और विस्तारित समुदाय का भी खयाल रखा जाता है। फर्स्ट स्टेट स्टिवर्ट के फंड मैनेजर शशि रेड्डी ने अपने विचारों को अध्याय चार के बाद हमसे साझा किया है।

अंततः अध्याय पाँच के बाद हम दो निवेशकों से मिले, जो संजय भट्टाचार्य के समानांतर, भारत में दीर्घकालीन निवेश के क्षेत्र में अपनी व्यावसायिक पहचान स्थापितकर अपना अहम् योगदान दे रहे थे। बी.एन. मंजूनाथ भी देश के कुछ चुनिंदा फंड मैनेजरों में से एक हैं। उन्होंने लाइसेंस राज के अँधेरे युग में सार्वजनिक क्षेत्र के बैंक की ट्रेजरी टीम के हिस्से के तौर पर शेयरों में निवेश आरंभ किया था। केनरा बैंक के कटोरे से शुरू हुई उनकी यात्रा एशिया के सर्वाधिक सफल हेज फंड, वार्ड फेरी के भरोसेमंद सलाहकार के रूप में उस मुकाम तक पहुँची कि उन पर फिल्म भी बनाई जा सकती है। अंतिम साक्षात्कार उस फंड मैनेजर का है, जो हाल में ही रिटायर हुआ है, लेकिन जब वह सेवा में थे तो एक शानदार फंड मैनेजमेंट हाउस के सी.आई.ओ. के तौर पर उन्होंने मेरी आधे से ज्यादा ठीक-ठाक नेट वर्थ का खयाल रखा। अनाम, इस नाम से मैं उन्हें पुकारता था, क्योंकि उनका नियोक्ता इस कदर शर्मीला था कि वह किसी तरह की पब्लिसिटी नहीं चाहता था। उनकी विशेषता यह है कि इस किताब में, जितने लोगों का साक्षात्कार दिया गया है, उनसे अगर पूछा

जाए कि वे अपना पैसा किसे देंगे सँभालने के लिए तो आधे से ज्यादा लोग उन अनाम शख्स को ही चुनेंगे।

यह किताब कुछ इस तरह लिखी गई है कि इसे दो तरीकों से पढ़ा जा सकता है, एक, सीधा सपाट तरीके से, दूसरा, साक्षात्कारों से, जैसा कि उन्हें दिया गया है या उन लोगों के लिए साक्षात्कारों के संग्रह के तौर पर भी, जो इक्विटी निवेश के आधारभूत तौर-तरीकों को समझते हैं।

मेरी निवेश फिलॉसफी काफी पुरातन ढर्रे की है

संजय भट्टाचार्य वर्तमान में एक निवेश प्रबंधन बुटीक, ओसनडायल में प्रमुख सलाहकार के तौर पर काम कर रहे हैं। वह भारत के सबसे बड़े म्यूचुअल फंड, एच.डी.एफ. सी. असेट मैनेजमेंट के संस्थापक सी.आई.ओ. रह चुके हैं। संजय एक गुरु, एक शिक्षक और एक मित्र के तौर पर देश के बड़े निवेशकों और विश्लेषकों के पथ-प्रदर्शक रह चुके हैं। संजय ने मेयो कॉलेज अजमेर, लॉयला कॉलेज चेन्नई और आई.आई.एम. अहमदाबाद से शिक्षा प्राप्त की है। ब्रिज उनके पसंदीदा खेलों में शुमार है, जिसमें वे जुनून की हद तक अपनी पकड़ रखते हैं।

इससे पहले कि हम आपकी निवेश फिलॉसफी पर चर्चा करें, आप हमें यह बताइए कि आपने इसे आकार कैसे दिया?

एस.बी.—ऐसा तब हुआ, जब पहली बार मैंने 80 के दशक के उत्तरार्ध में निवेश के बारे में पढ़ना शुरू किया। मैंने शुरुआत के लिए हर तरह की सामग्री का अध्ययन किया। मैंने ग्राहम ऐंड डॉड की सिक्युरिटी एनालिस्ट पढ़ी, क्योंकि उन दिनों मेरी नौकरी बतौर क्रेडिट रेटिंग एनालिस्ट के तौर पर थी और तब मैं बैलेंस शीटों के विश्लेषण की एबीसी नहीं जानता था या कैसे कारोबारों को देखा जाता है, मैं नहीं जानता था। इन विषयों के प्रति मेरी अज्ञानता इसलिए थी, क्योंकि एम.बी.ए. की पढ़ाई के दौरान मेरा प्रमुख विषय मार्केटिंग था; मैंने फाइनांस में एक भी कोर्स नहीं किया था और विडंबना यह रही कि मैं अपने पिता के पदचिह्नों पर नहीं चलना चाहता था (मेरे पिता देश में अकाउंटिंग और फाइनेंस के जाने-माने प्रोफेसरों में एक थे)।

पिता से अलग चलने की जिद में आपने मार्केटिंग विषय चुना। तब आप कैसे फाइनांस के क्षेत्र में प्रवेश कर गए?

एस.बी.—क्योंकि मैंने महसूस किया कि मार्केटिंग का क्षेत्र मेरे लिए नहीं बना है, मैंने पाँच साल इस क्षेत्र में काम किया और अंततः इस निष्कर्ष पर पहुँचा कि मेरे

माइंडसेट के अनुरूप यह काम नहीं है। मेरे पास दूसरा विकल्प यह था कि मैं अपने पिता के साथ जुड़कर मैनेजमेंट कंसल्टिंग की प्रैक्टिस करता, जिसका गठन उन्होंने किया था। मेरे पिता संभवत: एशिया के पहले ऐसे प्रोफेसर थे, जो हार्वर्ड बिजनेस स्कूल में 1969 में पढ़ा रहे थे, जबकि उस दौर में शायद ही कोई भारतीय अमेरिका के शिक्षा जगत् में पाया जाता रहा हो। वे स्टैनफोर्ड में विजिटिंग फैकल्टी मेंबर भी थे। दूसरों के बीच, वे किस्मतवाले थे कि उन्हें मैकिंसे के संस्थापक मार्विन बॉवर के साथ काम करने का मौका मिला।

कुछ लोगों के साथ मुझे पहली बार मिलने का मौका मिला, जिसमें पुर्णेंदु चटर्जी (द चटर्जी ग्रुप के संस्थापक और अध्यक्ष) और रजत गुप्त (अब कलंकित लेकिन पहले मैकिंसे के चर्चित प्रबंध निदेशक) शामिल थे और उन दिनों वे बोस्टन में रहते थे। सी.के. प्रहलाद (भारत के चर्चित मैनेजमेंट गुरु), श्रीकांत दतार (हार्वर्ड बिजनेस स्कूल में अकाउंटिंग के प्रोफेसर) और आई.आई.एम. अहमदाबाद के चुनिंदा छात्रों से भी मुझे मिलने का अवसर मिला, जो मेरे पिता के ही स्टूडेंट रह चुके थे। सुनने में यह मजाकिया लगेगा, लेकिन आई.आई.एम. में मुझे विजय गोविंदराजन ने दाखिल कराया था, जो कि स्ट्रैटजी और इनोवेशन विषय के वैश्विक विशेषज्ञ थे और उन दिनों मेरे पिता के रिसर्च असोसिएट थे।

उन दिनों में यह बहुत स्वाभाविक हुआ करता था कि आप प्रवासी बन जाएँ। आपने अपना देश छोड़ने के बारे में क्यों नहीं सोचा?

एस.बी.—विक्रम साराभाई ने 1963 में शिक्षाविदों का एक समूह भरती किया था, जिसमें मेरे पिता भी शामिल थे। उनका उद्देश्य था कि देश में विश्व स्तर के शैक्षिक संस्थान की स्थापना की जाए। प्रोफेसर रवि मथाई के नेतृत्व और संस्थापक समूह के शानदार समर्पण की बदौलत, आई.आई.एम. अहमदाबाद ने जन्म लिया और उस समय वह काफी अच्छे से फला-फूला। बतौर शिक्षक बेहद कुशल होने के बावजूद, एच.बी.एस. के कार्यकाल के दौरान मेरे पिता भी मैकिंसे में काम करनेवाले लोगों से मुलाकातों के बाद चर्चित स्ट्रैटेजी कंसल्टेंट बन गए। मुझे ऐसा लगा कि अगर मैंने उनकी कंसल्टिंग प्रैक्टिस में सीखना शुरू किया, तो इसकी संभावना ज्यादा है कि मुझे उनकी छाया में रहना पड़ेगा। युवावस्था में, मेरे भ्रमित उसूल और आदर्शों ने मुझे उस राह से अलग कर दिया और मैंने अपनी अलग राह चुन ली! हालाँकि मुझे अब तक इसका कोई तर्क समझ में नहीं आया कि मैंने ऐसा क्यों किया। छोड़ने की प्रक्रिया के तहत, मैंने मार्केटिंग जॉब चुनना पसंद किया और

एक डॉक्टोरल प्रोग्राम में दाखिला लेकर मैंने अपने विकल्प खुले रखे। बुरे तौर पर, उससे मुझे अंततः अपने पिता की कंसल्टिंग फर्म ज्वॉइन करने का अवसर मिला।

जब मैं अमेरिका जाने का इंतजार कर रहा था, मैं अपनी पत्नी, इंद्राणी से मिला, तब मैं मार्ग (MARG-एक मार्केट रिसर्च फर्म) में था। मैंने वहाँ चार साल काम किया था। वहाँ मुझे ढेर सारी अलग-अलग प्रकार की कंपनियों, खासकर उपभोक्ता-आधारित कंपनियों का अध्ययन करने का मौका मिला और मैंने महसूस किया कि ये कंपनियाँ असल में क्या कर रही हैं, यह समझना बेहद दिलचस्प है। इस दौरान मेरा एक सहपाठी मित्र था, जिसने 1982 में आई.आई.एम. अहमदाबाद से पढ़ाई पूरी कर एशियन पेंट्स ज्वॉइन किया था। उनका नाम है आई.के. जायसवाल (रीजनल वाइस प्रेसिडेंट, इंटरनेशनल, एशियन पेंट्स) और वे कई तरह से मेरे बड़े भाई के समान हैं। एशियन पेंट्स ने सितंबर 1982 में शेयर जारी करने का निर्णय लिया था, तब आई.के. को कंपनी में शामिल हुए कुछ ही महीने हुए थे। वह इस बात का बेतकल्लुफी से जिक्र करते हैं, मैं यहाँ काम करता हूँ और अगर आपको कभी लगे कि किसी लिस्टेड कंपनी का शेयर खरीदना चाहिए, तो आपको निश्चित रूप से एशियन पेंट्स के शेयर खरीदने चाहिए, क्योंकि अंत में मैं यहाँ बेहद अहम् प्रभाव छोड़नेवाला हूँ।

एशियन पेंट्स का शेयर तब 27 रुपए का था। अगले छह महीने में ही यह दोगुने दाम पर पहुँच गया। मैंने एशियन पेंट्स के शेयर 53 रुपए के दाम पर खरीदे था और यह महज आई.के. के प्रति मेरा सम्मान दरशाने के लिए था। मैंने इसके लिए बैंक में जमा की गई अपनी 15 हजार रुपए की पूँजी लगा दी थी। इसका परिणाम यह हुआ कि एशियन पेंट्स मेरा पहला निवेश बन गया, लेकिन वास्तव में ऐसा इसलिए हुआ, क्योंकि चुटकला सुनाते हुए भी आई.के. के चेहरे पर छाई गंभीरता उनकी योग्यता बयाँ करती थी। इसके बाद मैंने कंपनी के शेयरों को 1983 तक ऊपर ही उठते हुए देखा और तब मैं सोचता था कि यह एक तरह का जादू है और मैं यह समझना चाहता था कि यह जादू कैसे होता है।

उस दौरान तो आप मार्केटिंग प्रोफेशनल थे?

एस.बी.—हाँ, मैं सोचता हूँ कि अगर मुझे बेहतर मार्गदर्शन मिला होता कि कंपनियाँ कैसे काम करती हैं, तो शायद मुझे भी मौका मिला होता कि मैं वाकई अमीर हो जाता। एक प्रोफेसर का बेटा होने के कारण और वह भी एक मध्यम वर्ग ब्राह्मण, मैं कभी गलत कदम उठाकर रईस बनने के तरीकों के बारे में नहीं सोचता

था। मैं सोच ही नहीं सकता था कि मैं कोई दूसरा रास्ता अपनाऊँ और मेरे लिए यही एक अच्छा तरीका था। इसलिए 1983-87 के दौरान मेरे पोर्टफोलियो में महज एक ही कंपनी का शेयर था—एशियन पेंट्स। तभी मैंने एक बेहद मूर्खतापूर्ण काम किया। उन दिनों में अगर आप घर खरीदने के लिए शेयर बेचते थे तो आपको कैपिटल गेंस टैक्स नहीं चुकाना पड़ता था। एशियन पेंट्स में मेरा शुरुआती 15 हजार रुपए का निवेश 1990 में 6 लाख रुपए हो चुका था। उस समय, मुंबई के बाहरी इलाकों में आप आराम से 6 लाख रुपए में घर खरीद सकते थे। कैपिटल गेंस टैक्स बचाने के लिए मैंने नाला सोपारा के पास एक घर खरीद डाला, जो आगे चलकर मेरे जीवन की सबसे बड़ी गलती साबित हुआ। अगर मैंने एशियन पेंट्स के शेयर बचाकर रखे होते तो आज उनकी कीमत पाँच करोड़ रुपए होती। इसी वजह से मेरा रुझान इक्विटी की तरफ बढ़ा। इसके बाद मैंने पीटर लिंच की 'वन अप ऑन वॉल स्ट्रीट' और ग्राहम ऐंड डॉड की 'सिक्युरिटी एनालिसिस' पढ़ीं और बैलेंस शीट को समझने के लिए खुद को प्रशिक्षित करने लगा। बहुत कम एम.बी.ए. इस बारे में जानते होंगे कि फाइनेंशियल स्टेटमेंट को पढ़ने का तरीका क्या हो, यहाँ तक कि पेशेवर वित्तीय विश्लेषकों में भी बड़ी संख्या में लोग बैलेंस शीट पढ़ना सीखकर अपनी काबिलीयत बढ़ा सकते हैं।

आपको ऐसा क्यों लगता है कि इस तरह के हालात बने?

एस.बी.—अगर आप कोई भाषा सीखते हैं तो आप एक तरीके से इसे करते हैं। पहले आप अक्षर सीखते हैं, फिर ढाँचा और उसके बाद व्याकरण। आपको बहुत सारी चीजें सीखनी पड़ती हैं, जबकि ज्यादातर विश्लेषक चीजों को टुकड़ों में देखने की आदत रखते हैं। इसलिए उनके लिए इन चीजों को सीखना भाषा सीखने जैसा नहीं है। उन्हें इसमें कोई तारतम्यता नहीं समझ में आती। वे तमाम तत्त्वों को जानते हैं, वे एडजेक्टिव, एडवर्ब और नाउन से भलीभाँति परिचित होते हैं, लेकिन वे बहाव नहीं देख पाते, वे बैलेंस शीट को एक संपूर्णता के नजरिए से नहीं देख पाते। मैंने बहुत कम ऐसे विश्लेषकों को देखा है, जो कि बैलेंस शीट से तुलना करते हुए नोट्स टू द अकाउंट्स बनाते हों और बैलेंस शीट से उनका मिलान करते हों।

आप नोट्स टू द अकाउंट्स का अध्ययन करते हैं, तो आप कंटिन्जेंट लाइबिलिटी (संभाव्य या आकस्मिक देनदारी या जिम्मेदारी) पर भी नजर दौड़ाते हैं, आप नेट वर्थ को देखते हैं, आप उधारी का विस्तार देखते हैं और आप खुद से यह पूछ सकते हैं कि कल को अगर कुछ गड़बड़ हुआ, तो इन सबका कंपनी पर क्या असर होगा और

इस तरह कंपनी के साथ कुछ नकारात्मक परिणामोंवाला होने की कितनी संभावना होगी। जैसे डी.पी.सी.ओ. (ड्रग प्राइसिंग कंट्रोल ऑर्डर) को लेकर फार्मा कंपनियाँ पर संशय बना रहता है। 1990 में मुझे ग्लैक्सो में निवेश करने को लेकर यही आशंका बनी रहती थी, क्योंकि मैं यही सोचता था कि अगर डी.पी.सी.ओ. लागू हो गया तो ग्लैक्सो का क्या होगा। हालाँकि मेरी तरफ से यह एक गलत फैसला था, क्योंकि डी.पी.सी.ओ. लागू करने का फैसला अमल में नहीं आ सका और बीस साल बाद भी उस पर कोई काम नहीं हुआ, लेकिन मैं तो सशंकित बना ही रह गया।

लेकिन वह तो आपके सीखने के अनुभव के साथ जुड़ा रहा?

एस.बी.—बिल्कुल सही। प्रदीप शाह (क्रिसिल के पहले प्रबंध निदेशक और संजय के पूर्ववर्ती अधिकारी) ने हम सबको खास छूट दे रखी थी और मैंने इस बात का जिक्र भी चेतन पारीख की किताब मनी मोनार्क्स में किया है। मैंने उस किताब के आभार में लिखा है कि मेरी सोच को अलग आकार देने और मुझे विचारवान विश्लेषक बनाने में प्रदीप शाह की क्या भूमिका रही है। वे हमें प्रोत्साहित करते थे कि हम कंपनियों की छानबीन करने में वह सबकुछ करें, जो हम कर सकते हैं, बिना किसी भय या आशंका के छानबीन और हर जरूरी चीज को गौर से देखना, ताकि जितनी संभव हो, उतनी पुख्ता राय भी उस कंपनी के प्रति बनाई जाए। वे काफी बुद्धिमान और अपनी काबिलीयत और अंतर्दृष्टि को हम सबसे साझा करने के लिए हमेशा तैयार रहते थे। उसी तरह से वे काम को लेकर एक नैतिक माहौल बनाने में भी सक्रिय बने रहते थे। मैंने श्री शाह की बदौलत ही सीखा कि बैलेंस शीट को विस्तृत रूप में कैसे अध्ययन करें और उससे संबंधित जरूरी नोट्स बनाएँ। श्री शाह उन नोट्स को पढ़ते और मुझसे सवाल भी करते, क्या वाकई बैलेंस शीट ऐसा ही कह रही है? फिर वे अपने ही सवाल का स्वत: जवाब देते और मुझे बताते कि असल में बैलेंस शीट क्या कहना चाहती है।

एक बार उन्होंने मुझसे पूछा, बैंक आपकी वर्किंग कैपिटल को बतौर कोलैटरल रख लेते हैं और क्योंकि जो लोन जारी होता है, उसके समानांतर कोलैटरल मौजूद होता है, तो आप कह सकते हैं कि बैंक काफी अच्छी तरह सुरक्षित है। इसलिए मान लेते हैं कि कल को उधार देनेवाला दिवालिया हो जाए, तो क्या बैंक सुरक्षित रहेगा, क्या बैंक वाकई आधा-अधूरा तैयार स्टील प्रोडक्ट इन्वेंटरी बेच सकेगा, उस इन्वेंटरी का खरीदार कौन होगा? ऐसे सामानों के लिए तो कोई लिक्विड मार्केट भी नहीं है। यह तथ्य कि बैलेंस शीट में मूल्य के आकलन के बावजूद इसका बिल्कुल

यह मतलब नहीं है कि बैंक सुरक्षित है।

श्री शाह ने हमें यह भी सिखाया कि जब आप पैसा उधार देते हैं तो कोलैटरल का ज्यादा महत्त्व नहीं होता, बल्कि कंपनी की कमाने की क्षमता ज्यादा मायने रखती है। अंततः कमाने की ताकत से ही किसी की क्रेडिट क्वालिटी का आकलन किया जा सकता है, न कि इससे कि आपने कितना कोलैटरल रखा हुआ है। आप चाहे जितना कोलैटरल रख लें, फिर भी आप गंभीर परेशानी में पड़ सकते हैं। दुर्भाग्य से देश भर का बैंकिंग सिस्टम कोलैटरल पर ही काम करता है। काफी कम भारतीय इस बात को समझते हैं। प्रदीप शाह की आदत थी कि वे हमेशा किसी भी मामले की तह में जाते थे। मुझे याद है कि एक बार मैं पुणे स्थित एक प्रसिद्ध उद्योगपति के यहाँ उनके साथ गया था। रेटिंग के लिए मैं टीम का लीडर था। उन्होंने कहा—संजय, मैं अगले दिन सुबह होटल ताज ब्लू डायमंड में तुमसे मिलूँगा। सुबह साढ़े आठ बजे कॉफी शॉप में मुझसे मिलना, साथ में नाश्ता करेंगे। 9.30 बजे तक हम उद्योगपति के ऑफिस पहुँच जाएँगे तो तुम मुझे 5-10 मिनट में मुख्य बातों से अवगत करा देना। जब हम अगले दिन सुबह मिले तो मैंने उन्हें चार चीजों के बारे में बताया, जिन पर ध्यान केंद्रित किया जा सकता था, जो पूँजी वहाँ लगी थी, लाभ की स्थिति का इतिहास, ऑपरेटिंग मार्जिन ने किस तरह प्रगति की, उनकी प्रतिस्पर्धा किन लोगों या कंपनियों से है, वह बिंदु, जहाँ कंपनी को तकनीकी दिक्कत पेश आती है। मैं सोच रहा था कि मैंने इस बार स्थिति पर पूरी पकड़ बना ली है। मैं अपनी रिपोर्ट सुनाकर खत्म करने ही वाला था, श्री शाह ने मुझसे उस उद्योगपति के परिवार के किसी खास सदस्य का मानसिक रुझान बताने को कहा। कहना गलत नहीं होगा कि मेरा होमवर्क अधूरा था, लेकिन इसने मेरे अंदर एक और चीज जोड़ी कि पूरी जानकारी लेने का मेरे अंदर जुनून आ गया। एक और पाठ, जो मुझे सीखने को मिला कि जब बात क्रेडिट ओपिनियन की आती है, तो चरित्र भी उतना ही महत्त्व रखता है, जितना उधार चुकाने की क्षमता। इसलिए संबंधित समीक्षाधीन कंपनी के मालिकान परिवार के सदस्यों की आदतों को जानना भी प्रासंगिक होता है और कभी-कभी यह कंपनी की अपनी जिम्मेदारियों को पूरा करने की इच्छाशक्ति का सूचक भी बन सकता है। ऐसा इसलिए, क्योंकि मुझे CRISIL में काम करने का सौभाग्य हासिल हुआ। अंततः मुझे एक और शिक्षा मिली, जिसने मुझे पहले भी पार लगाया था। यहाँ एक और छोटा सा उदाहरण देकर मैं मामला स्पष्ट करना चाहूँगा। क्या आप जानते हैं कि क्यूमिंस भारत कैसे पहुँची? (क्यूमिंस, एक अमेरिकी कंपनी, जेनरेटर की प्रमुख उत्पादक)

मेरे अनुमान के मुताबिक किर्लोस्कर बंधु उसे भारत ले आए थे।

एस.बी.—ऐसा नहीं है। शांतनु किर्लोस्कर ने एम.आई.ट. में पढ़ाई की और वे उस शख्स के रूम पार्टनर थे, जिसने अमेरिका में क्यूमिंस कंपनी ज्वॉइन की थी। 25 साल बाद वह शख्स क्यूमिंस के अंतरराष्ट्रीय कारोबार का वरिष्ठ उपाध्यक्ष बना। वे आपस में जुड़े हुए थे और उसने कहा, ''मैं भारत आना चाहता हूँ'' और किर्लोस्कर ने उसे हाथोंहाथ लिया और कहा कि मेरा परिवार आपसे हाथ मिलाएगा। इस तरह किर्लोस्कर क्यूमिंस की स्थापना हुई।

न केवल इसलिए कि उनमें गहरी दोस्ती थी...

एस.बी.—लेकिन चूँकि वे एम.आई.टी. में एक ही कमरे में साथ थे।

तो क्या आप अपने जीवन में प्रदीप शाह की भूमिका को भी उसी तरह से देखते हैं?

एस.बी.—हाँ, उनसे मुझे शानदार प्रशिक्षण मिला और वे मेरे पिता के समान थे। वे मेरे आधिकारिक गुरु तो नहीं थे, लेकिन उन्होंने इस तरीके से सिखाया कि मुझे वह तरीका सर्वश्रेष्ठ लगता है। वे लगातार कमियाँ और गलतियाँ निकालते रहते थे। वे अकसर कहा करते थे, क्या तुम गंभीर हो इसे लेकर क्या तुम वाकई सोचते हो कि इस कंपनी में तुम्हें निवेश करना चाहिए? उनकी मृत्यु से कुछ साल पहले तक शेयर बाजार को लेकर उनकी राय यही थी कि वह एक जुआघर है। उस समय तक उन्होंने उसमें कभी निवेश नहीं किया था। अपने जीवन के आखिरी पाँच सालों में, यानी 1988-93 में उन्होंने निवेश करना शुरू किया। आज वे जिंदा होते तो निश्चित रूप वे वह देश के चोटी के 5-6 निवेशकों में से एक होते। भारतीय कारोबार की उन्हें जबरदस्त समझ थी। उन्होंने 1970 में बिजनेस इंडिया मैग्जीन के मैनेजमेंट कॉलम्स में ऐसे लेख लिखे, जिनमें वे विशेष तरह के अनुमान बताते थे, जिनका निवेश से संबंध नहीं होता था। बिजनेस इंडिया की मुख्य रिपोर्ट उस दौरान छपी थी, उसे मैंने आज तक उसके मौलिक रूप में सँभालकर रखा हुआ है। कवर पेज पर एक तराजू का स्केच छपा है, जिसके एक तरफ एम.एन.सी.ज. बने हुए हैं। तराजू के दूसरी तरफ धीरू भाई अंबानी, करसनभाई पटेल और ब्रजमोहन मुंजाल की तसवीरें हैं। मेरे पिता ने उस अंक के मुख्य लेख में उस मुद्दे पर लिखा था और कहा था कि भारतीय उद्योग खुद-ब-खुद अपने पैरों पर खड़ा होगा। याद करें, यह 1978 की बात है। धीरूभाई को तब तक कोई जानता नहीं था; उनकी

फर्म को रिलायंस टेक्सटाइल इंडस्ट्रीज कहा जाता था। ब्रजमोहन मुंजाल ने तब तक हीरो होंडा का गठन नहीं किया था; वे हीरो साइकिल के निर्माण से ही जुड़े हुए थे।

मेरे पिता की कारोबार को लेकर समझ उनके अंदर एक नौकरशाह, एक प्रोफेसर और एक सलाहकार के तौर पर मिले अनुभव का मिला-जुला रूप थी। इसलिए वे इस बात को अच्छी तरह जानते थे कि सरकार कैसे काम करती है और सरकार और कारोबार के बीच जुड़ाव कैसे विकसित किया जा सकता है। यही वजह है, जो मैं सोचता हूँ कि कि विक्रम साराभाई ने उन्हें आई.आई.एम.-ए के लिए क्यों चुना। उन्होंने महसूस किया होगा कि कोई ऐसा शख्स होना चाहिए, जो सरकार को समझता हो और वह साथ-ही-साथ यही भी जानता हो कि कारोबार को लेकर सरकार की मंशा क्या हो।

क्रिसिल के उपरांत आप ICRA चले गए और फिर स्टॉक ब्रोकिंग में?

एस.बी.—इस दौरान मेरे पिता का स्वर्गवास हो गया और मैंने मॉर्गन स्टैनले असेट मैनेजमेंट में बतौर सलाहकार काम सँभाल लिया। यही वह समय था, जब मैं आकाश प्रकाश (अमांसा के संस्थापक) से मिला और मॉर्गन स्टैनले ग्रोथ फंड के शेयर चयन में उनकी मदद की। एक तरह से, यह वह समय था, जब मुझे क्रिसिल के अनुभव को आगे बढ़ाना था और उसका लाभ कमाना था। मॉर्गन स्टैनले के बाद मैं एस.जी. वारबर्ग चला गया।

वहाँ आपने कितना समय गुजारा?

एस.बी.—लगभग साढ़े चार साल। वहाँ मैंने सीखा कि खरीदवाला हिस्सा और बिक्रीवाला हिस्सा, दोनों ही बनावटी हैं। समान रूप से, जब बिक्रीवाले हिस्से पर रिसर्च की जाती है तो भले ही उसमें उच्च स्तर की जटिलता हो, लेकिन ज्यादातर समय उसमें बौद्धिक विश्वसनीयता का अभाव ही नजर आता है। मुझे इस बड़ी ब्रिटिश फर्म एस.जी. वारबर्ग से काफी सारी चीजें सीखने को मिलीं—उनके सोचने का तरीका, उनका रवैया आदि। मैंने सोचा कि यही वह चीज है, जिसने उन्हें इस कदर खास बनाया है। जिस पल यह कंपनी स्विस बनी, इसमें गिरावट आने लगी।

यहाँ मुझे एकमात्र बड़ी चीज, जिसने बेहद प्रभावित किया, वह थी संवाद-लेखन का महत्त्व और मेरा इस सिलसिले में लगातार विफल हो जाना। वारबर्ग में हर बंदा या तो कैंब्रिज से था या लंदन स्कूल ऑफ इकॉनमिक्स या हार्वर्ड से था। उनसे नीचे के संस्थानवालों के लिए वहाँ जगह ही नहीं थी।

वारबर्ग में काम करने के दौरान, जब आप लंदन शहर में बैठक के लिए जाते हैं तो सबसे कनिष्ठ साथी पर यह जिम्मा होता है कि वह ऑफिस लौटकर उस बैठक के मिनट्स बनाएगा। अकसर मैं ही वह सबसे कनिष्ठ कर्मचारी होता था, जो लंदन में वारबर्ग के लिए काम करता था। इसलिए बैठक के मिनट्स मुझे ही लिखने होते थे और यह छूट भी नहीं थी कि आप पेज-दर-पेज भरते चले जाएँ। वह नोट संक्षिप्त और मुख्य बिंदुओं पर आधारित होता था, क्योंकि वही नोट बड़े अधिकारियों के सामने पेश किया जाता था। इसी क्रम में मैंने एक भारतीय कंपनी के साथ मीटिंग के भी नोट तैयार किए। यह कंपनी लंदन से गुजर रही थी। मेरे बॉस ने उसे पढ़ा और बोले, ''बहुत शानदार, संजय।'' मैं जानता था कि उस नोट में कुछ कमी है और इसी सवालिया लहजे में मैंने अपने बॉस की तरफ देखा। मेरे बॉस ने कहा कि लेकिन आपने शायद एक बात ध्यान से सुनी नहीं, जिसे स्प्लिट इनफिनिटिव कहा जाता है या सुनी थी? मैंने बिल्कुल सटीक लेखन की कला एसजी वारबर्ग में सीखी! स्पष्ट तौर पर, मेरी शिक्षा की प्रक्रिया प्रगति के पथ पर अग्रसर थी। नैंने अनुशासन की जरूरत भी यहीं सीखी, दिन के अंत में पूरे दिन के कामकाज की समीक्षा को लेकर नोट तैयार करना भी मैंने यहाँ सीखा। इसके अलावा तमाम ऐसी स्टेट ऑफ द आर्ट चीजें, जो आपके अंदर होनी ही चाहिए, वहाँ मैंने सीखीं। उदाहरण के लिए, इंटरप्राइज वैल्यू का कॉन्सेप्ट और थीमैटिक रिसर्च के पीछे का आइडिया मैंने वहाँ सीखा। वारबर्ग में प्रचुर मात्रा में इक्विटी रिसर्च पर आधारित नोट्स तैयार कराए जाते थे, जिनका कंपनियों से शायद ही कुछ लेना-देना होता था। ये नोट्स पूरी तरह थीम पर आधारित होते थे। मैंने बहुत सारे कॉन्सेप्ट यूँ ही सीख लिये, क्योंकि मैं वारबर्ग में काम करता था और उन नोट्स में इंडस्ट्री से संबंधित काफी काम की बातें लिखी होती थीं।

वारबर्ग ने आपको पूरी दुनिया में घुमाया। क्या वह अनुभव फायदेमंद रहा?

एस.बी.—जी हाँ, जबरदस्त तरीके से। मुझे यूरोप, अमेरिका और एशिया के फंड मैनेजरों से मिलने और उनके बीच के रवैये को लेकर प्राकृतिक अंतर को समझने का पहला और खास मौका मिला।

क्या उसने आपकी निवेश फिलॉसफी को भी प्रभावित किया?

एस.बी.—मेरी निवेश फिलॉसफी बेहद पुराने ढर्रे पर चलती है और यह

ज्यादातर बेन ग्राहम से प्रभावित है, जिनका जोर सुरक्षा के मार्जिन पर होता था। हाल में, जो.एल. ग्रीनब्लैट के तरीके ने मेरा ध्यान खींचा है (मैजिक फॉर्मूला इन्वेस्टिंग), जिनका प्रयास यह होता है कि जितनी सस्ती संभव हो सके, सस्टेनेबल अर्निंग पावर खरीदी जाए। निवेश को लेकर वाकई महत्त्वपूर्ण पाठ, जो मैंने पिछले कुछ दशकों के दौरान सीखा, उनमें सबसे ऊपर रहा—धैर्य, सच्ची विनम्रता और बौद्धिक स्तर पर खुद को विकसित करने का जुनून हमेशा सहेजे रखना। उदार मन:स्थिति, व्यापक गहन अध्ययन और मौलिक बहु विकल्पीय परिपेक्ष्य का होना बेहद जरूरी है। संभवत: यह भी महत्त्वपूर्ण है कि मनोविज्ञान, सांख्यिकी और समाजशास्त्र भी पढ़ा जाए बजाय कि अर्थशास्त्र और अकाउंटिंग पढ़ने के! काफी बड़ी संख्या में लोग यह मानते हैं कि चूँकि भारत एक अपेक्षाकृत ऊँची विकास दर वाली अर्थव्यवस्था है, तो विकास में निवेश ही भारत का मंत्र होगा। मैं इसे लेकर निश्चित नहीं हूँ कि इसका उत्तर इतना स्वाभाविक होगा। तर्कसंगत पूँजी का आवंटन और तमाम घटकों की रेंज, जिसमें ग्राहक, नियामक और निवेशक शामिल हैं, के बीच भरोसा कायम करने की प्रबंधकीय क्षमता भी भारत में दीर्घकालीन निवेशकों के लिए उल्लेखनीय रूप से मायने रखती है।

अगर किसी बाजार के ढाँचे पर गौर करें और मार्केट कैप के लिहाज से 200 सबसे बड़े शेयर एक तरफ रख दें, तो बाकी के 800 या कुछ कम ज्यादा शेयरों पर निवेशक रिसर्च पर बहुत गंभीरता से ध्यान नहीं देता। यह तब है, जबकि अब कंपनियों की वित्तीय जानकारियाँ आसानी से उपलब्ध हैं। इन शेयरों की नजरअंदाजी निवेशकों को लाभ कमाने की उपजाऊ भूमि प्रदान करती है। दूसरा, जबकि भारत बेहद तीव्र आवेग से चाल बदलनेवाले बाजार की छवि तोड़कर एक ऐसे बाजार में बदल रहा है, जहाँ फंडामेंटल्स अपनी बड़ी भूमिका अदा कर रहे हैं, ऐसे में भारत में सूचनाओं का आदान-प्रदान और शेयर-विशेष का विश्लेषण भी प्रभावशाली स्थिति से जरा सा ही कम रह गया है। इसका प्रतिफल यह होगा कि उन निवेशकों के लिए नए अवसर बनेंगे, जो गहन आधारभूत विश्लेषण पर काम करने के इच्छुक हैं। तीसरा, जबकि मेरा मानना है कि ग्रोथ एट अ रिजनेबल प्राइस (GARP) का जो रवैया है, वह ज्यादातर मामलों में भारत में पसंद किया जाता है, तो इससे यह भी स्पष्ट होता है कि भारत में कोई भी एक तरीका हमेशा सफल नहीं हो सकता। दरअसल, लंबी अवधि के दौरान, भारत में वैल्यू इन्वेस्टिंग ज्यादा असरकारक होता है, जबकि दूसरे देशों के बाजारों में ऐसा नहीं होता।

उदाहरण के लिए, वैल्यू इन्वेस्टिंग के चलते ही 1990 में इन्फोसिस आगे बढ़

सकी। उस दौरान मैं मॉर्गन स्टैनले में था। हमने उसे खरीदा, क्योंकि कैश फ्लो की तुलना में, कमाई की तुलना में, उस संगठन को चला रहे लोगों की गुणवत्ता की तुलना में उसके शेयर बेहद सस्ते थे।

आपने अनुशासन बेचने का काम कैसे किया?

एस.बी.—बहुत कठिनाई से यह संभव हो सका (हँसते हुए)! बेचना अच्छा है और वाकई निवेश को लेकर यह एक अँधेरे महाद्वीप जैसा है। प्रतिस्पर्धी दबाव में छोटी अवधि के बदलाव, बाजार के हिस्से को लेकर नुकसान पर काम करके मैं ऊब गया था। उदाहरण के लिए, मैंने ग्लैक्सो स्मिथ्क्लाइन कंज्यूमर, जिसमें मेरी बड़ी निजी हिस्सेदारी थी, 1990 के शुरुआत में बेच दी थी, क्योंकि मैं कैडबरी के देश में आने और सफेद बाजार पर छाने और हॉर्लिक्स को नुकसान पहुँचाने की संभावनाओं से सशंकित हो उठा था। कैडबरी ने नया उत्पाद लॉन्च किया था, जो बेहद कम कीमत (बार्गेन बेसमेंट प्राइस) पर उपलब्ध था, जिससे मेरे अंदर यह आशंका बलवती होने लगी कि इस झोंके में ग्लैक्सो तो उड़ ही जाएगी। उस आवेग में आकर मैंने ग्लैक्सो के शेयर बेच डाले और इस तरह मैंने हिमालयी गलती कर डाली। बड़ी कंपनियों की यह खूबी होती है कि वे प्रतिस्पर्धा के छिटपुट उतार चढ़ाव में ज्यादा प्रभावित नहीं होतीं। मैं उस समय यह बात महसूस नहीं कर सका था कि उच्च गुणवत्तायुक्त कंपनियों का विपरीत परिस्थितियों में खुद को बचाना एक कड़ी परीक्षा के समान होता है।

मैं जो तीन नियमों का प्रयोग अमूमन करता हूँ वे हैं, (अ) शेयर तब बेचें, जब आप किसी कंपनी की गुणवत्ता या ताकत में स्पष्ट गिरावट देख रहे हों और जिस गिरावट से उस कंपनी या फ्रेंचाइजी की अर्निंग पावर भी घट रही हो; (ब) तब बेचें, जब शेयर के दाम आपकी अपेक्षा से कहीं ऊपर के स्तर पर जा पहुँचे हों; (स) शेयर तब बेच दें, जब आपके अनुमानों पर वह स्टॉक खरा न उतरे और आपकी अपेक्षाएँ अवास्तविक सी लगने लगें।

इन सबका लब्बोलुआब यह है, अगर आपको शेयर बेचने में कठिनाई होती हो तो आप और भी सरल तरीका अपना सकते हैं, शेयरों के दाम में आपकी खरीद कीमत से 15 फीसद तक गिरावट आ जाए तो तत्काल बेचकर बाहर निकल जाएँ।

आपके HDFC के पहले सी.आई.ओ. बनने के पीछे की क्या कहानी है?

एस.बी.—आज तक यह सवाल मेरे लिए अधूरे रहस्य की तरह ही बना हुआ

है। दीपक पारेख ने क्या कारण देखा, यह तो मैं नहीं बता सकता, लेकिन उन्होंने अँधेरे से निकालकर मुझे एच.डी.एफ.सी. असेट मैनेजमेंट का सी.आई.ओ. बना दिया। मैंने दिसंबर 1988 में वारबर्ग छोड़ा था, जब यू.बी.एस. उसमें समाहित (मर्ज) हो गया था। चूँकि वारबर्ग में काम करते हुए मैंने एक वित्तीय आजादी का भाव हासिल कर लिया था, तो मैंने यू.बी.एस. छोड़ने के बाद अपने और अपने एक दोस्त के पैसे को खुद व्यवस्थित करने की योजना बनाई। दरअसल मैंने तमाम आई.टी. कंपनियों के शेयर व्यापक मात्रा में रख रखे थे, जिससे चीजें आसान नजर आती थीं। मैंने महसूस किया कि अब वह समय आ गया है कि मैं अपने कौशल का इस्तेमाल खुद को ब्रिज (ताश का एक खेल) प्लेयर बनने में लगाऊँ, लेकिन दुःखद पहलू यह रहा कि मैं ऐसा नहीं कर सका। एक सुबह मेरी माँ मेरे ऑफिस पहुँचीं और वे मुझे कंप्यूटर पर ब्रिज गेम खेलता देखकर अवाक् रह गईं। शांत भाव से तथ्यात्मक चीजें रखते हुए उन्होंने कहा, "यह बिल्कुल ठीक नहीं है, तुम अपना जीवन बरबाद कर रहे हो।" वारबर्ग छोड़ने के बाद, मैं मिस्टर पारेख से 1999 के शुरुआत में मिलने पहुँचा। मुझे याद है कि मैंने कहा था कि सर आप कभी भी अपनी असेट मैनेजमेंट फर्म खोलें, तो मैं उसमें किसी भी पद पर काम करने को तैयार हूँ, जिसे आप मेरे लिए मुफीद समझते होंगे। उस फर्म का हिस्सा बनना ही मेरे लिए बेहद खुशी की बात होगी। अचानक एक दिन जनवरी 2000 को मुझे उनके एक सचिव का फोन आया। उसके बाद, जैसा कि लोग कहते हैं, इतिहास बन गया।

मैं नहीं समझता कि भारत के निवेश प्रबंधन के इतिहास में आज तक कभी ऐसा हुआ होगा कि एक ऐसे शख्स को, जिसके पास निवेश प्रबंधन का कोई अनुभव नहीं हो, उसे उसकी अक्षमता के स्तर से उठाकर पहले ही झटके में ऊपर फेंक दिया गया हो। यह काफी स्वाभाविक है कि एच.डी.एफ.सी. असेट मैनेजमेंट के सी.इ.ओ. के तौर पर मेरा चयन बतौर मेरी अनुभवी निवेशक क्षमता का प्रतिबिंब नहीं था। ज्यादा स्वाभाविक यह था कि यह श्री पारिख के भरोसे का प्रतिबिंब था, जो उनके संस्कारों में था और मेरी ख्वाहिश बस इतनी थी कि मैं सहज रूप से ईमानदार बना रहूँ। वे मेरे पिता को बरसों से जानते थे। शायद यह मेरे हित में गया और उन्होंने मुझे अपने भरोसे के लायक समझा। भरोसे की जिम्मेदारी का अहसास, जो एच.डी.एफ.सी. असेट मैनेजमेंट ने मेरे अंदर प्रत्यारोपित किया, वह सीख ऐसी थी, जिसे वास्तव में मैंने जिया। □

2

सतत शोध

''विजयी निवेशकों में किस बात से अंतर पैदा होता है, जैसा कि आप इस किताब में देखेंगे, गहरे जाने की इच्छा और अधिक व्यापक खोज और दिमाग को हर विचार सुनने और समझने के लिए खुला रखना, इसमें वह आइडिया भी शामिल है, जिसमें आपने कोई गलत फैसला किया हो। लड़का या लड़की, जो भी ज्यादा मेहनत करेगा, ज्यादा-से-ज्यादा निवेश आइडियाज पर काम करेगा और पिछली पसंदों को लेकर भावुक नहीं होगा, उसी शख्स के सफल होने की उम्मीद ज्यादा होगी।'' पीटर लिंच, एंथनी बोल्टन की किताब इन्वेस्टिंग एगेंस्ट द टाइड की प्रस्तावना में[1]।

निवेश सफलता की लंबी राह

अमेरिकी निवेशक कम लेखक, जॉन ट्रेन, फिडैलिटी के पूर्व महान् शख्सियत पीटर लिंच के पोर्ट्रेट को पेंट कर रहे थे। लिंच 1992 में मेगलन फंड से रिटायर हो रहे थे और उनके पास 12 बिलियन अमेरिकी डॉलर की संपत्ति (AUM या असेट अंडर मैनेजमेंट) थी, जिसके लिए उन्होंने 22 मिलियन डॉलर का निवेश किया था। यह निवेश उन्होंने 1977 में कंपनी की कमान सँभालने के बाद तब तक किया था, जब तक उन्होंने दूसरी कंपनी फिडैलिटी नहीं ज्वॉइन कर ली थी। उन्होंने आठ साल तक फिडैलिटी में बतौर विश्लेषक काम किया। लिंच के बारे में बताते हुए ट्रेन कहते हैं कि उनका दिन सुबह 6.15 बजे से काम पर जाने के दौरान ब्रोकिंग फर्म्स द्वारा उपलब्ध वार्षिक रिपोर्ट पढ़ने और उनका विश्लेषण करने से शुरू हो जाता था और रात के 7.15 बजे तक (फिडैलिटी की बस से उन्हें घर छोड़ने के दौरान भी वे वार्षिक रिपोर्ट और फाइनेंशियल रिसर्च पढ़ते रहते थे) चलता रहता

1. प्रस्तावना, इन्वेस्टिंग एगेंस्ट द टाइड, एंथनी बोल्टन, (एफ.टी. प्रेंटिस हॉल, 2009), पेज xiv (14वाँ)

था। यह महान् फंड मैनेजर शनिवार को भी काम करता था और अपने 15 साल के मैगलन के कार्यकाल के दौरान उसने एक दिन भी छुट्टी नहीं ली।[2]

इससे भी बढ़कर, पीटर लिंच हर साल 10 हजार मील का सफर करते थे, यानी 40 मील रोजाना उनका जीवन कंपनियों से मिलने के सफर में ही बीतता था। दरअसल, वे हर महीने 40 से 50 कंपनियों से मिलते, यानी लगभग दो कंपनियों से रोज की मुलाकात वे करते थे। हर मीटिंग के लिए वे गंभीरतापूर्वक तैयारी करते थे; दो घंटे तो वे कंपनियों से संबंधित अपने आस-पास मौजूद सामग्रियों को पढ़ने में बिताते थे। जब आप इन सारी चीजों को एक साथ रखते हैं, तो एक ऐसी तसवीर उभरकर सामने आएगी, जिसमें यात्रा का कैलेंडर पूरी तरह भरा होगा, तमाम बैठकें (जहाँ लिंच सतर्कतापूर्वक नोट्स तैयार करते थे), शोध करते और सबसे महत्त्वपूर्ण तो यह कि सैकड़ों मिलियन डॉलर के शेयर खरीदते और बेचते रहते थे। (ट्रेन कहते हैं कि बहुत मुश्किल से 10 में से कोई एक कंपनी लिंच को प्रभावित कर पाती थी, ताकि वे उसमें पैसा लगा सकें।)

एक दशक या उससे पहले मैल्कम ग्लैडवेल, मैथ्यू सईद और अन्य ने किसी विशेष क्षेत्र में महारत हासिल करने के लिए 10 हजार घंटे के अभ्यास का आइडिया प्रचारित किया था। जॉन ट्रेन ने उनकी सोच का समर्थन किया और लिखा, "किसी भी क्षेत्र में महानता हासिल करने के लिए युवा काल से उसके प्रति समर्पण बेहद जरूरी होता है; चाहे ओलंपिक में जिम्नास्टिक्स में स्वर्ण पदक जीतने की बात हो, रूसियों को शतरंज में हराना हो, न्यूयॉर्क सिटी बैले में स्टार बनना हो" और लिंच उसी लीग का हिस्सा हैं। महान् सफलता, दुर्भाग्य से जुनून की अपेक्षा करती है। अलग तरीके से देखें, तो आप मुकाम तक नहीं पहुँच सकते अगर आप उसके प्रेम में इस कदर नहीं डूबे कि किसी भी चीज से बढ़कर उसे मानने लगें, भले ही वह मकाम आपके समर्पण के उच्च स्तर के लायक हो या नहीं। जैसी कि एक फ्रेंच कहावत है, आत्मा का आनंद ही उसे ताकत प्रदान करता है। अपनी कला का आनंद लेना ही लिंच का रहस्य है।[3]

बतौर ब्रोकर मैं भारतीय फंड मैनेजरों को बिल्कुल इसी राह पर सफर करते हुए पाता था और जब मैं फंड मैनजरों से किसी कंपनी के सी.ई.ओ. को मिलवाता था, मैं देख पाता था कि निवेशकों ने किस गंभीरता के साथ कॉरपोरेट्स से मीटिंग की तैयारी कर रखी है। एक अनुभवी और अच्छी तरह से तैयार फंड मैनेजर को एक

2. अध्याय 17, Money Masters of Our Time, John Train, (Harper Collins, 2003).
3. Money Masters of Our Time, John Train, (Harper Collins, 2003) पृ. 298.

भारतीय प्रमोटर से छानबीन करता देख, मैं खुद से अकसर यह पूछता था—निवेशक ने कहाँ से ढूँढ़ा ऐसा सवाल, या मैं इस फर्म के इस खास पहलू पर क्यों नहीं सोच पाया? और यही पर वह रहस्य उजागर होता कि रिसर्च में अंतर्दृष्टि उत्पन्न हो रही है, सभी पेशेवर निवेशकों के पास अमूमन एक समान सूचनाएँ होती हैं, जिन्हें फाइनेंशियल स्टेटमेंट, ब्रोकर रिसर्च, प्रबंधन के साथ बैठकें और इंडस्ट्री के विशेषज्ञों तक पहुँच, फिर भी चुनिंदा लोग ही इन सूचनाओं का इस्तेमाल सवाल तैयार करने में करते हैं और छिपे हुए पहलुओं का सर्वाधिक इस्तेमाल भी वे करते हैं।

इस अध्याय में हम कुशाग्र बुद्धि निवेशक की मुख्य क्रियात्मक ताकत पर मंथन करेंगे: बड़ी संख्या में कंपनियों का अथक, विस्तारित और प्रक्रियागत तरीके से बरसों तक चलनेवाला शोध। हम चार विशेष क्षेत्रों को परखेंगे, जिन पर शोध प्रयासों के दौरान पेशेवर निवेशकों ध्यान रखते हैं—

1. फ्रेंचाइजी की ताकत;
2. फाइनेंशियल स्टेटमेंट की गुणवत्ता;
3. प्रवर्तकों की प्रतिभा; और
4. प्रवर्तकों की निष्ठा।

फ्रेंचाइजी की ताकत या मजबूत पक्ष

वह पहला सवाल, जो एक ठोस आधारभूत केंद्रित दीर्घकालीन निवेशक पूछता है, क्या इस कंपनी के पास अपने प्रतिस्पर्धियों से टक्कर लेने के लिए कुछ अलग बढ़त योग्य कारक हैं, जो इसे अपनी राह पर बरकरार रख सकें? हमारे समय के बड़े निवेशकों में से एक, वॉरन बफे ने इस सिद्धांत को सबसे ज्यादा इस्तेमाल किया और इसे प्रतिस्पर्धी खंदक की उपमा दी।

मैं अपने प्रतिस्पर्धियों को आसान काम नहीं देना चाहता। मैं एक ऐसा कारोबार चाहता हूँ, जिसके चारों तरफ खंदक हो। मैं चाहता हूँ कि बीच में एक कीमती किला बना हुआ हो और उस किले का प्रभारी बेहद ईमानदार, कठोर परिश्रमी और योग्य हो। तब मैं चाहता हूँ कि उस किले के चारों तरफ खंदक खुदी हो। वह खंदक तमाम चीजों की हो सकती है। हमारे ऑटो इंश्योरेंस के कारोबार, GEICO, के चारों तरफ की खंदक है—कम कीमत।[4]

---

4. यूनिवर्सिटी ऑफ फ्लोरिडा के स्कूल ऑफ बिजनेस में वॉरन बफे का व्याख्यान, 15 अक्तूबर, 1998।

अब जबकि यह फ्रेज 'प्रतिस्पर्धी बढ़त' अब वित्तीय शब्दकोष में रोज प्रयोग होनेवाला बेहद सामान्य शब्द बन चुका है, यह समझना बेहद जरूरी है कि निवेश विश्लेषण में इसके क्या मायने हैं।

चूँकि समस्त फर्में इनपुट के संग्रह का प्रयोगकर एक निश्चित आउटपुट चाहती हैं, तो इनपुट और आउटपुट के बीच के अंतर को वैल्यू एडिशन कहते हैं। स्वाभाविक तौर पर, जिस फर्म ने जितना अधिक अतिरिक्त चीजें निकाल लीं, वह उतनी ही सफल भी रहेगी। तो, ऐसा क्यों है कि इस आधार पर हम पाते हैं कि एक ही क्षेत्र में कुछ फर्में बाकी की अन्य फर्मों से बेहतर स्थिति में हैं ? इसका उत्तर इसी शब्द प्रतिस्पर्धी बढ़त में छिपा है; प्रतिस्पर्धी बढ़त से कुछ चुनिंदा फर्मों को खुद में अपनी प्रतिस्पर्धी फर्मों की तुलना में और वैल्यू एड करने में मदद मिलती है। ऐसा क्यों है कि कुछ चुनिंदा फर्में ही प्रतिस्पर्धी बढ़त का लाभ ले पाती हैं, बाकी क्यों नहीं ऐसा कर पाते ? 1993 में, फाउंडेशंस ऑफ कॉरपोरेट सक्सेस किताब में लेखक जॉन के, जो कि एक ब्रिटिश अर्थशास्त्री भी हैं और फाइनेंशियल टाइम्स में लेख भी लिखते हैं, ने विस्तृत रूप में और स्पष्ट लिखा है कि वह किसी भी अन्य गुरु के लिखे पर बेहद भारी है।[5]

(यहाँ एक छोटी सी स्वीकारोक्ति—लंदन स्कूल ऑफ इकोनॉमिक्स से ग्रेजुएशन के बाद, मैं खुशकिस्मत था कि जॉन के साथ उनकी स्थापित की गई फर्म लंदन इकोनॉमिक्स में काम कर सका और फिर मुझे यू.के. में क्लियर कैपिटल में काम करने का मौका मिला, जिसकी स्थापना में मेरी भी भूमिका थी और यहाँ जॉन अध्यक्ष थे। आज जो कुछ भी मैं प्रैक्टिस कर पाता हूँ और जो कुछ भी लिख रखा है, वह सबकुछ सीधे-सीधे जॉन से ही प्रभावित है।)

जॉन कहते हैं कि सस्टेनेबल कंपटीटिव एडवांटेज, यानी सतत प्रतिस्पर्धी बढ़त वह चीज है, जो किसी फर्म को यह सुनिश्चित करने में मदद करती है कि जो वैल्यू या मूल्य या गुण वह खुद में जोड़ेगी, वह उसे प्रतिस्पर्धियों से बहुत आगे रखने में मदद करेगी। इसे हासिल करने के दो जरिए हैं—डिस्टिंक्टिव कैपेबिलिटीज या कुछ अलग करने की क्षमता अथवा स्ट्रेटेजिक असेट्स या रणनीतिक असेट, जबकि स्ट्रेटेजिक असेट्स का बौद्धिक संपदा (पेटेंट, प्रोप्राइटरी नोहाउ) हो सकता है, या लीगल राइट्स (लाइसेंस, कन्सेशंस) या प्राकृतिक एकाधिकार के रूप में हो, जबकि

5. पार्ट III, फाउंटेशन ऑफ कॉरपोरेट सक्सेस, जॉन के, (ऑक्सफोर्ड यूनिवर्सिटी प्रेस, 1993)

कुछ अलग करने की क्षमता ज्यादातर अपनी प्रकृति में अमूर्त या अदृश्य होती है।

डिस्टिंक्टिव कैपेबिलिटीज के बारे में कहते हैं कि यह फर्म की अपने ग्राहकों, आपूर्तिकर्ताओं या कर्मचारियों के साथ संबंधों की गुणवत्ता को कहते हैं, जो किन्हीं भी दो फर्मों में एक समान नहीं हो सकती। इस पहलू पर काम करने से फर्म को यह फायदा मिलता है कि वह अपनी प्रतिस्पर्धी पर बढ़त बना सके। उन्होंने डिस्टिंक्टिव कैपेबिलिटीज को भी तीन श्रेणियों में बाँटा है—

- ब्रांड और ख्याति
- बनावट या स्थापत्य
- नवोत्पाद या नवोन्मेष

ब्रांड और ख्याति

बड़ी संख्या में बाजारों में, उत्पाद की गुणवत्ता, भले ही खरीद के निर्णयों में अपनी अहम् भूमिका निभाती हो, लेकिन मान्यता या स्वीकारोक्ति उसे इस्तेमाल करने के एक लंबे अनुभव के बाद ही मिलती है। ऐसे उत्पादों के उदाहरण के तौर पर आप बीमा पॉलिसियों और स्वास्थ्य बीमा को रख सकते हैं। तमाम अन्य बाजारों में टिकट के दाम बहुत ऊँचे होते हैं; इसलिए उपभोक्ता किसी वस्तु की गुणवत्ता का आकलन तभी कर पाता है, जब वह उसकी कीमत के मुकाबले में अच्छी-खासी रकम खर्च कर देता है। उदाहरण के तौर पर कार और ऊँची कीमतों वाले टेलीविजन सेट को आप रख सकते हैं।

दोनों ही प्रकार के बाजारों में, उत्पाद की गुणवत्ता या सेवाओं के मामले में ग्राहक कंपनी की पहले से बनी हुई ख्याति की मजबूती का इस्तेमाल करते हैं। उदाहरण के लिए, किसी गंभीर सर्जरी के माम्ले में हम शहर के सबसे अच्छे अस्पताल की तलाश करते हैं और जब घर पर मनोरंजन की व्यवस्था करनी हो तो हम दुनिया के श्रेष्ठतम ब्रांडों को तरजीह देते हैं, भले ही वे जरा महँगे ही क्यों न हों। चूँकि इन उत्पादों की ख्याति को बनने में बरसों लगते हैं और इसे तैयार करना भी काफी कठिन और महँगा होता है, ऐसे में प्रतिस्पर्धी बढ़त बनाने में यह जबरदस्त भूमिका निभाता है।

जिन उत्पादों का हम दैनिक आधार पर प्रयोग करते हैं, उसमें हम ब्रांड की ताकत से वाकिफ होते हैं। हालाँकि नफासत या (कारोबार-से-कारोबार) बी2बी उत्पाद वर्ग (उदाहरण के लिए औद्योगिक तार, माइनिंग के यंत्र, नगर निगम का

पानी सफाईकरण, सेमिकंडक्टर्स) में निवेशकों को अकसर नहीं पता चलता कि बाजार में मौजूद खास ब्रांडों की ऐसे उत्पादों को लेकर कैसी ख्याति है, यानी फर्स्ट हैंड अनुभव की बजाय उन्हें सुनी-सुनाई, बातों पर ही यकीन करने को विवश होना पड़ता है। ऐसे ब्रांडों की ताकत जाँचने के लिए निवेशक को दूसरी तरफ मुखातिब होना पड़ता है—

- कारोबार से जुड़े प्रकाशनों की तरफ से कराए गए ब्रांड रिकग्निशन सर्वे।
- फर्म की तरफ से दी जानेवाली वारंटी का विस्तारित समय (वारंटी की अवधि, जितनी अधिक होगी, उससे फर्म के ब्रांड के संबंध में उतनी ही सकारात्मक बातें सुनने को मिलेंगी)।
- फर्म की बाजार में मौजूदगी के समय से भी उसकी अहमियत तय होती है (उदाहरण के लिए, 1905 में स्थापित यह एक बेहतरीन तरीका है दुनिया को बताने का कि चूँकि आप एक सदी से अधिक समय से इस कारोबार में हैं, तो आपके उत्पाद में जरूर कुछ अलग बात होगी)।
- फर्म अपने उत्पाद की मार्केटिंग और प्रचार पर कितना खर्च करती है (एक बड़ी मार्केटिंग में आँकड़े खर्च होते हैं, यह आमतौर पर फर्म की कमाई की तुलना पुष्टि करने का संकेत माना जाता है), और
- फर्म अपनी प्रतिस्पर्धियों की तुलना में किसी उत्पाद के लिए कितनी प्रीमियम प्राइस चार्ज कर सकती है।

नियमित लाभ पैदा करने की कुव्वत भी ब्रांड और ख्याति की ताकत को प्रोत्साहित करने का एक तरीका हो सकता है और इस तरह, शेयरहोल्डर को मिलनेवाला रिटर्न भी यह तय करता है कि भारत के सर्वाधिक भरोसेमंद बैंकों ने कैसे पिछले दशक में अंतर पैदा किया है। एक फाइनेंशियल डेली, इकोनॉमिक टाइम्स में विश्लेषण छपा, जो कि नीचे टेबल के रूप में दिया गया है और उसमें यह दिखाया गया है कि किस तरह पिछले एक दशक के दौरान सबसे ज्यादा ताकतवर ब्रांडवाली लिस्टेड कंपनियों ने आराम से स्टॉक मार्केट की फ्रंटलाइन पर रहते हुए हर मोरचे पर जीत दर्ज की और जीत का उनका यह अंतर आय, कमाई और शेयर कीमतों में बदलाव को लेकर काफी ज्यादा मार्जिन लिये हुए था।[6]

6. द इकोनॉमिक टाइम्स, 7 नवंबर, 2012

टेबल 1.1

*	कंपनी	भरोसेमंद ब्रांड*	10 साल की वृद्धि (वित्त वर्ष 04-14) (%CAGR)**		
			रेवेन्यू	ईपीएस	शेयर प्राइस
1.	कोलगेट पामोलिव	कोलगेट(1)	14	17	27
2.	हिंदुस्तान यूनिलिवर	क्लिनिक प्लस (4), लाइफबॉय (10), रिन (12),सर्फ (13), लक्स (14), पॉन्ड्स, आदि	10	8	15
3.	नेस्ले	मैगी (9), नेस्ले मिल्क चॉकलेट, आदि	15	16	23
4.	जीएसके कंज्यूमर	हॉर्लिक्स (16)	15	21	33
5.	भारती एयरटेल	एयरटेल (18)	33	18	15
	टॉप 5 ब्रांड संग लिस्टेड कंपनियों का औसत		18	16	22
	निफ्टी कंपनियों के लिए औसत		**12**	**13**	**14**

स्रोत—इकोनॉमिक टाइम्स और ऐंबिट कैपिटल ने ब्लूमबर्ग डाटा से विश्लेषण किया।

(* ब्रैंकेट में दरशाए गए आँकड़े 2012 में इकोनॉमिक टाइम्स के ब्रांड इक्विटी के सर्वे में प्राप्त रैंक दरशा रहे हैं। यह सर्वे भारत में 100 सर्वाधिक भरोसेमंद ब्रांडों को लेकर किया गया था।

** वित्त वर्ष 2014 का आँकड़ा 7 अप्रैल, 2014 को ब्लूमबर्ग के मतैक्य पर आधारित है।)

आर्किटेक्चर

आर्किटेक्चर से आशय किसी फर्म के उसके कर्मचारियों, आपूर्तिकर्ताओं और ग्राहकों के साथ औपचारिक और अनौपचारिक कॉन्ट्रैक्ट के नेटवर्क से जुड़ा हुआ है। इसमें यह भी शामिल हो सकता है कि कंपनी कर्मचारियों से औपचारिक कॉन्ट्रैक्ट रखती हो ताकि कर्मचारियों को समय-समय पर जरूरी प्रशिक्षण दिया जाता हो। इसी प्रकार, आर्किटेक्चर में यह भी सनाहित होगा कि आपूर्तिकर्ताओं से लेन-देन के लिए फर्म कानूनी आधार रखती हो और उसमें यह स्पष्ट हो कि कंपनी निश्चित समय पर पेमेंट करेगी और अगर आपूर्तिकर्ता अपने उत्पादन में कटौती करते

हैं तो कंपनी को तीन महीने पहले इस योजना के बारे में बताना अनिवार्य होगा।

ऐसा आर्किटेक्चर ज्यादातर उन फर्मों में पाया जाता है, जहाँ विभेदकारी संगठनात्मक शैली अपनाई जाती है या स्वभावतया ऐसी फर्म अच्छी तरह संगठित ढाँचा रखती हैं और उनका कारोबार या काम करने को लेकर दैनिक प्रक्रियाओं का एक स्थापित तरीका होता है। अतः, उदाहरण के लिए, अगर आपने भारत में कभी गृह-ऋण लिया हो, तो आपने गौर किया होगा कि जिस तेजी और पेशेवराना अंदाज में एच.डी.एफ.सी. गृह-ऋण की औपचारिकताएँ निपटाता है, उसमें और बाकी संस्थानों में अंतर खुद-ब-खुद नजर आता है। एच.डी.एफ.सी. ब्राँच मैनेजर उधार लेनेवालों से चुनिंदा प्रश्न करते हैं, बजाय अन्य संस्थानों के। यही नहीं, गृह ऋण मुहैया करानेवाले लोग आवेदक से काफी तत्परता से पेश आते हैं और प्रॉपर्टी को लेकर भी उनकी जाँच-पड़ताल काफी सरल और गंभीर तरीके से होती है, जो कि अन्य कर्जदाताओं की कार्यशैली में नजर नहीं आता।

आर्किटेक्चर का एक और उदाहरण यह है जो मुंबई के उपनगर में देखा जा सकता है, जहाँ मैं रहता हूँ, पवई के हीरानंदानी गार्डंस में। 1980 के मध्य में इस इलाके में हीरानंदानी परिवार ने अपने फ्लैटों का पहला हिस्सा बेचा। तब यह इलाका मुंबई से काफी दूर माना जाता था। उस समय यहाँ जंगल हुआ करते थे, यहाँ तक कि 1990 के शुरुआती दौर में भी, टैक्सी ड्राइवर हीरानंदानी गार्डंस की तरफ जाना पसंद नहीं करते थे, क्योंकि वह इलाका दूर था, मुख्य इलाके से कटा हुआ था और उसमें बीच में जंगल भी पड़ते थे। घना जंगल होने के कारण लुटेरों के लिए यहाँ अपना धंधा चमकाना आसान था।

हालाँकि पिछले 20 सालों के दौरान, हीरानंदानी डेवेलपर्स ने धीरे-धीरे संस्थानों का नेटवर्क बना डाला, जिसमें स्कूल, हर सुविधा संपन्न अस्पताल, प्रचुर मात्रा में सामानों से भरा सुपर मार्केट, दो होटल (बजट और लग्जरी), एक लुभावनी हाई स्ट्रीट, जिस पर तमाम रेस्तराँ, बैंक, जनरल प्रॉविजन स्टोर्स और पड़ोस में दो शॉपिंग मॉल भी अस्तित्व में आ गए। डेवलपर ने बहुत से आयोजनों को प्रायोजित किया, जिसमें वार्षिक मैराथन, सांस्कृतिक त्योहारों और तमाम स्थानीय क्लबों के कार्यक्रमों को प्रोत्साहन दिया। हर तरह की सर्विस को अपनी तरफ से सहयोग देकर इसे लगातार बढ़ाया, मसलन उस दौर के मानक से बढ़कर चीजें स्थापित कीं जैसे पार्क, स्विमिंग पूल, साफ चौड़ी सड़कें आदि पर डेवलपर ने खासा ध्यान दिया। हीरानंदानी गार्डंस को फिर पीछे मुड़कर देखने की जरूरत नहीं पड़ी और आवासीय इलाके के तौर पर उसे जाना जाने लगा।

इस आर्किटेक्चर ने हीरानंदानी परिवार को रियल इस्टेट डेवलपर के तौर पर

स्थापित कर दिया और अब वे अपने नए फ्लैटों के लिए मनमाना दाम तय कर सकते थे। वैसा हुआ भी। उन्होंने अपने फ्लैटों के दाम मुंबई में उस दौरान मौजूद फ्लैटों के मुकाबले दोगुने कर दिए। चूँकि फ्लैटों के निर्माण की लागत हीरानंदानी के लिए भी उतनी ही थी, जितनी कि अन्य रियल स्टेट डेवेलपर्स के लिए (सबने अपना लैंड बैंक येनकेन प्रकारेण एक दशक या इससे पहले से ही काफी बढ़ा रखा था), हीरानंदानी का लाभ मार्जिन अन्य के मुकाबले काफी ज्यादा आगे पहुँच चुका था।

ऐसे में कोई निवेशक यह कैसे आँक सकता है कि जिस फर्म की वह छानबीन कर रहा है, उसका आर्किटेक्चर तय मापदंडों पर ही है? यह एक कठिन काम है, लेकिन निवेशक यह आकलन कर सकता है कि क्या उक्त फर्म की प्रक्रिया और तौर-तरीके निम्नलिखित आधार पर माकूल हैं—

- उक्त फर्म के कर्मचारी विभागों और लोकेशनों से इतर आपस में किस स्तर पर सहयोग की मानसिकता दरशा रहे हैं,
- कर्मचारियों में आपसी संघर्षण की दर से (कभी-कभी इसका जिक्र भी वार्षिक रिपोर्ट में किया जाता है),
- कंपनी के अलग-अलग हिस्सों में काम करनेवाले कर्मचारियों से एक ही सवाल पूछने और उनके मिलनेवाले उत्तर में भारी उतार-चढ़ाव के स्तर से, और
- वह दर, जिससे कंपनी नवोन्मेषी विचारों का सृजन कर पाती है और उस अनुरूप अपने उत्पादों या सेवाओं या उत्पादन प्रक्रिया में चलते-चलते फेरबदल कर देती है।

सफल आर्किटेक्चर के मूल में सहयोग—टीम के अंदर, फर्म की विभिन्न टीमों के बीच और फर्म और आपूर्तिकर्ताओं के बीच सहयोग और साझेदारी- विचारों, सूचनाओं, ग्राहक की जरूरतों और अंततः इनाम को लेकर।

अच्छी तरह से तैयार आर्किटेक्चर का फायदा फर्म को यह मिलता है कि वह सामान्य लोगों के जरिए भी बेहतरीन परिणाम हासिल कर लेती है। संभवतः भारत में आर्किटेक्चर का सबसे ज्वलंत उदाहरण गैरसूचीबद्ध गैर लाभकारी कृषि समितियाँ मानी जा सकती हैं, जिसमें गुजरात कोऑपरेटिव मिल्क मार्केटिंग फेडरेशन लिमिटेड (GCMMF) शामिल है और जिसे लाखों भारतीय अमूल के नाम से जानते हैं।

GCMMF की जड़ें भारत की आजादी के आंदोलन से जुड़ी हुई हैं। इसकी स्थापना इतिहासपुरुष वर्गीज कुरियन ने 1973 में की थी। किसानों की समिति की वार्षिक आय वित्त वर्ष 2013 में 137 खरब रुपए (लगभग 1.2 खरब अमेरिकी डॉलर) रही। यह आँकड़ा निजी क्षेत्र की प्रतिस्पर्धी कंपनी नेस्ले से कुछ ही ज्यादा

था। नेस्ले के वित्त वर्ष 2013 के आँकड़े बताते हैं कि कंपनी ने 91 खरब रुपए या 1.5 खरब अमेरिकी डॉलर की आय अर्जित की। इसके अतिरिक्त, GCMMF की आय पिछले पाँच साल से 21 फीसद की दर से बढ़ी है, वहीं नेस्ले की आय इस मुकाबले महज 16 फीसद की दर से ही बढ़ सकी।

GCMMF का रोजाना दूध की प्राप्ति 130 लाख लीटर के आस-पास है, जो कि सोसाइटी को 16 हजार ग्रामीण कोऑपरेटिव सोसाइटियों (जिनमें 32 लाख दुग्ध उत्पादक सदस्य जुड़े हैं) तथा गाँवों से हासिल होता है। जिस हिसाब से GCMMF ग्रामीण कोऑपरेटिव डेयरी से जुड़े तीस लाख परिवारों से दूध एकत्र करता है और उसे जिला स्तर की कोऑपरेटिव सोसाइटियों के सहयोग से आगे बढ़ाता है और अंत में सबकुछ मदर डेयरी में समाहित हो जाता है, यह प्रक्रिया तमाम प्रबंधकीय विशेषज्ञों के शोध का विषय बना रहता है।

न केवल GCMMF के पास प्रभावशाली लॉजिस्टिक कौशल है, उसकी मार्केटिंग सूझबूझ भी तमाम मल्टीनेशनल दिग्गजों से टक्कर लेती नजर आती है। मुख्य एफ.एम.सी.जी. उत्पाद श्रेणियों में जैसे मक्खन, पनीर और पैकेटबंद दूध के मामले में, अमूल लंबे समय से मार्केट लीडर बना बैठा है और दुनिया भर के दिग्गज इसकी काट अब तक नहीं खोज पाए हैं। GCMMF भारत के सबसे ज्यादा दुग्ध उत्पादों के निर्यातक की भी भूमिका अदा कर रहा है।

GCMMF ऐसा कैसे कर पाता है? कैसे यह किसानों को उचित कीमत, अपनी प्रबंधकीय टीम (जिसमें भारत के तमाम सर्वश्रेष्ठ बिजनेस स्कूलों के छात्र शामिल होते हैं) को पैसा दे पाता है, अपने 5 हजार डीलरों, दस लाख फुटकर विक्रेताओं और लाखों ग्राहकों को संतुष्ट कर पाता है? GCMMF को केंद्रित करके सैकड़ों केस स्टडीज लिखी जा चुकी हैं, लेकिन इसकी सफलता के मूल में तीन अहम् कारक नजर आते हैं—(1) इसका 50 साल पुराना ब्रांड, जिसकी पहचान लाल छींटवाली ड्रेस पहने एक नन्ही बच्ची ने अमिट बना दी है; (2) छोटे किसानों को संतोषजनक कीमत देने का उदार विचार और बिचौलियों को दूर रखने के लिए हर संभव विचार पर अमल और (3) वैश्विक स्तर पर देश का झंडा बुलंद करनेवाले उद्योग से भारतीय राष्ट्रवाद के भाव को जोड़ने में सफलता।

नवोन्मेष

इनोवेशन या नवोन्मेष के बारे में अकसर बातें की जाती हैं कि प्रतिस्पर्धी बढ़त का यह एक स्रोत हो सकता है, खासकर तकनीकी और फार्मास्युटिकल्स के क्षेत्रों में। हालाँकि जिन लोगों ने इस पहलू को करीब से पढ़ा है और उनकी बारीकियों

पर गौर किया है, वे तब मेरा समर्थन करते हैं, जब मैं कहता हूँ कि सतत प्रतिस्पर्धी बढ़त के मामले में यह सर्वाधिक तुच्छ स्रोत है। इनोवेशन जो है—

- खर्चीला है,
- अप्रत्याशित है—इनोत्रेशन प्रक्रिया या तो हिट होती है या फ्लॉप,
- इसकी बेतरतीब प्रक्रिया के चलते इसका प्रबंधन कर पाना कठिन होता है।

इसके अलावा, यहाँ तक कि जब खर्चीली इनोवेशन प्रक्रिया वाणिज्यिक स्तर पर अपना सफल परिणाम दिखाने लगती है, तभी प्रतिस्पर्धी उनकी नकल तैयार करके कम मेहनत में ही लाभ का वह हिस्सा, जो मौलिक संस्थान के पास जाना चाहिए, उसे कुतरना शुरू कर देते हैं। इसके अलावा प्रतिस्पर्धी उन कर्मचारियों को ऊँची सैलरी देकर अपने पाले में कर लेते हैं, जिन्होंने वह इनोवेशन प्रक्रिया शुरू की होती है। दरअसल, इनोवेशन प्रक्रिया तब ज्यादा सफल-सशक्त होती है, जब इसे दो अलग-अलग क्षमताओंवाले समूह, जैसा कि पूर्व में बताया गया है, यानी साख और आर्किटेक्चर, मिलकर एकसाथ कदम बढ़ाते हैं। इस लिहाज से एप्पल कंपनी एक ज्वलंत उदाहरण है, जिसने इनोवेशन के क्षेत्र में स्पष्ट साख अर्जित कर रखी है।

रणनीतिक गुण

तीन विरोधाभासी अलग-अलग प्रकार की जिन क्षमताओं का ऊपर जिक्र किया गया, उनमें प्रतिस्पर्धी बढ़त के स्रोत के तौर पर रणनीतिक गुण की पहचान करना आसान है। ये गुण अलग-अलग रंग-ढंग में सामने आते हैं—

- बौद्धिक संपदा, यानी पेटेंट या प्रोप्राइटरी नोहाऊ (उदाहरण के लिए, कोक की प्रसिद्ध सीरप रेसिपि, जो कि बेहद गुप्त तरीके से रखी गई है और उसे कंपनी के अटलांटा, जॉर्जिया स्थित म्यूजियम में रखा गया है)
- जनता को सर्विस मुहैया कराने के लिए तय लाइसेंस और नियामक अनुमतियाँ (उदाहरण—टेलीकॉम, ऊर्जा, गैस या सार्वजनिक परिवहन);
- प्राकृतिक संसाधनों तक पहुँच, जैसे कोयला या लौह खदान का ठेका;
- राजनीतिक संपर्क—राष्ट्रीय, प्रादेशिक या शहर स्तर पर;
- संक कॉस्ट, यानी गुप्त शुल्क, जिसे पहले संगठन ने लगा रखा होता है। इससे दूसरे सक्षम प्रतिस्पर्धी उस क्षेत्र से दूर ही रहते हैं (उदाहरण—मुंबई-पुणे राजमार्ग का काम IRB देख रही है, ऐसे में किसी अन्य के उस क्षेत्र में दखल का सवाल ही नहीं पैदा होता)
- प्राकृतिक एकाधिकार मसलन वे क्षेत्र या बाजार, जहाँ केवल एक या

दो फर्म ही काम कर सकती हैं, उदाहरण—मुंबई में बिजली सप्लाई के लिए केवल एक ही फर्म अधिकृत है, टाटा पावर।

एक फर्म, जो रणनीतिक गुणों से लैस होती है, वह चाहे जो भी आकार प्रकार में हो, उसे प्रति यूनिट शुल्क को न्यूनतम रखने में सबसे ज्यादा फायदा होता है, क्योंकि प्रतिस्पर्धी उस दर पर लाभ कमा ही नहीं सकेंगे। उदाहरण के लिए, टाटा स्टील, अपनी दशकों पुरानी कोयला और कच्चे लोहे की खदानों के कारण प्रतिस्पर्धियों पर बढ़त बनाए रखती है और उसे स्टील उत्पादन पर प्रति टन कीमत अन्य उत्पादकों की तुलना में ज्यादा हासिल होती है। ऐंबिट कैपिटल के विश्लेषकों के मुताबिक, प्रति टन स्टील उत्पादन से टाटा स्टील को 45 हजार रुपए की कमाई होती है। वहीं सरकारी कंपनी सेल को 39,000 रुपए और जे.एस.डब्ल्यू. स्टील को 38,000 रुपए हासिल होते हैं।

भारत में जब आप मार्केट कैप की टॉप 50 कंपनियों की स्थिति पर तब से गौर करें, जब निफ्टी 1995 में लॉञ्च हुआ था, तब आप पाएँगे कि तब केवल एक ही दिग्गज हुआ करता था—टाटा संस, जिसके पास तीन कंपनियाँ (टाटा पावर, टाटा स्टील और टाटा मोटर्स) थीं, जो कि ज्यादातर समय इंडेक्स में बनी हुई थीं। दरअसल 2014 के शुरुआती महीनों में, जब मैंने किताब लिखनी शुरू की, तब मैंने पाया कि चार कंपनियों टाटा की तीन फर्म और साथ में टाटा कंसलटैंसी सर्विसेज के साथ टाटा संस ने निफ्टी के हर मोर्चे पर हर भारतीय दिग्गज कंपनी को बुरी तरह पीछे छोड़ रखा था।

टाटा ग्रुप का नजदीकी विश्लेषण करने पर, जबकि यह ग्रुप शहर का न तो सबसे बड़ा इनोवेटिव ग्रुप था, यह पता चला कि कैसे इस समूह का कारोबार को खड़ा करना किसी पाठ्यपुस्तक का सबसे दिलचस्प अध्याय बन सकता है। इस समूह ने आर्किटेक्चर और ब्रांड को मिलाकर एक शानदार प्रभाव पैदा किया और इस तरह एक तगड़ी सतत प्रतिस्पर्धी बढ़त के संसाधन हासिल कर लिये। इस समूह ने तीन खास मैकेनिजम का सृजन किया, ताकि यह सुनिश्चित किया जा सके कि प्रतिस्पर्धी बढ़त के स्रोत लंबी अवधि तक चल सकें।

पहली बात, टाटा संस एक असूचीबद्ध कंपनी है (जिस पर टाटा परिवार के सदस्योंवाले तमाम पैतृक ट्रस्टों का मालिकाना है), जो टाटा की कंपनियों का प्रमुख संचालक या मालिक है और तमाम कंपनियों के शेयरों के बड़े हिस्से पर उसका एकाधिकार है। टाटा संस का धैर्य, दीर्घकालीन अनुकूलन स्थिति, जो कि बड़े, मजबूत व्यवसायों को विकसित करने में अहम् भूमिका अदा करते हैं और टाटा के सूचीबद्ध व्यवसायों को स्थिरता प्रदान करने में अपनी अहम् भूमिका निभाते हैं।

दूसरा, टाटा क्वालिटी मैनेजमेंट सर्विसेज (TQMS), जो कि टाटा संस का ही एक डिवीजन है, टाटा कंपनियों को उनके व्यवसायों से जुड़े बेहतरीन अवसरों के बारे में समय-समय पर अवगत कराता रहता है। इसे टाटा बिजनेस एक्सेलेंस मॉडल, कारोबारी नैतिकता का प्रबंधन और टाटा कोड ऑफ कंडक्ट भी कहते हैं।[7] TQMS, असल मायने में, ऐसा आर्किटेक्चर मुहैया कराता है, जिसमें टाटा अंपायर के विभिन्न हिस्सों के आपस में सामंजस्य बिठाने की आदत विकसित की जाती है।

तीसरा, टाटा से जुड़े तमाम नाम और टाटा के विभिन्न ट्रेडमार्कों का भी मालिकाना हक टाटा संस के पास ही है, जो कि देश और विदेश में पंजीकृत हैं। इन नामों का प्रयोग समय-समय पर विभिन्न टाटा कंपनियाँ एक लाइसेंस के जरिए करती रहती हैं। यह लाइसेंस टाटा संस के नाम पर ही होता है, क्योंकि उत्पाद और सेवाओं को लेकर कॉरपोरेट नाम और/या उनसे संबंध के तौर पर सीधा-सीधा जुड़ाव मूल कंपनी से ही होता है। ग्रुप मार्क और टाटा के लोगो का मामला ब्रांड इक्विटी और बिजनेस प्रमोशन एग्रीमेंट से जुड़ा होता है, जो टाटा संस और टाटा कंपनियों के बीच किया गया होता है।[8]

प्राइमरी डाटा की प्राथमिकता

'मैं हमेशा प्रयास करता हूँ और आखिरी कुछ मिनट इस तरह बिताता हूँ... कि प्रतिस्पर्धी, या एक कंपनी को उनके कारोबार के अनुसार समझ सकूँ, जैसे कि मान लें कि कोई सप्लायर या एक उपभोक्ता हो। हालाँकि सभी प्रबंधन अन्य कंपनियों के बारे में बात नहीं करेंगे, लेकिन जब वे कुछ साझा करेंगे तो वह खुलासे की तरह होगा। अंततः सराहना तब होगी, जब एक कंपनी प्रतिस्पर्धी को लेकर सकारात्मक बात करती है। मैं हमेशा इस बात पर अथवा विचार पर ज्यादा जोर देता हूँ—एंथनी बोल्टन', फिडलिटी स्पेशल सिचुएशन फंड के ऐतिहासिक प्रबंधक।[9]

एक प्रबंध निदेशक अथवा एक वित्त निदेशक से बात करने का कोई फायदा नहीं होता। जब एस.बी.यू. हो रहा हो, उस दौरान आपको जनता के साथ हॉल में मौजूद रहना जरूरी होता है, जहाँ आप कुछ प्रोग्रामर्स से मिल सकते हैं। मैं कुछ ऐसा ही करने का प्रयास करता हूँ। मैं फील्ड में जाता हूँ और वहाँ आकार ले रही घटनाओं को महसूस करता हूँ...मैं इसे जरूरी मानता हूँ कि आपको हमेशा कुछ

7. टाटा संस वेबसाइट।

8. द टाटा संस वेबसाइट।

9. इन्वेस्टिंग एगेंस्ट द टाइड, ऐंथनी बोल्टन, एफटी प्रेंटिस हॉल, 2009, पेज 16

अलग सोच रखनी चाहिए और प्रबंधन आपको क्या जानकारी दे रहा है, उससे ज्यादा फर्क नहीं पड़ना चाहिए। यह बहुत महत्त्वपूर्ण है। मैं मानता हूँ कि अगर कोई शख्स सतर्क नहीं है और वह पूरी तरह अगर प्रबंधन की तरफ से प्रस्तुत चीजों पर ही भरोसा करता है तो यह पूरी तरह गलत होगा। मेरा मानना है कि आपके पास ढेर सारे सूत्र होने चाहिए, जानकारी देनेवाले और महज वार्षिक रिपोर्ट के आधार पर ही कोई निष्कर्ष नहीं निकालना चाहिए—सुकुमार राजाह, प्रबंधन निदेशक और सी.आई.ओ., एशियन इक्विटीज, फ्रैंकलिन टेंपलटन इन्वेस्टमेंट।[10]

सतत प्रतिस्पर्धी बढ़त को बतौर सिद्धांत समझना एक चीज है, लेकिन यह काफी पेचीदा हो सकता है कि क्या एक बड़ी और नामी कंपनी के पास वाकई सतत प्रतिस्पर्धी बढ़त होती है। कंपनी प्रबंधन किसी विषय पर निरपेक्ष राय दे, ऐसा संभव नहीं है और चूँकि ज्यादातर ब्रोकर कुछ मुद्दों को लेकर अपनी राय में स्पष्ट नहीं रहते, ऐसे में इंडस्ट्री में भरोसेमंद सूत्र सवालों के जरिए ही ढूँढ़े जा सकते हैं। इसलिए प्रासंगिक कंपनी के ग्राहक, प्रतिस्पर्धी, आपूर्तिकर्ता, पूर्व कर्मचारी, नियामक, पूर्व सलाहकार या कंसल्टेंट अकसर सूचनाओं के लिए बेहतरीन स्रोत साबित होते हैं।

कुशल निवेशक जानते हैं कि किस प्रकार ऐसे सूत्र ढूँढ़े जा सकते हैं (जिन्हें इंडस्ट्री की शब्दावली में प्राथमिक डाटा सूत्र कहते हैं) और उनसे कुछ इस प्रकार के सवाल किए जा सकते हैं—

- इस बाजार में कौन सा खिलाड़ी प्राइस लीडर है या कौन सी कंपनी सबसे पहले दाम बढ़ाती है?
- कौन सी फर्म इस सेक्टर की सबसे चहेती एप्लॉयर है या कौन सी कंपनी इस सेक्टर में ऐसी है, जहाँ के कर्मचारी सबसे कम संख्या में नौकरी छोड़ते या बदलते हैं?
- इस सेक्टर में किस कंपनी के सबसे मजबूत नियामकीय और राजनीतिक गठजोड़ हैं?
- इस बाजार में किस कंपनी की बिक्री-उपरांत सेवा सबसे बढ़िया है?
- इस सेक्टर में नए वितरकों (या नई फ्रेंचाइजी) से जुड़ने का सबसे बढ़िया ट्रैक रिकॉर्ड किस कंपनी के पास है, या कौन सी कंपनी के पास वितरक (या नई फ्रेंचाइजी) बनने की ख्वाहिश रखनेवाले लोगों के आवेदन सबसे ज्यादा संख्या में आते हैं?

---

10. इंडियाज मनी मोनार्क, चेतन पारीख, (capitalideasonline.com, 2005), पेज 205

प्रतिस्पर्धी बढ़त के आकलन के लिए वित्तीय विश्लेषण

एक अन्य तरीका, जो कि उपरोक्त व्याख्यायित तरीके के पूरक का काम कर सकता है, उसमें वित्तीय अनुपात विश्लेषण का प्रयोगकर यह आकलन किया जाता है कि एक कंपनी विशेष के पास सतत प्रतिस्पर्धी बढ़त के हालात हैं या नहीं। ऐसी बढ़त के साथ एक कंपनी के पास स्थिर या उभरता हुआ ऑपरेटिंग मार्जिन होना चाहिए, जो कि लगभग 10 साल तक उसे लाभ दिलाए और जिस दौरान कंपनी को दोहरे अंकवाली आय वृद्धि-दर शामिल हो। लाभ की दृष्टि से इस वृद्धि का मतलब यह होना चाहिए कि अगर प्लांट, क्षम्ता, ब्रांड आदि में कंपनी निवेश भी करे तो उसका असर कमाई पर न पड़े और कंपनी एक स्वस्थ स्तर ROCE और ROE (दोनों ही 10 और 20 के अंदर होने चाहिए और अगले दस साल तक की अवधि के लिए भी इन पर सवाल नहीं उठने चाहिए) पर रहे। अगले अध्याय में हम देखेंगे कि क्यों सरल नियमों को एक साथ समाहित करने में निरंतर कॉरपोरेट सफलता की सशक्त रेसिपी निहित होती है।

केस स्टडी—एशियन पेंट्स[11]

एशियन पेंट्स की स्थापना 1942 में चार पेशेवरों, चंपकलाल चोकसी, सूर्यकांत दानी, चिमनलाल चोकसी और अरविंद वकील ने की थी। यह कंपनी 1968 में देश की सबसे बड़ी पेंट निर्माता कंपनी बनी और तब से ही इसने यह पोजिशन बरकरार कर रखी है।

1997 में चंपकलाल चोकसी और उनके बेटे, अतुल ने कंपनी में से 8 फीसद हिस्सा बेच दिया, क्योंकि उनका कंपनी के अन्य प्रवर्तकों के परिवारों से विवाद हो गया था। अन्य प्रवर्तकों के पास अब भी कंपनी का 53 फीसद हिस्सा बरकरार है। भारत में एशियन पेंट्स का संगठित पेंट उद्योग के बाजार के 42 फीसद हिस्से पर कब्जा है, जिसमें 55 फीसद हिस्सा डेकोरेटिव कोटिंग का है और लगभग 13 फीसद हिस्सा इंडस्ट्रियल कोटिंग सेगमेंट का है। भारत में कंपनी 106 डिपो और 27 हजार डीलरों के माध्यम से अपना संचालन करती है। कंपनी देश के बाहर अपनी सहकंपनी बर्जर इंटरनेशनल लिमिटेड, ऐपको कोटिंग्स, एस.सी.आई.बी. पेंट्स और ताउबमंस के जरिए कारोबार करती है।

एशियन पेंट्स के सशक्त रेवेन्यू ग्रोथ के वित्तीय ट्रैक रिकॉर्ड को ऊपर उठते

---

11. एशियन पेंट्स को लेकर ऐंबिट कैपिटल की रिसर्च।

हुए लाभ और मजबूत नकद अर्जन से भी साथ मिलता है। इसका परिणाम यह होता है कि कंपनी अपने विपक्षियों को काफी पीछे छोड़े हुए है। पिछले छह सालों में हर बार, एशियन पेंट्स ने बाजार हिस्से में हमेशा बढ़त ही बनाई है और स्वाभाविक चीज यह है कि प्रतिस्पर्धियों को नुकसान उठाना पड़ा है।

चार्ट 2.1–एशियन पेंट्स की निरंतर रेवेन्यू ग्रोथ और स्थिर ऑपरेटिंग मार्जिंस

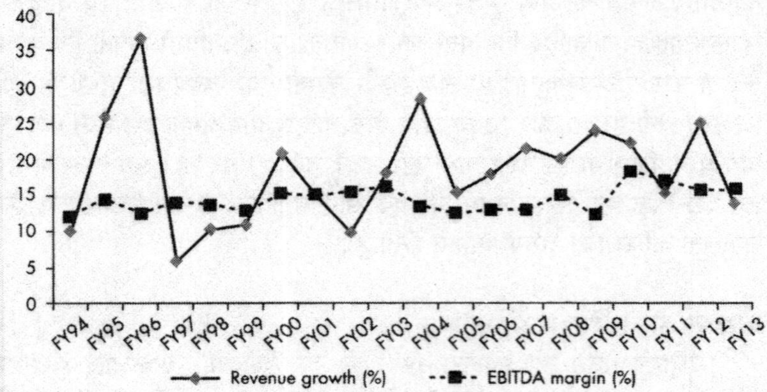

स्रोत—ब्लूमबर्ग के डाटा से ऐंबिट कैपिटल का निष्कर्ष

चार्ट 2.2—एशियन पेंट्स का बेहतर ऑपरेटिंग कैश फ्लो और स्वस्थ ROCEs

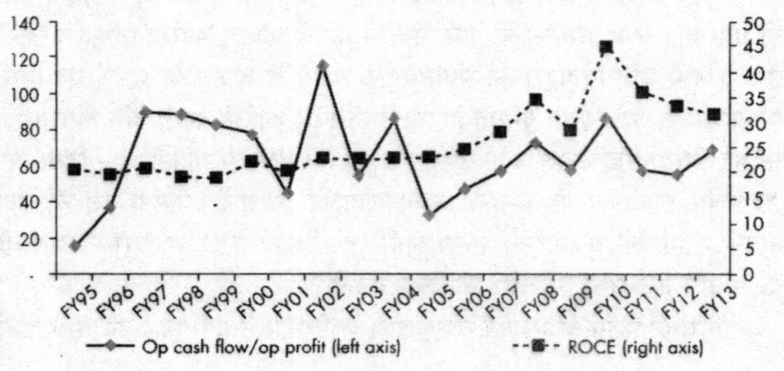

स्रोत—ब्लूमबर्ग के डाटा से ऐंबिट कैपिटल का निष्कर्ष

पिछले 10 साल तक लगातार एशियन पेंट्स की आय इसकी निकटतम प्रतिद्वंद्वी, बर्जर पेंट्स, कोलकाता मुख्यालय आधारित अच्छी स्थिति में चल रही कंपनी से तीन गुना ज्यादा है। यह एशियन पेंट्स की क्षमता ही कही जाएगी कि कंपनी ने लंबे समय से अपने सशक्त लाभ मार्जिन और मजबूत रिटर्न रेशियो को बरकरार रखा है (जैसा कि चार्ट में दरशाया गया है) और इस कंपनी में अपनी प्रतिद्वंद्वी कंपनी बर्जर पेंट्स को भी हाशिए पर रखने के मजबूत प्रतिस्पर्धी बढ़तवाली खूबी मौजूद है, तो प्रतिस्पर्धी बढ़त दिलानेवाली ये चीजें क्या हैं?

- **इस सेक्टर में अग्रणी ब्रांड** : भारतीय उपभोक्ताओं में एशियन पेंट्स का ब्रांड नाम पेंट के मामले में पर्यायवाची सरीखा हो चुका है। मेरे सहकर्मी, रक्षित रंजन ने, जब डीलरों से बात की तो उनका कहना था कि डेकोरेटिव पेंट बाजार में एशियन पेंट्स का ब्रांड कुछ इस कदर रच-बस गया है कि डीलरों के लिए एशियन पेंट्स का स्टॉक रखना मजबूरी बन गया है, यानी डीलर भले ही दूसरे ब्रांड को तरजीह दें, लेकिन ग्राहकों की नजर में गिरने से बचने के लिए उन्हें एशियन पेंट्स रखना ही पड़ता है। इसके अलावा, इस सेक्टर में एशियन पेंट्स एकमात्र ऐसी कंपनी है, जो लोगों के मन में न केवल मूल कंपनी के रूप में अमिट छाप छोड़ चुकी है, बल्कि इसके उपब्रांड जैसे कि रॉयल, एपेक्स, एप्कोलाइट, उत्सव और गट्टू भी लोगों को याद हो गए हैं, तो सवाल यह है कि कंपनी ने ऐसा क्या किया कि लोगों को पेंट से ज्यादा उसका पर्यायवाची शब्द जँचने लगा?
  - एशियन पेंट्स नियमित तौर पर पेंटर्स के लिए प्रशिक्षण कार्यक्रम चलाती है, खासकर अपने अधिक परिष्कृत इमल्जन उत्पाद जैसे रॉयल प्ले के लिए। ग्राहकों के लिए प्रशिक्षित पेंटर्स की एक सूची उपलब्ध होती है, जो इस परिष्कृत पेंट उत्पाद के उच्च गुणवत्तावाले मानकों पर खरे उतरने को सुनिश्चित करते हैं।
  - पेंट चयन को लेकर भारतीय उपभोक्ताओं का रुझान पिछले दो दशक से काफी बदल गया है और अब इसमें ज्यादा रुचि लेने लगे हैं। अधिकतर खिलाड़ियों ने इस चीज को भुनाने का प्रयास किया है। इसके लिए उन्होंने विशेष तौर पर सलाहकार सेवाएँ भी ली हैं, जो ग्राहकों के घर जाकर उनसे राय-मशविरा करते हैं, उदाहरण के लिए एशियन पेंट्स का होम सॉल्यूशंस और

बर्जर पेंट्स का होम पेंटिंग सर्विस इसी का एक रूप है। इसके अलावा एशियन पेंट्स ने उपभोक्ताओं की प्राथमिकताओं में आते उतार-चढ़ाव के अनुरूप ही लाभ उठाया और स्टोर खोलते समय कुछ अलग करके, जैसे कलर आइडियाज, किड्स वर्ल्ड और सिग्नेचर स्टोर्स से लोगों को अपनी तरफ आकर्षित किया। ये स्टोर ग्राहकों को उत्पादों की पूरी रेंज से अवगत कराते हैं और बताते हैं कि रंग-रोगन के बाद घर कैसे दिखेंगे और इसी तरह वे अपने घर को नए अंदाज में महसूस कर सकेंगे और अपने घर की खूबसूरती बदलने की इच्छा भी उनकी बढ़ेगी।

- **उत्कृष्ट सप्लाई चेन प्रबंधन**—पारंपरिक रूप से एशियन पेंट्स की रणनीति अपने उत्पादों और खुद को विस्तारित करने की रही है। अत: सप्लाई चेन प्रबंधन पर ध्यान देना प्रबंधकीय टीम के लिए अपने आप में महत्त्वपूर्ण हो जाता है। फर्म ने इस सिलसिले में निम्नलिखित पहल अपनी तरफ से कर रखी है, ताकि वह अपने प्रतिद्वंद्वियों से दो कदम आगे रह सके और उन्हें प्रदर्शन में पीछे छोड़ सके।
- **तकनीक का प्रयोग**—एशियन पेंट्स उन कंपनियों में अव्वल रही है, जिन्होंने तकनीक को तरजीह दी है। 1983 में कंपनी ने डिस्पैच और डिपो की विस्तृत रिपोर्ट तैयार करने के लिए स्वचालित प्रक्रिया पर ध्यान दिया। इसके उपरांत फर्म ने शाखा को कंप्यूटरीकृत करने के लिए निवेश किया, जिससे जोनल वितरण केंद्र रोजाना अपने पास मौजूद स्टॉक की स्थिति पता कर सकते थे, साथ ही 1999 से 2002 के बीच कंपनी ने सप्लाई चेन मैनेजमेंट सॉफ्टवेयर के लिए आई2 टेक्नोलॉजीज और SAP के जरिए एंटरप्राइज रिसोर्स प्लानिंग सॉल्यूशंस को लागू करने के लिए बड़े पैमाने पर निवेश किया। इसका नतीजा यह हुआ कि निर्माण इकाई, क्षेत्रीय वितरण केंद्र और प्रॉसेसिंग सेंटर आपस में जुड़ गए, जिससे देश भर में माँग और माल की उपलब्धता की ट्रैकिंग सरल हो गई। इस तरह की पहलों का नतीजा यह हुआ कि कंपनी की माँग को लेकर पूर्वानुमान सटीक होने लगा, (जिससे माल के अनावश्यक स्टॉक और वर्किंग कैपिटल कॉस्ट से बचा जा सका) और साथ ही डीलरों के प्रदर्शन का भी आकलन होने लगा, उसके साथ ही सुधारात्मक कदम भी तत्काल उठाए जाने लगे और जिन डीलरों का

प्रदर्शन शानदार था, उनको इन्सेंटिव भी दिए जाने लगे। एशियन पेंट्स के इस कदम से प्रतिस्पर्धी कंपनियाँ काफी पीछे छूट गईं और इस तरह का क्रांतिकारी बदलाव लाने में उन्हें 8 से 10 साल लग गए।

- **ऊँची दर रखने की ताकत से जबरन माँग पैदा करने का मौका मिला:** इस पूर्वानुमान में कि आगे चलकर उत्पाद का दाम बढ़ जाएगा, एशियन पेंट्स ने डीलरों पर दबाव बनाए रखा कि वे सामग्री का ज्यादा-से-ज्यादा स्टॉक रखें, ताकि मौसम के अनुरूप, जब भी उपभोक्ता की तरफ से माँग अचानक बढ़े, तो दिक्कत न हो। उदाहरण के लिए 3 से 4 फीसद दाम बढ़ने का अनुमान 1 सितंबर, 2012 को जताया गया था, इसका नतीजा यह हुआ कि डीलरों ने अगस्त के मध्य से ही ज्यादा-से-ज्यादा माल मँगाने शुरू कर दिए। इससे यह चर्चा फैल गई कि सितंबर में एशियन पेंट्स के इन्वेंटरी मैनेजमेंट के दबाव में आने की जरूरत नहीं है और सितंबर में ऊँची माँग होने के कारण दाम बढ़ाए गए। उसका नतीजा यह हुआ कि जबकि 10 साल पूर्व एशियन पेंट्स को स्तर एक के शहर में पेंट आपूर्ति में एक दिन लगता था (और अपने सहयोगियों को चार से पाँच दिन लग जाते थे), वहीं अब यह समय घटकर 3 से चार घंटों का रह गया है और वह भी एशियन पेंट्स (बनाम एक से दो दिन इसके अन्य साथियों द्वारा)।
- **इस सेक्टर की सर्वश्रेष्ठ प्रबंधकीय टीम**—वितरण और सप्लाई चेन को सुचारु करने के लिए गहन मंथन और इस तरह वृद्धि दर को बढ़ाया गया, जिसे हकीकत में उतारने के लिए एशियन पेंट्स प्रबंधकीय टीम को दो मुख्य गुणों के समायोजन पर काम करना पड़ा।
    - एशियन पेंट्स इस क्षेत्र की एकमात्र ऐसी पेंट कंपनी है, जिसने पिछले 70 साल में अपने नियंत्रक शेयरहोल्डरों (प्रवर्तक) में किसी प्रकार का बदलाव नहीं देखा। वहीं इसके समस्त प्रतिद्वंद्वियों ने निम्नलिखित बदलाव देखे—(अ) नियंत्रक शेयरहोल्डरों में बदलाव और (ब) निदेशक मंडल में विदेशी हस्ती की खास मौजूदगी। एशियन पेंट्स के निदेशक मंडल में लगातार बनी रही निरंतरता से कंपनी को दीर्घकालीन स्थिर रणनीति बनाने और उसे लागू करने को लेकर अपना ध्यान केंद्रित करने में आसानी हो सकी।
    - कंपनी ने हमेशा उच्च गुणवत्तावाले पेशेवरों को ही तरजीह दी

और उन्हें बरकरार रखने की कोशिश की है। उदाहरण के लिए कंपनी 1970 से ही भारत के उच्च कोटि के बिजनेस स्कूलों से ग्रेजुएट्स को भरती करती आ रही है। परिणामस्वरूप, एशियन पेंट्स के मध्य प्रबंधन टीम में ज्यादातर युवा पेशेवरों की भरमार रहती है, जो 40 से 45 आयुवर्ग के होते हैं, लेकिन उनके पास 15 से 20 साल का इंडस्ट्री का अनुभव होता है, जिसमें ज्यादातर हिस्सा एशियन पेंट्स का होता है।

केस स्टडी–टी.टी.के. प्रेस्टीज[12]

1955 में टी.टी.के. प्रेस्टीज अस्तित्व में आई और इसमें अधिकांश हिस्सेदारी कंपनी के प्रवर्तक टी.टी. जगन्नाथन के पास है। यह कंपनी 1994 में स्टॉक मार्केट में रजिस्टर हुई। यह अब भारत की सबसे बड़ी किचन उत्पाद निर्माता कंपनी है। वित्त वर्ष 2013 में इसकी बिक्री 13.6 अरब रुपए की रही।

1990 तक कंपनी केवल एकमात्र उत्पाद, आउटर लिड एल्युमिनियम प्रेशर कुकर का ही निर्माण करती थी। इसकी निर्माण इकाइयाँ बैंगलोर और होसूर में स्थित थीं। 1990 के दौरान ही कंपनी ने निर्यात फ्रेंचाइजी को विकसित करने के बारे में योजना बनाई, लेकिन उसे झटका तब लगा, जब अमेरिकी दिग्गज रिटेलर कंपनी वॉल मार्ट ने बड़े पैमाने पर उसके ऑर्डर निरस्त कर दिए। वित्त वर्ष 2003 तक आते-आते, टी.टी.के. प्रेस्टीज गंभीर वित्तीय समस्या में फँस चुकी थी। हालाँकि उसी समय से कंपनी ने अपने उत्पाद की रेंज और वितरण चैनल को बढ़ाना शुरू कर दिया और कुकर, कुक वेयर और किचन एप्लायंसेज की पूरी श्रृंखला ही उतार डाली। इसके साथ-साथ कंपनी ने कोयंबटूर, रुड़की और वडोदरा में अतिरिक्त निर्माण इकाइयाँ स्थापित कीं। कंपनी ने एक सतत प्रयास यह किया कि उसने विज्ञापनों और सेल्सफोर्स और रिटेल आउटलेट के जरिए अपनी फ्रेंचाइजी को दक्षिण भारत के बाजार से निकालकर बाहर फैलाना शुरू कर दिया। वर्तमान में कंपनी पूरे भारत में अपने उत्पाद प्रेस्टीज ब्रांड नाम से बेचती है। यही नहीं, कंपनी अपने प्रेशर कुकर, प्रेशर पैंस और नॉन स्टिक कुकवेयर भी अमेरिका, यू.के. और मध्य एशिया में मंत्रा ब्रांड के नाम से बेचती है।

12. टी.टी.के. प्रेस्टीज पर किया गया ऐंबिट कैपिटल की रिसर्च

चार्ट 2.3—टी.टी.के. प्रेस्टीज की रेवेन्यू ग्रोथ और ऑपरेटिंग मार्जिंस

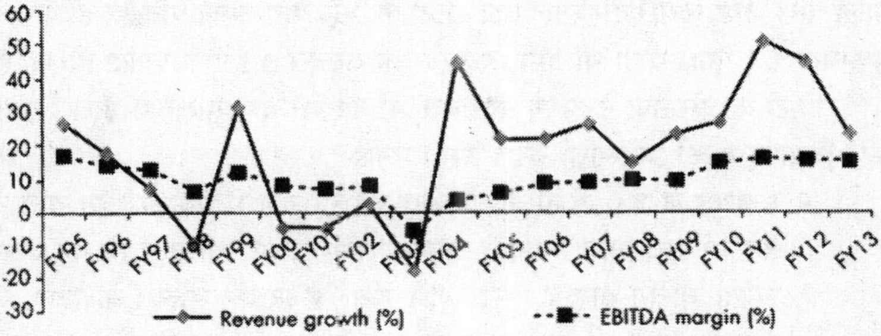

स्रोत—ब्लूमबर्ग से ऐंबिट कैपिटल का लिया गया डाटा

चार्ट 2.4—टी.टी.के. प्रेस्टीज का ऑपरेटिंग कैश फ्लो और ऑपरेटिंग मार्जिंस

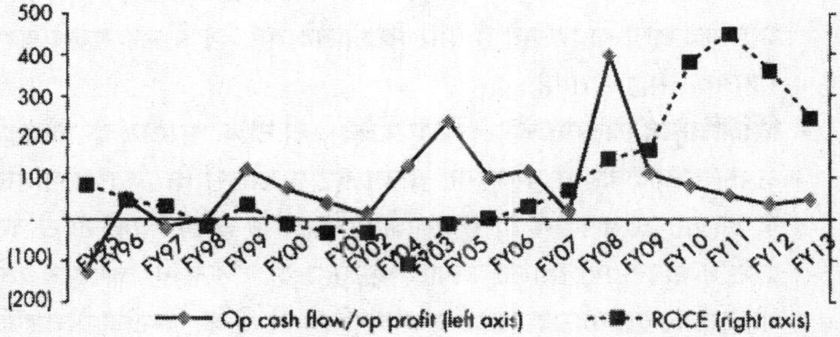

स्रोत—ब्लूमबर्ग से ऐंबिट कैपिटल का लिया गया डाटा

जैसा कि चार्ट में परिलक्षित हो रहा है, टी.टी.के. के वित्तीय ट्रैक रिकॉर्ड में वित्त वर्ष 2003 के बाद से उत्तरोत्तर प्रगति नजर आ रही है। यह वही समय था, जब कंपनी ने घरेलू बाजार पर और अधिक गंभीरता से ध्यान देना शुरू किया था, अपने उत्पादों की श्रृंखला को विस्तार दिया था और अपने खुद के रिटेल आउटलेट खोले थे। यह रणनीति और उसके साथ जुड़े देश के स्वस्थ आर्थिक हालात ने सोने पर सुहागवाली स्थिति बना दी, जिसका नतीजा यह हुआ कि कंपनी की आय में

जबरदस्त इजाफा हुआ, लाभ का दायरा बढ़ा और पिछले दशक के मुकाबले रिटर्न रेशियो भी व्यापक हो गया। इसके अलावा फर्म ने अपने मुख्य प्रतिद्वंद्वी हॉकिंस को मीलों पीछे छोड़ दिया। दस साल बाद टी.टी.के. की आय अपने प्रतिद्वंद्वी हॉकिंस के मुकाबले 1.4 गुना ज्यादा थी और अब तो वह बढ़कर 3.2 गुना ज्यादा हो गई है।

टी.टी.के. प्रेस्टीज ने अपने कारोबार को पिछले दस सालों में ऊँचाई प्रदान की। किस तरह की प्रतिस्पर्धी बढ़त उसने बनाई?

- **मजबूत ब्रांड**—टी.टी.के. प्रेस्टीज को पूरे देश में एक मजबूत ब्रांड के तौर पर याद किया जाता है और खासकर दक्षिण भारत में तो यह सबसे ज्यादा चर्चित ब्रांड है। मेरे साथी रक्षित रंजन की डीलरों के साथ, जो बातचीत होती थी, उस आधार पर यह निष्कर्ष निकला कि बैंगलोर में टी.टी.के. प्रेस्टीज ब्रांड इस कदर मजबूत स्थिति में है कि परंपरागत ब्राउन गुड्स के डीलर को भी प्रेस्टीज का बैनर दुकान के बाहर टाँगना पड़ता है, ताकि ग्राहकों के मन में उस डीलर को लेकर यह छवि न बनने पाए कि वह कहीं कमतर डीलर है, भले ही वह प्रेस्टीज न रखता हो। प्रेशर कुकर जैसे उत्पाद में, जहाँ कि सुरक्षा सबसे बड़ी प्राथमिकता हो, मजबूत ब्रांड को लोग याद रखते हैं और बिक्री को बूम देने में यह सबसे बड़ा सहायक सिद्ध होता है।
- **विविधिकृत वितरण चैनल पी.एस.के.**—टी.टी.के. प्रेस्टीज के प्रतिद्वंद्वी अपना उत्पाद या तो परंपरागत ब्राउन गुड्स डीलरों के वितरण मॉडल के आधार पर बेचते थे या सुपरमार्केटी चैनल के जरिए। वहीं टी.टी.के. प्रेस्टीज अपना 80 फीसद उत्पाद भी इन्हीं दो चैनलों के जरिए बेचती थी, लेकिन 20 फीसद उत्पाद एक्सक्लूसिव टी.टी.के. प्रेस्टीज फ्रेंचाइजी प्रेस्टीज स्मार्ट किचन (PSKs) के जरिए बेचती थी। पिछले 10 साल के दौरान कंपनी ने 500 PSKs खोले और 16 फीसद की रिटेलिंग मार्जिन अर्जित की (टी.टी.के. प्रेस्टीज के परंपरागत डीलरों की अर्जित आय 20 से 25 फीसद मार्जिन से तुलना करने पर यह नजर आता है कि PSKs के जरिए माल बेचने पर 4 फीसद अंकों से बेहतर मार्जिन मिलता है)।
- **उच्चस्तरीय सप्लाई चेन प्रबंधन**—जितने भी ब्राउन गुड्स डीलरों से मेरे साथियों ने बात की, उन्होंने यही कहा कि टी.टी.के. प्रेस्टीज का सप्लाई चेन प्रबंधन इसके प्रतिद्वंद्वियों के मुकाबले लाख गुना बेहतर है और उनका टी.टी.के. प्रेस्टीज से कोई मुकाबला नहीं हो सकता।

ज्यादातर डीलरों का यही कहना था कि कंपनी के प्रतिद्वंद्वियों को माल भेजने के लिए कहिए तो वे दो हफ्ते से लेकर 6 महीने तक का वक्त लगा देते थे, जबकि टी.टी.के. प्रेस्टीज का माल 2 से 4 दिन में आ ही जाता था। नतीजा यह हुआ कि उत्तर भारत के बहुत से डीलरों को होलसेल वितरक और माल की उपलब्धता निरंतर बने रहने का भरोसा हो गया, जिससे कि टी.टी.के. प्रेस्टीज के उत्पादों को अंदरूनी बाजारों, मसलन देश के ग्रामीण इलाकों तक पहुँच बढ़ाने का मौका मिल सका। एक समय प्रतिद्वंद्वियों का जिन बाजारों पर कब्जा था, अब वहाँ टी.टी.के. प्रेस्टीज के उत्पाद दिखने और बिकने लगे। कंपनी ने हब-ऐंड-स्पोक सप्लाई चेन मॉडल का अनुसरण किया और देश भर में 23 गोदाम बनाए और बड़ी संख्या में होलसेल वितरकों की शृंखला तैयार की और कहीं से भी माल की डिमांड आने पर तीन वितरण चैनलों (रीटेल सुपरमार्केट, परंपरागत डीलरों और फ्रेंचाइजी दुकानों) के माध्यम से उसे पूरा कराने पर फोकस किया।

वित्तीय दस्तावेजों की गुणवत्ता

पिछले खंड में वित्तीय विश्लेषणों को जिस तरह से दरशाया गया है, वह तभी संभव है, जबकि कंपनी का वित्तीय प्रदर्शन वाकई वास्तविक हो। वहीं दूसरी तरफ, अगर सी.ई.ओ. वाकई अत्यधिक मेहनत कर रहे हों, ताकि कंपनी के वित्तीय दस्तावेजों में बढ़ा-चढ़ाकर आँकड़ा शामिल किया जा सके और निवेशकों को लुभाया जा सके, तो निश्चित रूप से प्रकाशित आँकड़ों के विश्लेषण की पूरी कसरत व्यर्थ होनेवाली है, तो पेशेवर निवेशकों को यह कैसे पता लगेगा कि कंपनी ने जो वित्तीय आँकड़ा प्रकाशित किया है, वह उस कंपनी के वास्तविक प्रदर्शन की सच्ची और ईमानदार तसवीर पेश करता है? भारत में मेरे समय के दौरान गड्ड-मड्ड दस्तावेजों से लदा इसी तरह का एक उलटा-पुलटा मामला आया था। मेरी जहाँ तक समझ है, ज्यादातर समझदार निवेशक निम्नलिखित आधार पर एक मिला-जुला आधारभूत परीक्षण करके एकाउंट दस्तावेजों पर अपना भरोसा कम या ज्यादा करते हैं—

- **कैश कन्वर्जन रेशियो (ऑपरेटिंग कैश फ्लो/ऑपरेटिंग प्रॉफिट)**— सारी दुनिया में कंपनियों के प्रवर्तक मजबूत ऑपरेटिंग प्रॉफिट, यानी ब्याज लागत, मूल्यह्रास और ऋणमुक्ति या EBITDA दरशाने को अत्यधिक

तवज्जो देते हैं। इस तरह का लाभ शेयर मूल्यों को बढ़ाने में अहम भूमिका अदा करता है, जिसकी एवज में प्रवर्तक ताजा पैसा बाजार से उठा सकते हैं। अब ये लाभ वास्तविक हैं या नहीं, इसे तय करने के कुछ प्रभावी तरीकों में से एक यह हो सकता है कि हम EBITDA बनाम ऑपरेटिंग कैश फ्लो (या CFO) के अनुपात पर गौर करें। निवेशक एक कंपनी के CFO/EBITDA (जिसे कैश कन्वर्जन रेशियो भी कहते हैं) की उसकी साथी कंपनियों से तुलना करते हैं। एक और प्रभावी परीक्षण यह है कि इसके चार से पाँच साल के वित्तीय दस्तावेजों का अध्ययन किया जाए। अगर पिछले 4–5 साल की अवधि के दौरान कंपनी का कैश कन्वर्जन उसकी साथी कंपनियों के मुकाबले कम है, तब कंपनी के लाभ के दावे को संदेह की नजर से देखा जाना चाहिए।

- **कैश टैक्स रेट**—आँकड़ों में दरशाए गए लाभ की हकीकत और कंपनी की विश्वसनीयता परखने का एक अन्य सरल, लेकिन प्रभावी तरीका है कैश टैक्स रेट, यानी कि कंपनी ने बिजनेस से हासिल हुए कर पूर्व लाभ का कितना हिस्सा नकद या प्रतिशत के तौर पर सरकारी खजाने में जमा कराया है। ध्यान रखिए कि हम यहाँ पी ऐंड एल अकाउंट में दरशाए जानेवाले टैक्स भुगतान के बारे में बात नहीं कर रहे हैं; बल्कि कंपनी के कैश फ्लो स्टेटमेंट से टैक्स आउटगो (जिसे PBT का प्रतिशत भी कहते हैं) के बारे में बात कर रहे हैं। अगर यह दर कई साल तक 30 फीसद (वर्तमान में भारत में कॉरपोरेट टैक्स की दर 34 फीसद के आस-पास है) तक रहती है, तो इससे कंपनी के पी ऐंड एल खातों में दरशाए गए लाभ के आँकड़ों पर सवाल खड़े होते हैं। वास्तविक लाभ का परिणाम, जल्दी या देर से टैक्स रेट को 34 फीसद के पास ले ही जाएगा, बशर्ते फर्म को भारत सरकार की तरफ से टैक्स में छूट न दी जा रही हो।
- **लोन और एडवांस**—ज्यादातर भारतीय कंपनी मालिक कई प्रकार के गैर-सूचीबद्ध बिजनेस में भी शामिल रहते हैं। ये ऐसे व्यवसाय होते हैं, जिनमें वे अपने सूचीबद्ध व्यवसाय के साथ-साथ निजी मालिकाना हकवाले व्यवसाय करते हैं और उनमें पब्लिक शेयर होल्डरों की एक बड़ी जमात जुड़ी होती है। जब इन असूचीबद्ध व्यवसायों को पैसे की जरूरत होती है, तब आमतौर पर सूचीबद्ध कंपनी काम आती है। कंपनी प्रवर्तक के लिए एक कंपनी से दूसरी कंपनी को नकदी ट्रांसफर लोन और

एडवांसेज के माध्यम से आराम से कर दिया जाता है। इसलिए निवेशकों को ध्यान रखनेवाली बात यह है कि वे इस चीज पर नजर रखें कि किसी कंपनी का शेयर होल्डर इक्विटी बनाम लोन एडवांसेज का अनुपात क्या है? अगर किसी इंडस्ट्री में, जो कि ग्राहकों और आपूर्तिकर्ताओं को उसके ग्राहकों और आपूर्तिकर्ताओं से पैसा उधार लेने के लिए नहीं जाना जाता है, तो उस मामले में लोन-एडवांस बनाम शेयरहोल्डर्स इक्विटी का अनुपात लगातार काफी उच्चस्तर पर बना रहेगा और यह माना जाएगा कि उक्त कंपनी अपनी जरूरत की नकदी अपनी ही सूचीबद्ध कंपनी से ले रही होगी।

- **ऑडिटर की पहचान**—पिछले 20 सालों का इतिहास हमें यह बताने के लिए काफी है कि कंपनी मालिकान की आँकड़ेबाजी के प्रति ऑडिटर्स कुछ ज्यादा ही सतर्क हो गए हैं और ऐसा दुनियाभर में देखा जा रहा है। इसलिए समझदार निवेशकों को भी इस ओर ध्यान देना जरूरी है: (अ) ऑडिटर की पहचान का ऑडिट फर्म कितनी विश्वसनीय है, क्या वे बड़ी सूचीबद्ध कंपनियों की ऑडिट करती हैं या ज्यादातर वे असूचीबद्ध कंपनियों तक सीमित रहती हैं, क्या वे कभी ऑडिट घोटाले में भी घिरी हैं? क्या उन्हें कभी रजिस्ट्रार ऑफ कंपनीज ने पहले बेदखल किया है? **(ब) ऑडिट शुल्क की मात्रा**—इसका तुलनात्मक अध्ययन करने की जरूरत है कि ऑडिट फर्मों को कितनी फीस उनके क्लाइंट उदारता से भुगतान करते हैं और उन फर्मों की साथी फर्मों को अपने क्लाइंटों से कितना शुल्क मिलता है? (स) ऑडिट फर्मों को गैर ऑडिट शुल्क के रूप में कितना बड़ा हिस्सा उनके क्लाइंट भुगतान करते हैं, यानी कि दूसरी सलाह सेवाओं के मद में, उदाहरण के लिए टैक्स सलाह, पेरोल सर्विस या आई.टी. सलाह मशवरे के एवज में कितनी बड़ी मात्रा में ऑडिटर को सूचीबद्ध कंपनियों से धन प्राप्त होता है? अगर गैर ऑडिट शुल्क की मात्रा ऑडिट शुल्क से अधिक हो रही है तो यह नकारात्मक संकेत है।

ऐंबिट कैपिटल में मेरे साथी ऐसे अनुपातों का आकलन करने के लिए उपरोक्त तौर-तरीकों का एक मिश्रित विकल्प आजमाते थे और बी.एस.ई. 500 कंपनियों के प्रकाशित वित्तीय दस्तावेजों की सत्यता का पता लगा ही लेते थे। दुनिया के चुनिंदा बड़े निवेशक हमारी फर्म की गहन फॉरेंसिक अकाउंटिंग सर्विस का इस्तेमाल करते

थे, क्योंकि हमारे परिणामों की गुणवत्ता का सकारात्मक असर उनके शेयरधारकों के रिटर्न पर नजर आता था। हमारी एकाउंटिंग गुणवत्ता का आकलन इस आधार पर किया जा सकता है कि बी.एस.ई. 500 के उच्चस्तरीय दसवें हिस्से के शेयर और निम्नस्तरीय निचले हिस्से के शेयरों के प्रदर्शन में मात्र 26 फीसद सालाना का अंतर पाया जाता है।

कंपनी मालिकान की गुणवत्ता

''इन दिनों अगर मेरे पास किसी प्रबंधन टीम से संबंधित अच्छे सवाल होते हैं, तो मैं सामान्यतया उसे आगे बढ़ा देता हूँ। ऐसी ढेर सारी कंपनियाँ हैं, जो इस पैमाने पर भी अपना आकलन करती हैं'' यह तय कर पाना बेहद कठिन है कि एक अच्छे प्रबंधक में क्या गुण होने चाहिए और वह भी एक बैठक में तय करना बेहद कठिन है, लेकिन वे प्रबंधन मुझे सामान्यतया प्रभावित करते हैं, जो रणनीतिक, संचालन और वित्तीय मामलों की विस्तृत जानकारी रखते हैं। वे कारोबार, काम के लंबे घंटों, उच्चस्तरीय प्रदर्शन और उत्कृष्टता को लेकर अपनी टीम से पागलपन के स्तर तक अपेक्षा रखते हैं और वे खुद से इस बात को लेकर आश्वस्त रहते हैं और बिना बेअंदाज हुए हमेशा ऊँचाई पर बने रहते हैं'' सामान्यतया, मैं उन कंपनियों को पसंद करता हूँ, जहाँ के प्रबंधक शेयरहोल्डिंग (मेरी प्राथमिकता शेयर ऑप्शंस को लेकर है, जो कि अमूमन एक तरफा दाँव होते हैं) के शब्दों में एक निश्चित स्तर पर सौम्यता बनाए रखते हैं।'' एंथनी बोल्टन[13]

भारत जैसे देश में, जहाँ अनुभवी, उच्च उड़ानोंवाले प्रबंधकों की बेहद कमी है, (विशेष तौर पर घरेलू छोटी मझोले आकार की कंपनियों में) कंपनी का मुख्य प्रबंधक और सुपरवाइजर आमतौर पर कंपनी का मालिक ही होता है, यहाँ तक कि अगर प्रवर्तक ने एक ऐसी टीम का चयन भी किया है, जिसे वह पेशेवर प्रबंधकीय टीम भी कहता है तो पाँच में से चार बार आप पाएँगे कि कंपनी का मालिक अपने ही तौर-तरीके से कंपनी चला रहा है। चाहे तो आप शर्त लगाकर जीत सकते हैं। अतः इससे यह सिद्ध होता है कि उसकी पेशेवर काबिलीयत ही कंपनी की सफलता की धुरी होती है। ऐसे में उच्चस्तरीय पेशेवर निवेशकों को क्या करना चाहिए?

---

13. इन्वेस्टिंग अगेंस्ट द टाइड, एंथनी बोल्टन, (एफ टी प्रेंटिस हॉल, 2009), पेज 24।

समझदार निवेशकों को मैंने एक बेहद आम तरीका अपनाते हुए देखा है कि कुछ सालों के दौरान वे ऐसी कंपनियों के संचालकों से अलग-अलग मौकों पर मिलते रहते हैं और उनसे बातचीत के आधार पर कंपनी प्रमोटर्स की काबिलीयत और कंपनी का आकलन भी करते रहते हैं। लगभग हर बार यह देखने में आता है कि वे कुल मिलाकर दो-तीन बातों पर अपना दायरा केंद्रित रखते हैं—

- प्रमोटर ने 6 महीने या एक साल पहले अपने लक्ष्यों के बारे में क्या कहा था कि उसने अगले एक या दो साल के लिए क्या लक्ष्य निर्धारित कर रखे हैं?
- तब प्रमोटर ने क्या कहा था कि वह अपने लक्ष्य को किस तरह हासिल करेगा?
- क्या वह वास्तव में अपने लक्ष्य को उस तरह हासिल कर पाया, जिस अंदाज में वह उन्हें हासिल करना चाहता था?[14]

लालफीताशाही और बुनियादी ढाँचे के अभाव को लेकर भारतीय कारोबारों को काफी कुछ झेलना भी पड़ता है और उन सबसे निपटना भी पड़ता है, जिस वजह से पूर्व निर्धारित समयावधि में काम कर पाना और योजनाओं को लागू करा पाना मुश्किल हो जाता है, तो यह अकारण नहीं कि ज्यादातर प्रमोटर इस परीक्षा में विफल हो जाते हैं। इसलिए अगर किसी निवेशक को संयोग से ऐसे किसी प्रमोटर का रिकॉर्ड मिल जाए, जिसने एक-दो साल के समय में अपने निर्धारित किए हुए लक्ष्य हासिल कर लिये हों, तो काबिल प्रमोटर के कॉलम में आप उसका नाम दर्ज कर सकते हैं और उसकी कंपनी में निवेश के बारे में सोच सकते हैं।

कारोबारी लिहाज से रिलायंस इंडस्ट्रीज लिमिटेड (RIL) ने अपने लक्ष्यों के अनुसार काम करने को लेकर सबसे पहले उत्कृष्टता का मानदंड स्थापित किया था। 1970 और 1980 के लाइसेंस राज के गहरे अँधेरे दिनों में भी RIL ने येन-केन-प्रकारेण अपनी राह बनाई थी और कंपनी आगे बढ़ी थी, जबकि उस दौरान लालफीताशाही ने देश को दशकों पीछे खींचने में कसर नहीं छोड़ी थी। हालाँकि जिस अंदाज में कंपनी ने अपना लक्ष्य हासिल किया, उन तौर-तरीकों पर भी लोग सवाल खड़े करते हैं, लेकिन उस दौर में भी कंपनी ने जिस तरह से अपनी परियोजनाओं को ट्रैक पर बरकरार रखा, वह ऐतिहासिक है। 26 जनवरी,

---

14. बी.एन. मंजुनाथ का शुक्रिया, जिनका साक्षात्कार इस किताब में प्रकाशित किया जा सका, जिस वजह से मुझे इस फ्रेमवर्क को सफलतापूर्वक निर्धारित कर पाने में मदद मिली।

2001 को आए विनाशकारी भूकंप (रिक्टर स्केल पर 7.9) में गुजरात की जामनगर स्थित रिफायनरी क्षतिग्रस्त होकर बंद हो गई थी और फर्म ने तमाम संदेहों से पार पाते हुए उस प्लांट को कुछ घंटों की मशक्कत के बाद दोबारा चालू कर दिया।

उस दौर में जामनगर, दुनिया की सबसे बड़ी पेट्रोकेमिकल रिफायनरी थी। रिलायंस की उस विशालकाय रिफायनरी में सालभर पहले ही काम शुरू हुआ था और गुजरात राज्य में उस भूकंप के कारण 3 अरब डॉलर की संपत्ति को नुकसान पहुँचा था। रिलायंस ने ऐसे तबाही के मंजर के बीच अपनी काबिलीयत साबित करते हुए चंद घंटों में ही काम को दोबारा पटरी पर ला खड़ा किया। रिलायंस प्रबंधन ने अथक प्रयास से यह सुनिश्चित किया कि रिफायनरी को मिलनेवाली बिजली और अन्य प्लांट फिर से काम की स्थिति में आ जाएँ। इसके चलते रिफायनरी को चरणबद्ध तरीके से उसी दिन शुरू किया जा सका।

कंपनी के प्रबंधन से भी बढ़कर, जो चीज रिलायंस के अधिक काम आई, वह थी आपदा प्रबंधन के तहत रिकवरी सिस्टम में कंपनी द्वारा किया गया निवेश। जैसा कि मुंबई आधारित एक अखबार ने लिखा है कि रिफायनरी को इलेक्ट्रॉनिक तारों, सी.सी.टी.वी., डाटा प्रोटेक्शन डिवाइसेज और स्मार्ट कार्ड सिस्टम से लैस किया गया था। रिफायनरी का सारा डाटा बैकअप के तौर पर हैदराबाद स्थित एक सेंटर में संरक्षित किया जा रहा था, जिसका एकमात्र उद्देश्य किसी आपदा की स्थिति में काम को जल्दी-से-जल्दी दोबारा पटरी पर लाने का था। इस फोकस के चलते ही कंपनी आपदा के दौरान डैमेज कंट्रोल कर पाने में सफल हुई और यह बात दोबारा फिर साबित हुई, जबकि रिफायनरी से संबंधित एक सेकेंडरी यूनिट में हाल में भीषण आग आग लग गई। उस दौरान काम दो दिन के अंदर दोबारा शुरू कर दिया गया।[15]

RIL की संचालन दक्षता को देखते हुए दूसरे भारतीय उद्योगपतियों ने भी इस तरह की व्यवस्था शुरू की, जो कि कमोबेश उसी मानदंड पर आधारित थी। कुछ उदाहरणों में टाइटन (विश्वस्तरीय लग्जरी उत्पाद बनाने की क्षमता से लैस रिटेल कंपनी), कोटक महिंद्रा बैंक (एकमात्र भारतीय बैंक, जो हर तरह की वित्तीय सेवा उत्पादों से लैस था, लोन से लेकर इंश्योरेंस और इन्वेस्टमेंट बैंकिंग तक), एच.डी.एफ.सी. बैंक (उच्च स्तरीय जोखिम मोल लेते हुए तेज विकास

15. कैसे रिलाइंस ने जामनगर रिफाइनरी को सही ट्रैक पर रखा, डी.एन.ए. समाचार-पत्र, 6 जुलाई, 2009।

दर हासिल करनेवाला बैंक) और बजाज ऑटो (पहला भारतीय उत्पादक, जिसने ऑटोमोबाइल की दुनिया में एशिया, अफ्रीका और लैटिन अमेरिका तक में अपने उत्पादों की निर्यात फ्रेंचाइजी विकसित की), लेकिन भारतीय परिप्रेक्ष्य में जामनगर सदा के लिए विश्व स्तरीय परियोजना संचालन को लेकर बेंचमार्क बन गया।

प्रमोटर की निष्ठा

"किसी कंपनी के प्रबंधन से मिलने से पहले ही आप सामान्य तौर पर तरह- तरह की धारणा बना लेते हैं। यह उन चीजों पर आधारित होता है कि आपने उनके बारे में क्या पढ़ रखा है, सुन रखा है या अलग-अलग मीडिया के माध्यम से देख रखा है। मैं अखबारो में कही जानेवाली बातों को अधिक महत्त्व देता हूँ। आखिर बिना आग धुआँ भी नहीं उठता। इस तरह की धारणा कम या ज्यादा ठीक ही होती है। एक उदाहरण देता हूँ। जब आप निजी तौर पर प्रबंधन से मुलाकात करते हैं, तो आप उन तौर-तरीकों पर गौर करते हैं, जिस अंदाज में वे आपसे पेश आते हैं, वे आपसे, जो बातें साझा करते हैं और उन चीजों से भी, जो वे नहीं बताते, वे इन सबके दरम्यान ईमानदार नजर आते हैं या धोखेबाज। चूँकि आप प्रबंधन टीम से नियमित मिलते-जुलते रहते हैं, मान लीजिए कि हर दो या तीन महीने के अंतराल पर, तो आप उनकी योग्यता का अंदाजा लगा लेते हैं कि वे आपसे किए वादे पर खरा उतर पा रहे हैं या नहीं।"
रामदेव अग्रवाल, संयुक्त एमडी, मोतीलाल ओसवाल फाइनेंशियल सर्विसेज[16]

पूरी दुनिया में, तमाम तेज और मेहनतकश उद्यमियों ने खुद को आधुनिक समय का अलकेमिस्ट होने का दावा करते हुए उबाऊ उद्योगों में प्रवेशकर उन्हें सर्वाधिक लाभ देनेवाली इकाइयों में बदलकर इसे साबित भी कर दिखाया है (याद करें कि वाशिंग पाउडर निरमा के करसन भाई पटेल और इस्पात इंटरनेशनल के लक्ष्मी मित्तल को; वॉलमर्ट के सैम वॉल्टन)। हालाँकि हर पटेल, मित्तल और वॉल्टन के लिए दर्जनों धूर्त-कपटी बैठे हुए हैं, जो उनके शेयरधारकों और कर्मचारियों को बढ़ा-चढ़ाकर तैयार कराए गए एकाउंटिंग आँकड़ों के झाँसे में फाँस लेते हैं। ये काम दिग्गज एकाउंटिंग सेनानीगण करते हैं (याद करें उन लोगों को, जो वर्ल्डकॉम, एनरॉन और सत्यम के पीछे थे)।

16. इंडियन मनी मोनार्क्स, चेतन पारीख, capitalideasonline.com, 2005) पेज 37

भारत में डॉ. जैकाल, मिस्टर हाइड का अंतर सामान्यतया पाया ही जाता है, क्योंकि कमजोर कानूनी व्यवस्था, अत्यधिक बोझ के तले दबे नियामकों, डराने-धमकानेवाले ऑडिटरों और निष्क्रिय बोर्ड सदस्यों के चलते कोई शायद ही कंपनी मालिक या प्रवर्तक को रोकने की हिम्मत कर सकता हो और शेयरधारकों के हित की सुरक्षा कर सकने के बारे में सोच सकता हो। दरअसल, जिन क्षेत्रों में सरकार का दखल गहन है—जैसे ऊर्जा, बुनियादी ढाँचा, धातु, खनन, रियल इस्टेट, टेलिकॉम, हेवी इंजीनियरिंग, एयरलाइंस—एक सफल प्रमोटर की परिभाषा, जो कि सामान्य तौर पर प्रचलित होगी कि वह ऐसा शख्स होगा, जो कि कानून को अपने हिसाब से तोड़-मरोड़कर बड़ा और ज्यादा लाभ देनेवाला कारोबार खड़ा कर सकता हो। ऐसे में अल्पसंख्यक शेयरधारकों के लिए यह वाकई गंभीर स्थिति होती है कि वे इसमें निवेश करें या नहीं और लाख टके का सवाल तो वह यह पूछता है कि क्या मैं इस प्रमोटर पर भरोसा कर सकता हूँ कि वह अगले 3-4 साल तक मेरे हितों का खयाल रखेगा?

समझदार निवेशक जानते हैं कि प्रवर्तक छोटे-छोटे बदलाव समय-समय पर तमाम तरीकों से कर सकते हैं, जिसमें एकमात्र तरीका सत्यम जैसे एकाउंटिंग सेनानीगणों के दिखाए और बताए रास्ते पर चलकर किया जा सकता है। उदाहरण के लिए, एक प्रमोटर अपने पारिवारिक कारोबार के इनपुट को सूचीबद्ध इकाई में जोड़कर उसके शेयरों के दामों को गुब्बारे की भाँति फुला सकता है या वह चाहे तो परिवार के मालिकाना हकवाली कंपनियों को अपनी ही सूचीबद्ध कंपनी के तैयार माल को कम कीमत पर खरीदते हुए दिखा सकता है। भारत जैसे देश में यह एक सिद्ध किया हुआ तरीका है कि प्रमोटर चाहे तो सूचीबद्ध कंपनी को अपने परिवार के बीच तैयार कंपनी से जोड़कर अपने मनमुताबिक शर्तों पर कारोबार करते हुए आँकड़ों का खेल कर सकता है (और इस तरह अल्पसंख्यक शेयरधारकों को सूचीबद्ध कंपनी में शामिल कर सकता है)। कुछ ज्यादा ही आधुनिक प्रमोटर ऐसा भी कर सकते हैं कि वे खुद के लिए या अपने परिवार के लिए ESOPs जारी कर सकते हैं (या प्रदर्शन आधारित नकद पुरस्कार) और उसके लिए ऐसे लक्ष्य निर्धारित कर सकते हैं, जिसे पाना बेहद आसान होता है। इस तरह की सूची अंतहीन है—असलियत यह है कि भारतीय प्रवर्तक जब चाहें, तब अल्पसंख्यक शेयरधारकों से उनका हक आसानी से छीन सकते हैं।

तो ऐसे में दीर्घकालिक निवेशकों को किस तरह से निपटना चाहिए?

सबसे पहले, सफल निवेशकों में कठोरता से संदेह करने की प्रवृत्ति होती है। वे यह मानकर चलते हैं कि अल्पसंख्यक शेयरधारकों के अधिकारों में जहाँ तक कटौती संभव है, वे कंपनी प्रमोटर करेंगे ही। जैसा कि संजय भट्टाचार्य कहते हैं,' "आपको अनुमान लगाने होंगे (जो कि दुर्भाग्यपूर्ण है) कि जब तक आपके पास दीर्घकालिक आधार पर पुख्ता सबूत न हो कि कंपनी के लोग ईमानदार हैं, तब तक आप उन्हें धूर्त ही मान कर चलें। यह सनकीपन हो सकता है, लेकिन यही आपको नुकसान से बचाएगा।"[17]

दूसरा, निवेशक अब प्रमोटरों का ट्रैक रिकॉर्ड देखते हैं कि उसने पिछली पंक्तियों में दी गई तमाम चीजें कर रखी हैं अथवा नहीं? अगर कर रखी हैं, तो निवेशक ऐसी दागी कंपनियों से बचकर ही रहना पसंद करते हैं। उच्च स्तरीय निवेशकों में से बहुत तो भारतीय बाजार के अग्रणी कारोबारी परिवारों के शेयर नहीं खरीदते, क्योंकि उन्हें ऐसे तमाम वाकये याद रहते हैं, जब उन नामी कंपनियों ने अल्पसंख्यक शेयरधारकों से संबंधित नियम-कानून मनमुताबिक बदल दिए थे। एक कारोबार भले ही अपने शेयर मूल्यों से ज्यादा बढ़कर दिख रहा हो, लेकिन बिना काबिल और ईमानदार प्रमोटर के, कारोबार की कीमत के अनुरूप शायद ही लंबे समय तक बना रह पाए।

किसी मामले में अगर प्रमोटर का पिछला इतिहास दागी नहीं रहा है, तब निवेशक को उसके तथ्यों की पड़ताल काफी गहनता से करनी चाहिए और पूछना चाहिए कि क्या प्रमोटर को निवेशकों के हित में छेड़छाड़ करने की जरूरत पड़ेगी? QIP (क्वालीफायड इंस्टीट्यूशनल प्लेसमेंट) या मर्जर के लिए दौड़-भाग के दौरान, जिसे शेयरों के जरिए भुगतान से पूरा किया जाता है, ज्यादातर निवेशक जानते हैं कि प्रमोटर हर वह काम करेंगे, जो शेयरों के दाम को जबरन बढ़ाने (या फुलाने) के लिए किया जा सकता है। अत: जोखिम वास्तव में कॉरपोरेट घटना के दूसरी तरफ पैदा होता है। ऐसी दशा में, निवेशकों को यह देखने की जरूरत है कि सूचीबद्ध इकाई से बाहर उक्त प्रमोटर की कारोबारी दिलचस्पी की प्रकृति क्या है। ये दिलचस्पियाँ जितनी ज्यादा होंगी, कंपनी के लाभ कमाने की स्थिति उतनी ही कम होगी और ज्यादातर उम्मीद यही होगी कि निवेशक ऐसे प्रमोटरों से दूरी बनाकर ही रहेंगे।

अंतत: ज्यादातर सफल निवेशकों की राय है कि वे भारत की सभी सूचीबद्ध

---

17. इंडियाज मनी मोनार्क्स, चेतन पारीख, (capitalideasonline.com, 2005), पेज 72

कंपनियों में निवेश नहीं करना चाहते, जिनके प्रमोटरों का राजनीति या राजनीतिक लोगों की ओर रुझान या झुकाव अधिक हो। राजनीतिज्ञों की तरफ झुकाव से यह अंदेशा बढ़ जाता है कि पैसे का स्थानांतरण सूचीबद्ध कंपनी से सत्ता की ताकत हासिल करने की तरफ हो जाएगा, इससे प्रमोटर के मन में यह भी भाव पनपने लगेगा कि वह सबसे ऊपर है और कानून उसका कुछ नहीं बिगाड़ सकता।

अत्यधिक महँगा स्टॉक नहीं खरीदेंगे हम

एलरॉय लोबो *कोटक महिंद्रा असेट मैनेजमेंट कंपनी के मुख्य रणनीतिकार और इक्विटीज के ग्लोबल हेड हैं। इसके अलावा के उन्होंने चार साल गोदरेज ऐंड बॉयस में अपना शुरुआती समय बिताने के लगभग अपना सारा कॅरियर उदय कोटक की वित्तीय सेवाओं से जुड़े साम्राज्य में बिताया है। कोटक म्युचुअल फंड को भारत के सर्वोच्च 10 में स्थान दिलाने और उसे बरकरार रखने में उनकी अहम भूमिका रही है।*

स्टॉक मार्केट में आपका कैसे आना हुआ?

ए.एल.—यह महज संयोग है, क्योंकि मेरे परिवार का कोई भी सदस्य इस क्षेत्र से नहीं जुड़ा है, न ही किसी ने शेयरों में निवेश के बारे में सोचा है कभी; यहाँ तक कि जब मैं वित्तीय क्षेत्र में अपनी प्रबंधन की पढ़ाई कर रहा था, तब भी मेरे मन में कभी यह नहीं आया कि मैं शेयर मार्केट में अपना कॅरियर बनाऊँगा। अपनी पढ़ाई पूरी करने के बाद, 1988 में मैंने वास्तव में गोदरेज ऐंड बॉयस की विनिर्माण इकाई में अपना कॅरियर ढूँढ़ा था।

मैंने विक्रोली (मुंबई का एक उपनगर) में 1992 तक काम किया। शुरुआत में मैं प्रबंधकीय सेवा डिवीजन में तमाम विभागों की परियोजनाओं पर काम कर रहा था, लेकिन जल्दी ही मैं खरीद विभाग में चला गया और मेरी जिम्मेदारी वेंडर डेवलपमेंट की हो गई। गोदरेज के पास काफी संख्या में प्लांट थे—18 या 20, अगर मैं गलत नहीं हूँ तो और वे चाहते थे कि हम एक वेंडर डेवलपमेंट सेल का गठन करें और यह काम शुरू से होना था। हर तरह के वेंडर का मूल्यांकन करना हमारा काम था। हमने दो मेंबरों की टीम बनाई और उसमें एक और सदस्य को शामिल किया; इस तरह कुल तीन लोग वेंडर डेवलपमेंट सेल से जुड़ गए। हम करते यह थे कि गोदरेज ऐंड बॉयस के आपूर्तिकर्ताओं के पास जाते थे और वहाँ पूरा मूल्यांकन करते थे। इसके लिए हमने एक वेंडर मूल्यांकन मॉडल बना रखा था।

तो क्या यह गुणवत्ता नियंत्रण का हिस्सा था?

ए.एल.—नहीं, इतना ज्यादा नहीं था। हमारा पहला काम यह था कि क्या वेंडर के पास अपनी इमारत है, जहाँ वह अपने उत्पाद का निर्माण कर सकता है या वह भी किसी और से वह काम करा रहा है। दूसरा, अगर वह उत्पादनकर्ता है, तब उसका मशीन सेटअप ढाँचा किस तरह का है। क्या वह उचित शख्स है, जिसके साथ कारोबार किया जा सके, क्या उसके पास वित्तीय क्षमता मौजूद है, क्या उसके पास सम्मानजनक गुणवत्ता से लैस कर्मचारी हैं? क्या उसके पास जरूरी टूल्स, गुणवत्ता नियंत्रण आदि हैं? हमने वेंडर मूल्यांकन मॉडल का पूरा फ्रेमवर्क तैयार किया था और उसी स्केल पर हम उनका मूल्यांकन करते थे। मैंने वहाँ गुजारे चार साल के दौरान खुद 3,000 कंपनियों का दौरा किया। मैंने मझोले आकार की इंडस्ट्री को काफी करीब से देखा और 1,600 कंपनियों की रिपोर्ट बनाई। हमने वेंडर रेटिंग सिस्टम बना रखा था, यहाँ तक कि हमने अनुमान या अंदाजा तकनीक विकसित की थी कि कैसे आप मूल्यांकन के आधार पर अपने उत्पाद की कीमत तय करेंगे, मशीनों के आधार पर रेटिंग और अन्य तमाम चीजें इसमें शामिल थीं। यह अनुभव खासा बेहतर रहा था मेरे लिए। उस अवधि के दौरान, यहाँ तक कि भोजनावकाश के दौरान भी, वहाँ कुछ ऐसे साथी थे, जो शेयर मार्केट की गतिविधियों में दिलचस्पी रखते थे और निवेश के बारे में बातें करते देखे जाते थे। यही वह समय था, जब मैंने भी शेयर मार्केट के बारे में सुनकर उसमें निजी तौर पर निवेश करने के बारे में विचार करना आरंभ किया था।

तो क्या आपने गोदरेज ऐंड बॉयस में रहते हुए ही निवेश शुरू कर दिया था?

ए.एल.—वहाँ मेरा एक दोस्त था, जो केंद्र सरकार के आम बजट का मूल्यांकन करता था। एक बार जब मैं उसके साथ बैठकर बजट देख रहा था, तब मुझे इसमें काफी दिलचस्प सी चीजें नजर आईं, जिनकी वजह से शेयर मार्केट पर असर पड़ता दिखा। मैं उस दौरान निवेश करता था, लेकिन वह काफी कम था। उस समय हम बहुत ज्यादा कमाते भी नहीं थे। मेरा पहला निवेश पॉन्नी शुगर्स कंपनी में था। मैंने वहाँ अपनी रकम नहीं गँवाई और काफी कुछ सीखा भी। उस दौरान निजी तौर पर मैंने तमाम गलतियाँ की थीं, लेकिन कुछ लोग अच्छे विजेता भी बनकर उभरे थे। कुल मिलाकर मेरा इस क्षेत्र से लगाव बढ़ गया था और मैं यह सोचता था कि क्यों न मैं इसे अपना पेशा ही बना लूँ?

इसके बाद मैं इस क्षेत्र में रोजगार तलाशने लगा और मैंने जल्दी ही एक छोटी कंपनी में नौकरी कर ली, जिसके बारे में आपने शायद ही सुना हो। उस कंपनी का नाम था, एच.एम.जी. फाइनेंशियल सर्विसेज। यह कंपनी बैंकिंग और ब्रोकिंग में शामिल थी। मैं सबसे पहले वहाँ वित्त विश्लेषक (फाइनेंशियल एनालिस्ट) बना यह बात दिसंबर 1992 की है। यह एक छोटा सेटअप था और नौ महीने काम करने के बाद मैं इससे बाहर निकल आया। उस समय मुझे कोटक सिक्योरिटीज में नौकरी मिल गई, जिसे उस दौरान उदय एस. कोटक के रूप में जाना जाता था। तब तक वह कंपनी कोटक सिक्योरिटीज के रूप में कंपनी नहीं बनी थी।

मैंने 1993 सितंबर में वहाँ काम शुरू किया। हालाँकि उनके पास ब्रोकिंग का लाइसेंस था और वे फुटकर और संस्थागत ब्रोकिंग साथ में करते थे, लेकिन उस दौरान तक उन्होंने अपने काम को ब्रोकिंग के अलग-अलग हिस्सों में विभाजित नहीं किया था। मुझे याद है कि पहले दिन मैं अंदर पहुँचा और मुझे उन कंपनियों पर रिपोर्ट तैयार करने को बोला गया, जिनके बारे में मैंने पहले कभी पढ़ा नहीं था और वह रिपोर्ट पूरी तरह दूसरे स्रोतों से हासिल सूचनाओं के आधार पर तैयार होनी थी, अखबारों और मैग्जीनों से। हमने मौजूदा उपलब्ध सूचनाओं के आधार पर मूल्यांकन शुरू किया और चार लाइन के आधार पर पी ऐंड एल स्टेटमेंट तैयार किया—नेट सेल्स, ऑपरेटिंग प्रॉफिट, पी.बी.टी., पी.ए.टी. और ई.पी.एस.।

क्या यह इसलिए था, क्योंकि आपको उन दिनों कंपनियों की वार्षिक रिपोर्ट उपलब्ध नहीं हो पाती थी?

ए.एल.—उन दिनों हमें वार्षिक रिपोर्ट मिल तो जाती थी, लेकिन ये रिपोर्टें काफी पेचीदा और बेहद चालाकी से बनाई गई होती थीं, क्योंकि उन दिनों इंटरनेट जैसा कुछ था नहीं। हमें जहाँ से भी संभव होता, उसे हासिल करके काम करना होता था, हमारे पास वार्षिक रिपोर्ट की लाइब्रेरी भी नहीं होती थी। समय बीतने के साथ हमने कंपनियों की जानकारी एक पन्ने पर उतारनी शुरू की और तब भी, यह विस्तृत रिपोर्ट नहीं थी, लेकिन उसी दौरान हमने 'इंडिया प्रोफाइल' के रूप में एक बेहतरीन चीज पा ली, जिसमें उद्योग जगत् से जुड़े तमाम अध्ययन और रिपोर्ट होती थी और दो या तीन कंपनियों के बारे में विस्तृत जानकारी तो जरूर होती थी। मुझे याद है कि मैंने इंडिया प्रोफाइल में पहली बार डाई इंडस्ट्री के विषय पर रिपोर्ट लिखी थी और यह रिपोर्ट कलर केम कंपनी पर आधारित थी। अगली रिपोर्ट शुगर इंडस्ट्री पर आधारित थी और यह कारवाँ इसी क्रम में आगे

बढ़ता गया। धीरे-धीरे हमारी रिपोर्ट विस्तृत होती गई, लेकिन वे तब भी पी ऐंड एल पर ही आधारित होती थीं, न कि कैश फ्लो पर और उसमें बैलेंस शीट का ज्यादा विश्लेषण भी शामिल नहीं होता था।

एक या दो साल के बाद इसी तरह काम करते हुए हमने महसूस किया कि बैलेंस शीट का महत्त्व है, कैश फ्लो स्टेटमेंट का महत्त्व है और तभी 1994-95 में किसी समय गोल्डमैन साक्स ने कोटक के साथ गठजोड़ का ऐलान किया। गोल्डमैन को यह अच्छी तरह पता था कि ग्लोबल निवेशक रिसर्च को किस गंभीरता से देखते हैं और हमने गोल्डमैन के इस नजरिए को भाँपना शुरू कर दिया। याद रखें, उस समय, कोटक में हमारे पास किसी तरह का क्षेत्रवार विश्लेषण (सेक्टर एनालिसिस) उपलब्ध नहीं था; जिसने भी एक कंपनी पकड़ ली, वह केवल रिपोर्ट बना देता था। एक बार गोल्डमैन इस विचार के साथ हमारे पास आई कि हमें सेक्टर एनालिसिस करना है और मुझे दवा उद्योग से संबंधित कंपनियों पर काम करने का अवसर मिला, क्योंकि तब कोई यह काम करने को इच्छुक नहीं था। मैंने बीते वक्त में कुछ फार्मा कंपनियों का अध्ययन कर रखा था तो ऐसे में हमारे ब्रोकरेज प्रबंधन ने कहा कि चूँकि आपने इस क्षेत्र में थोड़ा-बहुत काम कर रखा है तो क्यों नहीं आप इस सेक्टर को अपने हाथ में ले लेते हैं? मैंने फिर उस पर लंबे समय तक काम किया। वास्तव में, गोल्डमैन ने हमें सिखाया कि कैसे रिसर्च रिपोर्ट लिखी जाती है, अंतरराष्ट्रीय निवेशक क्या देखना चाहता है और हमें किन बातों पर फोकस रखना है।

क्या यह कक्षा में दिया जानेवाला प्रशिक्षण जैसा था, जिसके लिए गोल्डमैन ने अलग से व्यवस्था की?

ए.एल.—नहीं, एक सज्जन गोल्डमैन से आए थे, जो नियमित तौर पर मुंबई ऑफिस आते रहते थे। वे ही गुरु थे और शोध प्रमुख भी। वे हमारी रिपोर्ट की छानबीन करते और हमें उन्होंने बेहद कठिन दौर भी दिखाया था, जब हमने उन्हें पहली रिपोर्ट दिखाई थी, लेकिन एक बार जब आप पहली रिपोर्ट की तपिश से गुजर लेते हैं, उसके बाद जीवन आसान हो जाता है, क्योंकि तब आप समझ जाते हैं कि वे रिपोर्ट में क्या ढूँढ़ते हैं और आपको क्या सिखाना चाहते हैं। मुझे याद है कि मैंने सबसे पहली रिपोर्ट डॉ. रेड्डी पर तैयार की थी और इसे पास होने में काफी लंबा समय लगा था। इसमें लगभग तीन महीने लगे, लेकिन उसके बाद रिपोर्ट तैयार करना मेरे लिए बेहद आसान हो गया था, क्योंकि मैं समझ चुका था

कि जरूरत किस बात की है। मुझे लगता है कि हमने काफी जल्दी यह सीख लिया कि ग्लोबल निवेशक क्या चाहते हैं।

मेरा अनुमान है कि कोटक का गोल्डमैन के साथ ज्वॉइंट वेंचर देश के ब्रोकर और विदेश के दिग्गज ब्रोकर के साथ पहला मामला था। क्या वाकई ऐसा था?

ए.एल.—हाँ, हम उस समय पहले ग्रुप थे, जिसका ग्लोबल ज्वॉइंट वेंचर हुआ था। आप इस बात से समझ सकते हैं कि उस समय देश में एकमात्र विदेशी संस्थागत निवेशक जारडाइन फ्लेमिंग था और मॉर्गन स्टैनले का आगमन होनेवाला था। उस समय हमने भारत में बेहद गंभीर शोध शुरू कर दिया था। जैसा कि हम खुद क्षेत्रवार काम कर रहे थे, तो हमने और भी लोगों को अपने साथ जोड़ा।

यह संभवतः 1994-95 का दौर रहा होगा?

ए.एल.—हाँ, क्योंकि मैंने कोटक में शुरुआत की थी, तब शायद ही कोई रिसर्च कार्य से जुड़ा रहा होगा। मैं शायद दूसरा व्यक्ति रहा होऊँगा, जिसने वहाँ नौकरी शुरू की थी, साथ ही, मेरे शामिल होने और गोल्डमैन के साथ ज्वॉइंट वेंचर के बीच, हमारा फुटकर और संस्थागत ब्रोकिंग काम अलग-अलग होता था और मैं बाद वाले हिस्से के साथ जुड़ा था।

उस दौरान शेयरों का मूल्यांकन कैसे करते थे आप?

ए.एल.—हम ज्यादातर पीई (price earnig) पर ध्यान केंद्रित करते थे और मैं तो यह कहूँगा कि उस समय हम सापेक्ष मूल्यांकन (relative valuation) पर ध्यान केंद्रित करते थे, न कि निरपेक्ष मूल्यांकन (absolute valuation) पर फोकस करने के, लेकिन तब हमें क्षेत्रवार अलग-अलग कर दिया गया, तब हमने कैश फ्लो, बैलेंस शीट और पी ऐंड एल दस्तावेजों पर ढेर सारा काम करना शुरू किया। उक्त तीनों दस्तावेज बुरी तरह खँगाले जाते थे और गोल्डमैन की एक खास बात यह थी कि आप अपनी रिपोर्ट में जिस चीज का भी उल्लेख करते, उसके पीछे अकाट्य तर्क दिया जाना जरूरी था। इसलिए अगर आप यह लिखते कि सेल्स में 15 फीसद का उछाल आएगा, तो आपको बताना पड़ेगा कि ऐसा क्यों···अगर आप कहते हैं कि संचालन लाभ (operating profit) ऊपर जा रहा है तो उसके साथ आपको एक नोट भी संलग्न करना होता था कि ऐसा क्यों कह रहे हैं आप। पी

ऐंड एल का हर हिस्सा और कैश फ्लो दस्तावेज पूरी तरह सिद्ध किया गया होना चाहिए था। इससे हमें काफी कुछ सीखने को मिला।

उस दौर में रिपोर्ट काफी मोटी होती थी। मुझे लगता है कि गोल्डमैन के साथ काम के दौर में मैंने सबसे लंबी रिपोर्ट विप्रो की तैयार की थी, जो 75 पेज की थी। यद्यपि मेरा कार्यक्षेत्र फार्मा था, इसके बावजूद मुझे सॉफ्टवेयर इंडस्ट्री में भी मजा आने लगा था। उस दौरान यह क्षेत्र अपेक्षाकृत छोटा था और हमारे प्रबंधन की तरफ से उसके आकार के चलते बहुत उत्साह नहीं दिखाया जाता था। तब यह कहा जाता था कि क्यों नहीं आप स्टील या सीमेंट सेक्टर में हाथ आजमाते हैं, वे बड़े सेक्टर हैं, जहाँ टर्नओवर ऊँचा है और ब्रोकिंग कमीशन भी काफी ऊँचा है?

मैं इस बात को लेकर निश्चित था कि सॉफ्टवेयर क्षेत्र में आगे बढ़ने और ऊँचाई छूने की जबरदस्त क्षमता है। यहाँ तक कि फार्मा क्षेत्र भी बहुत बड़ा नहीं था और उस क्षेत्र को लेकर इन्वेस्टमेंट बैंकिंग विजनेस कुछ खास नजर नहीं आता था। इसलिए व्यावसायिक दृष्टिकोण से दोनों ही क्षेत्र बहुत अच्छे नहीं थे, लेकिन भारतीय नजरिए से ये दोनों ही क्षेत्र महत्त्वपूर्ण थे। इसको लेकर अकसर बहस (क्योंकि मैंने फार्मा सेक्टर का काफी अच्छा अनुभव हासिल कर लिया था) होती रहती थी कि मुझे सॉफ्टवेयर सेक्टर में जाना चाहिए या सीमेंट क्षेत्र में। मैं सॉफ्टवेयर सेक्टर छोड़ना नहीं चाहता था। इसलिए मैंने तय किया कि मैं दोनों, सीमेंट और सॉफ्टवेयर में काम करूँगा। बाद में दोनों ही सेक्टर काफी बड़े साबित हुए और ये स्थिति हो गई कि मुझे सीमेंट सेक्टर को छोड़ना पड़ा और मेरे पास फार्मा और सॉफ्टवेयर सेक्टर रह गए।

आप सॉफ्टवेयर सेक्टर में 1995-97 से ही हैं क्या?

ए.एल.—मैं कहूँ कि 1995 में मैं मेरी पहली महत्त्वपूर्ण रिपोर्ट तैयार कर रहा था सॉफ्टवेयर पर, लेकिन वास्तविक बड़ी रिपोर्ट आनी शुरू हुई 1997 में, जब हमने इन कंपनियों को लेकर काफी विस्तृत वित्तीय मॉडल तैयार कर लिये। तब तक हम असल में डिजाइन तैयार कर रहे थे, जिस आधार पर इन कंपनियों का मूल्यांकन किया जाना था। हम यह समझने का प्रयास कर रहे थे कि ये कंपनियाँ काम कैसे करती हैं। मेरी पहली रिपोर्ट सत्यम पर थी। उस दौरान सत्यम काफी छोटी कंपनी थी। उसका लाभ लगभग 1.5 करोड़ रुपए था, जिसमें से एक करोड़ अन्य स्रोत से हुई आय से आए थे, लेकिन हमने अनुमान लगा लिया था कि यह कंपनी एक निश्चित अवधि में 100 करोड़ के टर्नओवर वाली कंपनी बन जाएगी।

सत्यम ने यह मील का पत्थर मेरे अनुमान से काफी पहले ही छू लिया।

1990 के दशक के मध्य, सॉफ्टवेयर उद्योगजगत् तेजी से बढ़ने लगा। ढेर सारी सॉफ्टवेयर कंपनियाँ उस दौरान पब्लिक हो रही थीं और हमें उनके मूल्यांकन की रिसर्च रिपोर्ट तैयार करने में जुटना था, ताकि निवेश बैंकिंग डील और आई.पी.ओ. के सिलसिले में बात आगे बढ़ाई जा सके। तब मैंने सीमेंट क्षेत्र छोड़कर फार्मा और सॉफ्टवेयर पर अपना ध्यान केंद्रित किया, जो कि कोटक की ब्रोकिंग फ्रेंचाइजी के लिए काफी बड़े सेक्टर साबित हुए। एक बार जब हमने इस क्षेत्र का विस्तृत विश्लेषण शुरू किया, तब हमने फ्री कैश फ्लो विश्लेषण पर ज्यादा काम शुरू किया और अपनी निर्भरता को सापेक्ष मूल्यांकन से घटाकर निरपेक्ष मूल्यांकन मॉडल पर कर लिया। मुझे लगता है कि सॉफ्टवेयर इंडस्ट्री को लेकर अपनी समझ के मामले में बाजार से काफी आगे चल रहे थे। हमें उन कंपनियों के काफी वरिष्ठ अधिकारियों से मिलने और बातचीत की आजादी थी और वे बेहद आसानी से मिल भी जाते थे, जिनसे मिल पाना अब शायद संभव न हो, लेकिन तब ऐसा इसलिए था, क्योंकि वे उस दौरान छोटी कंपनियों का हिस्सा थे। किसी ने भी यह उम्मीद नहीं की थी कि सॉफ्टवेयर उद्योग इस कदर विशालकाय हो जाएगा। जब हम शताब्दी बदलने की ओर बढ़ रहे थे, उस दौरान डॉटकॉम लहर स्वाभाविक रूप से काफी बड़ी थी। मूल्यांकन अंतरिक्ष के स्तर तक जा पहुँचा था। मुझे याद है कि विप्रो का शेयर कारोबार 300पीई, इंफोसिस का 200पीई, ह्यूजेस सॉफ्टवेयर सिस्टम्स का 100पीई और वहाँ तो निवेश बैंकिंग की गति भी 40-70 पीई के बीच कारोबार की थी। यह तो हाल था उद्योग का उस दौर में।

इस शानदार सफर के बीच में एकमात्र निवेशक ऐसा मिला, जिसने मुझे याद है कि इस बारे में पूछा था कि सॉफ्टवेयर इंडस्ट्री क्या लंबे समय तक इसी रफ्तार से बढ़ती रहेगी, जैसा कि विश्लेषकों के अनुमानों से जाहिर हो रहा है ? मैंने सोचा कि कोई इस ओर क्यों नहीं ध्यान दे रहा है कि दुनिया की कोई भी कंपनी इतने लंबे समय तक आय में इस कदर जबरदस्त रिटर्न नहीं दे सकी है। उस समय हम सभी डिमांड के वशीभूत थे और केवल-और-केवल सप्लाई को लेकर चिंतित थे। फिर अचानक वह समय आया, जब चीजें तेजी से बदलने लगीं और अचानक पता चला कि मार्केट में किसी तरह की डिमांड नहीं रह गई है और केवल सप्लाई ही हो रही है ! डॉटकॉम बूम का सह उत्पाद यह था कि हमने अपनी सॉफ्टवेयर टीम को काफी विस्तार दे दिया था। कभी एक अकेला मैं ही इस काम को देख रहा था और अब नौबत यह थी कि मेरी टीम में दो और लोग जुड़ गए थे। मैं तमाम मार्केटिंग और निवेश बैंकिंग डील के लिए राह बनाने में उलझा हुआ था। इसलिए हमें कुछ और

लोग लाने पड़े। कुछ समय बाद ही सॉफ्टवेयर इस कदर विशालकाय हो गया कि मुझे फार्मा सेक्टर से भी हाथ जोड़ने पड़े। हमने उस दौर का जमकर आनंद उठाया, क्योंकि हमें संस्थागत निवेशकों को यह शिक्षा देनी थी कि वे भारतीय सॉफ्टवेयर सेक्टर पर क्यों फोकस करें। मुझे याद है कि एफ.आई.आई. के लिए मैंने पहली रिपोर्ट तैयार की थी, जिसमें यह विस्तार से समझाया गया था कि ऑन-साइट और ऑफशोर क्या हैं और किस तरह ऑफशोर आपको ज्यादा अच्छी मार्जिन दे सकते हैं। आप कहेंगे कि यह तो बहुत ही सहज सी बात है, ठीक है? फार्मा पर तैयार की गई मेरी पहली रिपोर्ट में यह जिक्र था कि भारतीय इंडस्ट्री काम कैसे करती है। प्रॉसेस पेटेंट और प्रोडक्ट पेटेंट क्या बला हैं, बल्कि ड्रग और फार्मुलेशन क्या चीज हैं? एक बार जब हमने आधारभूत चीजें समझा दीं, फिर हमने अपने रिसर्च कार्य को बहुत ही आगे की स्टेज में पहुँचा दिया। इस तरह हमने ढेर सारे निवेशकों के साथ ढेर सारा शैक्षिक सत्र व्यतीत किया।

धीरे-धीरे दोनों ही निवेश उद्योग और ब्रोकिंग उद्योग उभरने लगा, विकसित होने लगा और अलग-अलग खिलाड़ी इस क्षेत्र में किस्मत आजमाने के लिए आने लगे। जैसे-जैसे प्रतिस्पर्धा बढ़ी, हमने बिल्कुल अलहदा और परिष्कृत रिपोर्ट बनानी शुरू कर दी। इंफोसिस पर तैयार की गई मेरी रिपोर्ट उस दौरान इंडस्ट्री में उक्त कंपनी को लेकर पहली रिपोर्ट नहीं थी, लेकिन जबकि हर किसी ने इंफोसिस पर काम किया, कोई भी अच्छे से उसे नहीं कर पाया। इसलिए हमने तय किया कि हम कंपनी का ऑन-साइट और ऑफशोर लाभ का हाल अलग-अलग करके निकालेंगे और निवेशकों को दिखाएँगे कि कैसे ये दोनों, पी ऐंड एल और बैलेंस शीट, असल में काम करते हैं।

फार्मा में एक ऐसा दौर था, जब ढेर सारी एम.एन.सी. 40 के पीई पर कारोबार कर रही थीं, जबकि भारतीय फार्मा कंपनियाँ 10-15 के पीई पर अपना कारोबार कर रही थीं। हमने एक रिपोर्ट तैयार की, जिसमें हमने कहा कि पूरे मूल्यांकन ढाँचे को दोबारा तैयार करने की जरूरत है, क्योंकि निर्यात के मोरचे पर विकास की असीमित क्षमतावाले चैनल (ओपन एंडेड ग्रोथ) के कारण भारतीय कंपनियों में जबरदस्त क्षमता है, जबकि वह क्षमता भारत में काम कर रही एम.एन.सी. के पास नहीं है। हमने इस बात का भी जिक्र किया कि भारतीय फार्मा कंपनियाँ ढेर सारा आधारभूत शोध कार्य कर रही हैं, ढेर सारा आर ऐंड डी जारी है और हम कहते हैं कि उनका मूल्यांकन एम.एन.सी. के अभिमुख होना चाहिए। हम कुछ इस तरह की रिपोर्ट तैयार करते थे, जो उद्योग जगत् को सोच से आगे-आगे चलती थी।

नई शताब्दी शुरू होते-होते आपके पास बड़ी संख्या एफ.आई.आई. की हो गई?

ए.एल.—एक बड़ी संख्या। घरेलू निवेशक उन दिनों काफी बड़ी स्थिति में नहीं आ सके थे और साथ ही एफ.आई.आई.ज. भारत में निवेश को लेकर बेहद उत्सुक थे। मुझे याद है कि सॉफ्टवेयर में केवल एक क्लाइंट था, जो कि भारतीय सॉफ्टवेयर कंपनियाँ खरीदना चाहता था, छोटे से लेकर बड़े खिलाड़ी तक की कंपनी। इन वर्षों के दौरान यहाँ तक कि विप्रो जैसी कंपनी भी बहुत ज्यादा तरल रूप में नहीं थी, केवल 200 शेयर प्रति दिन का कारोबार होता था। इसलिए अगर वह कंपनी पसंद भी करता, तो वह उसे खरीद नहीं सकता था। मुझे याद है कि हमारे पास एक लाख शेयरों का ऑर्डर आया था, लेकिन हम यह माँग पूरी नहीं कर सके, क्योंकि उस दिन केवल 200 शेयरों का ही कारोबार हुआ था। इंफोसिस उन दिनों की दुलारी कंपनी थी, जबकि टी.सी.एस. तब तक सूचीबद्ध भी नहीं हुई थी।

मैं सौभाग्यशाली था कि ज्यादातर सॉफ्टवेयर कंपनियों के साथ मेरा जुड़ाव था—पोलैरिस, आईफ्लेक्स, रैमको सिस्टम्स, मस्कट सिस्टम्स, टी.सी.एस., टेक महिंद्रा आदि। इससे हमें प्रबंधन टीमों से मिलने और उनके बिजनेस मॉडल को समझने का मौका मिला। बड़े स्तर पर हमने सॉफ्टवेयर इंडस्ट्री की सोच प्रक्रिया को दिशा देने में अहम भूमिका निभाई। इससे पहले कि बाजार ट्रेंड समझें, उससे पहले ही हम उन संकेतों को भाँपने और पकड़ने में अपना पूरा ध्यान लगाते थे और उसी हिसाब से कंपनियों को सतर्क करते थे। हम यूँ ही टॉप मैनेजमेंट से बात नहीं करते थे, बल्कि हम हर कंपनी के डिविजनल बिजनेस प्रमुखों से बात करते थे। एक विश्लेषक के तौर पर, जिसने कि हर कंपनी पर नजर रखी हो, मैं कह सकता हूँ कि मैं नियमित तौर पर इन कंपनियों के 8-10 लोगों से बात जरूर करता था। समय बीतने के साथ ही हमने तमाम धोखाधड़ी से जुड़े मामले भी पकड़े। उन दिनों बरगलानेवाली कंपनियाँ भी येन केन प्रकारेण अपने नाम के आगे सॉफ्टवेयर जोड़ना चाहती थीं, ताकि उनका मूल्यांकन भी उसी अनुरूप किया जा सके।

आपने उन चुनौतियों का मुकाबला कैसे किया, जिसे लेकर ज्यादातर विश्लेषक संघर्ष करते रह जाते हैं, जैसे कि कैसे मैं एक अच्छी रिसर्च कर सकता हूँ और निवेशकों के साथ ज्यादा वक्त बिता सकता हूँ?

ए.एल.—इसके लिए मैंने बिल्कुल सीधा-सपाट तरीका अपनाया। उन दिनों सामान्य तौर पर ढेर सारे निवेशक मुझे फोन करते रहते थे, हम इंडस्ट्री में भी आगे

चल रहे थे और निवेशक हमारे कुछ अलग करने के रवैये से वाकिफ थे। चूँकि हम ढेर सारे आई.पी.ओ. में भी मशगूल थे, मैं मार्केटिंग के सिलसिले में अकसर देश-दुनिया के दौरे पर ही रहता था और ढेर सारे लोग मुझे जानते भी थे। उन्हें जब भी कुछ जानना होता तो वे मुझे फोन करते थे। हम लोग भी एक-दो क्लाइंट को फोन करते थे, लेकिन ऐसे लोग बहुत ज्यादा नहीं थे। ऐसा नहीं था कि हमारे पास निवेशकों का वृहद् आकार नहीं था, साथ ही हमारे पास ढेर सारे क्लाइंट थे और इस वजह से हम बिल्कुल अलग रूप में थे—एक स्थानीय हाउस और विशालकाय ग्लोबल क्लाइंटों तक पहुँच थी हमारी। साझेदार के रूप में गोल्डमैन ने भी हमें काफी फायदे के सौदे उपलब्ध कराए, लेकिन कोटक टीम ने भी काफी कठोर काम किया।

आप अपनी रिसर्च और सोच-प्रक्रिया की स्वतंत्रता कैसे बरकरार रखते हैं?

ए.एल.—शताब्दी के अंत तक आते-आते, हमने एक बेहद अच्छी रिसर्च टीम तैयार कर ली थी। मैं यह कहना चाहूँगा कि हमने हमेशा खराब समय में खुद का विकास किया। श्रेष्ठ विश्लेषक, यहाँ तक कि एम.एन.सी. ने भी हमारा साथ पकड़ा, क्योंकि हम स्वतंत्र रूप से रिसर्च करते थे। इसके अलावा हमारा एक अंग बड़ा निवेश बैंकिंग का भी था, लेकिन उन्होंने भी कभी हमारी रिसर्च पर अपना प्रभाव जमाने की कोशिश नहीं की। कभी-कभी निवेश बैंकिंग बिजनेस पर नकारात्मक असर भी पड़ने का अंदेशा रहता था, लेकिन कंपनी की संस्कृति यह थी कि आपके क्लाइंट के लिए जो अच्छा हो, आप वह करें। ढेर सारे लोग, जो जानते थे, वे आए और उन्होंने हमारा साथ पकड़ा और वे खुश थे, क्योंकि कोटक में काम की चीजें बहुत समृद्ध थीं। यहाँ काम को लेकर लगन ज्यादा थी और इनाम को लेकर कम। टीम का हर सदस्य अपने विषय का माहिर था और हमें जरा भी संदेह नहीं था कि हम सर्वश्रेष्ठ नहीं हैं। हमने अपने क्लाइंटों के लिए ढेर सारा उपयोगी काम किया—हमने काफी सारा मौलिक काम किया और इसमें से लगभग हर चीज हमने शुरुआती आँकड़ों से ही हासिल की। हमने अपने काम को बिकाऊ बनाने के लिए ढेर सारा रोड-शो भी किया।

हमें ढेर सारी संतुष्टि मिली और हमने इसके लिए कड़ी मेहनत की। वे दिन काफी लंबे होते थे—सुबह की मीटिंग 8 बजे, हम सुबह 7 बजे घर छोड़ देते थे और रात में 9-10 बजे वापस घर पहुँचते थे। परिणामोंवाले दिनों में तो हम रात में

3 बजे घर पहुँचते थे। रोड शो भी काफी व्यस्तता भरे होते थे। बाद में, मैंने रणनीति पर भी काम करना शुरू कर दिया था और कुछ सेक्टरों को दूसरों के सुपुर्द कर दिया, लेकिन मुझे याद है कि साल में 6 रोड शो, जिनमें से कुछ सुदूर पूर्व में, 4 अमेरिका और यूरोप में करने होते थे। इस तरह यहाँ तक कि 10 साल की अवधि के ब्रोकिंग के कॅरियर के दौरान मैं साल में 10 रोड शो करता था।

आपने रिसर्च के काम के दबाव को कैसे व्यवस्थित किया, जबकि आप ज्यादातर दौरे पर ही रहते थे?

ए.एल.—चूँकि हमने ढेर सारा मार्केटिंग का काम किया था, हमें काफी समय लिखने में बिताना पड़ता था। हमने अपने कनिष्ठों को मजबूत बनाया, ताकि वे उच्च गुणवत्ता से भरपूर अच्छे विश्लेषक के रूप में विकसित हो सकें। जैसे-जैसे हम वरिष्ठ होते गए, हमारे लिए ढेर सारी चीजें कर पाना कठिन हो गया, लेकिन हमने अपने वित्तीय मॉडलों के लिए कंट्रोल शीट बनाईं। कंट्रोल शीट देखकर मैं अंदाजा लगा लेता था कि हमारे मॉडल का सहयोगी हिस्सा किस गुणवत्ता से काम कर रहा है। इसके अलावा, कोटक में ऐसी कोई रिपोर्ट नहीं थी, जो रिसर्च प्रमुख की नजरों के सामने से न गुजरे। उस दौरान मैं ही प्रमुख था। तब तक मैं विश्लेषक से रिसर्च प्रमुख बनने तक का सफर तय कर चुका था।

यह 2000-01 की बात होगी?

90 के दशक के अंत में मैं शोध-कार्य का सह प्रमुख था, जबकि 2000-01 में मैं प्रमुख बन गया था, लेकिन हर रिपोर्ट मेरी जाँच से होकर गुजरती थी और यह केवल सॉफ्टवेयर या फार्मा को लेकर ही नहीं था, यहाँ तक कि बैंकिंग, इंडस्ट्रियल, ऑटो, हर रिपोर्ट मैं जाँचता था। यह गुणवत्ता जाँच काफी अच्छी थी, क्योंकि हम ढेर सारी गलतियाँ करते थे, लेकिन वे गलतियाँ अंतिम चरण में बिल्कुल दुरुस्त कर ली जाती थीं। हर विश्लेषक को पता था कि कोटक का तरीका क्या है और मुझे उन दिनों की याद आज भी ताजा है कि हम अपने विश्लेषकों के एक्सेल मॉडलों के मूल्यांकन के लिए सेल (प्रकोष्ठ) स्तर पर भी काम कर लेते थे। हम मॉडल लेते थे, एक-एक सेल को जाँचते थे कि जूनियर ने किस तरह से आँकड़ों को उनमें भरा है। हम ऐसा नहीं चाहते थे कि उन खाँचों में कठिन कोड जैसी चीज भरी हो; बल्कि हम चाहते थे कि चीजें मानक के अनुसार तैयार हों और तब उसमें भरी जाएँ। हम चाहते थे कि हमारे अनुमान मॉड्यूलर हों। इसलिए हमने मानक के

अनुरूप ढाँचा तैयार किया, जो कंपनी विशेष के वित्तीय मॉडल के हिसाब से बना था, क्योंकि हम एक बेहद दिलचस्प मॉडल संचालित कर रहे थे, जिसके बारे में मैं कुछ ही पलों में आपको बताऊँगा। मुझे लगता है कि टीम का हर सदस्य कोटक के तौर-तरीके पर गौर कर रहा था; वे जानते थे कि यही काम करने का तरीका है।

किसी तरह से नई शताब्दी की शुरुआत में भी पी ऐंड एल, निवेश और ई.पी.एस. पर काफी ध्यान केंद्रित किया जाता था। हमने कैसे इस सोच को बदला कि इनसे हटकर अब कैश फ्लो/ बैलेंस शीटवाली सोच विकसित की जाए। यह एक सवाल था, जो मेरे सहयोगियों और मुझे चिंतित करता रहता था। यही वह समय था, जब हमने बहुत दिलचस्प चीज पर काम करना शुरू किया था।

हमने स्पष्ट तौर पर देखा कि अगर एक कंपनी अच्छा कैश फ्लो प्रोफाइल रखती है; विशेष तौर पर विकसित होता हुआ कैश फ्लो, तो इसका स्टॉक के दामों पर काफी बड़ा असर दिखता था। कंपनियों के अच्छा ई.पी.एस. रखने के बावजूद उनके शेयर बाजार में कभी जोरदार प्रदर्शन नहीं करने के पीछे हमने अपनी गलतियों को पकड़कर उन पर कठिन मेहनत की। हमने पाया कि ई.पी.एस. से कैश फ्लो का सीधा और बेहद महत्त्वपूर्ण संबंध है, जिसके आधार पर वह शेयर बाजार में अच्छा प्रदर्शन करता है।

तब 2001 में हमने बड़ी दिक्कतों का सामना करते हुए यह विस्तृत आधार पर साबित किया कि कैश फ्लो बेहद महत्त्वपूर्ण पक्ष है, जिसे नजरअंदाज नहीं किया जा सकता। यही वह समय था, जब हमने कहा, ''आइए देखते हैं कि क्या हम इसे ऊँचाई प्रदानकर पूर्ण रूपेण मॉडल में बदल और उसे कंप्यूटर के अनुकूल बना पाते हैं।'' यहीं पर हमने व्हिजडम (Whizdom) का सृजन किया। यह एक मुफ्त कैश फ्लो को गति देनेवाला टूल था, जो कि विश्लेषकों द्वारा तैयार कंपनी विशेष के मॉडलों के अनुरूप था और आसानी से उनसे जुड़ सकता था। अगर आप एक डिस्काउंटेड कैश फ्लो (DCF) मॉडल के आधार पर किसी कंपनी का मूल्यांकन करना चाहते हैं, तो समस्या यह है क्रि वह मूल्य या तो बैक एंडेड होगा या फ्रंट एंडेड। ऐसी दशा में व्हिजडम टूल आपको बिल्कुल स्पष्ट बताता था कि कीमत कहाँ पर स्थित है और साथ ही यह बेहद स्पष्ट तौर पर बताता था कि उक्त कंपनी के शेयर की कीमत कितनी होगी, स्टॉक की दोबारा रेटिंग क्या होगी, प्रॉफिट बुकिंग स्टॉक क्या होगा, ग्रोथ स्टॉक क्या होगा, हर चीज इसमें बिल्कुल स्पष्ट रूप से और अच्छी तरह से नंबरों के जरिए व्याख्यायित होती थी और कंप्यूटराइज होती थी और उसके बाद हम एक और ढाँचे पर विचार करते थे, जो कि उलटा

DCF था। ऐसा हम यह देखने के लिए करते थे कि कंपनी ने जो फ्री कैश फ्लो मोमेंटम का जिक्र किया है, वह पहले से ही दाम में शामिल है या नहीं। व्हिजडम एक बेहद सशक्त टूल है और यह कोटक इंस्टीट्यूशनल इक्विटीज द्वारा आज भी प्रयोग में लाया जाता है। शुरुआत में मॉडल हमारे अनुमानों के मुताबिक चलता था और बाद में हमने उसे अपने डैशबोर्ड में शामिल कर लिया, ताकि कलाइंट्स के बताए नंबरों और अनुमानों को पैमाने पर तौल लिया जाए और फिर देखा जाए कि हमारा मॉडल उनके बारे में क्या बताता है।

व्हिजडम के माध्यम से हमने पूरे संस्थागत इक्विटीज ग्रुप की सोच बदल दिया था और उन्हें विवश कर दिया कि वे फ्री कैश फ्लो मैनेजमेंट के नजरिए से चीजों को देखें। इसलिए अगर मैं व्हिजडम के आधार पर आकलन करता हूँ तो मैं विश्लेषक के अनुमानों का सिस्टम के अंतर्गत फ्री कैश फ्लो के आधार पर आकलन करूँगा और उसमें कोई खामी पाने पर विश्लेषक को बताऊँगा कि मुझे क्या अटपटा लग रहा है। धीरे-धीरे हमने अपने कैश फ्लो अनुमानों को सटीक साबित करना शुरू कर दिया था। हमारे लिए सटीक कैश फ्लो अनुमान हासिल करना सटीक ई.पी.एस. अनुमानों से कहीं ज्यादा महत्त्वपूर्ण था। इस वजह से कंपनियों को देखने और उनका मूल्यांकन करने का हमारा पूरा नजरिया ही बदल गया। उस दौरान हम 130-150 कंपनियों को देख रहे थे और उन सबके विश्लेषण मॉडल को व्हिजडम से जोड़ दिया गया था।

मुझे यह स्पष्ट तौर पर समझना है, क्या उस समय तक बाजार फ्री कैश फ्लो पर बिल्कुल ध्यान नहीं देता था? अगर ऐसा है तो कोटक विश्लेषक कैश फ्लो का सटीक अनुमान लगा लेते थे, क्या इससे वाकई उन्हें मदद मिली, जिस पर बाजार का ध्यान ही नहीं था?

ए.एल.—देखिए, यह टूल आपको सही जगह पहुँचाने में मदद करता है। बाजार के नजरिए से, वे यही चाहते हैं कि उन्हें सही जानकारी मिले, वे चाहते हैं कि आपका टार्गेट प्राइस उचित हो। इसलिए मुझे याद है कि उन दिनों में हम कहा करते थे कि यह वही है, जिसे हमारे विश्लेषक उचित बताते हैं और यही बात व्हिजडम टूल भी बता रहा है। ज्यादातर समय दोनों के बीच संबंध विच्छेद ही रहता था और हम इसे साथ में ही खोलते थे, कारण कि कई बार ऐसा होता था कि हमारे विश्लेषक शॉर्ट टर्म ट्रिगर्स भी खोजते रहते थे। वहीं व्हिजडम कम-से-कम अगले दो साल का हिसाब-किताब लेकर चलता था और किसी विश्लेषक के

वहाँ के अनुमान पर पहुँचने से पहले अपना आकलन बता देता था। एक कंपनी थी वी.एस.एन.एल. (अब टाटा की), जिसके पास ढेर सारा कैश उसकी बैलेंस शीट में नजर आ रहा था और हर कोई इसे अच्छा संकेत मानते हुए इसे बढ़ी कीमती स्टॉक बताता था। वहीं व्हिजडम मॉडल का यह अनुमान था कि अगले दो साल में पूरी नकदी का क्षरण हो जाएगा और इस प्रकार कंपनी को अगले दो साल में ही मूल्य ध्वस्तीकरण का भारी झटका लगेगा। इसलिए हम कहते थे कि अगले दो साल में उस कंपनी की कीमत वरबादी की इबारत होगी और अनुमान लगाया कि मौजूदा कैश फ्लो के आधार पर उक्त कंपनी का कोई विकास नहीं होनेवाला है। यही उस कंपनी की वैल्यू है। इससे हमारे क्लाइंट्स को समझने में आसानी हुई कि कंपनी की दोबारा रेटिंग की जाए।

व्हिजडम आज भी काम कर रहा है और यह हमारे काम का एक शानदार नमूना है और इसने हमारे संगठन की मन:स्थिति को बदल दिया है। अगर आप कारोबार के असेट मैनेजमेंटवाले हिस्से में आते हैं, तब आप देखेंगे कि फोकस अब भी विकास और पीई पर ही है, जिसका आकलन गुणात्मक निवेश के आधार पर किया गया है। कैश फ्लो को देखा जाता रहा था, लेकिन उस पर ध्यान तभी दिया गया, जब हमने व्हिजडम के जरिए मूल्यांकन निर्धारण प्रक्रिया में कैश फ्लो को शामिल किया। यह कुछ इस कदर चर्चित हुआ कि बहुत सारे निवेशकों ने कहना शुरू कर दिया हर रिपोर्ट में क्या आप व्हिजडम की राय दे सकते हैं, बजाय महज ई.पी.एस. नजरिया देने के। यह टूल हमारी फ्रेंचाइजी विकसित करने में काफी मददगार साबित हुआ।

2003-05, कोटक संस्थागत इक्विटीज ने सिस्टम्स और प्रॉसेस में भारी-भरकम निवेश किया। हमने एक और सॉफ्टवेयर विकसित किया, जिसे AKSESS नाम दिया गया। इस पर 5 लाख रुपए का खर्च आया। हमारी सारी रिसर्च इसमें संग्रहीत कर दी गई। सुबह चलनेवाले फ्लैश उसी अनुरूप चलने लगे और उत्पादों में स्वचालित संपादन, अनुपालन, अनुमति आदि होने लगे। हमने क्लाइंट के प्रोफाइल को भी सिस्टम में डाला और चुनिंदा रिपोर्टों को क्लाइंटों को भेजा, जिसकी उन्हें जरूरत होती थी। हम ज्यादा-से-ज्यादा तकनीकी समाधान चाहते थे, ताकि अपने ग्राहकों को ज्यादा-से-ज्यादा मदद उपलब्ध करा सकें।

मुझे अपना पहला बड़ा सम्मेलन याद है। बैठकों, स्लॉट्स, निवेशकों और कंपनियों के बीच एक-एक करके बातचीत कराना और इन सबमें समन्वय स्थापित करने के लिए, ये सारी विश्लेषकों ने शून्य लागत या कीमत पर हमें प्रदान कीं। हर

चीज की व्यवस्था हाउस में ही की गई थी। हमारे पास अच्छे लोग थे, जो अपनी विश्लेषक की जिम्मेदारी से परे जाकर भी सहयोग कर रहे थे। विजुअल बेसिक को सीखा गया और हाउस में ही सॉफ्टवेयर विकसित किया गया। कोटक में हम एक बड़े परिवार के रूप में थे। ऐसा कोई भी शख्स सड़क पर नहीं था, जिसको हम अपने से बेहतर समझते थे। समय गुजरने के साथ-साथ हमें अपने ग्राहकों और अपनी ही फर्म के अंदर विशेष पहचान मिलनी शुरू हो गई।

मुझे 2001 में रणनीति की जिम्मेदारी मिल गई और मुझे याद है कि मेरी पहली रणनीतिक रिपोर्ट 300 पेज की थी। इन 300 पन्नों में 30-40 पेज वास्तविक रणनीति को लेकर रहे होंगे और बाकी हिस्सा क्षेत्रवार, कंपनियों आदि पर केंद्रित था। यह काफी मोटी किताब थी, जिसे कुछ लोगों के लिए पढ़ना भी कठिन हो रहा था। यह मेरी पहली रणनीतिक रिपोर्ट थी, इसलिए मैं चाहता था कि यह जबरदस्त असरकारक साबित हो। फिर धीरे-धीरे मुझसे सॉफ्टवेयर क्षेत्र भी छूट गया, लेकिन कहीं-न-कहीं मैं सोचता हूँ कि संगठन की जरूरत के अनुसार, मैं तकनीकी क्षेत्र में दोबारा दाखिल हो गया। इस तरह कहीं-न-कहीं मैं दोनों ही हिस्सों, तकनीकी और रणनीति पर साथ-साथ काम कर रहा था।

तकनीकी पर मैंने एक अन्य विश्लेषक कवलजीत (अब कोटक इंस्टीट्यूशनल इक्विटीज के प्रमुख) के साथ काम करना शुरू किया था। जब हर चीज एक आकार में ला दी गई, तब मैं वापस रणनीति पर काम करने के लिए 2001 में चला गया। 2007 में मैं असेट मैनेजमेंट फर्म का हिस्सा बन गया।

असेट मैनेजमेंट फर्म में जाने का अनुभव आपका कैसा रहा?

ए.एल.—असेट मैनेजमेंटवाले हिस्से में लोग, जो टाइम फ्रेम इस्तेमाल करते थे, उनमें आपस में जुड़ाव का अभाव था। भारत में म्यूचुअल फंड खरीदे और बेचे जाते हैं। आपको वितरक की जरूरत होती है, ताकि आप फंड का प्रचार कर सकें। ऐसे में अगर आपके पास अच्छा प्रदर्शन करनेवाले फंड नहीं हैं तो आप राडार से ओझल हो जाएँगे, जब तक कि आपके पास प्रदर्शन का दीर्घकालीन ट्रैक रिकॉर्ड (और इस तरह निवेशक आपको कुछ गलतियाँ करने का अवसर भी प्रदान कर देते हैं) न हो, आपको छोटी-छोटी अवधि में लंबे समय तक नियमित रूप से परिणाम देते रहना होता है। यह समय अवधि आम तौर पर 12 महीने, 2-3 साल तक की हो सकती है, इसी दौरान निवेशक की तरफ से रिटर्न और नई जगह निवेश को लेकर हलचल शुरू हो जाती है, भले ही हम यह मानकर चलें कि निवेश लंबे समय के

लिए किया गया है। म्यूचुअल फंड इंडस्ट्री में यह मन:स्थिति आज भी बरकरार है। इसका नतीजा यह है कि आपके पास ऐसे फंड्स की बहुतायत नहीं है, जो कि वाकई लंबे समय तक का जोखिम उठा सकें। इससे निजी इक्विटी सेटअप की राह खुलनी शुरू हुई, जो कि सूचीबद्ध इक्विटी निवेश के क्षेत्र में प्रवेश कर रहे थे। मुझे लगता है कि निवेशकों के लिए पैसा बनाने का सबसे बढ़िया तरीका यही है।

म्यूचुअल फंड इंडस्ट्री में एक सोच काम करती है कि बाजार के हर बड़े कदम पर निवेश का रिस्क लो और मुनाफा कमाओ और वह भी छोटी अवधि में। इस सोच को सिद्ध कर पाना कठिन है, क्योंकि शेयरों का प्रदर्शन एक सीधी रेखा में नहीं चलता। फ्री कैश फ्लो आधारित मूल्यांकन को लेकर जो हमारी सोच थी और जिसका जिक्र मैं संस्थागत इक्विटीज के परिपेक्ष्य में पूर्व में कर चुका हूँ, हम लोग असेट मैनेजमेंट कारोबार में भी लेकर आए। यही हमारी फिलॉसफी रह चुकी थी। हमारा ध्यान मूल्यांकन, कारोबार और प्रबंधनों पर रहता है। हम वैल्यू इनवेस्टर्स नहीं हैं, यानी हम शेयर नहीं खरीदते, क्योंकि वे बहुत सस्ते होते हैं। उनका अच्छा कारोबार होना जरूरी है और अच्छा प्रबंधन होना भी और अच्छा मूल्यांकन रखना भी। ये सभी तीनों बक्से चयनित होने जरूरी हैं।

लेहमैन रिकवरी (मार्च-नवंबर 2009) के उपरांत आपकी इस सोच ने अगले 7-8 महीने के दौरान किस तरह का रुख दिखाया, जबकि कोई भी शख्स कैश फ्लो को तवज्जो नहीं देता था?

ए.एल.—मैं यह नहीं कह रहा हूँ कि उक्त फिलॉसफी ने असेट मैनेजमेंट कारोबार को एक बिंदु पर पूर्णतया उभार दिया। हालाँकि उस अवधि ने निवेश को लेकर एक और महत्त्वपूर्ण पहलू से हमें रूबरू कराया। समय के किसी भी बिंदु पर एक निवेशक को यह समझना जरूरी होता है कि बाजार किस चीज पर ध्यान लगा रहा है। अगर आप किसी विशेष आइडिया या थीम पर फोकस कर रहे हैं और बाजार उस थीम पर दाँव नहीं लगाना चाह रहा है, तो ऐसे में आपका उक्त स्टॉक को चुनना गलत फैसला साबित हो जाएगा। महत्त्वपूर्ण यह है कि आप समझें कि बाजार क्या सोच रहा है।

उसी दौरान, हम अँधेरे में हाथ-पैर मारते हैं और नहीं जानते कि स्थितियाँ कब बदलेंगी। हमें इस बदलाव को समझने और पकड़ने के लिए हमेशा सतर्क रहना होगा। इन सबके अंत में आप क्या एहसास करते हैं और सामान्यतया तब, जबकि अगले पाँच से छह साल तक बाजार आगे नहीं बढ़ता कि अगर आप अपनी निवेश

फिलॉसफी से चिपके रहे और यहाँ तक कि इस दौरान भी बाजार में गिरावट पाई जाए, तो भी आप लंबी अवधि के लिए निवेश करके पैसा बना सकते हैं। यह कुछ ऐसा सेटअप होता है कि म्यूचुअल फंड इंडस्ट्री आपको वह मौका नहीं देती। यह आपको फिलॉसफी बदलने के लिए प्रेरित करती है और बहाव के साथ चलने के लिए कहती है और यहीं पर समस्या शुरू होती है। यह समझने की जरूरत है कि म्यूचुअल फंड का विश्लेषण कैसे होता है। इसमें निवेशक और वितरक ट्रैक रिकॉर्ड देखकर फंड का आकलन करते हैं, लेकिन यह नहीं बता पाते कि उक्त फंड का भविष्य का प्रदर्शन कैसा रहनेवाला है। अगर कोई नंबर 1 है, लेकिन ऐसा करने के लिए उसने अत्यधिक जोखिम मोल ले लिया तो अगले साल वह आखिरी रैंक पर भी जा सकता है। इसका मतलब यह है कि पोर्टफोलियो का विस्तृत अध्ययन, निवेश फिलॉसफी की गहरी समझ विकसित की जानी चाहिए। वास्तव में ऐसा किया नहीं जाता। इसका परिणाम यह होता है कि अंततः फंड पहले साल या अगले दो-तीन साल तक तो अच्छा रिटर्न देते हैं और भरोसा जगाने का प्रयास करते हैं कि अगले दो-तीन साल भी वे ऐसा ही प्रदर्शन करेंगे, लेकिन कुछ ऐसे फंड्स भी हैं, जिन्होंने लंबी अवधि, यानी दस साल तक भी अच्छा प्रदर्शन किया है और ऐसा करने के लिए उन्होंने एक निश्चित फिलॉसफी का अनुसरण किया है। अब हम एक स्पष्ट समझ पर आ चुके हैं कि हमें अपनी फिलॉसफी पर टिके रहने की जरूरत है, अगर हम भ्रमित नहीं होते, जब तक कि कोई बड़ा उतार-चढ़ाव नहीं सामने आता और हमारे लिए बड़े अवसर लेकर नहीं आता।

आपकी बेचने की फिलॉसफी क्या है?

ए.एल.—हम अपनी प्रत्येक होल्डिंग के लिए एक निश्चित कीमत का लक्ष्य निर्धारित करते हैं और उस लक्ष्य का सम्मान करते हुए आगे बढ़ते हैं।

यानी कि एक स्टार स्टॉक, जैसे आयशर मोटर्स की बिक्री को लेकर भी एक प्राइस टार्गेट के अनुशासन का पालन किया जाता है?

ए.एल.—हम उस समय ऐसा करेंगे कि उस स्टॉक से लाभवाला हिस्सा निकाल लेंगे और जहाँ तक हमारा प्राइस टार्गेट हासिल हो पाएगा, वहाँ तक पोर्टफोलियो के वजन को जरा हलका कर देंगे। अगर स्टॉक उसके बाद ऊपर की ओर जाता है, हम उसे फिर एक लिमिट में लाने का प्रयास करेंगे। ऐसी बहुत सी अच्छी कंपनियाँ हैं, जहाँ कीमतों में तेजी देखते हुए हमने बाहर होने का रास्ता

चुना और फिर जब शेयरों के दाम एक स्तर पर नीचे आ गए तो हमने फिर उन शेयरों को खरीद लिया।

उच्च गुणवत्तावाले स्टॉक्स, जैसे एच.डी.एफ.सी. बैंक के साथ एक सोच आमतौर पर देखी जाती है कि ऐसे स्टॉक्स के अधिक दाम पर पहुँच जाने के बाद भी इन्हें बेचना नहीं चाहिए। क्या आप इससे सहमत हैं?

ए.एल.—नहीं। हमने एच.डी.एफ.सी. बैंक के स्टॉक के भी वजन को हलका किया है। यह एक अच्छा बैंक है, लेकिन अगर इसका स्टॉक काफी महँगा हो गया है तो हम उसमें कटौती करेंगे और उसी तरह सन् फार्मास्युटिकल्स, जो कि एक शानदार कंपनी है, लेकिन उसमें भी कुछ ऐसे अवसर आते हैं, जबकि आप सस्ते में शेयर खरीद सकते हैं। एक वार एक घोषणा ऐसी हुई थी कि कंपनी को जुर्माना भरना पड़ेगा। इस वजह से कंपनी के शेयर के दामों में भारी गिरावट हुई थी, तब हमने ढेर सारा शेयर खरीद लिया था। ऐसे ही अवसरों की तलाश में हम रहते हैं, लेकिन हम ऐसे स्टॉक्स के पीछे नहीं भागते, जो अनावश्यक रूप से महँगे हों। ग्रोथ स्टॉक्स के मामले में हम कुछ समय उस पर गौर करने में बिताते हैं। अच्छी कंपनियों के मामले में हम एक साल की बजाय दो साल तक उन पर नजर रखते हैं, लेकिन हम पाँच साल के लिए ऐसा नहीं कर सकते...हम बेहद अनुशासित हैं, लेकिन हम उन कंपनियों को सामान्यतया पसंद करते हैं, जो अच्छा रिटर्न देती हैं। हम उन कंपनियों में भी निवेश से नहीं चूकते, जो कम रिटर्न देती हैं, बशर्ते हमें विश्वास हो कि उनका ROEs और ROCEs ऊपर बढ़ने का रुख दिखा सकते हैं। इसी प्रकार हम ऐसी कंपनियों के स्टॉक्स भी खरीदने के इच्छुक रह सकते हैं, जो फ्री कैश फ्लो को लेकर नकारात्मक रुख दिखा रही हों, लेकिन उनके सकारात्मक फ्री कैश फ्लो में बदलने की संभावना हो। हमारा व्हिजडम मॉडल असल में इसी आधार पर काम करता है।

कुछ कोर होल्डिंग्स के साथ हम लगातार भारी-भरकम स्टॉक्स को हलका करते रहते हैं। उदाहरण के लिए, हमने समय-समय पर टी.सी.एस. के शेयरों की संख्या में बढ़ोतरी और घटोतरी की है, लेकिन इसे हमेशा अपने पोर्टफोलियो में बरकरार रखा। इस मुद्दे पर कोटक असेट मैनेजमेंट में हमें हमेशा उभरने, सीखने का एक अच्छा आधारभूत ढाँचा मिला और निरंतरता और अनुमान लगाने का आत्मविश्वास विकसित हुआ।

जब आप भारत के उच्च 10 म्यूचुअल फंड्स के पोर्टफोलियो पर नजर दौड़ाते हैं तो क्या पाते हैं?

ए.एल.—जो फंड वाकई बेहतरीन काम कर रहे हैं, वे विविधतावाले न होकर संकेंद्रित हैं। आप सामान्य तौर पर ऐसे फंड्स को मिडकैप सेगमेंट में पाएँगे। वे बेंचमार्क से मतलब नहीं रखते हैं। दूसरा यह कि वहाँ एक अच्छी मात्रा में अतरलता है, जो इन पोर्टफोलियो में बन जाती है। यह एक जोखिमवाली स्थिति पैदा करता है, जब मुश्किल घड़ी आती है, लेकिन अच्छे वक्त में इससे अच्छा इनाम भी मिलता है, क्योंकि अतरलतावाला प्रीमियम आपके रिटर्न में जुड़ जाता है।

हमने क्या किया कि जोखिम से संबंधित एक ढाँचा तैयार किया, ताकि हम खराब गुणवत्ता और अतरल नामों के चक्कर में पड़ें ही नहीं और काफी उच्च स्तर के गाढ़े जोखिम को बढ़ाते न चले जाएँ। उन निवेशकों के लिए, जो इस प्रकार की चीजें चाहते हैं, हमारे पास विशेषज्ञ हैं, जो उस स्थिति के हिसाब से भी काम कर सकते हैं, लेकिन हमने फ्रंटलाइन फंड या अग्रणी श्रेणी के फंड पर सख्त गुणवत्ता, तरलता और गाढ़ेपन की कसौटी अपना रखी है।

हमारी ताकत हमारे शोध और हमारे फंड मैनेजरों के अनुभव में निहित है, जो हमारे शोध को प्रभावशाली तरीके से लागू करते हैं, साथ ही बिक्री की तरफ वाले अच्छे विश्लेषकों का भी हम उपयोग करते हैं, ताकि एक दृढ निर्णय ले सकें। हम कुछ इस तरह काम करते हैं कि खरीदवाली साइड होते हुए भी बिक्रीवाली साइड फर्म के रूप में दिखें। हमारे समस्त स्टॉक्स के लिए, हमने कैश फ्लो आधार के मॉडल और मूल्यांकन बना रखे हैं। जब मैं स्टॉक्स की तरफ देखता हूँ, तो पहली चीज मैं यही ढूँढ़ता हूँ कि मुझे किसी कोटक असेट मैनेजमेंट विश्लेषक का नंबर मिल जाए।

आप क्या यह कहना चाहते हैं कि खरीद क्षेत्र (यानी फंड मैनेजमेंट साइड) और बिक्री क्षेत्र (यानी ब्रोकिंग साइड) के बीच का अंतर वास्तविक होने से कहीं ज्यादा काल्पनिक है?

ए.एल.—भिन्न प्रकार के खरीद क्षेत्र भिन्न प्रकार का रवैया अपनाते हैं। यहाँ एक ऐसा भी स्कूल है, जो कहता है कि आपको खरीद क्षेत्र के लिए रिसर्च टीम बनाने की जरूरत नहीं है। महज बिक्री क्षेत्र के अच्छे जानकार से बात करना और उनका मॉडल अपनाना ही काफी है। एक अन्य वैचारिक स्कूल है, जो खरीद क्षेत्र की तरफ से कहता है कि कुछ लोगों को बिक्री क्षेत्र के साथ बातचीत करनी चाहिए

और निवेश टीम के वरिष्ठ सदस्यों को संदेश भेजना चाहिए। हम इसे पोस्टमैन रिसर्च कहते हैं। हमने बिल्कुल अलहदा रास्ता अख्तियार किया।

हमने अपने मॉडल खुद विकसित किए। हमारी तरफ से इन पर पूर्णतया नियंत्रण भी है। अगर आप हमारे खरीद क्षेत्र के विश्लेषक से बात करेंगे कि ये खास आँकड़े कहाँ से आ रहे हैं, तो वह आपको विस्तार से जवाब दे सकता है और यही बड़ा अंतर पैदा करने के लिए काफी है। हमारे विश्लेषक बेहद अनुभवी हैं और वे अच्छा काम कर रहे हैं। निवेश को लेकर एक खास प्रकार की मन:स्थिति बनाने में हमें काफी लंबा वक्त लगा है, उस पर विशेष ध्यान केंद्रित करने, विश्लेषकों को मॉडल तैयार करने में काफी मशक्कत करनी पड़ी है, जब तक ऐसा नहीं हुआ था, तब तक हमें भी बिक्री क्षेत्र की तरफ देखना पड़ता था। लेकिन अब हमारे पास खरीद और बिक्री क्षेत्र से जुड़े विश्लेषकों का बेहतर सामंजस्य उपलब्ध है। बिक्री क्षेत्र के लिए हमारे पास एक शानदार मूल्यांकन मॉडल है; इसके अलावा बिक्री क्षेत्र के मूल्यांकन के लिए हम अपने मॉडलों के साथ थर्ड पार्टी मॉडलों का भी सहयोग लेते हैं। बिक्री क्षेत्र का हमारा विश्लेषक ज्यादा गहराई में अध्ययन कर सकता है, क्योंकि उसके पास चुनिंदा कंपनियों का ही विस्तार से अध्ययन करने का काम होता है। हमारे खरीद क्षेत्र के विश्लेषक को कहीं ज्यादा मात्रा में स्टॉक्स का काम करना होता है। हमने काफी प्रयास किया कि खरीद क्षेत्र में भी उसी तरह की स्थिति बनाई जाए, जैसी कि बिक्री क्षेत्र में हमने कर रखी है, लेकिन यह बेहद कठिन साबित हुआ, क्योंकि खरीद क्षेत्रवाले विश्लेषक के पास कंपनियों का अंबार लगा होता है, हमारे खरीद क्षेत्र के विश्लेषक के पास 30 कंपनियों के शेयरों का हिसाब-किताब होता है, जबकि बिक्री क्षेत्रवाले विश्लेषक को महज 15 कंपनियों का ही विश्लेषण करना होता है।

□

3

सफल निवेश करने के सरल नियम

"नियम-कानून, बेवकूफों को आज्ञाकारी बनाने के लिए होते हैं, जबकि बुद्धिमानों के लिए मार्गदर्शक का काम करते हैं।" डेविड ऑग्लिवि, 'द फादर ऑफ एडवर्टाइजिंग'[1]

"हमारे पास पहुँचनेवाली 90 फीसद चीजें ऐसी होती हैं, जिन्हें हम चाहें तो महज 10 सेकेंड में न कर दें, क्योंकि हमारे पास ऐसे फिल्टर्स मौजूद हैं।"—वॉरेन बफेट[2]

जब भी मुझे किसी ताजा तैयार चार्टर्ड अकाउंटेंट या किसी नामचीन बिजनेस स्कूल के ग्रेजुएट से बात करने का मौका मिलता है तो मैं उससे सबसे पहले यही सवाल करता हूँ कि वह स्टॉक़ मार्केट क्षेत्र में क्यों काम करना चाहता है। आखिरकार, ऐसे ढेर सारे पेशे हैं, जहाँ काम आसान है और अच्छा पैसा भी है उन कामों में। उदाहरण के लिए एक डॉक्टर न केवल जीवन बचाता है, बल्कि खुद के लिए वित्तीय रूप से सुरक्षित भविष्य भी बनाता है। एक प्रबंधन सलाहकार न केवल खुद को परिष्कृत कर सकता है, बल्कि वह ऊँची रैंक की सीढ़ियाँ भी चढ़ता जाता है और अंतत: वह सलाहकार बनकर इंडस्ट्री के कप्तानों का विश्वासपात्र भी हो जाता है। एक पेशेवर खिलाड़ी या अभिनेता न केवल प्रसिद्धि हासिल करता है, बल्कि वह देश-दुनिया भी घूमता है और अलग-अलग संस्कृतियों और देशों के लोगों से मुलाकात भी करता है। ऐसे में जबकि ढेर सारे बेहतरीन विकल्प मौजूद

1. इन्वेस्टिंग अगेंस्ट द टाइड, एंथनी बोल्टन (एफटी प्रेंटिस हॉल, 2009), पेज 11
2. इन्वेस्टिंग अगेंस्ट द टाइड, एंथनी बोल्टन (एफटी प्रेंटिस हॉल, 2009), पेज 11

हों, तो स्टॉक मार्केट के जंजाल में पड़ने की आखिर जरूरत क्या है?

मुझे मिलनेवाले जवाबों ने भी इस किताब को लिखने के लिए मुझे आधार प्रदान किया। बाहरी दुनिया में स्टॉक मार्केट की छवि एक कैंसिनो की है, जहाँ गैंबलर और संचालक पासा फेंकते हैं और जहाँ सूचनाएँ रखनेवालों को हलका सा माइलेज मिल जाता है। ऐसा खासकर नौजवानों के अंदर देखा जाता है। यह दुर्भाग्यपूर्ण है, क्योंकि इससे न केवल लाखों लोग स्टॉक्स में निवेश से हतोत्साहित होते हैं (और भारत के लिए अस्वास्थ्यकर रियल इस्टेट और सोने में निवेश झोंकते जाते हैं), बल्कि युवा पेशेवरों को गलत कारणों से स्टॉक मार्केट में खिंचे चले आते हैं (प्रमुख तौर पर उनकी जल्दी रईस बनने की तीव्र इच्छा)।

स्टॉक मार्केट में दीर्घकालीन सफलता की वास्तविकता इससे काफी भिन्न है, जबकि कुछ ही निवेशक ऐसे हैं, जो अंदरूनी सूचनाओं पर भरोसा करते हुए आगे बढ़ते हैं और पैसा कमाते हैं, वहीं वास्तविक सफल दीर्घकालिक निवेशक पैसा कमाने के लिए दूसरी तकनीक भी आजमाते हैं। दरअसल, बाजार में पैसा गँवाने का एक सुनिश्चित तरीका (और कानून के शिकंजे में आने का खतरा भी) अंदरूनी सूचनाओं पर भरोसा करना है। दीर्घकालीन सफल निवेशक बेहद सरल, लेकिन तगड़े नियमों के आधार पर आगे बढ़ते हैं और पैसा कमाते हैं। इस खंड में हम इन नियमों का विस्तार से अध्ययन करेंगे और तब, अगले खंड में इन नियमों पर चलने के लिए मानसिक रूप से अनुशासित बनने की प्रक्रिया पर काम करेंगे, ताकि उन नियमों को सदा के लिए आत्मसात् कर सकें।

खरीद के नियम

नियम 1—जिसका बिजनेस मॉडल आपको समझ में आता हो, केवल उसी कंपनी के शेयर खरीदें।

> *"मैं भी बेहद सरल कारोबार पसंद करता हूँ। अगर कारोबारी मॉडल समझने में बेहद कठिन हो, तो मैं उसे आगे बढ़ा देना पसंद करता हूँ, ऐसे बहुत सारे लोग हैं, जो उसे आसानी से समझ सकते हैं।"—एंथनी बोल्टन*[3]

इससे पहले कि आप किसी कारोबार का आकलन करना शुरू करें, आपको यह समझना बेहद जरूरी है कि उक्त कंपनी किसी वस्तु का उत्पादन करती है। हमें

3. इन्वेस्टिंग अगेंस द टाइड, एनटोनी बोल्टन, (एफटी प्रेंटिस हॉल 2009), पेज 11

कुछ आसान से सवालों के जवाब ढूँढ़ने चाहिए, मसलन, कौन उसे खरीदता होगा, क्यों खरीदता होगा और कंपनी कैसे पैसा कमाती है। इसलिए, बेहद आधारभूत खरीदारी नियम कहता है कि अगर आप किसी कंपनी के कारोबार की समझ नहीं रखते हैं तो आपको उस कंपनी में निवेश के बारे में सोचना भी नहीं चाहिए। समझने की यह प्रक्रिया कि वह कंपनी कैसे काम करती है, उतना आसान नहीं है, जितना कि सुनने में लगता है। मैं कुछ उदाहरणों से इस बारे में स्पष्ट करना चाहूँगा। आपको सुनने में ऐसा लगेगा कि प्रेशर कुकर का कारोबार एक आसान सा कारोबार है और टी.टी.के. प्रेस्टीज ने आसानी से बाजार के अगुआ के तौर पर अपनी जगह बना ली। ज्यादातर लोग यह मानकर चलते हैं कि टी.टी.के. केवल प्रेशर कुकर ही बनाती है और वह भी बड़े पैमाने पर भारत में ही तैयार होता है और उसकी थर्ड पार्टी वितरकों के हाथों बिक्री कराती है। अत: आप सोचेंगे कि यह कारोबार समझने में कुछ रखा ही नहीं है, यह तो बेहद सरल और सीधा है और आप उसमें निवेश कर देंगे। हालाँकि टी.टी.के. पिछले एक से ज्यादा दशक से किसी एक ही वजह से चर्चाओं में बनी रही है और उसी वजह से उसे प्रेशर कुकर का पर्याय मान लिया गया, लेकिन असलियत उससे काफी भिन्न है (न केवल टी.टी.के. प्रेस्टीज के लिए, बल्कि अन्य भारतीय उपभोक्ता वस्तुओं के उत्पादकों के लिए भी)—

- टी.टी.के. की एक-तिहाई आय ही केवल प्रेशर कुकर से होती है; बाकी दो-तिहाई आय किचन के सामानों, जैसे नॉन स्टिक कुकवेयर (कुल आय का 17 फीसद), किचन में इस्तेमाल होनेवाले बिजली के उपकरण (कुल आय का 33 फीसद) और गैस स्टोव (कुल आय का 9 फीसद), से होती है।
- टी.टी.के. की आय का एक-चौथाई हिस्सा चीन के उत्पादकों से आउटसोर्सिंग के जरिए आयात से अर्जित होता है। वित्त वर्ष 2012 में, जब कंपनी अपने चरम पर थी, तब लगभग 40 फीसद आय कंपनी को अपने चीनी उत्पादकों से माल मँगाने के चलते हुई थी।
- टी.टी.के. की आय का पाँचवाँ हिस्सा कंपनी के स्टोर प्रेस्टीज स्मार्ट किचन (PSK) की बिक्री से आता है। ये स्टोर फ्रेंचाइजी द्वारा संचालित किए जाते हैं, जिनमें कंपनी के उत्पादों की सारी रेंज होती है। इसमें प्रेशर कुकर से लेकर इंडक्शन कुक-टॉप और बिजली के उपकरण भी शामिल होते हैं। टी.टी.के. प्रेस्टीज पी.एस.के. नेटवर्क का जमकर दोहन करती है, चाहे वह प्रोडक्ट लॉञ्चिंग को लेकर हो या छोटे शहरों में

अपने विस्तार करने की योजना हो, जहाँ परंपरागत बहु-ब्रांडवाला डीलर वितरण नेटवर्क अपेक्षाकृत कमजोर होता है। पी.एस.के. के क्रेडिट के नियम या कैपेक्स सपोर्ट भी क्षेत्र में टी.टी.के. के उत्पादों की माँग के आधार पर तय होता है।

- टी.टी.के. की आय का 6 फीसद (यहाँ तक कि कंपनी के लाभ का और ऊँचा प्रतिशत) निर्यात (वित्त वर्ष 2013 के अनुसार) से प्राप्त होता है। यह आँकड़ा पिछले कुछ वर्षों से दो फीसद की बढ़त के साथ चल रहा है।

टी.टी.के. के कारोबार के ये चार पहलू—बहुआयामी उत्पाद (केवल प्रेशर कुकर की बजाय), बहुदेशीय स्रोतों से आयात, बहुविकल्पीय चैनलों (जिसमें उनका अपना स्मार्ट किचन स्टोरों और विस्तृत देशों में बिक्री ने कंपनी की आय की विकास दर को पिछले एक दशक (वित्त वर्ष 2003-13) तेजी प्रदान की और आय CAGR का 28 फीसद हो गई), EBITDA मार्जिन में बढ़ोतरी (वित्त वर्ष 03 में 5 फीसद घटाव से वित्त वर्ष 13 में 15 फीसद तक), अचल संपत्ति में फैलाव (प्लांट और मशीनरी) और कंपनी के वर्किंग कैपिटल चक्र को सीमित किए जाने से फायदा मिला। इसका असल परिणाम यह हुआ कि न केवल लाभ की स्थिति में जबरदस्त इजाफा हुआ (वित्त वर्ष 04-13 में ई.पी.एस. CAGR का 105 फीसद हो गया), बल्कि ऑपरेटिंग कैश फ्लो (वित्त वर्ष 03-12 में कैश फ्लो CAGR का 64 फीसद) में भी तेजी देखने को मिली।

टी.टी.के. को ऊँचाई प्रदान करने के लिए जिम्मेदार तीन अहम चीजें—

1. उत्पाद में नयापन—टी.टी.के. प्रेस्टोज की 70 फीसद से अधिक आय उन उत्पादों के माध्यम से अर्जित की गई, जो पिछले तीन साल के अंदर कंपनी की रेंज में शामिल किए गए। इस तरह से कंपनी को दोतरफा फायदा मिला—(अ) कंपनी अपने उत्पादों से उभरते हुए नए उपभोक्ताओं को जोड़ सकी, साथ ही युवा उपभोक्ताओं की जरूरत के अनुसार उत्पाद तैयार कर सकी, जिनसे दूसरी प्रतिस्पर्धी कंपनियाँ अछूती रह गईं और पिछड़ गईं और (ब) अपने मौजूदा ब्रांड और वितरण नेटवर्क के आधार पर अपने किचनवेयर से संबंधित नए उत्पादों की शृंखला को विस्तार दे सकी और इस तरह टी.टी.के. प्रेस्टीज के बाजार को प्रभावी आकार दे सकी।

2. वितरण और आपूर्ति कड़ी प्रबंधन—देशभर में 23 गोदामों और बेहतरीन वितरण नेटवर्क ढाँचे और मजबूत बुनियादी ढाँचे के चलते, भारत भर के

डीलरों ने यह भाँप लिया कि यह कंपनी अपने स्टॉक की उपलब्धता के चलते अपनी प्रतिस्पर्धी कंपनियों से काफी आगे है और उनको इस बात की रत्ती भर भी चिंता नहीं थी कि उत्पाद की माँग पूरी नहीं की जा सकेगी। इसके साथ-साथ, फ्रेंचाइजी दुकानों ने (PSKs) भी उत्पादों की पूरी शृंखला वितरण में, परंपरागत डीलरों से मिलकर प्रतिस्पर्धा बढ़ाने में और टी.टी.के. को उन छोटे शहरों में पहचान दिलाने में अहम भूमिका निभाई, जहाँ इस ब्रांड के बारे में जानकारी या जागरूकता का अभाव था।

3. **प्रतिभाशाली और बेहतर प्रोत्साहन से लैस प्रबंधन टीम**—कंपनी के प्रमोटर टी.टी. जगन्नाथन के नेतृत्व में टी.टी.के. प्रेस्टीज का वरिष्ठ प्रबंधन का पूरा ध्यान कंपनी के टैक्स पूर्व ROCE को 50 फीसद रखने पर होता है। वे सुनिश्चित करते हैं कि टीम का झुकाव उसी लक्ष्य पर रहे और इसके लिए किए गए उनके प्रयासों के मद्देनजर कंपनी उन्हें उचित मात्रा में आर्थिक प्रोत्साहन भी देती है। टीम में उच्च गुणवत्तावाले घर में ही विकसित किए गए पेशेवर शामिल हैं, जो वरिष्ठ स्तर की जिम्मेदारियोंवाले पदों पर पिछले एक दशक से आसीन हैं और इन्हें लंबे समय तक के लिए इसलिए बनाए रखा गया, क्योंकि फर्म ने यह महसूस कर लिया था कि टी.टी. जगन्नाथन अकेले कंपनी के काम-काज को नहीं सँभाल पाएँगे। इसके अलावा कंपनी अब तमाम मध्यस्तरीय प्रबंधन भूमिकाएँ भी शुरू करने जा रही है, ताकि आनेवाले वर्षों में कारोबारी लक्ष्य निर्धारितकर उन्हें हासिल करने पर जोर दिया जा सके। एक प्रमोटर द्वारा कंपनी के संचालन से लेकर पेशेवरों के हाथ में कंपनी के आने के क्रम में फर्म ने प्रदर्शन के आधार पर अपने पेशेवरों के लिए आर्थिक प्रोत्साहन का ढाँचा भी तैयार किया और इसके तहत यह योजना बनाई कि उनकी लंबी सेवाओं को देखते हुए उन्हें कंपनी के शेयरधारकों के रूप में भी इंसेंटिव दिया जाए।

आइए एक और उदाहरण लेते हैं, इंफोसिस का, जो कि सबसे बड़ी आई.टी. सेवा प्रदाता कंपनी है। निश्चित रूप से मैं आपसे सुनता हूँ कि इस क्षेत्र के ऊपर इतना कुछ लिखा जा चुका है कि अब तक आई.टी. सेवा कारोबार को समझना बेहद आसान हो चुका है, वेंडर को पश्चिम में कॉरपोरेट ग्राहक मिल गए हैं, जो भारत में प्रतिभावान, लेकिन कम कीमत पर मिलनेवाले प्रोग्रामरों का इस्तेमाल करके इन कॉरपोरेशनों के लिए एप्लिकेशंस तैयार करते हैं। वेंडर इन एप्लिकेशंस को पश्चिमी देशों की कंपनियों के कार्यालयों में इंस्टॉल कराता है और उस प्रोग्राम के विकास और देखरेख के बदले उसे नियमित तौर पर शुल्क मिलता रहता है, जो

कि प्रतिघंटा की दर से भुगतान किया जाता है। कुछ विलक्षण अवसरों पर वेंडर कंपनियों को लाइसेंस फीस के तौर पर भी भुगतान किया जाता है।

हालाँकि इंफोसिस का कारोबार इससे काफी भिन्न है।

- कंपनी की एक-तिहाई आय एप्लिकेशन डेवलपमेंट ऐंड मेंटेनेंस (ADM) से होती है, जिसका जिक्र ऊपर किया गया है। आय का दूसरा एक-तिहाई हिस्सा कंसल्टिंग और सिस्टम इंटीग्रेशन से अर्जित किया जाता है, जिसके तहत टेस्टिंग (आय का 9 फीसद), रिमोट इंफ्रास्ट्रक्चर मैनेजमेंट (आय का 7 फीसद), बी.पी.ओ. (6 फीसद) और बाकी की आय उत्पादों (5 फीसद) से होती है।
- इंफोसिस के मात्र 70 फीसद कर्मचारी ही भारतीय हैं, बाकी कर्मचारी अलग-अलग देशों में कार्यरत हैं और बड़े डेवलपमेंट सेंटरों जैसे अमेरिका, लैटिन अमेरिका, ऑस्ट्रेलिया, चीन, यू.के. और पश्चिमी यूरोपीय देशों में नियोजित हैं। इसके अलावा पश्चिमी देशों के स्थानीय स्तर पर रोजगार के बढ़ते ध्यान को देखते हुए, आई.टी. सर्विस कंपनियों को विदेश में अपने ग्राहकों के क्षेत्र में एक अनुपात में स्थानीय कर्मचारी भी रखने पड़ते हैं।
- कंपनी की आय का एक बड़ा हिस्सा (43 फीसद) फिक्स प्राइसवाले ठेकों से होते हैं, जहाँ कर्मचारियों की संख्या का आय से काफी कमजोर नाता होता है (तुलनात्मक रूप से समय और सामग्रीवाले ठेकों से, जहाँ आय और कर्मचारी संख्या में सीधा अनुपात होता है)। फिर भी, अब परिणाम-आधारित प्राइसिंग को लेकर माँग जोर पकड़ रही है, जहाँ वेंडर को ग्राहकों की बचत बढ़ाने के आधार पर प्रोत्साहन राशि मिलती है। इसके साथ ही इंफोसिस की आय का पाँच फीसद नॉन लीनियर प्रॉडक्ट्स, प्लेटफॉर्म और सॉल्यूशंस बिजनेस से होता है। ये सारे हालात दरशाते हैं कि भारतीय आई.टी. आउटसोर्सिंग अब महज बॉडी शॉपिंग बिजनेस नहीं रह गया है।
- ऐतिहासिक तौर पर देखा जाए, आई.टी. कारोबार में समझौतों से वेंडरों को यह सहूलियत मिली कि वे अपने ग्राहकों से प्राप्त कॉस्ट ऑफ लिविंग एडजस्टमेंट (COLA-जीवनयापन में समझौतों के बदले मिलनेवाली रकम) को बतौर क्षतिपूर्ति अपने कर्मचारियों को दे सकें। हालाँकि जैसे-जैसे आई.टी. सर्विस इंडस्ट्री परिपक्व हुई, शक्ति का संतुलन ग्राहकों की

तरफ खिसक गया। इसका परिणाम यह हुआ कि इन दिनों ग्राहक अब COLA आधारित मूल्य बढ़ोतरी से बचने लगे हैं। इससे आई.टी. वेंडर के मार्जिन पर असर पड़ने लगा है, (क्योंकि वेंडर अब अपने ग्राहक से प्राप्त उच्च दरवाले मेहनताने की राशि को कर्मचारियों को दे पाने में सक्षम नहीं रहता) और मार्जिन के उस दबाव से बचने का एकमात्र रास्ता इंफोसिस जैसी फर्मों के पास यही बचता है कि वे लागत पर ज्यादा ध्यान केंद्रित करें।

- उभरती हुई तकनीकों ने भी इंटरैक्टिव टूल्स और प्रोडक्ट्स (सोशल मीडिया, मीडिया, बड़े डाटा विश्लेषकों और क्लाउड कंप्यूटिंग) को ताकत प्रदान कर दी है, जिससे परंपरागत आई.टी. सर्विस बिजनेस मॉडल पर नकारात्मक असर डालना शुरू कर दिया है। परंपरागत लाइसेंस मॉडल का परिवर्तन अब जैसा आप इस्तेमाल करें, वैसा भुगतान करें (पे-ऐज-यू-यूज) मॉडल में होने लगा है, जिससे आई.टी. सर्विस फर्मों के ठेके के आकार भी छोटे होने लगे हैं।

आई.टी. सर्विस कारोबार में आए इन बदलावों के नजरिए से देखें तो इंफोसिस के लिए तीन गंभीर वैल्यू लीवर्स बन गए हैं—

सॉल्यूशन नीत/आधारित रवैया—पुरातन कारोबार, जो कि एप्लीकेशन डेवलपमेंट ऐंड मेंटेनेंस (ADM) जो कि कौशल-आधारित स्रोतों से कम कीमत पर हासिल होना एक सामान्य स्थिति हो गई, सॉल्यूशंस उपलब्ध कराना (जो कि प्रोग्रामिंग प्रतिभावान उपलब्ध कराने के विरोध स्वरूप) प्रतिस्पर्धी बने रहने के लिए मुख्य जरिया बन गया।

लागत दक्षता पर अधिक ध्यान—जैसा कि पहले बताया जा चुका है, इंफोसिस के ग्राहक कीमतों को लेकर अब पहले से कुछ ज्यादा ही संजीदा हो गए थे, मान लें कि लगभग पाँच साल पहले की तुलना में। इसका परिणाम यह हुआ कि फर्म को संसाधनों को साझा करने से पहले लागत प्रबंधन पर भी ध्यान देना पड़ रहा था (लगभग सभी परियोजनाओं और पदों को लेकर भी), इसके लिए आनन-फानन नियुक्ति, कार्यालयों में काट-छाँट और ऑटोमेशन प्रक्रिया (जिसमें प्रोग्रामर्स को सॉफ्टवेयर से बदला जा रहा था, ताकि एक सॉफ्टवेयर ही जरूरत भर का प्रोग्राम बना सके) अमल में लाई जाने लगी।

सोशल, मोबाइल, एनालिटिक्स और क्लाउड आधारित सेवाओं (SMAC) का विस्तार—SMAC अवसर के सटीक आकार का आकलन कर पाना तो जरा कठिन है, लेकिन इन चीजों में नएपन की खोज से हमारे जीवन पर व्यापक प्रभाव पड़ा। इससे एक चीज और स्पष्ट हो गई कि अब ज्यादा-से-ज्यादा आई.टी. सर्विस सॉल्यूशंस को उभरती हुई तकनीक पर ध्यान केंद्रित करना पड़ा। इंफोसिस को भी इस क्षमता को विकसित करने के लिए निवेश करना पड़ा, या तो संगठनात्मक रूप से या असंगठनात्मक रूप से विकास के लिए भविष्य के चालकों को विकसित करना पड़ा।

ये दो केस स्टडीज टी.टी.के. प्रेस्टीज और इंफोसिस; यह बताने के लिए काफी हैं कि अपने आस-पास की दुनिया को देखते हुए फर्म की अपनी काबिलीयत को बढ़ाने की क्षमता के कारण ही फर्म को उच्च ROCEs हासिल होती है (और इस तरह उसके शेयरधारकों को भी उसका इनाम मिलता है)। पिछले एक दशक में रसोई के सामानों के क्षेत्रवाले लगभग स्थिर उद्योग में टी.टी.के. प्रेस्टीज ने चरणबद्ध तरीके से नयापन विकसित किया और कमोबेश सफल ही रहा। इसका परिणाम यह रहा कि कंपनी का कारोबार फला-फूला और उसका ROCEs 30 फीसद के आस-पास रहा।

इसके उलट, अपेक्षाकृत गतिशील आई.टी. सर्विसवाली इंडस्ट्री में इंफोसिस को काफी संघर्ष करके खुद को उस स्तर पर बनाए रखना पड़ा कि उसके ग्राहकों की जरूरत क्या है, वे क्या चाहते हैं और उसके लिए वे भुगतान के लिए कितने इच्छुक हैं। इसका नतीजा यह हुआ कि इंफोसिस के वैल्यू लीवर्स (सॉल्यूशंस पर ध्यान, लागत पर ध्यान और SMAC का निर्माण) ने बाजार के मुताबिक खुद को बनाए रखने में कंपनी की मदद की, जबकि टी.टी.के. प्रेस्टीज के वैल्यू लीवर्स (उत्पाद में नयापन, वितरण और सप्लाई चेन मैनेजमेंट, उच्च गुणवत्तायुक्त प्रबंधन टीम) के चलते कंपनी ने पिछले दशक अपने क्षेत्र पर राज किया, यानी कि जरूरत है उन चीजों को समझने की कि एक कंपनी कितनी तरह के उत्पाद तैयार कर सकती है, किस तरह से उनका उत्पादन करती है और कैसे उन्हें बेचती है। इसी से जुड़ा होता है कंपनी का कैश फ्लो, जो कंपनी के कच्चा माल खरीदने से शुरू होता है और बाजार में माल सप्लाई से होता हुआ कंपनी के ग्राहक से पैसा कंपनी तक पहुँचने पर अपना चक्र पूरा करता है। यह प्रक्रिया समझने के लिए कि कैसे एक कंपनी पैसा उगाहती है और उसे दोबारा निवेश करती है, ताकि नकदी का

स्तर बढ़ाया जा सके, हमें कंपनी के बिजनेस मॉडल को समझना बेहद जरूरी है। सफल निवेशक आमतौर पर उन कंपनियों में निवेश से बचते हैं, जहाँ कि यह प्रक्रिया उन्हें आसानी से समझ में नहीं आती।

उदाहरण के लिए, मेरे एक क्लाइंट, दक्षिण भारत स्थित एक म्यूचुअल फंड कंपनी में फंड मैनेजर हैं, ने गोल्ड फाइनेंस कंपनी में निवेश से इनकार कर दिया था और यह तब की बात है, जब देश गोल्ड मेनिया (सोना खरीदने की होड़) की गिरफ्त में था। यह बात 2010 से 2013 के बीच की है। मैं हर छह महीने पर उनसे मिलता था और उनसे कहता था कि क्यों नहीं वे भी गोल्ड फाइनेंस कंपनियों जैसे मुथुट फाइनेंस और मलप्पुरम जैसी कंपनियों में निवेश करते। दिसंबर 2008 और दिसंबर 2011 के बीच मलप्पुरम के शेयरों के दाम 96 फीसद CAGR की दर से ऊपर चढ़े और मेरे जैसे ब्रोकर्स भी निवेशकों के पास मौजूद सोने की भरमार से अभिभूत थे कि भारतीय घरों में (खासकर जिन्हें बैंकिंग व्यवस्था के अंतर्गत उधार लेने की छूट नहीं थी) किस कदर सोना भरा पड़ा था और कितनी आसानी से भारतीय समाज के इस हिस्से ने उधार लेने के लिए सोने को गिरवी रखना स्वीकार कर लिया था। हालाँकि मेरे दक्षिण भारतीय क्लाइंट ने इसमें दिलचस्पी दिखाने से यह कहते हुए इनकार कर दिया था कि यह एक बुलबुले की तरह प्रतीत होता है और मैं महसूस करता हूँ कि ये कंपनियाँ इस बुलबुले पर ज्यादा दिन तक सफर नहीं कर पाएँगी। उन्होंने कहा कि वे यह सटीक तरीके से तो नहीं बता सकते कि ऐसा कब तक चलेगा, लेकिन मैं उनकी सफलता का रहस्य समझ नहीं पा रहा हूँ और यही मेरी चिंता का कारण है।

गोल्ड फाइनेंस सेक्टर की तेज चाल पर चिंता जताते हुए मार्च 2012 में आर.बी.आई. ने यह घोषणा की कि वह लोन बनाम कीमत अनुपात पर सीलिंग लगाएगा, जिसके आधार पर इन उधार देनेवालों को काम करना पड़ेगा, यानी हर 100 रुपए के सोने पर, आर.बी.आई. की मंशा थी कि केवल 60 रुपए ही उधार दिए जाएँ। चूँकि उधार देनेवाले अब तक 85 फीसद के आस-पास उधार दे रहे थे तो आर.बी.आई. के ऐलान के बाद उनके शेयरों में 50 फीसद की गिरावट दर्ज की जाने लगी। वहीं सितंबर 2012 के उपरांत यह भी स्पष्ट हो गया कि लेहमैन मंदी के बाद अमेरिका की अर्थव्यवस्था अब पटरी पर आने लगी है, तो सोने के दाम वास्तविक स्तर पर आने लगे। जून 2013 तक अमेरिकी डॉलर की तुलना में सोने के दाम सितंबर 2012 के स्तर से 25 फीसद तक नीचे गिर गए। एक बार जब सोने के दाम गिरना शुरू हुए तो मेरे जैसे ब्रोकरों ने खोजबीन शुरू की कि इसका

उधार देनेवालों पर किस तरह असर पड़ेगा। हमने पाया कि अगर किसी ऋणदाता ने LTV का 75 फीसद उधार दे रखा है, तो साल भर बाद जब उधार देनेवाले को उसे चुकाने का मौका आएगा, तो प्रभावी LTV (मूलधन और बकाया ब्याज जोड़ने के उपरांत) 95 फीसद के आस-पास पहुँच जाएगा। अब, अगर आप इसमें सोने के दाम में गिरावट (मान लें कि 10 फीसद ही) को भी शामिल कर लें तो यह स्पष्ट हो जाएगा कि LTV 100 फीसद तक पहुँच जाएगा, जिसका मतलब यह होगा कि उधार लेनेवाले को वापस करने पर कोई वाणिज्यिक प्रोत्साहन नहीं मिलेगा। यह आश्चर्यजनक नहीं, इसलिए कि जनवरी से जून 2013 के बीच, सोने के दाम गिरे, तो गोल्ड फाइनेंसरों के शेयरों में 50 से 70 फीसद की गिरावट दर्ज की गई। तब मैंने राहत की साँस ली और अपने क्लाइंट को उनकी सादगी के लिए शुभकामनाएँ देने के लिए फोन किया।

नियम 2—केवल उन्हीं कंपनियों में निवेश करें, जिनमें यह क्षमता हो कि वे लंबे समय तक कैश फ्लो और नियोजित धनराशि पर उच्च रिटर्न (ROCE) कायम रख सकें।

''मैं कारोबार की प्रकृति और उसकी गुणवत्ता पर ध्यान केंद्रित करता हूँ, कि माहौल उसे किस तरह का विकास प्रदान करेगा। मैं रिप्लेसमेंट कॉस्ट या वैसी ही किसी चीज के आधार पर किसी कंपनी का शेयर नहीं खरीदता। मैं कोई भी शेयर तभी खरीदता हूँ, जबकि मुझे उसमें विकास की संभावना दिखती है, साथ ही उसमें होनेवाला विकास लाभदायक भी होना चाहिए, साथ ही किस तरह का ROCE वह लंबे समय तक बरकरार रख पाएगा, यह भी मायने रखता है। किस तरह की शुरुआती बाधाएँ उसमें हैं या क्या प्रतिस्पर्धी लाभ की स्थिति में अमुक कारोबार है और वह किस तरह से विकास को सहयोग करेगा।''—प्रशांत जैन[4]

जबसे मैंने स्टॉकब्रोकर का काम सँभाला है, तभी से यह एक संदेश लगातार सुनता आ रहा हूँ और वह भी लंबे समय से सफल निवेशकों से बाजार से अत्यधिक रिटर्न के दोहन के लिए सतत प्रतिस्पर्धी लाभ की स्थिति होनी चाहिए, जिससे नियमित कैश फ्लो बना रहे और उच्च स्तर का ROCE लंबे समय तक बरकरार

---

4. इंडियाज मनी मोनार्क्स, चेतन पारीख, (capitalideasonline.com, 2005)

रह सके। इस सशक्त नियम को और गहराई से समझने के लिए हम जरा और छानबीन करते हैं।

किसी भी कारोबार को लंबे समय तक आगे बढ़ते रहने के लिए उसमें सतत प्रतिस्पर्धी बढ़तवाला गुण होना चाहिए। चूँकि इस सिद्धांत को हम पिछले अध्याय में पढ़ चुके हैं, इसलिए मैं केवल संक्षेप में इसे यहाँ दोहराऊँगा। सतत प्रतिस्पर्धी बढ़त वह गुण है, जो किसी फर्म को यह सुनिश्चित कराता है कि बढ़ती प्रतिस्पर्धा और बदलते बाजार के हालात के बावजूद उस फर्म की स्थिति पर फर्क नहीं पड़ेगा। यह बढ़त की स्थिति दो स्रोतों से आ सकती है—भिन्नात्मक क्षमता या रणनीतिक संपत्तियों से। रणनीतिक संपत्तियों के रूप में बौद्धिक संपदा (पेटेंट, प्रोप्राइटरी नोहाउ), या वैधानिक अधिकार (लाइसेंस, विशेष छूट) या प्राकृतिक एकाधिकार के तौर पर चीजें शामिल होती हैं। भिन्नात्मक क्षमताएँ ज्यादातर अमूर्त (intangible) होती हैं और उन्हें तीन श्रेणियों में बाँटा जा सकता है—(अ) ब्रांड और साख; (ब) बुनियादी ढाँचा (उदाहरण विशेषज्ञ आपूर्तिकर्ताओं का संजाल या मध्य स्तरीय प्रबंधकों के लिए विशेष प्रशिक्षण कार्यक्रम) और (स) नयापन या नई खोज।

> *''एक वाकई खास गुण, जिसे मैं खोजता हूँ, वह यह कि क्या अमुक कारोबार मध्य दौर के लिए नकदी की जरूरत महसूस करता है। मैं इस बात से इत्तेफाक रखता हूँ कि नकदी उगाहनेवाले कारोबार श्रेष्ठ होते हैं, बजाय नकदी खपानेवाले कारोबारों की तुलना में। वे कारोबार, जो कि कम मात्रा में नकदी की खपत करते हैं, वे ज्यादा आकर्षक होते हैं। मूल्यांकन के तौर पर नकदी-पर-नकदी रिटर्न किसी भी कारोबार के आकर्षक होने का सफल पैमाना है।''—एंथनी बोल्टन*[5]

सशक्त प्रतिस्पर्धी बढ़त के चलते फर्म को चलते-चलते कैश फ्लो बरकरार रखने की राहत मिलती है। नकदी का पुन: निवेश करने से फर्म को दोनों फायदे, विस्तार और खासतौर पर नकद हासिल करने को लेकर आसानी होती है। पहला जहाँ स्वत: व्याख्यायित है (उदाहरण के लिए, दक्षिण भारत-आधारित फर्म अपने लाभ को उत्तर भारत में निवेशकर अपना विस्तार करे), तो दूसरा अधिक सशक्त। बाद वाला तब होगा, मान लें, जबकि वही फर्म अपने कैश फ्लो का इस्तेमाल पहले

---

5. इन्वेस्टिंग अगेंस्ट द टाइड, एंथनी बोल्टन (एफटी प्रेंटिस हॉल, 2009), पेज 11

से अधिक बेहतर उत्पाद तैयार करे, ताकि उसे प्रीमियम प्राइस पर बेचा जा सके। लंबी अवधिवाले निवेशक, इसलिए, हमेशा ऐसी फर्म की तलाश में रहते हैं, जो अपने कैश फ्लो को इस तरीके से चक्रवृद्धि में शामिल रखते हैं।

''मेरी निवेश फिलॉसफी बेहद सरल है। मेरा मूल उद्देश्य यह है कि उस कारोबार में निवेश किया जाए, जिसमें एक समय के दौरान कैपिटल पर उच्चस्तरीय रिटर्न मिल सके। मुझे लगता है कि प्राथमिक तौर पर यह बौद्धिक संपदा के रूप में ज्यादा होगा, जो कि प्रबंधन की गुणवत्ता और कारोबार पर निर्भर करता है कि उसे किस तरह की प्रतिस्पर्धी बढ़त मिल रही है, जिससे कि वह कारोबार को विकसित कर सके।''—सुकुमार राजा[6]

लाभ या कैश फ्लो में ही केवल बढ़त हो तो वह कारोबार को कीमती नहीं बना पाता; आपको यह भी पड़ताल करनी होगी कि उस कारोबार के लाभ के बढ़ते क्रम के लिए उसमें लाभ के कितने बड़े हिस्से को कैपिटल के तौर पर निवेश किया गया है। वह वित्तीय अनुपात, जो आपको यह तय करने में मदद करता है, उसे नियोजित पूँजी पर प्राप्त रिटर्न (ROCE-Return on Capital Employed) यानी कर उपरांत लाभ/पूँजी नियोजित, जहाँ पूँजी के नियोजन को परिभाषित किया जाता है, कारोबार में नियोजित अचल संपत्ति से, मसलन प्लांट और मशीनरी और इसमें जोड़ा जाता है कार्यशील पूँजी को, जो कारोबार को वित्तीय मदद पहुँचाती है। अगर यह बहुत ज्यादा पेचीदा लग रहा हो, तो ROCE को समझने के लिए एक और सहज तरीका है। कारोबार की लंबी अवधि के दौरान अगर एक कारोबार 15 फीसद के आस-पास ROCE पैदा करता है, यानी कि निवेशित पूँजी पर 15 फीसद के हिसाब से रिटर्न देता है, तो यह वह रिटर्न होता है, जो कि उक्त कंपनी के शेयर रखने पर आप सालाना पाएँगे।

यह भी याद रखना चाहिए कि भले ही किसी देश, जैसे कि भारत की जी.डी.पी. उच्च विकास दर दरशा रही हो, ऐसे कारोबारों की बेहद कमी रहती है, जो लंबे समय तक ऊँची दर पर रिटर्न दे सकें। वास्तव में, अगर आप वित्त वर्ष 2014 से पीछे के बीस सालों के दौरान पाँच हजार सूचीबद्ध कंपनियों का आकलन करें तो पाएँगे कि केवल 79 फर्में (यानी 2 फीसद से भी कम) ही ऐसी थीं, जिन्होंने

6. इंडियन मनी मोनार्क, चेतन पारिख (capitalideasonline.com, 2005), पेज 200

15 फीसद या उससे ज्यादा का ROCEs हासिल किया।

लंबे समय तक लगातार ऊँची दरवाली ROCE हासिल करते रहना लंबी अवधि तक स्वस्थ कैश फ्लो बनाए रखने से ज्यादा कठिन होता है, क्योंकि किसी सफल फर्म के लिए भी, हर साल यह चुनौती पिछले साल की तुलना में बढ़ती जाती है, क्योंकि नए साल में भी पिछले साल से प्राप्त नकदी का भी सोच-समझकर निवेश करना होता है। जैसे-जैसे फर्म बड़ी होती जाती है, इसे नए तरीके खोजने पड़ते हैं ताकि सफलतापूर्वक बड़े पैमाने पर निवेश किए जाएँ और बहुत कम ऐसे करोबार होते हैं, जो पाँच साल बाद भी उसी रफ्तार से चल पाते हैं।

बेहतरीन कैश फ्लो, लेकिन गिरते हुए ROCEs का बड़ा उदाहरण देखना हो तो भारतीय कंपनी इंफोसिस को देखा जा सकता है। पिछले बीस साल से लगातार इंफोसिस ने उच्च स्तर का फायदा कमाया है (कंपनी का संचालन मार्जिन अन्य प्रतिस्पर्धी कंपनियों, जैसे एसेंचर और आई.बी.एम. के मुकाबले दोगुना रहा है) और इस हिसाब से उसके पास जबरदस्त कैश फ्लो रहा है। हालाँकि यह कंपनी हैरतअंगेज रूप से अपने सरप्लस कैश को दोबारा निवेश कर पाने में विफल रही है। कंपनी की बैलेंस शीट में नेट कैश शेयरहोल्डरों की इक्विटी में इजाफे के साथ नजर आता है, जो वित्त वर्ष 2003 में 0.47 गुना के मुकाबले वित्त वर्ष 2013 में 0.59 गुना जा पहुँचा। इसका परिणाम यह हुआ कि कंपनी का ROCEs वित्त वर्ष 03 में 36 फीसद के मुकाबले वित्त वर्ष 13 में 21 फीसद पर जा पहुँचा। इस अवधि के दौरान, इंफोसिस के शेयर मूल्य CAGR भारतीय रुपए में 19 फीसद और अमेरिकी डॉलर में 6 फीसद पर टिके रहे।

इसी अवधि के दौरान एसेंचर और आई.बी.एम. ने अपने नकदी आधिक्य को बड़े पैमाने पर नियमित रूप से अपने शेयरहोल्डरों (आई.टी. सर्विसेज, भारत और वैश्विक दोनों में अपेक्षाकृत हलकी पूँजीवाला कारोबार है) को बतौर रिटर्न लौटाया। एसेंचर का ROCEs वित्त वर्ष 03 में 69 फीसद से वित्त वर्ष 13 में 72 फीसद पर जा पहुँचा। वहीं आई.बी.एम. का ROCEs वित्त वर्ष 03 में 12 फीसद से वित्त वर्ष 13 में 32 फीसद पर पहुँच गया। इस अवधि में एसेंचर और आई. बी.एम. के शेयर मूल्यों में CAGR के 15 फीसद और 8 फीसद क्रमशः की दर से अमेरिकी डॉलर में बढ़े।

नियम 3—नियम 2 के तहत चुनिंदा फ्रेंचाइजियों के शेयर तब खरीदें, जब वे उस दाम पर मिलें, जो सुरक्षा के मार्जिन के तहत तय हुए हों।

''मैं इसे तरजीह नहीं देता, लेकिन मैं समुचित बफर्स को देखता हूँ। मैं

केवल यह देखकर किसी कंपनी के शेयर नहीं खरीदता कि वे अपने मूल्य से 20 फीसद नीचे चल रहे हैं, बल्कि मैं ऐसी कंपनी चुनना पसंद करूँगा, जिसके शेयर अपने मूल्य के 50 से 60 फीसद नीचे चल रहे हों, कारण कि मैं भी उनका आकलन करने में 10 से 20 फीसद की गलती कर सकता हूँ।''—प्रशांत जैन[7]

दीर्घकालीन सफल निवेश का एक सफल फॉर्मूला यह भी है कि ऐसी कंपनियों की पहचान की जाए, जिनमें सतत प्रतिस्पर्धी बढ़तवाले गुण मौजूद हों, जो लंबे समय तक कैश फ्लो बनाए रख सकें और उनका ROCEs भी उच्च स्तर पर बना रहे, लेकिन दूसरा और उतना ही महत्त्वपूर्ण फॉर्मूला निर्णय लेने की वह क्षमता भी है, जिसके तहत फ्रेंचाइजियों के शेयरों को उचित समय पर खरीदा जाए, तो किसी सफल कंपनी के शेयरों का वह उचित दाम क्या होगा, जबकि उन्हें खरीदा जा सके? इसका परंपरागत किताबी जवाब तो यह होगा कि किसी कंपनी का शेयर तभी खरीदना चाहिए, जबकि उसके दाम फेयर वैल्यू से नीचे हों। फेयर वैल्यू तय करने के तमाम तरीके भी मौजूद हैं। उदाहरण के लिए प्रचलित डिस्काउंटेड कैश फ्लो (DCF) तरीका, जिसके तहत कर उपरांत लाभ प्लस मूल्य ह्रास, परिशोधन (एमॉर्टिजेशन) और पी ऐंड एल में मौजूद अन्य नॉन कैश चार्जेज को मेंटेनेंस कैपेक्स और पी ऐंड एल में नॉन क्रेडिट चार्जेज को घटाते हैं और उसके उपरांत डिस्काउंट दिया जाता है। इसके प्रयोग इक्विटी की लागत का आकलन करके फेयर वैल्यू निकाली जा सकती है। लेकिन सभी तरीके हमें आकलन या अनुमान ही देते हैं। इसलिए इससे फर्क नहीं पड़ता कि मैं एवरेज P/E मल्टीपल का इस्तेमाल करता हूँ, जिसके तहत कथित रूप से कंपनी के सूचीबद्ध प्रतिस्पर्धी कारोबार करते हैं या मैं DCF या डिविडेंड डिस्काउंट मॉडल (जिसमें कॉस्ट ऑफ इक्विटी को डिस्काउंट रेट बनाकर कंपनी के डिविडेंड अनुमान को पुनः वापस डिस्काउंटेड कराया जाता है) का प्रयोग करके कंपनी का आकलन करता हूँ, मेरे लिए कारोबार की हैसियत आँकना अँधेरे में तीर चलाने जैसा ही होता है। कारोबार फेयर वैल्यू के अपने अनुमान को एक किनारे रखते हुए कि यह गलत भी हो सकता है, एक समस्या यह भी रहती है कि शेयर के दाम उसकी फेयर वैल्यू से बरसों तक निचले स्तर पर ही बने रह सकते हैं। जैसा कि जॉन मेनार्ड कीन्स ने कहा था कि इससे भयानक आपदा और कुछ नहीं हो सकती है कि एक तर्कहीन दुनिया में तर्कसंगत निवेश नीति अपनाई जाए।

---

7. इंडियन मनी मोनार्क, चेतन पारिख (capitalideasonline.com, 2005), पेज 166

मार्जिन ऑफ सेफ्टी का सिद्धांत

ऐसी समस्याओं से निपटने के लिए महान् अमेरिकी निवेशक, बेन ग्राहम सामने आए थे और उन्होंने करीब 90 बरस पहले मार्जिन ऑफ सेफ्टी का सिद्धांत दिया था। इस निवेश विद्यालय की सीख यह थी कि आपको न केवल शेयर तब खरीदने चाहिए, जब उनकी कीमत अपनी फेयर वैल्यू से नीचे चल रही हो, बल्कि उस फेयर वैल्यू पर भी आपको भारी डिस्काउंट मिल रहा हो। उनकी सीख को आधार बनाकर बेन ग्राहम के शिष्यों ने यह आशय निकाला कि अगर कंपनी की साख अच्छी हो तो शेयरों के फेयर वैल्यू का 10 फीसद डिस्काउंट मिलना चाहिए, जबकि अगर कंपनी की साख दोयम दरजे की हो तो यह डिस्काउंट 50 फीसद तक होना चाहिए। तभी इन पर निवेश का दाँव खेलना चाहिए।

उदाहरण के लिए, अगर मैं एक अच्छी-भली कंपनी जैसे मारुति सुजुकी में दिलचस्पी रखता हूँ, जिसके पास ब्रांड के रूप में स्वाभाविक सशक्त प्रतिस्पर्धी बढ़त मौजूद है, भारत में बड़े पैमाने पर वितरण और बिक्री उपरांत सर्विस नेटवर्क मौजूद है, तो कंपनी में किसी नकारात्मक वजह से अगर शेयरों के दाम में 10 से 20 फीसद का उतार आता है तो एक समझदार निवेशक को गंभीरता से मारुति के शेयर हासिल कर लेने चाहिए, वहीं दूसरी तरफ, एक अल्प प्रतिस्पर्धी लाभवाली कंपनी जैसे कि क्रॉम्पटन ग्रीव्स (खासकर उसके बिजली ट्रांसमिशन और वितरण कारोबार में), तो एक समझदार निवेशक को इस कंपनी के शेयरों में बड़ी गिरावट (50 से 70 फीसद) का इंतजार करना चाहिए, तब इसके कारोबार का आकलन करना चाहिए।

एक निश्चित स्तर पर मैं यह कहना चाहता हूँ कि सुरक्षा मार्जिन से तात्पर्य यह है कि आप केवल तभी कोई शेयर खरीदेंगे, जबकि उसकी कीमत आपकी अनुमानित फेयर वैल्यू से 30 फीसद नीचे स्तर पर हो। ऐसा करके आप जोखिम को कुछ इस तरह घटाते हैं—(अ) आपका आँका हुआ फेयर वैल्यू गलत साबित हो जाए और (ब) यह कि आप स्टॉक मार्केट में निवेश करके अपनी रकम गँवा दें, क्योंकि मार्केट आपके तय किए हुए अनुमान को खारिज कर दे। सफल निवेशकों की यही विशेषता होती है कि वे खास हालात को पहचान जाते हैं कि कब एक उच्च गुणवत्तावाली कंपनी के शेयर अपनी फेयर वैल्यू से नीचे कारोबार कर रहे हैं और इसके लिए विशिष्ट कारण (मसलन, लंबे समय से चल रही यूनियन की हड़ताल या फैक्टरी में कोई भीषण हादसा होने की स्थिति में उत्पादन या देश के किसी हिस्से में परिवहन में रुकावट के चलते बिक्री में हलकी गिरावट आदि) भी इसकी वजहें बन सकते हैं। सफल निवेशक इस तरह के अवसरों की ताक में रहते हैं, जिनमें कोई बुरी खबर उनके लिए अच्छे अवसर लेकर आती है और वे तभी

बाजार में प्रवेश करके बड़ी मात्रा में खरीदारी करके बाहर आ जाते हैं।

अगस्त 2012 में मैंने इस सुरक्षा मार्जिन के सिद्धांत का बेहद प्रभावशाली नमूना देखा। जैसा कि हम सबको पता है कि वित्त वर्ष 12 में उसके उपरांत 2013 में भारतीय अर्थव्यवस्था नीचे की तरफ अग्रसर थी, ऐसे में मारुति के शेयर भी तेजी से धराशायी हो रहे थे। इस गिरावट में तब और रफ्तार आ गई, जब इसकी सहयोगी और अभिभावक जापानी कंपनी ने रॉयल्टी रेट बढ़ा दिए (बिक्री के 3.5 प्रतिशत से 5 प्रतिशत) और साथ ही मारुति के दिल्ली के नजदीक प्लांट में श्रमिकों की समस्याएँ भी शुरू हो गईं। 1 अगस्त, 2010 से 18 जुलाई, 2012 के बीच मारुति के शेयर 20 फीसद के आस-पास गिर गए। इसके बाद 18 जुलाई, 2012 से मारुति के मानेसर स्थित प्लांट में एक और ट्रेड यूनियन ने हड़ताल की घोषणा कर दी। इसके बाद वहाँ तोड़फोड़ शुरू हो गई और मारुति के एक मैनेजर की इसमें जान भी चली गई। अगस्त के मध्य तक मारुति के शेयर हमारे आकलन की फेयर वैल्यू से भी काफी नीचे 1,166 रुपए तक पहुँच गए और 12 गुना फॉरवर्ड अर्निंग (ऐंबिट के ऑटो विश्लेषक ने उम्मीद जताई थी कि अगले 12 महीनों के दौरान मार्च 2013 तक कंपनी 12 गुना अधिक की कमाई करेगी) के अनुमानों के आधार पर यह एक स्पष्ट निवेश का मौका था, क्योंकि सबको पता था कि मारुति की सतत प्रतिस्पर्धी बढ़त के पीछे ठोस आधार मौजूद है। शेयर के दाम में बिल्कुल स्पष्ट सुरक्षा मार्जिन मौजूद थी, मैंने सोचा, लेकिन क्या कोई ऐसे हालात में शेयर खरीदने की हिम्मत जुटा सकता है, जब आफत चारों तरफ से पड़ी हो? तभी एक ब्रिटिश फंड हाउस ने बाजार में प्रवेश किया और 100 मिलियन अमेरिकी डॉलर का निवेश कर स्टॉक खरीद लिये। अगले ही छह महीने में, मारुति के शेयरों में 40 फीसद का उछाल देखने को मिला।

मीन रिवर्जन (Mean Reversion) या मध्यमान परावर्तन

''मीन रिवर्जन पूँजीवाद का एक और सामान्य सत्य है। ज्यादातर कंपनियों के लिए, वित्तीय दस्तावेज उनके प्रदर्शन का आकलन करते हैं, जैसे कि बिक्री में वृद्धि, पूँजी पर मार्जिन या रिटर्न, समय-समय पर मध्यमान पर दोबारा पहुँच जाना। यह मूल्यांकन पर भी लागू होता है और, कभी-कभी, प्रबंधन की काबिलीयत पर भी!''—एंथनी बोल्टन[8]

8. इन्वेस्टिंग अगेंस्ट द टाइड, एंथनी बोल्टन, (एफटी प्रेंटिस हॉल, 2009), पेज 9

समझदार निवेशक वित्तीय बाजारों में सफल साबित हुआ थंब रूल नियम पर चलते हैं, ताकि अपने निवेश को प्रभावशाली तरीके से आकार दे सकें, इसे ही मीन रिवर्जन या मध्यमान परावर्तन कहते हैं। मीन रिवर्जन से तात्पर्य एक चरणबद्ध अनुमान से है, जिसके तहत लंबे समय से सफल कंपनियों की बाबत यह अनुमान लगाया जाता है कि वे अपनी सफलता के कितने समय के बाद किस स्तर तक फिसल कर नीचे आ सकती हैं। मेरे सहयोगी गौरव मेहता, ने पाया कि लगभग 85 फीसद सफल और बॉम्बे स्टॉक एक्सचेंज की 500 में शामिल भारतीय कंपनियाँ अपना कारोबार शुरू करने के महज पाँच साल के अंदर सफलता की उड़ान से वापस आ जाती हैं और इसके लिए मैं शानदार कंपनियाँ शब्द इस्तेमाल करता हूँ। सवाल यह है कि ऐसा क्यों होता है कि सफल भारतीय निरंतर अपना नुकसान क्यों करते हैं और मेरे सहयोगी इसके पीछे के तर्क को समझने के लिए शोध कर रहे थे।

मीन रिवर्जन से तात्पर्य उस संभावना से भी है, जिसमें असफल भारतीय कंपनियाँ कुछ ऐसा करती हैं, जिससे वे अपनी स्थिति में बदलाव ले आती हैं और अपने खराब हालात को पलट भी देती हैं। गौरव के काम ने दिखाया कि बी.एस.ई. 500 में मौजूद लगभग एक-तिहाई भारतीय कंपनियाँ अपनी सुस्ती तोड़कर अपने सेक्टर में आगे बढ़ती हैं (यानी कि बदतर कंपनियों में से 25 फीसद अपना मूलभूत कारोबारी प्रदर्शन सुधार लेती हैं) और अगले पाँच साल में बाजार में अगुआ बन जाती हैं (अपने क्षेत्र की श्रेष्ठ 25 फीसद कंपनियों में स्थान बना लेती हैं)।

खराब से अच्छे हालात की तरफ ये तीव्र संक्रमण भी शोध का विषय है, जिस पर हम ध्यान केंद्रित किए हुए हैं।

जैसा कि हमने देखा कि कारोबार के प्रदर्शन में मीन रिवर्जन निहित होता है, हमने यह भी देखा कि वे सारी बातें शेयर मूल्यों में भी नजर आती हैं। बड़ी कंपनियाँ क्या करती हैं कि शेयर मूल्यों के एक लंबे सफल दौर के बाद उसकी छँटाई करती हैं, जिसके लिए वे सफल निवेश आधिक्य पूँजी को निकाल लेती हैं। इससे ROCEs नीचे चला जाता है और इस तरह शेयरों के मूल्यों में गिरावट का दौर शुरू होता है। इससे पहले कि गिरावट का दौर शुरू हो, बड़े निवेशक कुछ महीनों के लिए बाजार से बाहर हो जाते हैं। उदाहरण के लिए, दक्षिण भारत के ही मेरे जाननेवाले एक अन्य निवेशक के पास इंफोसिस के बड़ी संख्या में शेयर थे। 2011 की शुरुआत में उन्होंने अखबारों में एक रिपोर्ट पढ़ी कि इंफोसिस में कर्मचारियों की सैलरी में जो इजाफा हुआ है, वह काफी नहीं है और न ही वह वृद्धि किसी भी तरह कंपनी की प्रतिद्वंद्वियों के मुकाबले कर्मचारियों को ऊँची पगार

की स्थिति मुहैया कराती है। इंफोसिस को इससे चिंता हुई कि कहीं कर्मचारी दूसरी फर्मों में न चले जाएँ, प्रबंधन ने दक्षिण भारत के चुनिंदा विश्वविद्यालयों में बात भी कर ली कि जरूरत के समय कंपनी को कुछ युवा मिल जाएँ। कंपनी प्रबंधन ने विश्वविद्यालय के भरती अधिकारियों से इस बाबत तैयार रहने को भी कह दिया। मेरे साथी ने पाया कि इंफोसिस उन्हीं जगहों से कर्मचारी चुन रही थी और उतनी ही सैलरी उन्हें ऑफर कर रही थी, जितनी कि इंफोसिस की प्रतिद्वंद्वी दूसरी कंपनियाँ कर रही थीं। इससे उन्हें एक अनुमान मिला कि इंफोसिस का कारोबारी प्रदर्शन आई.टी. इंडस्ट्री के औसत (उस स्तर पर भी इंफोसिस का ऑपरेटिंग मार्जिन उसकी प्रतिद्वंद्वियों के मुकाबले 300-400 बेसिस प्वाइंट ऊपर ही चल रहा था) की तरफ लौटने वाला है। इसलिए उन्होंने इंफोसिस के सारे शेयर बेच डाले। अगले ही साल कंपनी के शेयरों में 20 फीसद की गिरावट दर्ज की गई।

इसी प्रकार मीन रिवर्जन उस दशा में भी लागू होता है, जब हम शेयर खरीदने जाते हैं, दिवालिया होने के कगार पर खड़ी किसी कंपनी में निवेश और उसके बाद उस कंपनी का फिर पीछे मुड़कर न देखना और बड़े पैमाने पर सफलता हासिल करने के इनाम के तौर पर। उदाहरण के लिए, टी.टी.के. प्रेस्टीज 1994 में सूचीबद्ध थी और तब उसका एक शेयर 120 रुपए का था, लेकिन 2003 आते-आते टी. टी.के. प्रेस्टीज के शेयर के दाम सात रुपए तक जा पहुँचे थे और उस कंपनी को बीमारु घोषित करने की बात चल रही थी। कंपनी के प्रबंधन ने तब टी.टी.के. को गर्त से निकालकर अपने पैरों पर खड़ा कर दिया। उन्होंने और उत्पाद लॉञ्च किए (परंपरागत प्रेशर कुकर निर्माण से आगे), उत्तर भारत में भी कंपनी का विस्तार किया, श्रम यूनियन मुद्दों को बखूबी निपटाया, उत्पाद की गुणवत्ता सुधारी और प्रेस्टीज स्मार्ट किचन श्रृंखला के तौर पर दुकानें और फ्रेंचाइजी खुलवाईं। जून 2003 से जून 2014 के बीच, टी.टी.के. प्रेस्टीज के शेयरों के दाम में 500 गुना से ज्यादा का (या CAGR के 90 फीसद) इजाफा हो चुका है!

खरीदने से भी ज्यादा महत्त्वपूर्ण होता है कि आप खुद को कितने लंबे समय तक उसे बेचने से रोक सकते हैं।

आकाश प्रकाश अमांसा कैपिटल के संस्थापक और सी.ई.ओ. हैं। यह कंपनी सिंगापुर-आधारित विदेशी संस्थागत निवेशक है। अमांसा कैपिटल की 2006 में शुरुआत से पहले, आकाश इन्वेस्टमेंट्स (इंडिया) फॉर टेमासेक

होल्डिंग्स, जो कि सिंगापुर सरकार का निवेश साधन है, में बतौर निदेशक काम कर चुके थे। उससे भी पहले आकाश ने जीआईसी द गवर्नमेंट ऑफ सिंगापुर इन्वेस्टमेंट कॉरपोरेशन में बतौर पोर्टफोलियो मैनेजर छह साल गुजारे थे। यहाँ उन्होंने अमेरिका, पैन एशियाई और भारतीय निवेश पोर्टफोलियो तैयार करने का भी काम किया। आकाश ने 1990 में मॉर्गन स्टैनली में भी नौकरी की और वहाँ लगभग छह साल तक रहे। वहाँ वे कार्यकारी निदेशक और पोर्टफोलियो मैनेजर के तौर पर मॉर्गन स्टैनली ग्रोथ फंड से जुड़े रहे। मॉर्गन स्टैनली इस दौर में भारत में चुनिंदा बड़े निवेशकों की श्रेणी में शामिल था। आकाश ने आई.आई.एम. अहमदाबाद से एम.बी.ए. किया है और वे बॉम्बे यूनिवर्सिटी से बैचलर ऑफ कॉमर्स डिग्री धारक भी हैं।

1990 के दशक की शुरुआत में मॉर्गन स्टैनली में आपके पहले खरीद तरफ वाले अवतार में आप ऐसे पहले संस्थागत निवेशक थे, जिन्होंने इंफोसिस में 10 फीसद से ज्यादा की हिस्सेदारी बरकरार रखी थी। इस निवेश का रहस्य क्या था?

ए.पी.—हमारा सिद्धांत है कि हमें उन कंपनियों में निवेश करने की जरूरत है, जहाँ हम उन लोगों पर भरोसा कर सकें, जो कंपनियाँ चलाते हैं। यही भरोसा आगे चलकर पूँजी आवंटन में तब्दील हो जाता है। पूँजी आवंटन एक ऐसा सूचकांक या पैरामीटर है, जहाँ आप उद्यमियों का साथ पाते हैं और जहाँ फरजीवाड़ा करनेवाले और खराब अकाउंटिंग दरशानेवालों की भी छँटाई होती रहती है। भारत जैसे देशों के माहौल में, जहाँ आप बहुत सारी अच्छी संभावनाओं को भाँप लेते हैं, अगर आप निवेश में पूँजी का खराब आवंटन करनेवालों से संपर्क साधेंगे, तो आपको कभी भी उचित रिटर्न नहीं मिलेगा। सिवाय रिटर्न देने के, पूँजी का खराब आवंटन करनेवाले हमेशा आपके पैसे को लेकर कुछ-न-कुछ करने का तरीका खोज ही लेंगे। इसलिए हमारा सबसे पहला नियम यही है कि अच्छे निवेश के लिए अच्छी प्रबंधन टीम भी तलाशें, ताकि उन पर भरोसा कर सकें।

दूसरा, हमारा दृढ विश्वास है कि अच्छी प्रबंधन टीम हमेशा भारत जैसे देश में आपके लिए वैकल्पिक माहौल तैयार रखती है, स्मार्ट मैनेजर उसी बलबूते जमकर संपत्ति बनाते चले जाते हैं। इसलिए, खरीदने का निर्णय करने से ज्यादा महत्त्वपूर्ण यह है कि आप एक यथास्थिति को कितने लंबे समय तक बनाए रख सकते हैं। आपके उदाहरण पर वापस लौटते हुए मैं कहना चाहूँगा कि मॉर्गन स्टैनली में अपने

चरम पर भी हमने इंफोसिस में 14 फीसद तक अपना निवेश बनाए रखा था और इस स्थिति के लिए मैं ही जिम्मेदार था। मुझे नहीं लगता कि इंफोसिस के शेयर खरीदकर हमने कोई तीर मार लिया। खास बात यह है कि हमने इसे लंबे समय तक अपने पास बरकरार रखा।

ऐसा आप कैसे कर सके?

ए.पी.—हमारी राय बिल्कुल स्पष्ट थी कि कंपनी के पास अपार संभावना है, उसकी विकास की राह काफी विस्तृत है, संबंधित बाजार भी काफी अतुल्य था, प्रबंधन टीम भी काफी कुशल थी, और-तो-और कंपनी की गवर्नेंस भी जबरदस्त थी। इसलिए बाजार की स्थिति और प्रबंधन की गुणवत्ता को देखते हुए हमने तय किया कि भले ही इंफोसिस के शेयर छोटी अवधि के लिए महँगे लग रहे हों, हमें इस कंपनी में अपनी होल्डिंग बरकरार रखनी चाहिए और मैं आपको बताना चाहूँगा कि यहाँ तक कि 1990 के दशक में, बहुत सारे ऐसे मौके आए, जब तिमाही और छमाही आधार पर इंफोसिस के शेयर हमें काफी महँगे लगे, बावजूद इसके हमने अपनी नीति में बदलाव नहीं किया।

इसी तरह हमने आयशर मोटर्स को लेकर भी नीति अपनाई। हमने आयशर में काफी बड़े हिस्से में निवेश कर रखा है। छमाही आधार पर इस कंपनी के शेयर बिल्कुल स्पष्ट रूप से महँगे नजर आते हैं, लेकिन समस्या यह है कि भारत में किसी मध्यस्तरीय निवेश में प्रवेश करने या उससे बाहर निकलने की प्रभावी लागत काफी ऊँची है। इसलिए हमारा मानना है कि अगर कंपनी अच्छी तरह काम कर रही है और उसमें अगले तीन या चार साल के दौरान आगे बढ़ने के अवसर मौजूद हैं, तो हमें ऐसे दौर में भी उस कंपनी के स्टॉक बचाकर रखने चाहिए, जब वे अच्छा प्रदर्शन न कर रहे हों।

क्या आपके कुछ खास बिक्री नियम हैं, आप अपनी होल्डिंग्स पर लागू करते हैं?

ए.पी.—जब तक कोई स्टॉक अपने मूल्यांकन से गिरकर बिल्कुल ही वाहियात स्तर पर नहीं पहुँच जाता या उस कंपनी के कारोबारी माहौल में कोई मूलभूत बदलाव न आ जाए या कुछ ऐसा गंभीर न हो जाए, जिससे कंपनी का विकासात्मक नजरिया ही बदल जाए, तब तक हम सुरक्षित रखे गए स्टॉक्स को बेचते नहीं हैं। इसलिए आयशर का ही अगर उदाहरण लें, तो यह स्पष्ट है

कि वाणिज्यिक वाहन का बाजार इन दिनों ठंडा पड़ा हुआ है, क्योंकि देश की अर्थव्यवस्था काफी गतिशील नहीं दिख रही है। हालाँकि हमारा मानना है कि अर्थव्यवस्था जल्दी ही जोर पकड़ेगी और ऐसा निकट भविष्य में ही होने की संभावना नजर आ रही है और साथ ही हम यह भी देख रहे हैं कि आयशर को भी निरंतर लाभ हासिल हो रहा है और उसकी बाजार हिस्सेदारी भी बढ़ती जा रही है, साथ ही कंपनी के प्रबंधन में भी हमारा भरोसा कायम है, इसलिए हम यह स्टॉक लंबे समय तक बरकरार रखेंगे।

हमारा रवैया यह है कि हम उच्च गुणवत्तायुक्त कंपनियों में ही दिलचस्पी दिखाते हैं और जहाँ तक संभव होता है, उसके शेयरों को सहेजकर रखते हैं। हमारी राय यह है कि भारत में काफी सीमित संख्या में अच्छी कंपनियाँ मौजूद हैं, जहाँ हर चीज एक निश्चित स्तर पर बरकरार है; अच्छा कारोबार, क्षमतावान और नैतिक प्रबंधन, आपकी प्रबंधन तक पहुँच आदि। ऐसा संयोग हर जगह देखने को नहीं मिलता। इसलिए ऐसे हालात में, स्टॉक होल्डिंग छोड़ने या बेचने का कोई मतलब नहीं रहता और जहाँ तक हो सके, इसे बरकरार रखने में ही बुद्धिमानी है। मेरा दृढ विश्वास है कि आपको अपने बगीचे में पौधे को बड़ा करना है और उसमें लगनेवाले कीड़ों की समय-समय पर सफाई करते रहनी है। हम केवल एक ट्रिगर नियम बनाने का प्रयास करते हैं, जिसके तहत पिछड़नेवालों को छाँटते रहते हैं और विजेताओं को अपने साथ जोड़े रखते हैं।

यह स्पष्ट है कि आपके पास निवेश का एक सटीक रूप से परिभाषित सोच है। किन लोगों या किस तरह के प्रभावों ने आपको ऐसी सोच विकसित करने में मदद की?

ए.पी.—सबसे पहले तो ढेर सारी पढ़ाई ने मेरी मदद की। मैंने रॉबर्ट हैग्स्टॉर्म की द वॉरेन बफेट वे और वॉरेन बफेट पोर्टफोलियो का काफी गहनता से अध्ययन किया। द वॉरेन बफेट पोर्टफोलियो बिल्कुल सटीक लहजे में बात करती है—आपको अपने पोर्टफोलियो में 14 से 30 अत्यधिक संकेंद्रित स्टॉक्स रखने हैं, उन स्टॉक्स के बारे में अच्छी तरह जानें और निम्न पोर्टफोलियो टर्नओवर हासिल करें। इन किताबों ने निवेश को लेकर मेरी सोच विकसित करने में काफी मदद की। मैंने सीखा कि उथल-पुथल में जोखिम नहीं है, जोखिम एक पैमाना भी नहीं है, बल्कि जोखिम वह है कि जिस कंपनी का शेयर आप खरीद रहे हैं, उसे पूँजीगत नुकसान हो जाए।

अगर आप मॉर्गन स्टैनली के म्यूचुअल फंड पोर्टफोलियो पर नजर डालेंगे, तो पाएँगे कि हमने 1990 से अपनी शुरुआत की। उस समय से ही यह एक कलात्मक म्यूचुअल फंड के रूप में जाना जाता है। 150 स्टॉक्स, बिखरे हुए निवेश हैं। हम कंपनियों को भी बहुत अच्छी तरह नहीं जानते थे। बाजार के प्रदर्शन से थोड़ा सा नीचे और कभी थोड़ा सा ऊपर हमने रिटर्न दिया है। हैरत नहीं, हमने बहुत अच्छा प्रदर्शन नहीं किया। इसके उपरांत हमने अपना मूल्यांकन किया। मैंने महसूस किया कि पैसे का इस तरह कारोबार, खासकर मॉर्गन स्टैनली में उचित नहीं है, क्योंकि आपने पूँजी को ताला लगा रखा है। अमांसा में रहते हुए आपको, जो महसूस करना है, वह यह कि हमने स्थिर पूँजी को ताला लगा रखा है, जैसा कि मॉर्गन स्टैनली के साथ मामला रहता था, तब। भारतीय घरेलू म्यूचुअल फंड समुदाय को लेकर गहरी आस्था और सम्मान है, क्योंकि उन्हें पूँजी का प्रबंधन करने की एक कठिन नौकरी मिली हुई है, जो दैनिक आधार पर आती और जाती रहती है। इसके उलट, चर्चित मीडिया में उनकी साख को लेकर मुझे लगता है कि म्यूचुअल फंड स्मार्ट इन्वेस्टर्स हैं, जो कि न केवल साथी समूह पर पड़नेवाले प्रदर्शन के दबाव को हलका करते हैं, बल्कि भारी-भरकम पैसे के प्रबंधन को लेकर अनिश्चितता भी दूर करते हैं। यह कठिन है और यह भी कि अगर आप म्यूचुअल फंडों के लंबे समय तक के रिटर्न के आँकड़ों को देखें तो इन्होंने बेहतर करके दिखाया भी है। कभी-कभी उन्हें कुछ हलकी (sub-optimal) चीजें भी करनी पड़ जाती हैं, क्योंकि यह उनके गठन की प्रकृति है कि उन्हें ऐसे हालात में रहने को विवश किया जाता है। उन्हें शॉर्ट टर्म कॉल्स भी लेनी पड़ती हैं, जिससे बचने के लिए उनके पास कोई विकल्प नहीं होता और जंगल की इसी प्रकृति के साथ उन्हें सामंजस्य बिठाना पड़ता है।

यही कारण रहा कि हमने अमांसा को बिल्कुल अलहदा तरीके से तैयार किया। हमने बेहद सतर्कता के साथ अमांसा को डिजाइन किया, ताकि अन्य म्युचुअल फंडों की प्रकृति से अलग उसे निवेश के लिए आजाद छोड़ा जा सके, ताकि वह उन फंडों से अलग हटकर काम कर सके, जो कि वे म्युचुअल फंड नहीं कर पाते। उदाहरण के लिए, अगर आप हमारे पोर्टफोलियो पर नजर डालें, तो हमारे पास हिंदुस्तान यूनिलिवर के शून्य, आई.टी.सी. के शून्य, ग्लैक्सो कंज्यूमर के शून्य निवेश हैं। इन सेक्टरों में एक भी जगह हमने निवेश नहीं किया है। कोई भी म्यूचुअल फंड इस तरह निवेश नहीं कर सकता है, लेकिन म्यूचुअल फंड ऐसे नामों में काफी बड़ी मात्रा में निवेश करते हैं, इसलिए नहीं कि हिंदुस्तान यूनिलिवर में निवेश करने से 40 गुना कमाई बढ़ाने का यह एक अच्छा आइडिया हो सकता है,

बल्कि इसलिए, क्योंकि वे इसमें निवेश न करने का बड़ा कारोबारी जोखिम मोल नहीं ले सकते। हम ऐसा कर सकते हैं, क्योंकि हमने अपना पोर्टफोलियो कुछ इस तरह से डिजाइन किया है कि हमारे निवेशक यह समझते हैं कि हम क्या करने का प्रयास कर रहे हैं। स्वाभाविक रूप से, हम गलत हो सकते हैं, लेकिन हम शर्त के साथ यह कह सकते हैं कि हिंदुस्तान यूनिलिवर के मूल्यांकन के आधार पर उसमें निवेश करना हमारे द्वारा कष्ट उठाने की तुलना में कहीं ज्यादा मूर्खतापूर्ण कहलाएगा।

आपके निवेश का जो तरीका है, उसके अनुसार मेरा अनुमान है कि वर्ष 2006 और 2007 में जो हालात थे, उनमें तो आपने निम्न प्रदर्शन किया होगा, तो आपने उस दौरान प्रबंधन कैसे किया?

ए.पी.—मैं इतना ही कह सकता हूँ कि जहाँ तक निम्न प्रदर्शन की बात है तो हम भाग्यशाली रहे कि हमने वृहद सटीक प्रदर्शन किया और महज 3 से 4 फीसद का ही हमें नुकसान उठाना पड़ा। दरअसल, 2007 में सटीक प्रदर्शन को लेकर हम सबको भयानक दौर से गुजरना पड़ा था। बाजार 70 फीसद तक ऊपर था और हम 67 फीसद के स्तर पर थे। स्मार्ट निवेशकों ने इस निम्न प्रदर्शन के लिए हमें माफ कर दिया था, क्योंकि उन्होंने ऐसे पैटर्न पहले भी देख रखे थे। दरअसल, स्मार्ट एल.पी. (लिमिटेड पार्टनर्स, जो फंड में निवेश करते हैं) आधार इस बात को समझता है कि जब भी प्रदर्शन को लेकर बेहद बड़ा साल होगा, तब तब हम निम्न प्रदर्शन करेंगे। वे जानते हैं कि हमारी रणनीति कुछ इस तरह की है कि हम उस अवधि में भी फंड्स को रोककर रखते हैं, जबकि अर्थव्यवस्था की विकास दर नीचे की तरफ जा रही होती है। 2008 में जब बाजार का रुख नीचे की तरफ हो गया, तो हमारे भी फंड्स में गिरावट दर्ज की गई, लेकिन उतनी नहीं, जिस तरीके से बाजार में हाहाकार मचा हुआ था। जब बाजार 10 से 15 फीसद ही ऊपर रहेगा, तब बाजार की तुलना में हमारा काम करने का तरीका सही साबित होगा।

हम जानते हैं कि एक निवेशक के तौर पर आपको निम्न प्रदर्शनवाले दौर से भी गुजरना होगा। आप केवल वॉरेन बफेट के समूह को देखिए, जिसमें दर्जनों या इतने के आस-पास ही करीबी मित्र शामिल हैं और वे महान् निवेशक और ग्राहम और डॉड के शिष्य भी रह चुके हैं। बफेट को छोड़कर, हर निवेशक तीन-से-चार साल की अवधि में निम्न प्रदर्शन के दौर से जूझता रहा है और फंड प्रबंधन के साथ यही दुविधा रहती है। अगर आप किसी को उसके दो-तीन साल के प्रदर्शन के आधार पर आँकते हैं, तो आप किस्मत और कौशल को अलग-अलग कैसे रख

पाएँगे ? यह एक मूलभूत समस्या है, क्योंकि श्रेष्ठ, स्मार्ट निवेशकों के साथ ऐसा हो सकता है कि वे एक-दो साल तक खराब दौर से गुजरें। मेरा यह तर्क है कि 20 साल के कॅरियर में, यह बहुत हद तक संभव है कि आपको भी एक लंबा दौर निम्न प्रदर्शन का देखना पड़ जाए। इसलिए जब तक आप अपने निवेश प्रदर्शन को लेकर वास्तविक नजरिया नहीं अपनाएँगे और जब तक आप खुद को यह अवसर नहीं देंगे कि शांति से बैठकर निवेश के बारे में समझदारी के साथ सोच सकें, तब तक प्रदर्शन कर पाना बेहद कठिन होगा।

भारत में ऐसे तमाम सेक्टर हैं, जहाँ सफल निवेश उन प्रमोटरों का समर्थन करने में माना जाता है, जिनके राजनीतिज्ञों से संबंध होते हैं। ऐसे प्रमोटरों को आप अपने प्रबंधकीय गुणवत्ता के नजरिए से किस तरह आँकते हैं?

ए.पी.—सर्वप्रथम, हम उन सेक्टरों से दूर ही रहते हैं, जहाँ ज्यादा सरकारी दखलंदाजी होती है। हम बुनियादी ढाँचा और संपत्ति में अमूमन निवेश नहीं करते। उसी तरह हम प्राकृतिक संसाधनों में भी निवेश नहीं करते।

इसके उपरांत कुछ ऐसे सेक्टर बचते हैं, जहाँ सरकार का कुछ हद तक हस्तक्षेप होता है; तो सरकारी हस्तक्षेप के ऐसे स्तर से आप इनकार नहीं कर सकते, लेकिन शर्त यह है कि कंपनी प्रमोटर एक ईमानदार व्यक्ति होना चाहिए। वह कंपनी से केवल उतना ही हिस्सा अलग करेगा, जिसकी जरूरत कारोबारी उद्देश्य और माहौल को सँभालने के लिए होगी और इसके अलावा वह प्रमोटर कंपनी के जरिए और कोई स्वार्थ सिद्ध न करे।

अब इंफोसिस जैसी कंपनियों के हालात का उदाहरण लेते हैं, जहाँ प्रबंधकीय टीम नैतिक भी है और क्षमतावान भी, लेकिन तार्किक रूप से कंपनी और उक्त सेक्टर ढाँचागत चुनौतियों से जूझता रहता है। आप ऐसी परिस्थिति में निवेश को लेकर क्या नीति अपनाते हैं?

ए.पी.—इंफोसिस में निवेश पर विचार आज के दौर में काफी दिलचस्प है, क्योंकि बाजार इस कंपनी को धीरे-धीरे छोड़ रहा है। हालाँकि यह अब भी एक बेहतरीन कारोबार कर रही है, लेकिन बाजार कह रहा है कि कंपनी ने अपनी जमीन खो दी है। अब सवाल यह है कि क्या यह थोड़े समय के लिए चक्रीय समस्या है या उससे ज्यादा गहरी ढाँचागत समस्या है ? इसका जवाब यह है कि सवाल अब

भी स्वाभाविक नहीं है। हम इस दिशा में तमाम चीजों पर विचार करके अपना मानसिक आधार या सोच तैयार कर रहे हैं। अंततः यह एक निर्णयात्मक मुद्दा है। इसे लेकर कोई निश्चित पैमाना नहीं बनाया जा सकता है। वे निश्चित रूप से प्रबंधन के मुद्दों और तमाम पहलुओं पर विचार कर रहे होंगे। एकमात्र रास्ता चीजों को समझने का यह है कि हम प्रबंधन के साथ बैठक करें, प्रतिस्पर्धियों से मिलें, ग्राहकों से बात करें। हालाँकि इससे पहले एक बात ध्यान रखने की यह है कि इंफोसिस जैसी कंपनी के साथ, कि अगर यह बेहद सस्ती हो गई, तो निचला स्तर और भी नीचे चला जाएगा। ऐसे में जोखिम और इनाम का अनुपात आपके पक्ष में कुछ इस तरह होगा कि अगर आप कहीं गलत भी होते हैं, तो आपके पूँजीगत नुकसान की संभावना बेहद क्षीण रहेगी। आप ज्यादा-से-ज्यादा पाँच या 10 फीसद का ही नुकसान पाएँगे।

तब स्पष्ट रूप से आपके खरीद निर्णय पर मूल्यांकन अपनी अहम भूमिका अदा करेगा?

ए.पी.—इसकी तो भूमिका रहती ही है। हम कभी भी तेज गति में कारोबार कर रहे शेयर नहीं खरीदते, जिसकी कि 40 गुना ज्यादा कमाई हो रही हो। हम सैद्धांतिक शेयर भी नहीं खरीदते। हाँ, इसका मतलब यह कि हम कुछ शेयर जैसे जुबिलैंट फूडवर्क्स को खरीदने से चूक सकते हैं, लेकिन हम आगे होनेवाली पाँच गलतियों से बच जाते हैं। एक तिमाही में कुछ गलत हुआ तो स्टॉक 30 फीसद तक नीचे लुढ़क सकता है। जब हम स्टॉक खरीदने जाते हैं, तो इस बात का ध्यान रखते हैं कि वह अपनी अर्निंग के 15 से 20 फीसद से अधिक मूल्य पर कारोबार न कर रहा हो। आदर्श रूप से, हम ऐसा शेयर खरीदना पसंद करेंगे, जिसकी अर्निंग 10 से 12 फीसद के आस-पास हो।

भारतीय बाजार में होनेवाले शोर से आप कैसे निपटते हैं? ब्रोकर नोट्स, ब्रोकर फोन कॉल्स, प्रबंधन की कमेंटरी, आप इन सबसे कैसे निपटते हैं?

ए.पी.—ऐसा सिंगापुर में होने के चलते आसान हो सका। भारत में बैठने से शोर कुछ ज्यादा ही होता है, क्योंकि यहाँ लोगों के लिए अपनी बातों से आप पर हमला करना बहुत आसान होता है। दूसरा, मैं फोन पर बात नहीं करता। इससे हो सकता है कि मुझे लेकर गलत धारणा बने और लोग मुझे बेअंदाज कहने लगें,

लेकिन मैं फोन पर समय बिताना उचित नहीं समझता। तीसरा, इ-मेल ट्रैफिक को लेकर भी मैं नहीं समझता कि पूरे दिन में मैं 15 से 20 इ-मेल पढ़ पाता हूँ। अंततः, मैंने अपनी डेस्क पर ब्लूमबर्ग टर्मिनल भी नहीं लगवा रखा है; यह ऑफिस के बाहर ही रखा रहता है। जैसा कि आप देख सकते हैं, हम घंटे भर से यहाँ बैठे हैं और बातें कर रहे हैं, लेकिन मैंने एक बार भी फोन पर बात नहीं की है।

आप किसी निवेश को लेकर धारणा कैसे बनाते हैं और उसे बिना पुष्टि के पक्षपात के कैसे बरकरार रखते हैं?

ए.पी.—यह बेहद कठिन होता है, क्योंकि यह दुविधा पुराने समय से ही चली आ रही है। हम केवल इतना करते हैं कि जहाँ तक संभव होता है, दिमाग को खुला रखते हैं और कार्यालय में जितना हो सकता है, चर्चा को प्रोत्साहित करते हैं। हमारी टीम में पाँच लोग हैं। कुछ भी खरीदने से पहले, हम हर स्तर पर चर्चा करते हैं और हर किसी को प्रोत्साहित करते हैं कि वह हमसे नाइत्तेफाकी रखे और चर्चा में अपनी भी राय दे। हम रोजाना सामूहिक बैठक करते हैं। एक कंपनी को लेकर निर्णय के किसी स्तर पर पहुँचने से पहले, हम अपना खुद का वित्तीय मॉडल बनाते हैं। सिंगापुर में निवेश का निर्णय लेने से पहले हमने वह वित्तीय मॉडल अपनी टीम के सभी पाँच सदस्यों के पास भेजा और उनकी राय माँगी। इसके बाद हम साथ बैठे और फिर मिलकर सबने उस पर खुलकर चर्चा की। हमने चर्चा की कि थिसिस क्या है, हम क्यों यह स्टॉक खरीदें, उसके सकारात्मक बिंदु क्या हैं और अमुक स्टॉक में जोखिम क्या है। लोग असहमति जताने के लिए स्वतंत्र हैं। वे चाहें तो निवेश थिसिस या वित्तीय मॉडल में कमियाँ निकाल सकते हैं। मुझे लगता है कि यही एकमात्र रास्ता है सही राह पाने का और हमारे लोग यह कहने में भी संकोच नहीं करते, मैं आपकी बात से सहमत नहीं हूँ। कभी-कभी तो ऐसा भी होता है कि केवल मैं ही अकेला शख्स होता हूँ, जो कहता है कि हमें अमुक स्टॉक खरीदना चाहिए, जबकि अन्य चार लोगों की राय होती है, नहीं, इसमें जोखिम ज्यादा है।

अब सन् टी.वी. का ही उदाहरण लें। मुझे लगता है कि यह एक शानदार कारोबारी समूह है। हालाँकि कुछ अन्य कारक भी इससे जुड़े हैं, जिसे लेकर टीम ने कहा कि इस कंपनी को लेकर कारोबार करना जोखिम भरा है और इसमें एक कारण यह भी था कि इस कंपनी को अभी तमिलनाडु में सरकारी केबल ऑपरेटर से प्रतिस्पर्धा करनी है। हमने सन् टी.वी. के स्टॉक्स तब खरीदे, जब उनकी कमाई 10 गुना बढ़ गई और उन्होंने 6 फीसद का लाभांश भी अपने हिस्सेदारों को दिया

और उनके पास नकदी की भी कोई कमी नहीं थी। हाँ, जोखिम वहाँ भी था और वह कानूनी था, लेकिन सन् टी.वी. के खिलाफ कोई मामला नहीं था और जो मूल्यांकन किया गया था, उस पर कंपनी के शेयर खरीदने उचित समझे गए। कुल मिलाकर यह कहा गया कि हमने जोखिम का संज्ञान ले लिया है और कंपनी को उन चीजों पर दाँव नहीं लगाना चाहिए।

आप पाँच लोग हर हफ्ते पोर्टफोलियो पर भी चर्चा करते थे?

ए.पी.—हर स्टॉक पर नहीं। हम उन स्टॉक्स पर मंथन करते थे, जिनमें विकास का माद्दा होता था, कह सकते हैं कि प्रबंधन में बदलाव की गुंजाइश हो या कहें, किसी कंपनी में परिणाम अपेक्षा से नीचे आ रहे हों, आदि। तब हम अपने आप से पूछते थे, विकास को लेकर कि क्या हमारा विचार उस कंपनी को लेकर बुनियादी स्तर पर बदल रहा है। अगर ऐसा है, तो क्या हमें उस कंपनी के और शेयर खरीदने चाहिए या जो हमारे पास है, उसे भी बेच देना चाहिए।

आप पिछले 20 साल से निवेश कर रहे हैं और फिलहाल सात साल से अमांसा के साथ जुड़े हैं। क्या यह जॉब वक्त गुजरने के साथ आसान होती जाती है?

ए.पी.—कुछ हद तक कह सकते हैं, क्योंकि जैसे-जैसे आप अनुभव जुटाते जाते हैं, उम्मीद के अनुरूप आप रोजाना की गलतियाँ करने से बचते हैं। जैसी कि हर कोई उम्मीद करता है, मैं भी आज किसी ऐसी कंपनी की तरफ झुकाव नहीं देख पाता, जो कुछ हलकी लगती हो, यहाँ तक कि मैं कंपनी बदलने के बारे में एक मिनट के लिए भी नहीं सोच पाता, क्योंकि निवेश को लेकर मेरे मन में खिंचा खाका बिल्कुल स्पष्ट है। इसलिए इस लिहाज से यह खास बात इस इंडस्ट्री में है कि समय के साथ आप अनुभवी और ज्यादा परिपक्व होते चले जाते हैं। आपके पास तुलनात्मक अध्ययन के लिए अधिक बिंदु होते हैं और साल-दर-साल आप नई चीजें सीखते चले जाते हैं। दूसरा, जैसे-जैसे आप परिपक्व होते जाते हैं और आपका निवेश को लेकर खाका और फिलॉसफी ज्यादा-से-ज्यादा स्पष्ट रूप से परिभाषित होते जाते हैं, वैसे-वैसे आप दोयम दरजे के निवेश अवसरों को छाँटते चलते हैं। एक और बात, यह भी एक तथ्य है कि जैसे-जैसे आप उम्रदराज होते जाते हैं, आप सूचनाओं को आत्मसात् करने में धीमे होते जाते हैं और सूचनाओं का अपने दिमाग में संग्रह कर पाने की आपकी क्षमता भी घट जाती है। आज से

बीस साल पहले मैं बैलेंस शीट के विवरण को कहीं ज्यादा आसानी से याद रख लेता था, बजाय आज के। तब मैं आपको एक पल में बता सकता था कि किन कंपनियों के शेयर बेहतरीन प्रदर्शन कर रहे हैं।

अंतत, हालाँकि मेरे जैसे लोगों के लिए इसी में आनंद मिलता है कि हम शुरू में ही अच्छी कंपनी पकड़ लें और इससे पहले कि बाजार उसके बारे में बात करना शुरू भी करे, एक अच्छी प्रबंधन टीम की पहचान करते हुए उस कंपनी की विकास की संभावनाओं को पकड़ना बेहद जरूरी है। यह आनंद की अनुभूति समय के साथ भी मद्धम नहीं पड़ी है। मेरा मानना है कि दो तरह के निवेशक होते हैं। एक तो वे, जिन्हें निवेश में रोमांच मिलता है, वे बिल्कुल सटीक रहना चाहते हैं और उन्हें मानसिक चुनौती में मजा आता है और वे इस बात में ज्यादा रोमांच महसूस करते हैं कि अमुक कंपनी को उन्होंने सबसे पहले समझकर उसमें तब निवेश किया, जब लोग उसके बारे में जानते भी नहीं थे। वे ऐसी कंपनियों को पहचानने की जुगत में रहना पसंद करते हैं, जिसकी प्रबंधन टीम अच्छी हो और उसके शेयर अपने वर्तमान मूल्य से पाँच गुना ऊपर जाने की कुव्वत रखते हों। ऐसे निवेशकों को किसी खास समय पर अपनी बुद्धिमत्ता से बढ़ते रहने पर एक खुशनुमा एहसास होता है और वे उसी का आनंद उठाते हैं। एक तरह से देखें तो आगे रहने के बौद्धिक संतुष्टि की अपेक्षा ऐसे लोग हमेशा रेस में बने रहने का रोमांच उठाना चाहते हैं। दूसरे प्रकार के लोग वे होते हैं, जो पैमाने के आधार पर ज्यादा गतिशील होते हैं। ऐसे लोग अरबों डॉलर का प्रबंधन करना चाहते हैं और वे बाजार के ज्यादा ताकतवर निवेशक साबित होते हैं। इसमें भी कुछ गलत नहीं है। यह एक अलग स्टाइल है और मैं यह दावे के साथ कहना चाहूँगा कि किसी शहर में सबसे बड़ा निवेशक बनने से भी एक सुखद अनुभूति होती है। मैंने भी करीब 10-20 साल पहले ऐसा किया है। अतः उस जगह पर रहना और वैसा काम करना, अब मेरे लिए उतना आकर्षण नहीं रह गया है।

तो क्या अमांसा ने जानबूझकर बड़ा फंड बनने की स्थिति से खुद को दूर रखा?

ए.पी.—हाँ, हम इस चीज को लेकर बिल्कुल स्पष्ट हैं कि हम कभी भी विशालकाय फंड नहीं बनेंगे। हम एक बिलियन अमेरिकी डॉलर के कॉरपस को पार नहीं करेंगे और हमने अपने निवेशकों को भी यह बता दिया है। एक बार जब आप उस मानक रेखा को पार कर लेते हैं, तो आपके लिए बेहतर प्रदर्शन कर पाना

कठिन हो जाता है। आप ऐसा नहीं कर सकते कि आपके पास महज 25 स्टॉक्स का पोर्टफोलियो हो और आप 4 बिलियन डॉलर को सँभाल पाएँ। यह संभव ही नहीं है।

हम इस चीज को लेकर बेहद स्पष्ट थे कि हमें भारत का सबसे बड़ा फंड मैनेजमेंट हाउस नहीं बनना है। हम इस चीज को लेकर भी स्पष्ट थे कि हमें एक खास तरीके से पैसे को सँभालना है और एक खास तरह का निवेशक आधार बनाने के लिए हम पूरा समय देंगे। ऐसा किया जा सकता है, लेकिन इसके लिए धैर्यवान होने की जरूरत है और दो-तीन साल तक इंतजार करने की भी जरूरत होती है। हमने सात साल पहले जब अमांसा शुरू किया था, महज 25 मिलियन डॉलर के साथ यह सफर शुरू किया था। हम चाहते तो तेजी से ढेर सारा पैसा पा सकते थे अगर हमने बिना किसी लॉक-अप्स के उस पैसे को स्वीकार कर लिया होता तो, लेकिन तब हमने ऐसे नाजुक मौके पर यह निर्णय लिया कि हमें ऐसा पैसा नहीं चाहिए, जो तेजी से आता हो और उतनी ही तेजी से उड़ भी जाता हो। हमें लंबी अवधि के लिए, स्थिर पूँजी चाहिए। वृहद् इमारत खड़ी होने में समय जरूर लगेगा, लेकिन उम्मीद यही है कि वह ज्यादा टिकाऊ और मजबूत होगी। लंबी अवधिवाले निवेशक जहाँ पैसा निवेश करते हैं, उस फंड के प्रति बेहद सम्मान और विनम्रता के साथ उदारता दरशाते हैं। वे अपनी पूँजी को लेकर कोई संकल्प लेने से पहले लंबा ट्रैक रिकॉर्ड भी देखते हैं। इसका परिणाम यह है कि शुरुआती सालों में, हम काफी धीमी गति से आगे बढ़ें। अत: यह एक ऐसा फैसला है, जिसे खुद ही लेना होता है, क्या आप त्वरित पैसा बनाना चाहते हैं या आप इस काम में अगले 5 या दस साल के लिए शामिल होना चाहते हैं। हम इस चीज को लेकर स्पष्ट थे कि हमें किस तरफ खड़ा होना है।

मैं 2007 में उठते बुलबुले को महसूस कर रहा था

शंकरन नरेन आई.सी.आई.सी.आई. प्रूडेंशियल म्यूचुअल फंड के सी.आई.ओ. हैं। यह कंपनी उनकी पहली और अब तक की एकमात्र नियोक्ता है, जहाँ वह निवेश प्रबंधन के पेशे से लगातार जुड़े रहे हैं। आई.आई.टी. चेन्नई और आई.आई.एम. कोलकाता से उनकी शिक्षा-दीक्षा हुई है। उन्होंने स्कूल के दिनों से ही पैसे बचाने की आदत बना ली थी। समय गुजरने के साथ, नरेन ने आई.सी.आई.सी.आई. के फंड मैनेजर के रूप में 2004 में अपनी नौकरी शुरू की थी। वे पिछले 15 साल से स्टॉक मार्केट में निवेश कर रहे हैं। देश के सबसे बड़े इक्विटी असेट मैनेजमेंट हाउस के सी.आई.ओ. और देश के चुनिंदा

बड़े फंड-के-फंड मैनेजर के तौर पर नरेन के पास एक दशक लंबा अनुभव है और हालात से निपटने का अत्यधिक दबाव झेलने में माहिर हैं।

आप स्टॉक मार्केट में कैसे शामिल हुए?

एन.—मैं अकेला लड़का था। 14 साल की उम्र में मेरी माँ का निधन हो गया था। इसलिए घर में केवल दो लोग ही रह गए थे, मेरे पिता और मैं और यह सिलसिला 14 साल की उम्र से शुरू हो गया था।

तो चेन्नई से ही इसकी शुरुआत हो गई?

एन.—हाँ। मेरे पिता एक छोटे निवेशक थे और 70 के दशक का वह दौर FERA (विदेशी मुद्रा नियमन अधिनियम) से प्रभावित था। मेरे और पिता के बीच जिन मुद्दों पर बात होती थी, उसमें स्टॉक मार्केट भी प्रमुख होता था। जैसा कि आप जानते हैं, 70 के दशक में भारत में स्टॉक मार्केट एक तरह से लॉटरी की तरह ही था। FERA को हलका बनाने का नतीजा यह हुआ कि मल्टी नेशनल कंपनियों को भारत में सूचीबद्ध करना जरूरी हो गया और हम आई.पी.ओ. खरीद सकते थे। इसका आवंटन लॉटरी सिस्टम के तहत होता था और पैसा भी अगर आप कमाते तो वह भी लॉटरी सिस्टम के जरिए ही। इसी तरह यह सब शुरू हुआ और मुझे इस प्रक्रिया में काफी मजा आता था। तभी किस्मत से मेरा दाखिला आई.आई.टी. में हो गया, जहाँ मैं इंजीनियरिंग की पढ़ाई करने लगा। हालाँकि मेरा उस क्षेत्र में जरा भी मन नहीं था। इंजीनियरिंग से हटकर मेरा गणित में रुझान ज्यादा था, लेकिन प्रवेश परीक्षा गणित और विज्ञान के कौशल का इम्तिहान होती है तो किसी तरह आई.आई.टी. में मेरी जगह बन गई थी। चूँकि मैं जानता था कि आगे चलकर मैं क्या करना चाहता हूँ, इसलिए ग्रेजुएशन पूरा होते ही मैंने आई.आई.एम में दाखिला ले लिया। मैंने वित्त क्षेत्र को अपने लिए चुना।

निश्चित रूप से उन दिनों चेन्नई से अगर कोई मार्केट और फाइनेंस में दिलचस्पी दिखाता तो इसे अजीब माना जाता रहा होगा। क्या आप अपने साथियों से कुछ अलग महसूस नहीं करते थे?

एन.—हाँ। आई.आई.टी. में पढ़ाई के दौरान में ज्यादातर ब्रिज गेम खेलता रहता था और चुनिंदा लोगों में शुमार किया जाता था, जिनकी दिलचस्पी स्टॉक मार्केट में भी थी। याद रखें, उन दिनों पैसा बनाना बेहद कठिन था। अतः यह तथ्य

कि मेरे पिता और मैं दोनों स्टॉक्स में निवेश करके पैसा बना रहे थे, इसलिए इसमें हमारी दिलचस्पी बरकरार रही। हमारी रणनीति यह थी कि हम आई.पी.ओ. खरीदें और एलॉटमेंट होते ही उसे बेच दें। मैं उन्हें सलाह देता रहता था कि किन आई.पी.ओ. को चुनना बेहतर रहेगा।

उन इंटरनेट से रहित दिनों में, आप इन पब्लिक इश्यूज की गुणवत्ता का आकलन कैसे करते थे?

एन.—अगर आप मुझसे पूछें तो इसके बारे में मेरे पास बेहद अल्पविकसित ज्ञान था। मैं यह जानता था कि कंपनियाँ कैसा उत्पाद तैयार करती हैं, लेकिन उनका ई.पी.एस. आँकड़ा अच्छा या बुरा है, इसके बारे में मुझे कोई जानकारी नहीं थी। 1980 के दशक में, यह बिल्कुल लॉटरी की तरह था। हालाँकि मैंने उसे स्वीकार किया और आई.आई.एम. में दाखिले के बाद, एक समय के दौरान, मैंने कंपनियों की वार्षिक रिपोर्ट पढ़ना सीखा। 1980 के दशक में ही सालाना रिपोर्ट पढ़नेवाले ही बेहद कम थे। ज्यादातर चार्टर्ड अकाउंटेंट सालाना रिपोर्ट पढ़ने से ज्यादा दिलचस्पी उसे बनाने में रखते थे, तो इसी तरह 1989 में जब मैं आई.आई.एम. से निकला, तो मैं एस.बी.आई. कैप्स, जिसे उस दौर में वित्तीय क्षेत्र का मक्का कहा जाता था, में नौकरी चाहता था। हालाँकि मुझे आई.सी.आई.सी.आई. में जगह मिल गई और यह भी एक और मक्का की तरह ही था। उस दौरान वित्त क्षेत्र के ये ही दो महासागर थे।

आई.सी.आई.सी.आई. में मेरी कार्यावधि के दौरान मैंने प्रोजेक्ट एप्रेजल का काम सीखा, जो कि उस समय इक्विटी रिसर्च को लेकर सबसे करीबी चीज थी। 1989 में जब मैंने आई.आई.एम. छोड़ा और चेन्नई लौटा, उस समय मैंने एक स्टॉक एल.एम.डब्ल्यू. (लक्ष्मी मशीन वर्क्स) पर गौर किया। उस समय यह शेयर अपनी प्राइस टू अर्निंग की दोगुने कीमत पर चला रहा था, जबकि प्राइस टू कैश अर्निंग उसकी एक गुना ही थी और उनके पास चार साल पुराना ऑर्डर बुक था। इससे आप कल्पना कर सकते हैं कि उस दौरान बाजार कितना अप्रभावी होता था। वहाँ मद्रास स्टॉक एक्सचेंज होता था। वहाँ की ब्रोकिंग फर्म्स में से एक-दो से मैं मिलता रहता था और एल.एम.डब्ल्यू. के बारे में उनके विचार पूछता रहता था। ब्रोकर ने बताया कि कोयंबटूर स्थित उक्त कंपनी में निवेश करके किसी ने भी पैसा नहीं कमाया, लेकिन 1989 से 1994 के दौरान एल.एम.डब्ल्यू. 30 गुना बड़ी कंपनी बनकर उभरी।

संभवतः इस समय तक आपने अपना खुद का ब्रोकिंग अकाउंट खोल लिया था?

एन.—वास्तव में मैं अब तक अपने पिता के ही पैसों से कारोबार कर रहा था। 1989 तक हमारे घर में केवल दो ही सदस्य रहते थे और दोनों ही लोग कमा रहे थे। मैं अपने पिता को यह समझाने में सफल रहा कि अब प्राइमरी मार्केट से निकलने का समय आ गया है और हमें सेकेंडरी मार्केट का रुख कर लेना चाहिए और मैंने उन्हें यह भी समझाया कि हमें संपत्ति आवंटन के ऋणवाले हिस्से को पूरी तरह हटा देना चाहिए, क्योंकि हम लोग दोहरी कमाई कर रहे थे, एक ही घर के दो सदस्य थे और इस तरह हम ज्यादा जोखिम उठा सकते थे।

वक्त के उस मोड़ पर क्या आप यह अनुमान लगा पाए थे कि स्टॉक मार्केट से आपने पिछले पाँच सालों में कितना पैसा कमाया?

एन.—नहीं ऐसा कुछ नहीं किया था हमने। हम लगातार छोटी पूँजीवाले स्मॉल कैप शेयरों में निवेश करते थे। 1989-90 में स्टॉक अपनी प्राइस टू अर्निंग के गुणक, यानी दो गुना, तीन गुना आदि के रूप में कारोबार करते थे! 1990 में मैंने आई.सी.आई.सी.आई. से प्रोजेक्ट फाइनेंस का काम छोड़ दिया और एच.एस.बी.सी. में काम शुरू कर दिया। आई.सी.आई.सी.आई. ने मुझे सिखाया कि किसी कंपनी को लंबे समय के लिए ऋण देने से पहले किस तरह उसका आकलन करना है। 1990 से 1994 तक मैं एच.एस.बी.सी. में इन्वेस्टमेंट बैंकर के रूप में था। हम प्राथमिक रूप से एच.एस.बी.सी. के चेन्नई कार्यालय में पब्लिक इश्यूज पर काम करते थे और उन वर्षों के दौरान कंट्रोलर ऑफ कैपिटल इश्यूज (CCI) से सामंजस्य बैठाना काफी कठिन काम होता था। इस दौरान पब्लिक इश्यू की प्राइसिंग को मुक्त किया गया और तत्काल प्रभाव से हम उस व्यवस्था से बाहर निकल आए, जहाँ पब्लिक इश्यू एक लॉटरी सिस्टम के तहत काम करता था। सी.सी.आई. प्राइसिंग हटा ली गई, हम जैसे इन्वेस्टमेंट बैंकरों के जिम्मे आ गया, इसका मूल्य तय करने का जिम्मा। 1990-1994 तक जैसा कि आप जानते हैं, हमने सेंसेक्स में जबरदस्त उछाल देखा। तभी एक संकट भी खड़ा हो गया (हर्षद मेहता का किया-धरा) लेकिन चूँकि हम लंबी अवधि के निवेशक थे, इसलिए हम उन गंदगियों से बच गए।

1994 तक मैं सोचता था कि स्टॉक मार्केट में निवेश करने के तौर-तरीकों के बारे में जान चुका हूँ और यह सब 1989 से 1994 की अवधि में जिन तमाम बहु-आयामी कंपनियों में मैंने निवेश किया, उनसे ही सीखा। तभी 1994-1996 का दौर

आया और इसने सबकुछ पलटकर रख दिया और यह दौर बेहद कड़ी परीक्षा वाला दौर निकला। एक बार जब आपके पास 30 बैगर (यानी वह स्टॉक, जिसकी कीमत 30 गुना ऊपर चली जाए) है, तो स्वाभाविक रूप से अगर आप इक्विटी निवेशक हैं तो आप मस्ती में झूमने लगेंगे और कुछ गलतियाँ कर बैठेंगे। हमने भी कुछ ऐसी ही गलतियाँ कीं, जिससे हमारा पोर्टफोलियो 1996 के आस-पास बहुत बुरी हालत में जा पहुँचा। हमने उसमें काफी सारी रकम गँवाई, क्योंकि मैंने महसूस ही नहीं किया था कि 1989 से 1994 के दौरान, जो कुछ भी हुआ था, वह एक समय या एक दौर की बात थी, जो पीछे छूट चुका था। उस दौर में सीखी बातों पर दाँव लगाना अब उचित नहीं था। मूलतः हमने उस दौरान उदारीकरण के चलते पके फल चखे और हम खुशकिस्मत थे कि सही समय पर हम सही जगह मौजूद थे। इसके उपरांत मैंने चेन्नई-आधारित एक ब्रोकिंग कंपनी पकड़ ली और 1994 में मैं स्टॉक ब्रोकर बन गया था। 1989-1994 की खुशफहमी का नतीजा था कि 1996 में मैंने कई गलतियाँ कीं। तब 1996 में, जब मैंने महसूस किया कि अब मेरी होल्डिंग बड़ी हो चुकी है, चेन्नई में एक अच्छा सा सेटअप भी तैयार हो गया था और मैं उसका हिस्सा था। मैं उन लोगों के साथ था, जो निश्चित रूप से इक्विटी को समझते थे और गलतियों को साझा करना चाहते थे।

आपके समूह में कितने लोग थे?

एन.—सात या आठ लोग। मैं हर महीने के आखिरी शनिवार को उन लोगों से मिलने के लिए चेन्नई जाता था। थोड़े ही समय में उन लोगों ने आठ से 18 की संख्या में निवेशकों का आधार खड़ा कर लिया था। 1996 के बाद से हमने नए दौर में कदम रखा और हमने अपनी गलतियों से सीखना शुरू किया। हमने अपनी कमियों को सार्वजनिक रूप से एक-दूसरे से साझा करना शुरू किया। आज जब मैं उस परिप्रेक्ष्य में देखता हूँ, तो मैं कह सकता हूँ कि उस दौरान अपने समूह के साथ की गई चर्चाओं ने निवेश को लेकर एक आधारभूत ढाँचा खड़ा करने में मदद की और उस फ्रेमवर्क ने 1996-1997 से हमारे समूह को टेक बबल से भी महफूज रखा।

इसलिए यह पहली बार था, जब आपने निवेश को लेकर फ्रेमवर्क तैयार किया था?

एन.—केवल मैं ही नहीं, मेरे समूह ने मिलकर यह फ्रेमवर्क तैयार किया था। इस फ्रेमवर्क की असली परीक्षा यही थी कि क्या यह हमें टेक बबल को पहचानने में मदद करेगा।

क्या आप यह फ्रेमवर्क समझाने में मदद करेंगे?

एन.—एहसास के आधार पर, उस परिप्रेक्ष्य में मैं कह सकता हूँ कि हम यह समझते थे कि एक निवेश चक्र जैसा भी कुछ होता है और निश्चित रूप से एक दौर होता होगा, जब कुछ लोग ज्यादा जोश में आ जाते होंगे। उन दिनों को भाँपने का एक तरीका तो यही होगा कि ऐसे अति उत्साही दौर में हमें आँकड़ों से संबंधित मॉडल पर गौर करना होगा, जहाँ आप प्राइस टू अर्निंग का आकलन कर सकेंगे। 1999-2000 में हम यह देख सकते थे कि कुछ स्टॉक्स ऐसे हैं, जो प्राइस टू अर्निंग (PE) के उच्चतम स्तर पर कारोबार कर रहे थे। जिन कंपनियों का पीई 100 तक जा पहुँचा था, हमने उन्हें अपनी नकारात्मक सूची में डाल दिया था और हमने यह 60 पीईवाले को 80 पीई और 80 पीई को 100 बनते हुए गौर किया और तब ये 120 से 150 तक जा पहुँचे और तब आपके पास 5-10 पीई कंपनियाँ ही बचती थीं, जो कि बिल्कुल वहीं थीं, जहाँ उन्हें होना चाहिए था और वे इस बुलबुले से अछूती बनी हुई थीं। आपको ऐसे हालात मिलते थे, जो बेहद दुःखी करनेवाले थे, लेकिन एक निवेशक की मूल परीक्षा ही यह है कि कैसे आप उस बुलबुलेवाली स्थिति से निपटते हैं और क्या आप उस दौर में भी संतुलन स्थापित करने में सक्षम रह पाते हैं। 1999-2000 में हमने बिल्कुल वैसा ही किया।

तब तो यह बिल्कुल कठिन रहा होगा, क्योंकि उस बुलबुले को लेकर मीडिया में व्यापक तौर पर प्रचार मिला था।

एन.—हाँ। और यही कारण था कि वह समूह अब तक अस्तित्व में है, क्योंकि जब आप कहीं फँस जाते हैं तो आपको मनोवैज्ञानिक सहयोग की जरूरत होती है। आपकी दिलचस्पी बाजार को चुनौती देने में नहीं होती, बल्कि आप उस दायरे में ही बने रहना चाहते हैं, जिसके लिए आपने पहले से मन बना लिया होता है। 1999-2000 का दौर काफी दिलचस्प था और जब बुलबुला फूटा, उस वक्त मैं मुंबई में एच.डी.एफ.सी. सिक्योरिटीज में काम कर रहा था। 2001 में जब बाजार क्रैश कर गया था, मैं एच.डी.एफ.सी. सिक्योरिटीज में ऑपरेशंस विभाग का वाइस प्रेसिडेंट बन चुका था। मुंबई में यह मेरी पहली नौकरी थी। 2001-02 में मैंने महसूस किया कि लोगों का भरोसा इक्विटी से उठ चुका था। मैंने महसूस किया कि मैं रिसर्च क्षमताओं से लैस हूँ और मेरे बॉस ने मुझे रिसर्च का प्रमुख बना दिया, जो कि मेरी पहले की जिम्मेदारियों, वाइस प्रेसिडेंट (ऑपरेशंस) में और इजाफा था।

उन दिनों मैं जब भी अपने दोस्तों के पास जाता था तो उन्हें कहता रहता था

कि इन दिनों बाजार बेहद सस्ता हो चला है और उन्हें पूरा पैसा बाजार में झोंक देना चाहिए, यहाँ तक कि घर बेचकर अपना पैसा बाजार में लगा देना चाहिए। आपको फिक्स डिपॉजिट जैसा कुछ भी नहीं रखना चाहिए और उधार लेकर भी बाजार में निवेश कर देना चाहिए। उस समय लोग इच्छुक नहीं थे मेरी बात सुनने के लिए। तभी 2003 में बाजार ने करवट बदलनी शुरू की और वह ऊपर उठने लगा, लेकिन भारत के बेहद कम लोग ऐसे थे, जिन्हें फायदा मिला, क्योंकि ज्यादातर निवेश विदेशी संस्थागत निवशकों (FII) ने कर रखे थे और अब उनके फायदा कमाने की बारी थी। उस समय तक मैं पूरी तरह रिसर्च की भूमिका में रहना चाहता था। मैं ऑपरेशंस में बने नहीं रहना चाहता था। इसलिए मैं वहाँ से निकलकर Refco में संस्थागत इक्विटीज का प्रमुख (Institutional Head) बन गया। यह वही रेफ्को थी, जो जबरदस्त घाटे के कारण आगे चलकर एम.एफ. ग्लोबल बन गई।

ईमानदारी से कहूँ तो मुंबई आने का मेरा उद्देश्य फंड मैनेजर बनने का था, लेकिन कुछ दोस्तों का शुक्रिया कि आई.सी.आई.सी.आई. प्रूडेंशियल म्यूचुअल फंड ने मुझे नौकरी दे दी। उस समय के सी.आई.ओ. नीलेश शाह ने मेरी नियुक्ति की थी। 2004 में मुझे दो फंड के माध्यम से 180 करोड़ रुपए के प्रबंधन का जिम्मा सौंपा गया। मैंने 130 करोड़ रुपए डिस्कवरी नाम के फंड के लिए आवंटित किए और 50 करोड़ रुपए छोटे टैक्स सेविंग फंड में। इस तरह मैंने फंड मैनेजमेंट का काम शुरू किया। उसके बाद सब ठीक चला, लेकिन 2007 एक बार फिर कठिन साल साबित हुआ।

ऐसा क्या हुआ कि 2007 एक कठिन साल साबित हुआ?

एन.—बतौर फंड मैनेजर मेरे अपेक्षाकृत हलके प्रदर्शन के साथ-साथ, मेरे सात साल के बेटे में लर्निंग डिसॉर्डर का पता चला। यह मेरे लिए सबसे कठिन समय साबित हुआ और इससे मेरी पत्नी ने बेहद बुद्धिमत्तापूर्ण तरीके से सँभाला और इसमें उनकी परिपक्वता भी बखूबी झलकी। बाद में 2010 में पता चला कि बेटे को एक विलक्षण जेनेटिक डिसॉर्डर है, जिसे फ्रेजाइल एक्स कहा जाता है। मेरी पत्नी और मैं इस विषय के भी विशेषज्ञ बन गए और हमने देश में इस डिसॉर्डर से निपटने के लिए एक संसाधन आधार तैयार किया।

बुलबुले के दौरान मुझे बेहद सतर्क रहना सिखाया गया था। 1995 में मैं इस बुलबुले से बुरी तरह प्रभावित हुआ था, जिसकी वजह से मैं साल 2000 में बचा था और बिल्कुल उसी तरह की परिस्थिति मैं 2007 में देख रहा था। इसलिए मेरे

दोनों फंड (डिस्कवरी और डायनॉमिक) ने 2007 में अपनी अपेक्षा से 15 फीसद नीचे का प्रदर्शन किया।

खराब प्रदर्शन से आप कैसे निपटे?

एन.—उस समय हमारी निवेश टीम में इस मुद्दे पर अलग-अलग राय थी और यह बहुत ज्यादा चुनौतीपूर्ण था। चेन्नई के निवेश समूह ने भी इससे निपटने में काफी मदद की, क्योंकि वे भी बुलबुलेवाले दौर से निपटने के आदी हो चुके थे। मैं यह तो कह सकता हूँ कि साल 2007 बेहद कठिन साल था, लेकिन मैं फिर भी खुशकिस्मत था कि इससे सुरक्षित बच गया, क्योंकि मैंने इंफ्रास्ट्रक्चर फंड में भी निवेश कर रखा था, जहाँ जरा सा समर्थन फंड अपेक्षाकृत रिटर्न दे देता था और उसके लिए निम्नस्तरीय पावर यूटिलिटी (ऊर्जा सामान) और विनिर्माण से संबंधित स्टॉक्स खरीदने की भी जरूरत नहीं थी।

आपने उसे कैसे हासिल किया, बिना इंफ्रा स्टॉक को खरीदे इंफ्रास्ट्रक्चर स्टॉक की तुलना में आप रिटर्न कैसे दे सके आप?

एन.—क्योंकि मेरे पास धातु का लंबा अनुभव था, हमने धातु में ज्यादा पैसा लगाया। इसलिए पावर यूटिलिटी और कंस्ट्रक्शन में निवेश करने की बजाय हमने मेटल में निवेश किया। 2007 में मेटल शेयरों ने अच्छा प्रदर्शन किया। 2007 के अंत में मेटल से जुड़े स्टॉक में भी गिरावट दर्ज की जाने लगी थी।

2006-2009 के दौरान इंफ्रास्ट्रक्चर की जो कहानी निवेशकों को बेची गई, उसमें कहा गया कि भारत को बड़े पैमाने पर इंफ्रास्ट्रक्चर की जरूरत है तो इससे फर्क नहीं पड़ना चाहिए कि एक इंफ्रास्ट्रक्चर कंपनी का मूल्यांकन कितना गुना है, उसे तो हर हाल में ऊपर ही होना चाहिए। आपने ऐसी स्थिति में किस तरह बरताव किया?

एन.—मैंने एक आसान सा उपाय ढूँढ़ा कि PE के आँकड़ों पर नजर रखी, जो एक काफी लाभप्रद गुणक है, यहाँ तक कि 2007 में, किसी भी पूँजीगत वस्तु वाली कंपनी के PE के आँकड़े काफी खौफनाक थे मेरे 1990 के अनुभव के आधार को देखें, तो जब भी मैं पाता हूँ कि पीई का आँकड़ा 40 से ऊपर चला गया है, तो मेरे दिमाग में बड़ी सी लाल बत्ती खुद-ब-खुद ऑन हो जाती है। इसलिए इस लिहाज से 2007 में बुनियादी ढाँचेवाले क्षेत्र में उठते बुलबुले को मैंने पहचान लिया था।

अगर हम आपके निवेश को लेकर व्यवहार को देखें तो हम पाते हैं कि जैसे जैसे आपकी जानकारी बढ़ती गई, आपके अनुमान भी उसी के साथ समानांतर रूप से विकसित होते चले गए। आप पहले पब्लिक इश्यू खरीदते थे, बाद में सेकेंडरी खरीदने लगे, फिर परिवार और दोस्तों को सलाह देने के साथ-साथ अपने क्लाइंट को भी सलाह देने लगे। इसके अलावा पहले आप शोध कार्य में बिक्रीवाले हिस्से की तरफ रहते थे और बाद में फंड मैनेजर बन गए। अगर आप अपने बीते बीस साल के कामकाज पर नजर डालें तो और किस तरह के अनुभव आप साझा करना चाहेंगे, जिन्होंने आपके व्यवहार को वाकई प्रभावित किया, किताबें, पाठ्यक्रम, लोग, स्टॉक या कुछ और?

एन.—ईमानदारीपूर्वक कहूँ तो 1980 और 1990 के दशक में, वॉरेन बफेट ऐसे शख्स थे, जिनके बारे में पढ़कर निवेश की समझ पैदा कर सकते थे। मुझे संस्थागत रिसर्च तक पहुँच नहीं थी, जब तक कि मैंने आई.सी.आई.सी.आई. में फंड मैनेजर के तौर पर काम शुरू नहीं किया था। इसलिए आज मैं कह सकता हूँ कि मेरे पास तीन गुरु हैं—माइकल माउबुसिन, हॉवर्ड मार्क्स और जेम्स मॉन्टेयर। उन दिनों में गुरुओं को लेकर मैं स्वयं स्पष्ट नहीं था। साल 2000 से 2007 तक यह फायदा मिला कि आप वॉरेन बफेट के भी स्टॉक खरीद सकते थे, क्योंकि तब वे सस्ते थे, लेकिन 2007 में तब यह बहुत स्वाभाविक था कि स्टॉक मार्केट में कुछ बहुत बुरी तरह गलत हो रहा था। उससे निपटना बहुत कठिन था और एक अच्छा इक्विटी निवेशक होने में यही सबसे बड़ी समस्या होती है, वह समय पर बेवकूफ की तरह नजर आएगा और उसे ही पता होगा कि चीजों को कैसे सँभालना है।

तो यह बेहद दिलचस्प था कि मैं एक ऐसे फंड को चला रहा था, जो बेंचमार्क से नीचे प्रदर्शन कर रहा था और मैं ही था, जो सर्वश्रेष्ठ प्रदर्शन करनेवाले इंफ्रा फंड को भी चला रहा था, लेकिन मेरे लिए यह बहुत चुनौतीपूर्ण था कि मैं अपनी मूल्यांकन थीसिस को जोड़कर रख पाऊँ। यही वह जगह थी, जहाँ मैंने भाँपा कि मेरा अनुभव मेरी मदद कर सकता है। आपके अंदर यह कहने की क्षमता होनी चाहिए कि मैं एक बेवकूफ की तरह दिखूँगा जरूर, लेकिन छोटी अवधि में बेवकूफ नजर आने से मुझे कोई चिंता नहीं होनेवाली है।

तो क्या आप सोचते हैं कि किसी निवेशक के लिए एंकर की तरह बरताव करना और इस तरह खुद को लालच और भय के वशीभूत होकर खिंचे

चले जाने से बचा पाना संभव है?

एन.—मैं नहीं मानता कि बुलबुले से बच पाना किसी भी एक व्यक्ति के लिए संभव है, बशर्ते कि उसके आस-पास मनोवैज्ञानिक समर्थन देनेवाले लोग हों।

2007 तक के आपके निवेश रवैये को आप किस तरह व्याख्यायित करेंगे—मूल्य उन्मुख (वैल्यू ओरिएंटेड) या विकास उन्मुख (ग्रोथ ओरिएंटेड)?

एन.—2007 में एक ऐसे दौर से मैं गुजर रहा था, जो कि बहुत तनावपूर्ण था। जैसा कि है, मैं हमेशा कम कीमत पर बुकिंग को तरजीह देता था, न्यून पीई निवेशक और एक उच्च पीई विरोधी निवेशक रहा हूँ, लेकिन 2007 के आस-पास मेरे वैल्यू फंड में मैंने कुछ टेक्सटाइल, फर्टिलाइजर और पेपर कंपनियों को भी शामिल कर लिया था और फिर मुझे बहुत बुरा लगा कि मैंने वॉरेन बफेट के नियमों का उल्लंघन किया। बफेट स्पष्ट कहते हैं कि वैल्युएशन मल्टीपल से अलग जाकर, आपको कारोबार की गुणवत्ता को भी परखना चाहिए, जबकि मैं कम कीमत और निम्न पीई मल्टीपल्स को देखकर अभिभूत हो गया था। यह बहुत परेशान करनेवाला रहा था।

2007 में मैंने पाया कि फार्मा सेक्टर नीचे के पीई स्तर पर चल रहा है और कारोबार भी अच्छा है। मैंने उसे अपने वैल्यू और डायनामिक, दोनों फंड में दर्ज किया। मैंने देखा कि कैडिला जैसे स्टॉक, निम्न प्रोफाइलवाली कंपनियाँ जैसे एफ.डी.सी. और कुछ मल्टीनेशनल फार्मा कंपनियों के नाम भी उसमें शामिल थे, और उसके बाद मैंने तय किया कि न केवल मैं निचले स्तर पर पीई मल्टिपलवाले स्टॉक बुक करूँगा, बल्कि उनकी करोबारी गुणवत्ता परखने के बाद ही निवेश करूँगा, लेकिन अगर आप मुझसे पूछें, मेरे जींस में शायद कुछ ऐसी बात है कि मैं इतनी सतर्कता बरतने के बावजूद निचली कीमत और औसत कारोबारवाले नीचे की पीईवाली कंपनियों में निवेश करूँगा। यह मेरे जींस में है और 1980 से ही यह मेरे निवेश को लेकर तर्क में शामिल रहा है। 2007 में पहली बार मैंने महसूस किया कि मैंने भयानक गलती कर दी है और मुझे नए सिरे से सब ठीक करना होगा और खुद से यह कहना होगा कि अब RoE, ROCE आदि पर ध्यान देना होगा।

आइए, अब चर्चा करते हैं 2008 में लेहमन बुलबुले के फूटने और 2009 में उसके बाद के असर पर। आपके लिए ये दोनों साल किस तरह से थे?

एन.—कुछ चीजें थीं, जिन्हें लेकर मैं खुश था। 2008 में, जब लेहमन धराशायी हो गया, मैं भारत के तमाम शहरों में गया और लोगों को बताया कि इक्विटी मार्केट

में सेल लगी हुई है। अगर आपको वेस्टसाइड में खरीद में छूट मिल रही है तो आप कपड़े खरीदते हैं, लैंडमार्क में छूट मिलती है तो आप किताबें खरीदते हैं; अब आपको इक्विटी में बंपर छूट मिल रही है, लेकिन आप खरीद नहीं रहे हैं। मैंने देश के अलग-अलग हिस्सों में जाकर एक ही बात कही और मैं उसे लेकर काफी खुश भी हूँ, लेकिन अगर आप 2009 को देखें और जिस वजह से मैं नाखुश था, वह यह कि मैं उस दौरान चार फंड का प्रबंधन कर रहा था, डिस्कवरी, डायनामिक, इंफ्रास्ट्रक्चर और टैक्स और मैं कॉल ऑप्शंस बेचने लगा और ऐसा मैंने एक फंड से जोखिम कम करने के लिए किया। डायनामिक और इंफ्रास्ट्रक्चर फंड को लेकर मैं अपनी पुरानी रणनीति पर चलता रहा। मई 2009 में उन फंड्स को काफी झेलना पड़ा, जब देश में आम चुनाव भी थे और बाजार नीचे की तरफ ही जा रहा था।

डिस्कवरी और टैक्स में, जो कि छोटे और मध्यम दरजे के फंड थे, मैंने कॉल ऑप्शंस नहीं बेचे और मैंने मूलतः इनके स्टॉक में निवेश बढ़ाया। 2009 में ये अपने समूह में सबसे बढ़िया प्रदर्शन करनेवाले फंड साबित हुए, टैक्स और मिड कैप श्रेणियों में। मैंने सस्ते स्टॉक खरीदे और मूलतः पूरी तरह निवेश कर दिया। इस तरह मैं डायनामिक और इंफ्रास्ट्रक्चर को बेहतर तरीके से सँभाल सकता था, बशर्ते कि मैंने उन सभी कॉल ऑप्शंस को बेच न दिया होता। मुझे अपने पास मौजूद सभी फंड्स में पूरी तरह से निवेश करके पोर्टफोलियो तैयार करना चाहिए था। मैं जानता था कि बाजार की चाल मंद है और वह सस्ता चल रहा है। मैं लोगों से कहता फिर रहा था कि बाजार में निवेश का माहौल है तो फिर मैंने कॉल ऑप्शंस को क्यों बेचा? यह एक ऐसा सवाल था, जो मैं खुद से पूछता रहता था और काफी बुरा महसूस करता था।

2009 में एक बार ऐसा हुआ और मैंने नए गुरुओं (मॉन्टेयर, मार्क्स और माउबुस्सिन) को पढ़ना शुरू किया तो यह स्पष्ट हो गया कि आगे का रास्ता चक्र के विपरीत (काउंटर साइकिल) जाता है और साथ ही तमाम चक्रों पर नजर रखनी है और निवेशकों की भावनाओं को नजदीक से समझना है। इस तरह 2009 में डायनामिक का जो मॉडल निकला, वह संकीर्ण (कंजरवेटिव) था…हमने एक अच्छा मॉडल तैयार किया था, जिसने हमें काउंटर साइक्लिकल होने की छूट दी और वह भी तब, जब बाजार ऊपर की ओर जा रहा था, मैंने अपनी कैश होल्डिंग बढ़ा दी और जब बाजार नीचे की ओर जाने लगा, तो मैंने कैश होल्डिंग घटा दी। 2010 में हमारे पास 35 फीसद कैश था और दिसंबर 2011 में लगभग शून्य (5-6 फीसद) कैश रहा होगा। अब जबकि हमने इस मॉडल को विकसित किया, तो

उसका नतीजा यह हुआ कि बेंचमार्क पर इस फंड ने जबरदस्त उछाल हासिल करते हुए सबको पीछे छोड़ दिया और यह सिलसिला 2009 से 2012 तक जारी रहा। हमारे पास एक स्पष्ट काउंटर साइक्लिकल मॉडल था, जिसे मैंने बहुत से सेक्टरों में लागू किया। यह मॉडल अब भी अच्छी तरह काम कर रहा है और मुझे अपने पोर्टफोलियो में पिछले कुछ तिमाहियों से एक भी कंज्यूमर स्टॉक रखने की जरूरत महसूस नहीं हुई, क्योंकि मुझे तेज सक्रियता दिखा रहे पीई का फिल्टर मिल चुका था।

किसी साइकिल को आँकने के लिए हॉवर्ड मार्क्स काफी सारे तरीके बताते हैं। पीई के और बाजार के उल्लास के अलावा, किसी चक्र को आँकने के लिए आप क्या इस्तेमाल करते हैं?

एन.—देखिए मेरे लिए किसी भी स्टार कंपनी का मार्केट कैप महत्त्वपूर्ण है। साल 2000 में चेन्नई में मेरे ग्रुप ने यह नोट किया कि इंफोसिस का स्टील और सीमेंट सेक्टर के मार्केट कैप से भी बड़ा होने की बात अतार्किक थी। 2007 में हमने नोट किया कि डी.एल.एफ. का मार्केट कैप पूरे हेल्थ सेक्टर को मिलाने के बावजूद सबसे ज्यादा था। आप इन तमाम बातों को रियलिटी चेक के तौर पर आँक सकते हैं और इसी के साध तय कर सकते हैं कि फिलहाल हम इस साइकिल में किस स्तर पर हैं।

2008-09 के उपरांत नीलेश शाह ने मुझे जॉब दी, जिसमें मुझे निवेश रणनीति और अर्थव्यवस्था पर काम करना था और मैंने पाया कि पिछले पाँच साल का मेरा अनुभव बेहद शानदार रहा था। उदाहरण के लिए, आई.सी.आई.सी.आई. में 2009 में हमने महसूस किया कि भारत में चालू खाता घाटा (CAD) तमाम समस्याओं से घिरा हुआ है। हमारे निर्यात पर काफी बड़ा दबाव बना हुआ है। मेरा शीर्ष शहर में निवेश का अनुभव भी जबरदस्त नहीं रहा था। उदाहरण के लिए, 1 जनवरी, 2012 को मैंने सोचा कि भारत में उच्च CAD के जरिए टेक्नोलॉजी के शेयर बेहतर प्रदर्शन करेंगे, लेकिन 2013 के दूसरे हिस्से में हमारे उच्च से नीचे की प्रक्रिया ने काम किया और जैसे ठंडी हवा चलती है, बिल्कुल उसी तरह आई.टी., एक्सपोर्टर तो जरूरत से ज्यादा भारी हो गए, जबकि उपभोक्ता कमतर हो गए।

मैंने यह सीखा कि यह जरूरी नहीं कि आपकी कोई एक सोच आपके लिए हमेशा कारगर साबित होगी। आपको हालात पर नजर रखते हुए मौके पर फैसला करना होगा और अपने ऊपर से लेकर नीचे की प्रक्रियाओं का संतुलन बनाना

होगा। इसलिए उदाहरण के लिए, यह आँकने के लिए कि अमुक सेक्टर सस्ता हुआ या नहीं, आपको इंडेक्स पर एक तय अवधि के दौरान उस स्टॉक की गहनता जाँचनी होगी। इसलिए अगर मैं किसी सेक्टर में उस तरह का वजन भाँपता हूँ तो अचानक स्वत: रूप से मैं उस सेक्टर को लेकर सतर्क हो जाता हूँ। आज के बैंक उसी श्रेणी में शामिल किए जा सकते हैं, साथ ही अगर आप 2007 के दौर को देखें तो टेलीकॉम सेक्टर का यही हाल था और वह बेंचमार्क से 10 फीसद ऊपर चल रहा था, तब मैं लोगों को यही बताता फिर रहा था कि टेलिकॉम कुछ ज्यादा ही ओवरवैल्यूड हो गया है। इसलिए अगर आप मुझसे पूछते, तो मैं यही कहता कि लार्ज कैप इंडेक्स के अंतर्गत मार्केट कैप और सेक्टर का वेटेज किसी साइकिल का अंदाज देने के बेहतरीन गाइड साबित हो सकते हैं।

आप इन नियमों पर निरंतर कैसे टिके रहे?

एन.—एक बार जब हम नियम बना लेते हैं, फिर मैं कंपनी में मौजूद हर शख्स को यह जानने के लिए मुक्त कर देता हूँ और इस बारे में अपने क्लाइंट्स से भी मैं कॉन्फ्रेंस कॉल के जरिए लगातार बात करता रहता हूँ। मैंने यह महसूस किया है कि सारे नियम जबरदस्त ताकतवर हैं, लेकिन तभी, जब आप यह महसूस करें कि बेहद छोटे से समय में आप सटीक रहें, लेकिन उन कुछ हफ्तों में, आप बहुसंख्यक निवेशों को बेहतरीन प्रदर्शन करता हुआ पाएँगे।

तो अपने आस-पास के लोगों को नियम बताकर आप खुद की भी मदद कर रहे हैं, ताकि आप खुद उन नियमों से जुड़े रह सकें और डिगे नहीं?

एन.—हाँ और यह हमारी मदद भी करता है, क्योंकि मेरा काम ही है जनता के पैसे को व्यवस्थित करना और क्योंकि इस तरह के नियम मेरे सभी सहयोगियों को पता हैं, तो वे मेरे पास आकर मुझे बता सकते हैं कि मैं कब अपनी राह से भटक रहा हूँ। यह पहले से ही मेरे व्यवहार को एक साँचे में ढाल देता है और ऐसे वक्त में जब मैं भारी तनाव में होता हूँ, तब इससे मुझे मदद मिलती है। आपको अपने निवेश के ढंग में निरंतरता बरकरार रखने का एक और रास्ता भी है कि आप सहयोगियों का एक समूह बनाएँ, जो आपको लंबे समय से जानते हों, जिनके निवेश का ढंग आपको भी स्पष्ट हो और जो बदले में, आपके निवेश के ढंग को बेहतर तरीके से समझते हों।

मैं 2011 में आई.सी.आई.सी.आई. प्रूडेंशियल म्यूचुअल फंड का सी.आई.ओ.

बना। 2004 से 2007 के बीच हमने ढेर सारे अनुभवी लोगों को जोड़ा। मैंने पाया कि इन तमाम लोगों के निवेश का तरीका एक-दूसरे को काटता हुआ सा लग रहा था। तब मैंने सोचा कि संगठन के अंदर से ही लोगों को तैयार करना बेहतर होगा। इसके बाद हमने समझदार पेशेवरों की नियुक्ति रोक दी। हमने हाल के कुछ वर्षों में चार वरिष्ठ समझदार पेशेवर खो दिए, लेकिन हमने बाहर से लोगों की भरतियाँ नहीं कीं। हमने मौजूद टीम के सदस्यों में से ही मेधावियों को उनकी जगह रख दिया। इसका परिणाम यह हुआ कि मुझे हर साथी की ताकत और कमजोरी का बखूबी पता था। उदाहरण के लिए, मैं वैल्यू कॉन्ट्रा इन्वेस्टर हूँ, लेकिन मेरा साथी, मनीष गुनवानी एक ग्रोथ इन्वेस्टर है और एक अन्य फंड मैनेजर योगेश भट्ट बेंचमार्क ओरिएंटेड विशेषज्ञ है। इस तरह हम एक-दूसरे की ताकत से अपनी अंदरूनी मजबूती बढ़ाते जाते हैं और ऊपर से लेकर नीचे तक निवेश प्रक्रिया बनाए रखते हैं।

इस नजरिए का एक और सह उत्पाद यह निकलता है कि प्रबंधन के तहत हमारी संपत्तियाँ आधा दर्जन लोगों के बीच ज्यादा-से-ज्यादा विस्तृत होती जाती हैं, बजाय सबकुछ मेरे ही हाथों में केंद्रित होने के। हम चाहते हैं कि हमारा फंड मैनेजमेंट हाउस बड़ा होता जाए, न कि एक बुटिक बनकर रह जाए। बड़ा बनाने के लिए, वह भी क्लाइंट की ख्वाहिश के साथ समझौता किए बिना, हमें ऐसे निवेश प्रबंधन विशेषज्ञ तैयार करने की जरूरत होती है, जिन्हें गुणवत्ता या प्रदर्शन से बिना किसी तरह का समझौता किए हुए खड़ा किया जाए। इस लिहाज से मेरा विचार है कि हमने काफी तरक्की की है।

कुछ और है, जो आप जोड़ना चाहें?

एन.—मुझे उम्मीद है कि वैल्यू इन्वेस्टिंग को बेहतर निवेश तकनीक के तौर पर भारत में ज्यादा पहचान मिली है, बजाय पश्चिमी जगत् के। मैं यह भी उम्मीद करता हूँ कि आई.सी.आई.सी.आई. प्रूडेंशियल असेट मैनेजमेंट कंपनी में जनता के पैसे के प्रबंधन को लेकर हम बेहतर निवेश हाउस के तौर पर जाने जाते रहेंगे। निजी तौर पर मैं कहना चाहूँगा कि मेरे जीवनकाल में मेरे बेटे के जेनेटिक डिसॉर्डर, फ्रेजाइल X का इलाज भी खोज लिया गया है।

□

4

द कॉन्ट्रैरियन माइंड (विरोधाभासी मन)

"(मेरा) एक मूल सिद्धांत यह है कि निवेश के मामले में हमेशा सामान्य राय से विपरीत चलें, इस आधार पर कि अगर हर कोई उसकी मेरिट पर सहमत है, तो निश्चित रूप से वह निवेश बेहद महँगा होगा और इस तरह से अनाकर्षक होगा।"—जॉन मेनार्ड कीन्स[1]

अगस्त 2013 में मुंबई में तेज बारिश हो रही थी और मेरे ऑफिस की खिड़की के शीशे पर लुढ़कती बूँदों के मुकाबले रुपया काफी तेजी से लुढ़कता जा रहा था, जो कि मध्य मई 2013 में प्रति डॉलर 54 रुपए के मुकाबले 19 अगस्त, 2013 को प्रति डॉलर 63 रुपए पर जा पहुँचा था। वैश्विक निवेशक, जो कि भारत के चालू खाता घाटे को लेकर पहले से चिंतित थे (जो 2013, मार्च में जी.डी.पी. के 5 फीसद से ज्यादा हो गया था, जबकि एक दशक के दौरान यह जी.डी.पी. के 2 फीसद के आँकड़े से पार नहीं गया था), तिस पर फेडरल रिजर्व के चेयरमैन बेन बर्नान्के के 19 जून, 2013 के बयान ने आग में घी का काम कर दिया, जिसमें उन्होंने कहा कि फेड इस चीज पर गौर कर रहा है कि सस्ती तरलता की अप्रत्याशित लहर को धीरे-धीरे मुक्त किया जाए, जिसे वैश्विक वित्तीय व्यवस्था के लिए इसने खोल रखी थी, ताकि अमेरिका में 2008 से छाए वित्तीय झंझावात से निपटा जा सके। चेयरमैन के इस बयान के बाद आर.बी.आई. और वित्त मंत्रालय असहाय से हो गए और भारतीय ऋण बाजार से अरबों डॉलर विदेशी संस्थागत निवेशकों ने दो महीने में ही निकाल लिये।

---

1. इन्वेस्टिंग अगेंस्ट द टाइड, एंथनी बोल्टन, (एफटी प्रेंटिस हॉल, 2009), पेज 39

चूँकि रुपया डूब रहा था, सेंसेक्स भी 19 जून, 2013 के 20150 की ऊँचाई से 19 अगस्त तक 18300 के आँकड़े तक जा पहुँचा; 9 फीसद की गिरावट के साथ। इस कारण हमेशा से भारतीय अर्थव्यवस्था की मजबूती के प्रति अत्यधिक संवेदनशील नजरियेवाले वित्तीय सेवाओं से संबंधित कंपनियों के शेयरों के दाम, सेंसेक्स की गिरावट के मुकाबले दोगुना नीचे चले गए। वास्तव में आई.डी.एफ.सी., जो कि एक सुव्यवस्थित गैर बैंकिंग देनदार है, जो कि भारतीय बुनियादी ढाँचा क्षेत्र पर केंद्रित रहता है, के शेयरों के दाम में 30 फीसद से ज्यादा की गिरावट दर्ज की गई और 19 जून को 144 रुपए से 19 अगस्त को यह 101 रुपए पर जा पहुँचा।

इस गिरावट के बीच भारत में निवेश करनेवाले सबसे बड़े एफ.आई.आई. ने आई.डी.एफ.सी. के शेयरों के गिरते हुए दाम को देखकर उस दौरान बाजार में उपलब्ध आई.डी.एफ.सी. के सारे शेयर खरीद लिये थे। यह वह दौर था, जब 2008 में लेहमन की गिरावट के बाद भारत में निवेश को लेकर दुनिया का आत्मविश्वास बिल्कुल निचले स्तर पर था। 'द इकोनॉमिस्ट' ने इस मुद्दे पर एक बेहद गहन लेख हाऊ इंडिया गॉट इट्स फंक? (24 अगस्त, 2013) भी लिखा था। इस लेख में सारे हालात को बेहद खूबसूरती से बताया गया है—

ज्यादा लंबा अरसा नहीं हुआ है, जब भारत ने आर्थिक आश्चर्य के तौर पर जश्न मनाया था। 2008 में तत्कालीन प्रधानमंत्री मनमोहन सिंह ने कहा था कि 8-9 फीसद की विकास दर भारत की नई क्रूजिंग स्पीड है। उन्होंने यहाँ तक अनुमान व्यक्त किया था कि गंभीर गरीबी, लापरवाही और बीमारियों का भी अंत होनेवाला है, जिससे लाखों देशवासी सदियों से जूझ रहे हैं। आज उन्होंने स्वीकार किया कि नजरिया जरा कठिन प्रतीत हो रहा है। रुपया 13 फीसद नीचे फिसलकर 3 महीने के निचले स्तर पर जा पहुँचा है। स्टॉक मार्केट डॉलर के मुकाबले एक-चौथाई नीचे चला गया है। कर्ज की दरें उसी स्तर पर हैं, जहाँ वे लेहमन ब्रदर्स के दिवालिया होने के समय पर थीं। बैंकों के शेयर डूब चुके हैं।

19 अगस्त, 2013 से शुरू होकर पूरे हफ्ते, आई.डी.एफ.सी. के शेयरों में गिरावट लगातार जारी रही और हर सुबह सवालों के घेरे में उक्त एफ.आई.आई. ने अपने ब्रोकरों से कहा कि वे जितना संभव हो सके, IDFC के शेयर खरीद लें। 22 अगस्त तक इस निवेशक ने IDFC के 5 फीसद शेयर खरीद डाले (जो 100 मिलियन अमेरिकी डॉलर से भी ज्यादा हो रहा था)। IDFC प्रबंधन, जिन्होंने इसे एक बैंक बनाने की योजना बना रखी थी, ने महसूस किया कि एफ.आई.आई. ने इसके 5 फीसद से ज्यादा स्टॉक खरीद रखे हैं, जो कि एक गंभीर मुद्दा है। आर.

बी.आई. किसी को भी 5 फीसद से ज्यादा शेयर खरीदने की इजाजत नहीं देता। इसके बाद 23 अगस्त, 2015 को बोर्ड ने एक प्रस्ताव पास किया, जिसमें FII को IDFC के और अधिक शेयर खरीदने से रोक दिया गया। इस रोक से 23 अगस्त के बाद से एफ.आई.आई. द्वारा IDFC के शेयर खरीदने का अंत हो गया। उस दिन IDFC के शेयर का दाम 103 रुपए था। मैं यह अध्याय अगस्त 2014 के अंत में लिख रहा हूँ और अब IDFC के शेयर ने काफी तरक्की कर ली है और अब 150 रुपए के स्तर पर चल रहा है। पिछले अगस्त के मुकाबले इसने 50 फीसद की तरक्की की है।

सवालिया घेरे में हम जिस FII की बात कर रहे हैं, उसने IDFC के शेयर खरीदने से पहले आठ महीने तक लगातार काफी गहन रिसर्च की थी। 2013 के शुरुआती महीनों में, जब निवेशक इस कंपनी का अध्ययन कर रहा था, तब कंपनी का शेयर 180 रुपए पर था। निवेशक को पता था कि यह कंपनी बहुत अच्छे तरीके से व्यवस्थित है और इसलिए यह उसके पोर्टफोलियो का हिस्सा थी। इसके साथ ही निवेशक को यह भी पता था कि अगर उसने इसकी बुक वैल्यू के 1.5 गुना दर पर (जो कि उस समय 180 रुपए थी) शेयर खरीद लिये तो इस कंपनी के शेयर रिटर्न कमाने के लिए संघर्ष करेंगे। इसलिए निवेशक ने IDFC के शेयरों के दाम नीचे आने का इंतजार किया, और ऐसा तब हुआ, जब फेड ने अपनी नई रणनीति का ऐलान किया। तब उक्त निवेशक ने बाजार में प्रवेश किया और इसके शेयर 100 रुपए की दर पर खरीदने शुरू किए (यानी बुक वैल्यू का 0.7 गुना दर पर)।

हर महीने या उसके आस-पास मेरे सामने एक-दो ऐसे मामले आ ही जाते थे, जब एक समझदार निवेशक ऐसे बेजोड़ निर्णय लेते थे, जबकि सामान्य निवेशक ऐसा करने की कल्पना भी नहीं कर सकते थे, न तो वे व्यापक खरीद करने की ही सोचते थे, जब तक कि कोई दूसरा ऐसा न कर रहा हो या ऐसे समय में जब बाजार उछाल पर हो, तब वे लोग कोई स्टॉक बेचने के बारे में भी नहीं सोचते थे, जब तक कि कोई दूसरा न बेच रहा हो। कुछ अलग तरीके से सोचने की यह क्षमता सभी बड़े निवेशकों की एक पहचान है और एक अच्छी बात यह है कि यह क्षमता हासिल की जा सकती है। इस काबिलीयत को उन्नत बनाने की आधारभूत बातों के बारे में पिछले अध्यायों में बताया जा चुका है। इस अध्याय में मैं वह जरूरी मानसिक क्षमता विकसित करने के बारे में बताऊँगा, जिसके जरिए बाजार के उन गुरुओं (Guru of Chaos) ने उन मूल बातों (10 हजार घंटे का अभ्यास, एकाउंटिंग और प्रमोटर की निष्ठा, सतत प्रतिस्पर्धी बढ़त का ज्ञान) को आत्मसात्

किया। ऐसा करने से उनके अंदर बेधड़क निर्णय लेने की क्षमता विकसित हुई और उन्होंने बाजार में चलताऊ निवेश के फैसलों को पछाड़ दिया।

ऐंबिट कैपिटल में नए विश्लेषकों को ट्रेनिंग देने और निवेश फर्मों में कारोबार के बारे में सीखते और धीरे-धीरे सफल फंड मैनेजरों में तब्दील होते युवा विश्लेषकों पर गौर करने के बाद मेरा निजी अनुभव कहता है कि ऐसी मन:स्थिति विकसित करना, ताकि लंबी अवधि में सफलतापूर्वक निवेश किया जा सके, उसके लिए एक निश्चित व्यावहारिक तौर-तरीके का पालन करना पड़ेगा। इस कड़ी में पहला कदम अपने दिमाग के रिफ्लेक्स, यानी त्वरित प्रतिक्रिया पर नियंत्रण करना सीखना होगा या ज्यादा कड़े शब्दों में कहें तो आपको अपनी जानवरी प्रवृत्ति पर लगाम कसना सीखना होगा। यह एक बहुत बड़ा कदम ही नहीं है, बल्कि यह लंबी अवधिवाले सफल निवेशकों का हॉलमार्क है और यह गुण नींव के पत्थरों की श्रृंखला का एक हिस्सा है। इसमें प्रमुख रूप से गुण शामिल है—जोखिम से बचना, नई सूचनाओं और अवधारणाओं को ग्रहण करने के लिए तैयार रहना, धैर्य, तैयारी और बाजार में व्यापक रूप से व्याप्त सलाह/मशवरे से असहमत होने के लिए बौद्धिक आत्मविश्वास को विकसित करना। इन गुणों का अनवरत उत्पादन या अभ्यास, खासकर अंतिम गुण विरोधाभासी, एक लंबे समय के दौरान निवेशकों को भय और लालच पर भारी पड़ना सिखाता है। ये दो भावनात्मक अवगुण ऐसे हैं, जो हमें दूसरों से अलग करते हैं।

इससे पहले कि इन गुणों पर हम काम शुरू करें, एक स्वीकारोक्ति जरूरी है। पिछले एक दशक के दौरान, मनोवैज्ञानिकों द्वारा व्यावहारिक वित्त पर कथित रूप से अंदरूनी जानकारी देनेवाली किताबें लिखी जा चुकी हैं। उनमें से मेरी पसंदीदा किताबों की लंबी सूची है—नोबेल पुरस्कार विजेता डैनियल कान्हेमन की थिंकिंग फास्ट एंड स्लो, जैसन ज्वेग की योर मनी ऐंड योर ब्रेन, सुजैन कैन की क्वायट—द हिडेन पावर ऑफ इंट्रोवर्ट्स और माइकल माउबुसैन की थिंक ट्वाइस। चूँकि मैंने किसी तरह का मनोवैज्ञानिक प्रशिक्षण प्राप्त नहीं किया है, इसलिए इस अध्याय में मेरी अभिव्यक्ति मेरे अपने निजी अनुभव के आधार पर दी गई है और मैंने दुनिया को यही बताना चाहा है कि इन विशेषज्ञों ने मन:स्थिति को लेकर क्या बातें कही हैं।

दिमाग की त्वरित प्रतिक्रिया पर नियंत्रण

जैसा कि डैनियल कान्हमैन ने व्याख्यायित किया है, हमारा दिमाग दो हिस्सों में बँटा होता है—

- रिफ्लेक्स ब्रेन, यानी त्वरित प्रतिक्रियावाला दिमाग, जो कि बाहरी हरकतों पर सक्रिय होता है और तत्काल स्वत: प्रतिक्रिया करता है और वह भी सर्वाधिक प्रभावी तरीके से और
- ज्यादा विचारवान प्रतिबिंब दरशानेवाला दिमाग, जो सोचने, विश्लेषण करने, जोड़-घटाव करने और बुद्धिमत्तापूर्ण फैसले, यहाँ तक कि अकसर जटिल निर्णय लेने में मदद करता है।

क्रमिक विकास ने हम सबको एक ताकतवर प्रतिक्रिया करनेवाला दिमाग दिया है, जो हमें जटिल हालात से सर्वश्रेष्ठ उपाय के साथ निकलने में मदद करता है। तो उदाहरण के लिए, सड़क पार करते समय हम बिना ज्यादा प्रयास किए हुए, साथ चल रहे लोगों का अनुसरण करते हुए, दूरी का अंदाजा लगाकर, दूसरे वाहनों की गति को भाँपकर, सतह की गुणवत्ता देखते हुए और अपनी चाल को उसी हिसाब से नियंत्रित करते हुए एक तरफ से दूसरी तरफ पहुँच जाते हैं। इसी तरह, जब एक क्रिकेट बॉल फेंकी जाती है, तो फील्डर स्वत:स्फूर्त उसकी ऊँचाई, गति और कोण का आकलन कर लेता है और उसी अनुरूप अपना हाथ उसके सामने लिये जाता है और गेंद पकड़ लेता है। हालाँकि यह रिफ्लेक्स ब्रेन हमें परेशानी में भी डाल देता है, खासकर तब, जब यह जरूरत से ज्यादा ही दिमाग के प्रतिबिंबित हिस्से से काम लेना शुरू कर देता है।

मेरा पहला अनुभव स्कूल के क्रिकेट के मैदान में मुझे मिला, जब मैंने पाया कि अगर मेरे दिमाग का प्रतिक्रिया करनेवाला हिस्सा अपने प्रतिबिंबित रिश्तेदार के रास्ते में आ जाए तो क्या गड़बड़ हो सकती है। 15 साल की उम्र में, मैं अपने स्कूल की जूनियर क्रिकेट टीम की तरफ से लेग स्पिन गेंदबाजी करता था। चूँकि हमारे स्कूल में छोटे क्रिकेट के मैदान होते हैं, लिहाजा हमारे कोच ने विशेष रूप से मेरे ऊपर मेहनत की और मुझे तमाम चीजें सिखाईं कि अगर बल्लेबाज मेरी गेंद पीटना शुरू कर दे तो कैसे मुझे अपनी गेंदबाजी को धीमा रखना है। धीमी और फ्लाइट गेंदों ने मेरे अच्छा करने के मौके बढ़ा दिए थे और किसी भी बल्लेबाज के लिए मेरी गेंदों को पीटना आसान नहीं था, साथ ही गेंद को तेजी से टर्न कराने का भी मैं मास्टर हो गया था। मैं स्पिन गेंदबाजी के मूल सिद्धांत को जल्दी ही सीख गया था और टी.वी. पर मैच देखते समय मैं बहुत ही बारीकी से उन पहलुओं को देखता और मन में बिठाता जाता। फिर वह बड़ा दिन आया, जब हमारी टीम का मैच होना था। जब बॉलिंग के लिए मुझे गेंद थमाई गई, तो मेरी एड्रेनल ग्लैंड सक्रिय हो उठी और मैं पसीने-पसीने हो गया और मेरा मुँह सूखने लगा। मेरा

प्रतिक्रियात्मक दिमाग मेरे दूसरे हिस्सेवाले प्रतिबिंबित दिमाग पर हावी होने लगा था और मुझे मिली सारी ट्रेनिंग को दरकिनारकर मुझे अपने मुताबिक काम करने के लिए आदेश देने लगा। मैं गेंद को जितनी तेजी से हो सकता था, बल्लेबाज को खेलने के लिए दे रहा था, जिसका नतीजा यह हुआ कि पहले ही ओवर में मैं 18 रन दे बैठा और दूसरे ओवर में मैंने 16 रन लुटाए। उसी के साथ मेरा उभरता हुआ क्रिकेट कॅरियर समय से पहले ही खत्म हो गया। मैं अपने प्रशिक्षण में सीखी बारीकी को सरलता से बड़े वास्तविक मैच के दौरान दोहरा नहीं सका।

ऑरेगान यूनिवर्सिटी के मनोवैज्ञानिक पॉल स्लोविक कहते हैं, प्रतिक्रियात्मक सिस्टम बहुत ही संजीदा होता है और इसने लाखों सालों से हमारी सेवा की है, लेकिन आज के आधुनिक युग में, जबकि जीवन अत्यधिक जटिल समस्याओं से घिर गया है, न कि तात्कालिक खौफ से ही केवल, तो यह हिस्सा उतना ज्यादा सक्षम नहीं कहा जा सकता और यही नहीं, यह हिस्सा हमें परेशानी में डाल सकता है। निवेश के परिप्रेक्ष्य में रिफ्लेक्टिव ब्रेन पर रिफ्लेक्सिव ब्रेन के हावी होने की प्रक्रिया चार तरह के हालातों में खासतौर पर परेशानी पैदा करनेवाली होती है।

जाल 1—जो आप देखते हैं, वह सब वहाँ है (WYSIAT)

हमारा एक मन इस तरह से डिजाइन किया हुआ है कि वह तेजी से सोच सकता है, शक को झटककर अलग कर सकता है और इस जटिल संसार में आंशिक सूचना को भी काम लायक बना सकता है। इसके साथ ही ज्यादातर समय यह जो कहानी बुनता रहता है, उन्हें साथ लाकर हकीकत के इतना करीब कर सकता है कि उससे हमें तार्किक क्रिया करने में मदद मिलती है। दरअसल, हमारा मस्तिष्क इस तरीके से बनाया गया है कि हमारे पास मौजूद सबूतों की न तो गुणवत्ता और न ही मात्रा हमारी क्रियाओं पर असर डाल सकती है (अपने विश्वास या आस्था के बलबूते, जो हम कदम उठाते हैं)। हम अक्सर उन संभावनाओं को स्वीकार नहीं कर पाते कि वे सबूत, जो कि हमारे फैसले में अहम् होते हैं, वे लापता रहते हैं, हम जो कुछ देखते हैं, वह सब वहाँ मौजूद रहता है (WYSIATI डैनियल कान्हमैन का दिया संक्षिप्त रूप)।

इससे संबंधित एक बेहद आम उदाहरण है, निवेशकों की तेजी से बढ़ते सेक्टर से जुड़े स्टॉक खरीदने की इच्छा। ऊपर चढ़े (बुल) बाजार में मार्च 2009 में निवेशक भारत की तेजी से बढ़ती अर्थव्यवस्था और ऊर्जा क्षेत्र की बढ़ती माँग को देखकर इस कदर अभिभूत थे, अगले छह महीने के दौरान ही उन्होंने 3 अरब

डॉलर के शेयर खरीद डाले और वह भी बिल्कुल नई गठित हुई कंपनियों से जुड़े हुए। बहुत कम निवेशकों ने इस बात की चिंता की कि क्या इन यूटिलिटी कंपनियों के पास उचित मात्रा में कोयला है या इनके पास पावर प्लांट के प्रबंधन का अनुभव है या यहाँ तक कि क्या इन कंपनियों के पास ऐसे वित्तीय दस्तावेज हैं, जिन पर भरोसा किया जा सके। इन सारी जानकारियों को संबंधित पावर कंपनियों के आई. पी.ओ. और क्यू.आई.पी. में दिया गया मान लिया गया।

जाल 2—एंकरिंग ऐंड प्राइमिंग

मनोवैज्ञानिकों ने दिखाया है कि किस तरह समझदार लोग भी रैंडम डाटा पर भरोसाकर 'टिक (anchoring)' जाते हैं और यही नहीं, उसे 'तरजीह (priming)' भी देने लगते हैं। जिस अंदाज में कोई शख्स सांख्यिकीय पैटर्न प्रस्तुत करता है, वह लोगों की प्रतिक्रिया को प्रभावित करता है। उदाहरण के लिए, अगर हमें एक सर्वे करना है और लोगों से पूछना है—महात्मा गांधी की जब हत्या हुई, तब उनकी उम्र कितनी रही होगी और क्या महात्मा गांधी 130 साल से ज्यादा के रहे होंगे, जब उनकी हत्या की गई होगी?' बाद के सवाल का जवाब पहले सवाल के मुकाबले ज्यादा असरदार ढंग से मिलेगा। कारण—130 का आँकड़ा, जैसा कि बेमतलब ही है, वह लोगों के मन में बैठ या टिक जाएगा और वह जवाब देनेवालों को और ऊँचा जवाब देने के लिए प्रेरित करेगा।

इसी प्रकार, भारतीय अर्थव्यवस्था के बारे में रोज नकारात्मक खबरों (भ्रष्टाचार, घोटालों, बिजली कटौती, एकाउंटिंग घपलों, लाभ, चेतावनी आदि) के कारण ये लोगों के विकास और मूल्यांकन के आकलन को नीचे की ओर खींच लाएँगी। इससे पहले कि आप जानें, आप मानसिक रूप से फँसा लिये जाएँगे और स्वत: अच्छी भारतीय कंपनियों को भी कम और हलकी आँकने लगेंगे।

इस लिहाज से मेरा पसंदीदा स्टॉक अशोक लेलैंड का है, जिसका मुख्यालय चेन्नई में है और यह कंपनी ट्रक विनिर्माण से जुड़ी सूचीबद्ध कंपनी है। इसकी अधिकांश स्टॉक हिस्सेदारी हिंदुजा परिवार के पास है। हालाँकि हिंदुजा की ज्यादातर कारोबारी दिलचस्पी भारत के बाहर स्थित है, फिर भी वे अखबारों के पहले पन्ने पर अकसर नजर आते रहते हैं। दुर्भाग्य से, अशोक लेलैंड के पब्लिक शेयरधारकों के लिए हिंदुजा शायद ही कभी सकारात्मक बातों को लेकर अखबारों की सुर्खियाँ बनते हों। इसका परिणाम यह है कि निवेशक इस कंपनी के शेयरों के प्रति ज्यादा सकारात्मक रुख नहीं दरशाते। ऐसा बावजूद इसके कि यह कंपनी—(अ) बहुत से

उच्च गुणवत्तायुक्त प्लांट संचालित करती है, जहाँ भरोसेमंद ट्रक तैयार किए जाते हैं; (ब) इस कंपनी के पास दक्षिण भारत में सबसे बड़ा ट्रक वितरण नेटवर्क मौजूद है और इसका बिक्री उपरांत सर्विस नेटवर्क भी शानदार है; और (स) इसके पास ऐसा ब्रांड है, जो ज्यादातर ट्रक निर्माताओं के लिए दूर की कौड़ी है।

हालाँकि इस कंपनी के प्रति लोगों में निराशा के भाव का मतलब यह है कि पिछले एक दशक के दौरान जब भी भारत की अर्थव्यवस्था डाँवाँडोल हुई है, अशोक लेलैंड पिछड़ जाती है और उसे अपनी फेयर वैल्यू पर भारी छूट देनी पड़ती है। एक गंभीर निवेशक के लिए, जो कि टैबलॉयड्स से अलग देखना चाहता हो, यह एक अवसर होता है। बीते दो आर्थिक चक्रों के दौरान (पिछले दशक में), अशोक लेलैंड के शेयरों के दाम इसके न्यूनतम स्तर से तीन गुना ऊपर उछले।

जाल 3—अनजान या अपरिचित से दूरी बनाना

जैसा कि नासिम (ब्लैक स्वान्स के लेखक) निकोलस तालेब ने यह बताया कि हमारा मस्तिष्क आस-पास मौजूद चीजों से मतलब निकालता है और इसके लिए वह निरंतर पैटर्न खोजता है और उस पर कहानियाँ गढ़ता चला जाता है (भले ही वहाँ वास्तविक पैटर्न या कहानी न हो)। इसलिए, हमारे मन के लिए अपने हिसाब से पैटर्न और कहानियाँ गढ़ना आसान होता है और दिमाग भी परिचित को अपरिचित के ऊपर तरजीह देता है।

न केवल ज्यादातर भारतीय शहरों में व्याप्त गंदगी और जर्जरहाल वातावरण से एफ.आई.आई. अनजान हैं (जो कि अधिक व्यवस्थित धन-केंद्रित जैसे शंघाई, मनीला और हाँगकाँग को तरजीह देते हैं), बल्कि भारतीय राजनीति के शोर-शराबे और भारत की सांस्कृतिक विविधता से अनजान निवेशक इस देश को लेकर सहज नहीं हो पाते हैं। यह तो शुक्र है, जो कुछ निवेशक यह जानते हैं कि राजनीतिक उठा-पटक और बदहाल शहरी बुनियादी ढाँचे से स्टॉक मार्केट के प्रदर्शन का कोई लेना-देना नहीं है। चीन में न तो राजनीतिक शोर है और न ही जर्जरहाल बुनियादी ढाँचा ही है और फिर भी भारतीय बाजार ने अपने चीनी समकक्ष को 1, 3, 5, 10 और 20 सालों में पछाड़ रखा है!

जाल 4—निम्न संभावनाओं पर ज्यादा जोर देना

हमारा मस्तिष्क हाल में घटी घटनाओं को लेकर कुछ ज्यादा ही सशंकित रहता है और उससे जोड़कर आगे की संभावनाओं को देखता है। उदाहरण के

लिए, अगर आप किसी हवाई जहाज हादसे के बारे में सोच रहे हैं (शायद इसलिए, क्योंकि अभी हाल में ही टी.वी. पर ग्राफिकल तरीके से किसी विमान हादसे को दिखाया गया है), तो यह आपके मन में विमान यात्रा को लेकर बैठे सुरक्षा के भरोसे को डिगा देगा। इसी प्रकार अगर आप भारत में लगातार भ्रष्टाचार और घोटालों से संबंधित खबरों को देखेंगे और दिखाएँगे तो यह आपको देश में भ्रष्टाचार की व्यापकता को लेकर सोचने पर मजबूर कर देगा। इसका परिणाम यह होगा कि स्टॉक मार्केट को लेकर बननेवाली आपकी मजबूत धारणा में धीरे-धीरे कटौती होगी (भले ही राजनीतिक भ्रष्टाचार और स्टॉक मार्केट के क्रिया-कलाप में कोई सीधा संबंध न हो)।

दीर्घकालीन सफल निवेशकों ने खुद को उपर्युक्त चार कारकों से बचने का प्रशिक्षण दिया होता है और इस तरह वे अपने पोर्टफोलियो को भी बचा लेते हैं और खुद के मस्तिष्क को भी उन जालों में फँसने से उबार लेते हैं। उन्हें पता होता है कि उनके सामने इस तरह की स्थिति आए तो उन्हें किस तरह के उपाय करने हैं। निवेश प्रबंधन में सफलता इस बात पर भी निर्भर करती है कि हमने अपने दिमाग के रिफ्लेक्टिववाले हिस्से पर किस तरह से मेहनत की है, ताकि हमारे निवेश से जुड़े निर्णय किसी भी प्रकार से हमारे रिफ्लेक्सिव मस्तिष्क की त्वरित प्रतिक्रिया से प्रभावित न होने पाएँ। लब्बोलुआब यह कि सफल दीर्घकालीन निवेशक निम्नलिखित पाँच लक्षणों से यथासंभव दूर रहते हैं और यही उन्हें सामान्य निवेशक से अलग करता है—

1. अविश्वास
2. जोखिम से बचना
3. दिमाग का खुलापन
4. धैर्य और तैयारी या सतर्कता और
5. प्रतिकूलता या तार्किक विरोधाभासी

संदेहवादी मन

''बाजार में व्याप्त शोर से बचने और उसका शिकार बनने से बचने के लिए मेरा तरीका यह है कुछ ऐसी बात, जो मैं हमेशा ध्यान रखता हूँ—सोचना, सवाल पूछना और फिर से सोचना। ऐसा करते रहें।''—प्रशांत जैन[2]

---

2. आउटलुक प्रॉफिट, 19 मार्च, 2010 का अंक, पेज 86

एक संशयग्रस्त मस्तिष्क वह जबरदस्त टूल है, जो किसी निवेशक की आक्रामक प्रमोटर और ज्यादा का वादा करनेवाले ब्रोकरों से रक्षा करता है। मैंने यू.के. में ब्रोकिंग कॅरियर के पहले साल में ही इस कठिन उपाय को सीख लिया था। ग्रीनहॉर्न के रूप में, मैं अकसर संस्थागत निवेशकों को फोन करता था, जो कहते कि गी विज सॉफ्टवेयर खरीद लो, क्योंकि उन्होंने CRM पैकेज का गठन किया है, जिसे अमूमन ज्यादातर बड़े बैंकों ने स्वीकार भी कर लिया है। गी विज की बाजार हिस्सेदारी बैंकों के बीच महज 20 फीसद है, लेकिन ग विज के साथ बैंक 4 फीसद की दर पर समझौता कर दस्तखत कर रहे हैं, जिससे कंपनी को तेज ग्रोथ मिलने की संभावना है।

सफल निवेशक लगातार पूछते रहते हैं कि ऐसा क्यों? इसलिए गी विज पर मेरी आवाज सुनने के बाद वे पूछते हैं कि CRM पैकेज में ऐसा क्या खास है, अन्य वेंडर्स ने क्यों नहीं अब तक इस पर गौर किया और दोहराया, क्या गी विज ने इन पैकेजों को बेचकर प्रॉफिट और कैश फ्लो हासिल किया है या आनेवाले वर्षों में आय अर्जित करने के वादे के साथ इसने बैंको से समझौता किया है और अगर यह पैकेज इतना ही अच्छा है, तो प्रबंधन ने क्यों आई.पी.ओ. के जरिए अपनी 30 फीसद हिस्सेदारी बेच दी। क्लाइंट मीटिंग में मैं इस तरह के सवालों से दो चार होता ही था और जानता था कि यह सिलसिला तब तक चलेगा, जब तक कि निवेशक पूरी तरह संतुष्ट नहीं हो जाएँगे कि गी विज की सफलता इसकी सतत प्रतिस्पर्धी बढ़त में निहित है और साथ ही यह कंपनी वित्तीय रूप से भी मजबूत है और इसके प्रमोटर भी सम्मानित और भरोसेमंद लोग हैं।

मेरे ब्रोकिंग कॅरियर के सालभर के अंदर ही मैं समझ गया कि हर स्टॉक की लगभग दो पन्ने की जानकारी मेरी उँगलियों पर होनी चाहिए, जो कि मैं निवेशकों को बता सकूँ। पहले पेज पर यह विवरण हो कि क्यों संबंधित कंपनी के पास सतत प्रतिस्पर्धी बढ़त है और दूसरे पेज पर यह दर्ज हो कि कंपनी के बेहद खास वित्तीय बिंदु कैसे हैं, जिसमें उनके पास मौजूद फ्री कैश फ्लो की भी जानकारी शामिल हो। इन दो पन्नों की सूचना के आधार पर, मैं निवेशकों से मिलने जाता था और उनमें से भी कुछ अधिक समझदार निवेशक और गहराई में जाते थे और मेरे पास मौजूद दो पन्नों की जानकारी के हर पहलू पर पड़ताल करते थे। अकसर मैं तीन या कभी-कभी उससे ज्यादा घंटे ऐसे समझदार निवेशक के साथ बिताता था, जो एक ही स्टॉक के बारे में मुझसे ज्यादा-से-ज्यादा गहनता से पूछताछ करता था। अकसर लंदन की शाम देर रात में तब्दील हो जाती थी, जब मैं निवेशक का

ऑफिस छोड़ता, तब तक मैं बुरी तरह थक चुका होता था, लेकिन साथ-ही-साथ एक ऊर्जावान संशयग्रस्त दिमागवाले शख्स से मिलकर सफलतापूर्वक बाहर निकलने का अपना अलग ही मजा होता, जिसके साथ हुई बातचीत के बारे में सोचकर मेरी सारी थकान दूर हो जाती, क्योंकि उससे जो कुछ सीखने को मिलता, उसकी खुशी के बारे में बता पाने के लिए मेरे पास शब्द नहीं हैं। मेरे पहले क्लाइंट ने जो बात मुझे सिखाई, वह मैं बानगी के तौर पर बताता हूँ, अगर यह सुनने में सच्चा भी लगे और अच्छा भी, तो संभव है कि ऐसा हो भी।

जोखिम दूर करनेवाला मन

"मेरा पहला सिद्धांत यही है कि मुझे बड़ा जोखिम नहीं उठाना है। जोखिम के बारे में मैंने जो सीखा और जो मैं जानता हूँ वह यह कि आप बिना जाने-समझे जो काम करते हैं। यह बफेट की दी हुई परिभाषा है, जो उन सबसे लाख गुना बेहतर है, जो हमें बिजनेस स्कूलों में सिखाई या पढ़ाई जाती हैं।"—संजय भट्टाचार्य[3]

हम सबके दिमाग में डोपामाइन नाम का एक केमिकल होता है, जो हमें जोड़-घटाव करने में मदद करता है कि वर्तमान में हम जो कदम उठाते हैं, उससे भविष्य में हमें किस तरह से सकारात्मक परिणाम मिल सकता है। डोपामाइन सिग्नल हमारे दिमाग की गहराई में पैदा होता है, मोटे तौर पर जहाँ दिमाग हमारी स्पाइनल कॉर्ड यानी, रीढ़ की हड्डी से जुड़ता है। मोटे तौर पर यह माना जाता है कि हमारे दिमाग में 100 अरब न्यूरॉन के बीच, लगभग हजारवें हिस्से से एक फीसद डोपामाइन का उत्पादन होता है। हालाँकि जैसा जैसन ज्वेग ने अपनी किताब 'योर मनी ऐंड योर ब्रेन' में बताया है कि डोपामाइन पैदा करनेवाले न्यूरॉन तब और ज्यादा ताकतवर होते हैं, जब उन्हें सक्रिय किया जाता है। ये न्यूरल कनेक्शन रॉकेट की तरह आगे बढ़ते हैं और उन पर लगे पटाखे, यानी डोपामाइन मौके पर फूटते हैं, जिससे बड़ी मात्रा में ऊर्जा निकलती है और पूरे दिमाग में फैल जाती है, जो बदले में प्रेरणा को निर्णय में और निर्णय को एक्शन में बदल देती है। इन इलेक्ट्रोकेमिकल पल्सों को दिमाग के मूल से निकालने और इसमें से केमिकल फूटकर हमारे दिमाग के निर्णय लेनेवाले

3. इंडियन मनी मोनार्क, चेतन पारिख (capitalideasonline.com, 2005), पेज 70

हिस्सों तक पहुँचने में एक सेकेंड के बीसवें हिस्से के बराबर समय लगता है।[4]

तीन शोधकर्ताओं कैंब्रिज यूनिवर्सिटी के वोल्फ्रम शुल्ज, वर्जीनिया टेक कैरिलॉन रिसर्च इंस्टीटयूट के रीड मॉन्टेग और यूनिवर्सिटी कॉलेज लंदन के पीटर डेयान ने तीन खोज की, जिनसे हमें यह समझने में मदद मिलेगी कि कैसे डोपामाइन जोखिम लेनेवाले हमारे व्यवहार या रवैये के लिए जिम्मेदार होता है।

- आपके वह चीज हासिल कर लेने, जो कि अपेक्षित थी, से डोपामाइन का बिल्कुल उत्पादन नहीं होता। इससे पता चलता है कि क्यों ज्यादातर नशे के प्रकार और मात्रा बढ़ते जाते हैं, क्योंकि एक बार जब नशे का लती तलब के एक निश्चित स्तर तक पहुँच जाता है, तो उस तलब से डोपामाइन किक का उत्पादन नहीं होता, यानी नशे के लती को तब मजा नहीं आता। इसलिए वह नशे का तगड़ा डोज लेता है, ताकि वह किक उसे मिल सके। पैसे के प्रबंधन में, नशे की लत को आप जोखिम और किक को परिणाम या इनाम से तुलना कर सकते हैं। बहुत से निवेशकों को मिलती सफलता उन्हें ज्यादा बड़ा जोखिम लेने के लिए प्रेरित करती है, जिसके वशीभूत वे जोखिम का स्तर, यानी डोज बढ़ाते जाते हैं।
- अगर सफलता अप्रत्याशित हो तो इसका असर यह होता है कि दिमाग में बड़ी मात्रा में डोपामाइन का उत्पादन होने लगता है। अगर आपने एक स्मॉल कैप आई.पी.ओ. में निवेश किया और आप छोटी आय की उम्मीद लगाए बैठे हैं और अगर आपको साल भर के अंदर उस शेयर से अपनी अपेक्षा से छह गुना अधिक आमदनी हो जाए तो डोपामाइन किक आपके दिमाग को प्रेरणा का एक जोरदार झटका देगी। इससे आपका उत्साह इस कदर बढ़ जाएगा कि आप दोबारा दाँव लगा देंगे।
- अगर एक अपेक्षित फायदा नुकसान में बदल जाता है, तो इससे डोपामाइन सूख जाता है, जिसकी वजह से घोर निराशा की स्थिति बन जाती है। जैसा कि जैसन ज्वेग ने कहा है, "यह कुछ इस तरह लगता है, जैसे किसी ने नशे के लती के पास से सूई ऐसे मौके पर छीन ली, जब वह खुद को नियमित डोज देने ही वाला था।"

सफल निवेशकों ने निवेश के फैसले करने को लेकर खुद को कुछ इस तरह प्रशिक्षित किया होता है कि डोपामाइन द्वारा उत्पादित अति उत्साह और नाउम्मीदी

4. योर मनी ऐंड योर ब्रेन, जेसन ज्वेग, (सिमोन ऐंड शूस्टर, 2007) पेज 64

में वे एक समान व्यवहार करते हैं। निवेश जीतने पर वे और निवेश करने से बचते हैं, क्योंकि स्टॉक के दाम बढ़ते जाते हैं। बजाय इसके, वे खुद को विपरीत कदम उठाने के लिए प्रशिक्षित करते हैं, जब दाम बढ़ने लगता है तो स्टॉक बेच देते हैं और जब दाम नीचे की ओर लुढ़कते हैं तो फिर उसी स्टॉक को खरीद लेते हैं। उत्साह की डोपामाइन किक की गैरमौजूदगी में वे ऐसे कदम उठाते हैं (जब नियमित आम निवेशक अवसाद के गहरे सागर में गोते लगा रहे होते हैं)।

सालोंसाल तक मैंने टॉप फंड मैनेजरों के व्यवहार में इसी तरह का पैटर्न देखा है और उनमें से ज्यादातर को तेजी से रईस होते हुए देखा है। मैंने खुद से पूछा कि ऐसा कैसे संभव है कि वे सफलतापूर्वक निवेश करने और उससे अच्छी-खासी कमाई करने के दौरान जरा सा भी भटके नहीं या उन्होंने कोई अति उत्साह नहीं दिखाया? उनकी सारी कमाई के पीछे केवल-और-केवल एक ही कारण मौजूद था, जिसका उल्लेख मैं यहाँ नहीं कर पाया कि उन सबने अपने पाँव जमीन पर ही रखे थे, दोनों ही हालातों में चाहे वह उनकी जीवनशैली से जुड़ा रहा हो या उनके स्टॉक मार्केट या उसके बाहर के व्यवहार से जुड़ा रहा हो। मैंने उनकी सफलता और उनके व्यावहारिक पैटर्न में एक संबंध देखा कि जो अपने निवेश में मिली सफलता के फल चखकर भटक जाते हैं, वे आज नहीं तो कल अपना रास्ता खो देते हैं और गिरावट का शिकार हो जाते हैं।

डोपामाइन से निवेशकों को एक अन्य तरह की परेशानी का भी सामना करना पड़ता है, अनुमान लगाने की उनकी तीव्र इच्छा। चूँकि आत्मविश्वासी अनुमान जुए के लिए आधारभूत जरूरी तत्त्व है, शोधों ने यह पाया है कि दिमाग में जितना ज्यादा डोपामाइन सेंटर होंगे, उतनी ही ज्यादा सक्रियता होगी और जुआ खेलने की संभावना भी उतनी ही ज्यादा बढ़ जाएगी। इसलिए अगर पहली बार निवेशक को स्टॉक खरीदने में कुछ ही महीनों में तीन गुना का फायदा होता है, मान लीजिए कि किसी तरह से वह समय उसके पक्ष में चलने के कारण ऐसा हुआ हो, तो निवेशक यह मान बैठता है कि ऐसा उसकी अनुमान लगाने की काबिलीयत के कारण हुआ है और वह उसे ही अपनी सफलता का श्रेय देकर गड़बड़ कर बैठता है। अति आत्मविश्वास में वह और ज्यादा निवेश कर देता है। अगर वह दोबारा सफल हो जाता है, तो उसका उत्साह सातवें आसमान पर पहुँच जाता है और वाकई जब उक्त सेक्टर गिरावट दर्ज करता है या कभी-कभी पूरा बाजार ही नीचे आता है, तो वह औंधे मुँह जमीन पर गिरता है और यही नहीं, उसका बैंक खाता भी खाली हो जाता है। स्टॉक मार्केट के ऊछाल पर होने के दौरान ज्यादातर फुटकर निवेशकों

का हाल सदियों से ऐसा ही देखा जाता रहा है।

दीर्घकालीन सफल निवेशकों में एक खास बात यह भी होती है कि किसी भी तरह के दुस्साहसिक निर्णयवाले अनुमान व्यक्त करने से बचते हैं। इसकी बजाय वे सुरक्षात्मक रहने पर ज्यादा जोर देते हैं। जैसा कि पिछले अध्याय में बताया गया है, सुरक्षात्मक मार्जिन का मतलब यह है कि आपको केवल-और-केवल तभी शेयर खरीदना है, जबकि उसका दाम उसकी अनुमानित फेयर वैल्यू से कम-से-कम 30 फीसद नीचे हो। ऐसा करके आप जोखिम को काफी हद तक कम करते हैं—(अ) अगर आपका फेयर वैल्यू को लेकर लगाया या अनुमान गलत साबित होता है; और (ब) अगर स्टॉक मार्केट ने आपकी तय की हुई फेयर वैल्यू को किसी कारण मानने से इनकार कर दिया तो आप अपने निवेश पर कम पैसे गँवाएँगे।

दूसरी तरफ, औसत निवेशक अनुमान लगाने में काफी खराब होते हैं, बल्कि उनके अंदर वह आत्मविश्वास भी हिल जाता है, जो उनमें सही अनुमान लगाने की क्षमता विकसित करता है। सफल दीर्घकालीन निवेशक ऐसी जगह निवेश करने से बचते हैं, जहाँ ऊँची अपेक्षा और अनुमानों के बोझ तले दबकर शेयर अपेक्षानुरूप प्रदर्शन नहीं कर पाते (या तो इंडस्ट्री के बारे में या कंपनी के बारे में)। दरअसल, वे ऐसे शेयरों से और भी ज्यादा तब बचते हैं, जब बाजार तमाम अनुमानों के सही साबित होने का दावा करने लगता है।

दुर्भाग्य से वैज्ञानिक भी अब तक इस बात का पता ठीक-ठीक नहीं लगा पाए हैं कि हमारे दिमाग में खुशी और दुःख कैसे ट्रांसमिट होता है या क्यों इनाम मिलने से खुशी महसूस होती है। इसलिए इसका भी कोई वैज्ञानिक आधार नहीं पता चल सका है कि आखिर ऐसा क्या है कि दीर्घकाल के सफल निवेशक ऐसी क्षमता कैसे विकसित कर लेते हैं कि वे डोपामाइन के साइड इफेक्ट से बच जाते हैं या उसकी बदमाशी से दूसरों की अपेक्षा बेहतर तरीके से निपट लेते हैं। मेरा निजी अनुभव, जो कि पूरी तरह अवैज्ञानिक है और अनुभवों पर आधारित है, बताता है कि लगभग सभी सफल दीर्घकालीन निवेशक शांत प्रवृत्ति के होते हैं, गंभीर होते हैं, जिन्हें किसी भी तरह की जल्दबाजी नहीं होती, चाहे बाजार कहीं भी जाए या चाहे जैसा कारोबार वह पूरे दिन करे। वे कंपनियों को लेकर अपनी गहन रिसर्च में ही इतने आनंदित होते हैं कि अपना समय सफर और सोच में बिताते हैं (बजाय अगले इनाम को हासिल करने की चिंता में जाया करने के)। यह संभव है कि इस नियम के अपवाद भी हों, लेकिन यह मेरा आकलन है कि ज्यादातर सफल निवेशकों के साथ तो लगभग ऐसा ही है और खासकर जिन्हें मैं जानता हूँ, उनके

व्यवहार में मुझे समानता नजर आती है।

जैसा कि हार्वर्ड मेडिकल स्कूल के हैंस ब्रेटर ने एक कोकीन के एडिक्ट और शेयर बाजार में फायदे के सौदे में दाँव लगानेवाले कारोबारी की दिमागी संरचना में काफी हद तक समानता पाई है। उन्होंने एम.आर.आई. स्कैन के जरिए मिली सूचनाओं के विश्लेषण के बाद पाया कि दोनों के न्यूरॉन फायरिंग पैटर्न लगभग एक समान थे। सफल दीर्घकालीन निवेशकों में यह चीज नगण्य होती है और वे किसी भी तरह की मेंटल हीटिंग को नजरअंदाज करने के तरीके खोज लेते हैं। अगले अध्याय में हम और गंभीर चर्चा करेंगे कि क्या हम और आप उस स्तर का व्यवहार विकसित कर सकते हैं, जैसा कि इन दीर्घकालीन सफल निवेशकों की यू.एस.पी. होती है। एलरॉय लोबो, कोटक म्यूचुअल फंड के सी.आई.ओ., इस तरह के खास माइंडसेट पर संक्षिप्त प्रकाश डालते हुए मेरे एक इंटरव्यू में दीर्घकालीन सफल निवेशकों की सोच के बारे में कहते हैं—

हमने एच.डी.एफ.सी. बैंक से भी अपना वजन घटा लिया। यह एक अच्छा बैंक है, लेकिन अगर इसके शेयर कुछ ज्यादा ही महँगे हो गए तो हमें घटाना ही होगा और उसी तरह सन् फार्मास्युटिकल्स के साथ भी है, जो कि एक और शानदार कंपनी है, लेकिन ऐसे भी मौके आएँगे, जब आपको सस्ती दर पर चीजें मिल सकें। एक बार एक घोषणा हुई थी कि कंपनी को जुर्माना देना होगा। उस वजह से सन् के शेयरों के दाम नीचे आ गए तो हमने और खरीद कर ली। ऐसे अवसरों की तलाश हम हमेशा करते हैं, लेकिन हम उस स्टॉक का पीछा नहीं करते, जो काफी ऊँची कीमत पर पहुँच गया हो। ग्रोथ स्टॉक्स को लेकर हम और आगे की चीजों को देखना पसंद करते हैं। अच्छी कंपनियों के लिए हम दो साल की प्रतीक्षा कर सकते हैं, लेकिन हम पाँच साल के लिए छूट नहीं दे सकते।हम बेहद अनुशासित हैं, लेकिन सामान्यतया ऐसी कंपनियाँ पसंद करते हैं, जिनके पास रिटर्न का प्रोफाइल अच्छा नजर आता है।हम ऐसी कंपनियों के शेयर खरीदना भी गलत नहीं समझते, जिनके रिटर्न अपेक्षाकृत कम होते हैं, लेकिन अगर हमारा भरोसा उनके ROEs और ROCEs में है, जो कि ऊपर की ओर बढ़ने का संकेत दे रहे हैं। उसी प्रकार, हम ऐसी कंपनियों में भी निवेश करते हैं, जिनका फ्री कैश फ्लो नकारात्मक रुझान दरशा रहा हो, क्योंकि उसी क्रम में हम उनके फ्री कैश फ्लो को सकारात्मक रुप में बदलता हुआ भी महसूस कर लेते हैं।

खुला दिमाग

''एक चीज जिसने मेरी काफी मदद की कि मेरा यह प्रयास होता है कि यथासंभव ज्यादा-से-ज्यादा लोगों से मेरी बात हो सके और मैं उनके विचारों को सुन सकूँ।''—प्रशांत जैन

जैसा कि पिछले हिस्से में चर्चा की जा चुकी है, आत्मविश्वासी अनुमान, जो कि दाँव खेलने के लिए जरूरी तत्त्व है, वह हमारे दिमाग में स्थित डोपामाइन केंद्रों के चलते गतिशील होता है। फंड मैनेजरों के लिए यह समस्या तब और गंभीर हो जाती है, जब वे खुद को विशेषज्ञ समझने लगते हैं और औसत निवेशक से ज्यादा जानने का दावा करने लगते हैं। वे खुद को बढ़ा-चढ़ाकर पेश करने लगते हैं और औसत निवेशक को प्रभावित करने के लिए अति आत्मविश्वासी अनुमान लगाने लगते हैं और उनके आधार पर कारोबार करने लगते हैं।

दीर्घकालीन सफल निवेशकों और औसत निवेशकों में मूल अंतर इसी बात का है कि दीर्घकालीन निवेशक दूसरों की बातों को गौर से सुनते हैं और अपने खरीदे हुए स्टॉक्स पर पूरी तरह धरातलीय (बियर रुख) रवैया अपनाते हैं और ऐसे स्टॉक्स को लेकर उम्मीद से लबरेज होते हैं, जिसे उन्होंने दरकिनार कर दिया होता है। दरअसल, कुछ अत्यधिक सफल फंड मैनेजरों का यह स्वभाव होता है कि वे गिरावट दर्ज करनेवाली चीजों पर खासी नजर रखते हैं और वे घंटों इस बात पर चर्चा करने में निकाल देते हैं कि उनके पास मौजूद होल्डिंगों के बियर केस होने की क्या संभावनाएँ हैं। अपने साथियों, सलाहकारों और ब्रोकरों के साथ खुले दिमाग से चर्चा करने की उनकी यह क्षमता और साथ ही दूसरों को असहमति जताने की छूट के चलते ही सफल दीर्घकालीन निवेशकों को वह सर्वश्रेष्ठ अवसर उपलब्ध कराती है कि वे महँगी या भारी पड़नेवाली गलतियाँ नहीं करते हैं।

इसके विपरीत, औसत निवेशक सटीक भ्रम से घिर जाते हैं, वे केवल ऐसे लोगों या स्रोतों से ही सलाह लेना पसंद करते हैं, जो उनकी हाँ-में-हाँ मिलाते जाएँ और झूठी तारीफ करते जाएँ और साथ ही जिन स्टॉक्स में उन्हें विश्वास न हो, उसे तो सलाहकार बिल्कुल बेकार ही घोषित कर दें।

मुझे याद है कि भारत के एक टॉप के म्युचुअल फंड मैनेजर, जो कि आज की तारीख में भी मेरी बचत के बड़े हिस्से को मैनेज करते हैं, एक बार क्रॉम्पटन

5. आउटलुक प्रॉफिट, 19 मार्च, 2010 का अंक, पेज 86

ग्रीव्स के दीवाने हो गए थे। 2010 से 2012 के दौरान, मेरे सहयोगियों और मैंने पूरा प्रयास किया उन्हें समझाने का कि उक्त कंपनी में कुछ खामियाँ हैं। हमने सारे तथ्यात्मक सबूत भी उनके सामने रखे, ताकि वे खुद तय कर सकें कि वह कंपनी अपेक्षाओं पर खरी नहीं उतर सकती, लेकिन हम अपने फंड मैनेजर को समझा पाने में विफल रहे। दरअसल, ज्यादातर ऐसी मीटिंगों के उपरांत, फंड मैनेजर ने एक बार हमसे पूछा कि क्या हमने कंपनी के मैनेजमेंट से बात की है, वे आपकी नकारात्मक राय पर क्या सोचते हैं? लेकिन मैनेजमेंट को तो हमसे असहमत होना ही था, आखिर वे इसी बात की तनख्वाह पाते हैं। हम, स्टॉक ब्रोकर और निवेशक वे लोग हैं, जो कंपनी से अलग और तार्किक नजरिया रखने का पैसा पाते हैं और जब समझदारी हमें हरा देती है, तब किसी भी तरह का विश्लेषण काम नहीं आता।

शांत और तैयार मन

''ऐसा नहीं है कि मैं बहुत स्मार्ट हूँ; बल्कि केवल इतना है कि मैं समस्याओं से लंबे समय तक जूझता हूँ।'' —**अल्बर्ट आइंस्टाइन**

एक गंभीर रिसर्च तैयार करने और उसके असर को सामने आने में काफी समय लगता है और समझदार निवेशक इस बात को अच्छी तरह जानते हैं। निवेश से जुड़े फैसलों को वे अपने दिमाग में घूमने देते हैं और अपने अवचेतन मन को उस पर काम करने की छूट या अवसर प्रदान करते हैं। जैसा कि पीटर बेवेलिन ने अपनी किताब 'सीकिंग विज्डम' में उल्लेख किया है, शानदार कहानियाँ लिखनेवाले कॉनन डॉयल के लगभग हर नॉवेल में ऐसा वक्त आता है, जब खोजकर्ता अपने पास लगभग हर तरह की जानकारी सहेजकर रख लेता था। ये तथ्य अकसर अजीब, अतर्कसंगत और बिल्कुल असंगत नजर आते थे। हालाँकि महान् जासूस यह महसूस करता था कि अब किसी तरह की जाँच या खोज की जरूरत नहीं है और तब वह अपने पास एकत्र जानकारियों को एक-दूसरे से जोड़कर एक पैटर्न तैयार करता था, ताकि वह घटनाओं पर और ध्यान केंद्रित कर सके। इसके लिए वह वायलिन बजाता था या अपनी आराम कुरसी में बैठकर सिगार पीता था और अचानक सारी कड़ियाँ आपस में जुड़ जाती थीं और केस का खुलासा हो जाता था।[6]

धैर्य का एक अलग आयाम यह है कि निवेश पेशेवरों को धैर्य का इनाम कुछ

---

6. सीकिंग विज्डम—फ्रॉम डार्विन टू मुंगेर, पीटर बेवेलिन, (पोस्ट स्क्रिप्टम एबी, 2007), पेज 217

इस तरह मिलता है कि वे स्टॉक के दामों को अपने तय किए हुए स्तर तक आने देते हैं। हो सकता है कि आपने वर्तमान दर पर एक बड़े कारोबार की पहचान कर ली हो, वह स्टॉक जरूरत से ज्यादा महँगा हो गया हो (या वह सुरक्षात्मक दायरे से बाहर चला गया हो)। एक सफल दीर्घकालीन निवेशक तब तक उस स्टॉक का इंतजार करेगा, जब तक कि उसके दाम तब तक नीचे आते रहें, जहाँ वह अपनी कीमत से काफी नीचे जाकर मूल्यहीन हो जाए।

जबकि सफल दीर्घकालीन निवेश में धैर्य की जरूरत होती है, लेकिन बिना अनुशासित रिसर्च के यह कारगर साबित नहीं होगा। इसके बारे में अध्याय 2 में बताया जा चुका है कि किसी तरह इंतजार की घड़ियाँ बितानी चाहिए। इस दौरान जमीनी काम बहुत मायने रखता है और श्रेष्ठ निवेशकों को ऐसे हालात का फायदा मिलता है, जब किसी स्टॉक को लेकर बाजार या तो बहुत निराशावादी हो जाए या अत्यधिक उत्साही हो जाए।

जैसा कि विभूतियाँ करती हैं, वॉरेन बफेट ने एंह्यूजर बुश की वार्षिक रिपोर्ट 25 साल तक गौर की और धैर्यपूर्वक उसके स्टॉक के तब तक सस्ता होने की प्रतीक्षा की, जब तक कि वे उनके तय किए हुए मानक के स्तर तक न पहुँच गए। अंततः, 2005 में शेयरों के दाम नीचे गिरे और बफे ने उस फर्म में बड़ी हिस्सेदारी खरीद ली।

अपने देश में देखें तो ऐसी तमाम सफल और काफी मूल्यवान् कंपनियाँ हैं, जिनके लिए या तो मैं या मेरे सहयोगियों ने विदेशी निवेशकों से वर्षों तक लगातार मीटिंग की। इनमें से एक, ब्रिटिश एफ.आई.आई. ने मुंबई स्थित फुटकर विक्रेता के यहाँ दौरा किया और हमसे लगातार चार साल तक संपर्क में भी रही। हर मीटिंग में, उक्त एफ.आई.आई. फुटकर विक्रेता से यही सवाल करती कि उक्त कंपनी का पिछला साल कैसा बीता और आगे उसकी क्या योजनाएँ हैं। जब वे मीटिंग से बाहर निकलते, तब वे मुझसे उस कंपनी को लेकर बनाए नोट्स को साझा करते, जिसमें निम्नलिखित खास बातें दर्ज होती थीं—

- नई गतिविधियों की योजना—5; बनाई गई योजनाओं पर अमल—2;
- अगले साल के लिए तय की गई योजना—3; नई योजनाओं के लागू होने की संभावना—1;
- शेयरों के दाम P/E के 13 गुना या उससे कम की तुलना में अगर 50 फीसद तक गिरते हैं तो खरीदना है, अन्यथा नजरअंदाज करना है।

जैसा कि पहले इस किताब में विस्तार से बताया जा चुका है, सफल

दीर्घकालीन निवेशक कोई भी निवेश संबंधी निर्णय लेने से पहले दर्जनों मीटिंग करते हैं और कई हफ्ते तक तमाम पहलुओं पर काम करते हैं। यह कुछ इस तरह से होता है कि निवेश न किया जाए, तो वह उसी त्रह से मूल्यवान् साबित होगा (नुकसान से बचने के लिए) जैसे कि मुट्ठीभर अच्छे निवेश किए जाने पर हासिल होता।

विरोधाभासी मन

"बरसों से हम एक और बात भी सीखते आ रहे हैं कि बाजार या हमारा अंतर्मन कभी-कभी गलत भी साबित हो जाते हैं। यह चीज मुझे सन् 2000 में महसूस हुई। हममें से हर कोई टी.एम.टी. के स्टॉक्स के बेहतर प्रदर्शन को लेकर आश्वस्त था। मैं और मेरे सहयोगियों ने इन शेयरों को 1999 में बेच दिया था" वास्तव में बिक्री पक्ष के विश्लेषकों ने सकारात्मक रुख अपनाया था और वे हर हफ्ते लक्ष्य मूल्य को पुनः संशोधित करते जा रहे थे, पर हम बच नहीं सके—प्रशांत जैन[7]

आमतौर पर ब्रोकर निवेशकों को कोई स्टॉक खरीदने के लिए कैसे प्रेरित करते हैं ? वे कहते हैं कि हर कोई इसे खरीदना चाहता है।इसलिए इसके दाम ऊपर चढ़ रहे हैं। अगर आप इसे खरीदना चाहते हैं तो आपको जल्दी फैसला करना होगा। इनसानी दिमाग इस तरह के हालात में और ऐसी बातें सुनकर संशयग्रस्त होने लगता है। हर तरह की भावनाएँ इस असुरक्षा को पैदा करने में अपनी भूमिका निभाने लगती हैं (दूसरों में होंगी मुझमें नहीं), ईर्ष्या (औरों में होगी, मुझमें भी थोड़ी बहुत है), भय (अगर मैं अभी नहीं खरीदता, तो शायद मैं पिछड़ जाऊँगा) और लालच (अगर मैं इसे खरीदता हूँ, तो मैं शायद धनी हो जाऊँ)। सफल निवेशक इन भावनाओं पर काबू पाना और उन्हें नजरअंदाज करना सीख जाते हैं (और इसी तरह बेचने के लिए उठ रही आवाजों को नजरअंदाज करना भी) और ऐसा वे बाहर से उन तक पहुँच रही आवाजों को दरकिनार करके ही कर पाते हैं।

एक विरोधाभासी मन सफल निवेशकों को झुंड का हिस्सा बनने से बचा ले जाता है। उदाहरण के लिए, जनवरी 2008 में लगातार पाँच साल के तगड़े रिटर्नवाले समय के बाद (जनवरी 2003-जनवरी 2008 तक सेंसेक्स का सी.ए.जी.आर. 44 फीसद पर था) बड़ी संख्या में निवेशक मोटा फायदा कमाने की उम्मीद लगाए बैठे थे। दुर्भाग्य से, जनवरी 2008 से अगले बारह महीनों में सेंसेक्स 60 फीसद से ज्यादा लुढ़क गया। 1 मार्च, 2009 तक 12 महीने की अवधि में इस कदर नुकसान हुआ

7. आउटलुक प्रॉफिट, 19 मार्च, 2010 अंक, पेज 86

कि ज्यादातर निवेशक शेयर बाजार के आस-पास भी नजर नहीं आना चाहते थे। मार्च 2009 से शुरू हुई 19 महीने की अवधि में सेंसेक्स ने 150 फीसद का रिटर्न दिया। चढ़ते और उतरते, दोनों ही हालात में औसत निवेशक सामूहिक सोच के मकड़जाल में फँस गया और अवसरों को भुना पाने में विफल रहा, क्योंकि उसने गलत आकलन करके निवेश कर दिया।

बर्कले स्थित कैलिफोर्निया विश्वविद्यालय के प्रोफेसर टेरेंस ऑडियन कहते हैं कि दाम बढ़ने की स्थिति में औसत निवेशक कुछ ज्यादा ही आक्रामकता से खरीद करने लगते हैं, न कि पिछले दिन के बड़े उछाल को देखकर। लोगों को जो चीज स्टॉक खरीदने पर मजबूर करती है, वह हालिया दाम बढ़ने और लंबी अवधि में दाम बढ़ते रहने के अनुमान का संयोग या संयुक्त परिणाम होता है।[8]

इसके विपरीत विरोधाभासी मन चूँकि झुंड का हिस्सा बनना स्वीकार नहीं करता, इसलिए वह औसत निवेशक पर भारी पड़ता है और फायदे में रहता है। बाजार के खस्ताहाल के दिनों में भी, एक विरोधाभासी मनवाला निवेशक आकर्षक कंपनियाँ खोज लेता है और ऐसे मौके पर, जबकि वे आधारभूत कीमतों पर छूट दे रही होती हैं, तब उनके स्टॉक खरीद लेता है। जब बाजार चरम पर होता है तो औसत निवेशक खुशी से झूमते हुए शेयर खरीदने लगता है, सफल दीर्घकालीन निवेशक उस दौरान स्टॉक बेचकर फायदा कमा रहा होता है।

भय और लालच पर काबू

''किसी प्रक्रिया के दौरान आपको भावनाओं को शामिल नहीं करना चाहिए। मेरे बड़े मंत्रों में से एक तो यही है कि भावना आपकी सबसे बड़ी दुश्मन है। भावनाओं के आधार पर कभी भी निवेश नहीं करना चाहिए। अकसर निवेशक इसीलिए विफल हो जाते हैं, क्योंकि वे भावनाओं को खुद से बेहतर मानने लगते हैं।'' —अर्जुन दिवेचा[9]

दीर्घकालीन सफल निवेशक भी हमारे-आपके जैसे ही इनसान हैं। हालाँकि उन्होंने भय और लालच से निपटने की अच्छी-खासी तैयारी कर रखी होती है। उदाहरण के लिए, हम सब अपने तंत्रिका तंत्र के कारण प्राकृतिक रूप से अत्यधिक

8. योर मनी ऐंड योर ब्रेन, जैसन ज्वेग, (सिमोन ऐंड शूस्टर, 2007), पेज 73
9. इंडियन मनी मोनार्क, चेतन पारिख (capitalideasonline.com, 2005), पेज 130

संवेदनशील और भावुक होते हैं। मेरे मामले में, जब भी मैं किसी ब्रांड का सॉफ्ट ड्रिंक देखता हूँ, तो मुझे किशोरावस्था के अपने पुराने दिन याद आ जाते हैं, जब मैं रसीले हैम बर्गर के लिए पागल हो उठता था और मेरे मुख्य पसंदीदा खानपान में सॉफ्ट ड्रिंक और बर्गर बेहद पसंद थे (यह भी कारण था कि वे सस्ते थे और मेरे पास पैसे नहीं होते थे)। इसलिए अब, जब भी मैं काम के सिलसिले में बाहर जाता हूँ, खासतौर पर अमेरिका, तो मैं यह चीज गाँठ बाँध लेता हूँ कि मुझे सॉफ्ट ड्रिंक नहीं पीना, क्योंकि इसके बाद फिर मेरे अंदर हैम बर्गर खाने की तलब जाग उठती है। आपको आश्चर्य होगा कि कुछ इसी तरह की स्थिति प्रयोगशाला में चूहों पर किए गए टेस्ट में भी पाई गई है, एक बार अगर उन्हें खाना दिखाकर उनकी भावनाओं को सक्रिय कर दिया जाए (मान लें, अगर बत्ती जला दी जाए) भले ही वहाँ खाने को कुछ न हो, लेकिन चूहे उत्साहित हो उठते हैं।

अधिकतर निवेशक कुछ इसी प्रकार से स्वतः भावनात्मक रूप से प्रतिक्रिया करते हैं, जब वे टी.वी. चैनल पर किसी प्रस्तोता की तेज आवाज में शेयरों को लेकर कोई घोषणा या सलाह सुनते हैं, तो वे लालायित हो उठते हैं। इसमें प्रमुख अखबार भी अपनी बड़ी भूमिका निभाते हैं। सेंसेक्स 300 अंक लुढ़का; बैंकों को झटका जैसे अखबारों के शीर्षक लोगों में भय का बटन दबाने का काम करते हैं। इसी तरह, सेंसेक्स ने तोड़ा 23 हजार का तिलिस्म, बढ़ा नए रिकॉर्ड की ओर, ऐसा शीर्षक है, जो लोगों को उकसाता है। इसलिए पेशेवर निवेशक यह सुनिश्चित करते हैं कि वे अखबारों में छपे स्टॉक पेज और न स्टॉक के दामों से प्रभावित होकर फैसले करते हैं। इस बात को सुनिश्चित करने के लिए कि उनका पोर्टफोलियो अच्छे से प्रबंधित है, जब वे कंपनियों के साथ मीटिंग में व्यस्त हों अथवा रिसर्च कर रहे हों, ये फंड मैनेजर या तो अपने डीलरों को आगाह करते हैं कि किस दाम पर स्टॉक खरीदे या बेचें। वे पहले से सतर्क रहते हैं और समय से अपने डीलरों को तैयार भी रखते हैं कि जैसे ही स्टॉक के दाम उनकी तय रेंज में आएँ, वे स्टॉक खरीद या बेच सकें। इस प्रक्रिया के चलते निवेशक हमेशा कीमतों को लेकर संवेदनशील रहते हैं और कीमतों के उतार-चढ़ाव को लेकर भावनात्मक संदेशों को नजरअंदाज करते चलते हैं।

सफल निवेशक एक और बड़ी चीज करते हैं कि वे निवेश समिति का गठन करते हैं, ताकि अनावश्यक भय और लालच के वशीभूत होकर कोई कदम उठाने से बच सकें। व्यवस्थित ढाँचा और प्रभावी तरीके से काम करने से ऐसी कमेटियाँ फंड मैनेजर पर इस बात के लिए दबाव बनाती हैं कि वे गैरजुनूनी निवेश का मामला अपने साथी समूह और अपने अधिकारी (आमतौर पर CIO) के समक्ष प्रस्तुत कर सकें। निवेश का मामला तैयार करने की पूरी प्रक्रिया, उससे संबंधित प्रस्तुति तैयार

करने, उस पर दस्तखत और साथ ही उसके कारोबार में शामिल करने की प्रक्रिया इतनी ज्यादा और गहन होती है कि यह निवेश के साथ जुड़ने की कोशिश में लगी भावनाओं को खुद-ब-खुद सामान्य बना देती है। इससे भी ज्यादा प्रभावशाली तरीका यह है कि एक बार एक फंड मैनेजर जब यह महसूस करने लगता है कि हर चीज, जो भी वह स्वीकृत कर रहा है, वह निवेश समिति के पास जा रहा है, तो उसका दिमाग खुद-ब-खुद भावनात्मक संदेशों पर नजर रखने लगता है। इस तरह समिति का प्रभावशाली रुख निरंतर बरकरार रहता है और जानबूझकर किए जानेवाले निवेशों पर वह ज्यादा-से-ज्यादा समय व्यतीत करती है।

कितनी भी अच्छी कंपनी क्यों न हो, सबके अच्छे और बुरे दिन आते हैं

साशि रेड्डी फर्स्ट स्टेट इन्वेस्टमेंट्स के साथ जुड़े हैं, जो कंसॉलिडेटेड असेट मैनेजमेंट के क्षेत्र में कारोबार करती है और इसका मालिकाना हक कॉमनवेल्थ बैंक ऑफ ऑस्ट्रेलिया के पास है। इस कंपनी के प्रबंधन के पास 31 दिसंबर, 2013 तक 163 खरब अमेरिकी डॉलर के फंड मौजूद थे। फर्स्ट स्टेट स्टीवर्ट (फर्स्ट स्टेट इन्वेस्टमेंट का एक हिस्सा) जो कि एशिया पैसिफिक, ग्लोबल इमर्जिंग मार्केट्स और वैश्विक और सतत गतिशील रहनेवाले फंड्स, जिनकी कुछ अलग निवेश फिलॉसफी होती है और जो दीर्घकालीन निवेश उन कंपनियों में करते हैं, जो कि जबरदस्त क्षमतावान होती हैं और जिनकी प्रबंधकीय टीम उच्च स्तर की नैतिकता से लैस होती हैं। फर्स्ट स्टेट स्टीवर्ट की प्रकृति यह है कि वह निवेश की प्रक्रिया और अपनी टीम पर विशेष ध्यान देती है, बजाय स्टार फंड मैनेजरों को तैयार करने के। इस प्रकृति को मन में रखते हुए, साशि रेड्डी, एफ.एस.एस. के अंतर्गत एक पोर्टफोलियो मैनेजर ने इस किताब के लिए इंटरव्यू देना स्वीकार किया। उनके विचार व्यापक तौर पर उनकी विशेष निवेश प्रबंधन टीम की कार्यशैली का प्रतिनिधित्व करते नजर आएँगे।

फर्स्ट स्टेट इन्वेस्टमेंट्स (FSI) में आपका कैसे आना हुआ?

एस.आर.—एक पुराने सहयोगी ने फर्स्ट स्टेट में मेरा परिचय कराया था और बाद में उन्होंने एक बैंक में वृहद् कारोबार का जिम्मा सँभाल लिया। मेरे इंटरव्यू के दौरान मुझसे पूछा गया था कि क्या मैं एक एक्स भारतीय कंपनी (भारत की सबसे बड़ी निजी क्षेत्र की ऊर्जा कंपनी) में उसके शानदार ट्रैक रिकॉर्ड को देखते हुए निवेश करना चाहूँगा? साक्षात्कार लेनेवालों ने मुझे भरमाने और परीक्षा लेने के लिए तमाम

सबूत और कंपनी की कारोबारी मजबूती के आँकड़े भी मेरे सामने रखे थे। मैंने पूरे विश्वास के साथ न कहा, क्योंकि उस कंपनी के बारे में मेरे पास पुख्ता जानकारी नहीं थी, न ही उसका ट्रैक रिकॉर्ड पता था और न रिटर्न के बारे में कुछ बताया गया था। मेरी प्रतिक्रिया कंपनी को नियंत्रित करनेवाले शेयरधारकों के बारे में मेरी समझ के आधार पर दी गई थी। उन्होंने सिस्टम के प्रबंधन को अपनी विशेषता बताई थी और इस चीज ने मुझे चौंकाया था कि हम उनको क्यों समर्थन दें, जो इस तरह से संचालन कर रहे हैं, जबकि यह एक सपाट उत्तर था, खासकर ऐसे 2007 के बुल मार्केटवाले दिनों में कि मैंने सोचा कि फर्स्ट स्टेट स्टीवर्ट टीम के लिए मेरे बारे में विचार करने के लिए इतना काफी होगा।

इस कंपनी में पहले छह महीने के दौरान मुझे कुछ भी सीखने को नहीं मिला! मुझे अपने भरोसे के आधार पर और गहराई में जाकर खोजबीन करनी पड़ती थी और निजी जीवन की समझ के आधार पर काम करना पड़ता था। मैंने अपनी ग्रेजुएशन की पढ़ाई के बाद पिता के साथ उनके कारोबार में हाथ बँटाते हुए कुछ साल बिताए थे। वे एक अच्छे निवेशक थे और उनकी एक बात, जो बेहद खास थी, वह यह कि वे लंबे समय के लिए निवेश से जुड़े रहते थे, जो कि कभी-कभी एक दशक से ज्यादा एक ही जगह पड़ा रहता।

लंबे समय के पीछे आधार यह होता है कि हम कंपनियों के लोगों और उनकी संस्कृति के बारे में ज्यादा-से-ज्यादा परिचित हो जाते हैं, जो चीजें वाकई मायने रखती हैं। सरल शब्दों में, हालाँकि यह विस्तृत है और कभी-कभी दिमाग सुन्न भी कर देता है। यही कारण है कि नए लोगों को टीम में शामिल होने के बाद एक समय तक संघर्ष करना पड़ता है, कम-से-कम शुरुआत में, जैसा कि मैंने भी किया।

क्या हम और गहराई में चर्चा कर सकते हैं इस बारे में कि बाहरी लोगों के लिए हालात कठिन क्यों होते हैं?

एस.आर.—फर्स्ट स्टेट सटीवर्ट टीम आपको व्यवस्थित होने के लिए बेहद कठिन जगह है। कुछ तो यह हमारी फिलॉसफी के चलते है और कुछ इसलिए, क्योंकि यह हमारी प्रक्रिया का हिस्सा है, उस माहौल में चारों ओर व्यक्तिनिष्ठ चीजें घूमती रहती हैं, जो निर्णय लेने में अहम् कारक साबित होती हैं। असहमत होने के लिए सहमत होना, नकारात्मक क्षेत्र में रहना और किसी ठोस निर्णय पर न पहुँचना, यहाँ रोज की प्रक्रिया है! हममें से ज्यादातर यह मानते हैं कि यहाँ हम जिस तरह की संस्कृति में काम करते हैं कि दूसरी जगह हम शायद काम ही न कर पाएँ। आँकड़े महत्त्वपूर्ण हैं, लेकिन आप उन आँकड़ों को कैसे देखते हैं और कैसे

उनसे निहितार्थ निकालते हैं, यह इस कंपनी में कुछ ज्यादा ही महत्त्वपूर्ण होता है। सामान्यतया हम वित्तीय अनुमानों में विश्वास नहीं करते। हम ज्योतिषी नहीं हैं। किसी कंपनी के बारे में छानबीन करने के लिए हम उसके इतिहास की गहराई में उतर जाते हैं और जहाँ तक संभव हो, वहाँ तक की जानकारी निकाल कर लाते हैं और यह समझने का प्रयास करते हैं कि कंपनी के प्रबंधन ने अच्छे और बुरे वक्त में किस तरह से व्यवहार किया है। इससे हमें उक्त कंपनी की संस्कृति समझने में मदद मिलती है और जोखिम और खासियत के प्रति कंपनी प्रबंधन का रवैया भी समझने में आसानी होती है। हमारे ग्राहक बड़ी मेहनत से की गई कमाई का एक हिस्सा हमें देते हैं, ताकि हम उसे सहेजकर एक समय के बाद बढ़ी हुई रकम उन्हें वापस कर सकें। हम भी कुछ इसी तरह की सोच कंपनी प्रबंधन में देखना चाहते हैं, जहाँ हम अपने ग्राहक की रकम का निवेश कर सकें। यह सोच पैदा करना और उसे बरकरार रखना, ताकि वे रोजाना उस पर मेहनत करें और अपने शेयरधारकों से स्पष्ट और पारदर्शी तरीके से बातचीत करके अपना लाइसेंस सहेज सकें। किसी भी कारोबार में लंबे समय तक सफल होने की यही एक कुंजी है। हमें अपने ग्राहक को इतना रिटर्न देना होता है, ताकि वह लंबी अवधि में महँगाई या मुद्रास्फीति से ज्यादा हो, निवेश का फायदा भी तभी है। हम जोखिम को इस तरह परिभाषित कर सकते हैं कि हमारे ग्राहकों का पैसा डूबना असली जोखिम है, न कि किसी अच्छे बेंचमार्क से अलग हो जाना।

पिछले 4-5 सालों में आपकी खासियत तो उभरकर सामने आई है, लेकिन आपकी टीम ने अत्यंत दबाव में, कहिए 6-7 साल पहले, जब निवेश के प्रति ऐसे नजरिए के चलते अपेक्षित परिणाम नहीं आ रहे थे, तब कैसा काम किया?

एस.आर.—हमारे ज्यादातर फंड तब पिछड़ जाते हैं, जब बाजार बहुत तेजी से ऊपर उठता है। यह एक कठिन समय होता है, लेकिन ऐसे में जोखिम कम होता जाता है और गुणवत्ता से संबंधित ग्राफ ऊपर बढ़ता जाता है, जो कि किसी भी बेहतरीन आँकड़ा दिखा रहे स्टॉक से ज्यादा मजबूत स्थिति में होता है! अगर खराब गुणवत्तावाली कंपनी में निवेश करते हैं, तो उस स्टॉक के धराशायी होने की 100 फीसद उम्मीद होती है। ऐसे बहुतेरे उदाहरण वित्तीय बाजार के इतिहास में पड़े हैं। हमारे ज्यादातर ग्राहक, जिन्होंने समय-समय पर निवेश किया है, वे इस पहलू को अच्छी तरह समझते हैं।

हमारी टीम के प्रदर्शन का आकलन तीन और पाँच साल के आधार पर किया

जाता है। यह महत्त्वपूर्ण है, क्योंकि ऐसे में हम पर छोटे समय में बेहतर प्रदर्शन करने का अधिक दबाव नहीं रहता। हम भाग्यशाली भी हैं कि हमें इतनी छूट मिली हुई है कि हम एक बुटिक के तौर पर संचालित कर सकें, जिसमें हमारा नियंत्रण इस स्तर का हो कि टीम को कैसी पगार मिले, वह भी हम तय कर सकते हैं, किसे जॉब के लिए चुनना है, फंड को शुरू और बंद करने और उससे संबंधित फीस हम तय कर सकते हैं और टीम सदस्यों के बीच एक अलग प्रकार की संस्कृति विकसित करने का भी हम प्रयास करते हैं। स्वायत्तता जरूरी है, क्योंकि इससे हमें फंड्स को बंद करने के समय कठिन निर्णय लेने में मदद मिलती है (फंड्स बंद करने से तात्पर्य नए निवेशकों को वापस लौटाने से है, जो फंड में निवेश करना चाहते हैं)। अगर हमने ऐसे फंड्स को अपने पास रखा, जिसमें अच्छी गुणवत्तापरक कंपनियों में निवेश करने की क्षमता न हो, तो मात्र इस वजह से हमारी गुणवत्ता प्रभावित हो जाएगी और हो सकता है कि हमसे अपने मौजूदा निवेशकों के हितों का नुकसान हो जाए। हो सकता है कि यह सहज ज्ञान के विपरीत हो, लेकिन ऐसा करके हम आगे के लिए अपने कारोबार को सुरक्षा प्रदान करते हैं। यह कारोबार पूरी तरह आपकी साख और प्रदर्शन पर निर्भर है।

क्या आपका प्रदर्शन बेंचमार्क से भी कोई संबंध रखता है?

एस.आर.—वहाँ एक बेंचमार्क तत्त्व होता है, क्योंकि बहुत से ग्राहक इसकी जरूरत समझते हैं। हमारे लिए बेंचमार्क का कोई खास महत्त्व नहीं होता और न हम इनसे विचलित होते हैं। हम एक सादे कागज से शुरुआत करते हैं और 30–40 उच्च गुणवत्तापरक कंपनियों के स्टॉक किफायती कीमत पर किसी भी समय खरीद लेते हैं। हम मानते हैं कि अगर एक कंपनी लंबे समय तक अच्छा प्रदर्शन कर रही है, जिसमें सटीक रिटर्न माइंडसेट का वह कंपनी परिचय दे रही है तो उससे संबंधित अन्य प्रदर्शनों का हम खयाल रख लेंगे। ग्राहक बेंचमार्क का इस्तेमाल अन्य फंड्स से हमारी तुलना के लिए करते हैं, जबकि हम इसे बहुत तवज्जो नहीं देते, फिर भी हम इनकी बाध्यता समझते हैं, इससे भी बढ़कर जरूरी यह है कि हम इसकी (बेंचमार्क) वजह से अपनी निवेश फिलॉसफी को प्रभावित नहीं होने देते। आप हमें कभी भी किसी कंपनी के मूल्यांकन की तुलना इंडेक्स या सेक्टर के आधार पर करते हुए नहीं पाएँगे। किसी एक कंपनी से हमारी रिटर्न उसकी अपेक्षा प्रबंधन की गुणवत्ता, लंबी अवधि के ट्रैक रिकॉर्ड, वित्तीय मजबूती और फ्रेंचाइजी की ताकत के आधार पर तय होती है। उदाहरण के लिए, जहाजरानी उद्योग में, आपके पास बेहतरीन प्रबंधन टीम और अच्छी फ्रेंचाइजी हो सकती है, लेकिन अंततः यह एक साइक्लिकल इंडस्ट्री है,

जहाँ प्रबंधकों के हाथ में यह नहीं होता कि वे अपनी किस्मत पर नियंत्रण स्थापित कर लें। एक अन्य चीज से भी आपको संघर्ष करना होता है, केंद्रीय बैंकरों द्वारा अप्राकृतिक तौर पर ब्याज दरों को नीचे रखन, जिससे बचत और निवेश समुदाय पर दबाव पड़ता है। शिपिंग कंपनी के बारे में सोचिए कि उन्हें निम्न ब्याज दरों को लेकर कोई फिक्र क्यों होनी चाहिए? उन्हें सस्ती दर पर कर्ज मिल सकता है और वे उससे तमाम काम कर सकती हैं, लेकिन वे ज्यादातर अपने जोखिम के प्रति नजरिए के बारे में मुझसे अधिक चिंता साझा करती हैं।

2007 में आपने यहाँ काम शुरू किया, तब से फंड्स का आकार लगभग दोगुना हो चला है। इससे आपको ज्यादा प्रतिभावानों की जरूरत पड़ी होगी, तो ऐसा कर्मचारी ढूँढ़ पाना, जो कि टीम की निवेश फिलॉसफी पर सहमत हो सके, कितना आसान या मुश्किल है?

एस.आर.—यह चुनौतीपूर्ण है और आगे भी रहेगा! शायद यही कारण है कि हमारी टीम के ज्यादातर साथी फाइनेंशियल सर्विस इंडस्ट्री से ताल्लुक नहीं रखते।

मान लीजिए कि पाँच साल के दौरान, फंड मैनेजमेंट इंडस्ट्री में 20 ऐसे फंड और आ गए, जिनका रवैया उसी तरह का है जैसा कि आपका, तो क्या आपके नजरिए में कुछ बदलाव आएगा?

एस.आर.—तब तो हम खुशनसीब साबित होंगे! हम लंबी अवधि के निवेश को लेकर वास्तविक दुनिया में एक बहस छेड़ना चाहते हैं, सीखना चाहते हैं और लोगों के व्यवहार में यथासंभव बदलाव लाना चाहते हैं। वित्तीय समुदाय का समय विस्तार हाल के दशकों में धराशायी हो गया है और इसके तमाम अनपेक्षित प्रभाव देखने को मिल रहे हैं और यह प्रभाव इस इंडस्ट्री के अंदर और बाहर दोनों जगहों पर हो रही गतिविधियों में नजर आ रहा है। बाजार में शामिल तमाम भागीदारों के अंदर एक प्रभुत्ववाली भावना विकसित हो रही है, जिसे बदलने की जरूरत है। हमारी गतिविधियाँ न केवल हमारे ग्राहकों पर व्यापक असर डालती हैं, बल्कि उन कंपनियों को भी प्रभावित करती हैं, जिनमें हमारे ग्राहकों के पैसे लगे होते हैं। अब अगर हम खराब गुणवत्तावाली कंपनी में पैसा लगा देंगे, तो इससे दोनों ही तरफ कैसा संदेश जाएगा, यह समझा जा सकता है। पूँजी के सप्लायर के तौर पर वित्तीय समुदाय वैश्विक समस्या का एक अक्षुण्ण अंग है! पिछली सदी में पूँजीवाद को जिस तरह अमल में लाया गया, उसमें तमाम कमियाँ थीं। हमारे समाज में असंतुलन का एक आंशिक कारण यह भी है। धनी और निर्धन के बीच बढ़ती खाई इस कमी को

और उजागर कर रही है। पूँजीवाद की एक और कमजोरी यह है कि इसने प्रबंधनों को यह सिखाया है कि शेयरधारकों के हितों को तमाम अन्य दावेदारों के हितों से दोगुना आगे रखें। इस वजह से अनिवार्य रूप से प्रबंधनों पर दबाव बढ़ा है कि वे शॉर्टकट अपनाएँ, जिससे कि फ्रेंचाइजी को लंबे कार्यकाल में केवल-और-केवल नुकसान ही होता है।

फर्स्ट स्टेट स्टीवर्ट की निवेश फिलॉसफी बेहद अलग है और ऐसा करते हुए इसने पिछले दशक में बेहतरीन परिणाम दिए भी हैं। क्या आप कुछ ऐसी कमियों की ओर भी इशारा करेंगे, जिन्हें आप आनेवाले वर्षों में दूर करने का प्रयास करेंगे?

एस.आर.—हमारा नजरिया कुछ ऐसा है कि हम मजबूत नीतियोंवाली प्रबंधन टीमों की पहचान करने में जुटे रहते हैं। जिन कंपनियों को सरकार और नियामकों से जूझना पड़ता है, उनमें एक निश्चित स्तर तक अस्पष्टता नजर आती है, जो हमें परेशान करती है। यह दुविधा तब और गंभीर हो जाती है, जब व्यापक रूप से नियंत्रित सेक्टर से संबंधित बाजार की अग्रणी कंपनियाँ नियमों का इस्तेमाल करते हुए प्रवेश रोकने के लिए बैरियर बनाने लगती हैं। ये बैरियर स्वाभाविक रूप से उन कंपनियों के शेयरधारकों की मदद करते हैं, लेकिन ऐसा करके ये कंपनियाँ लाखों निवेशकों के हितों पर चोट पहुँचाती हैं और इन निवेशकों को अनावश्यक रूप से ज्यादा पैसे खर्च करके शेयर खरीदने पड़ते हैं। यह एक व्यवस्थित तरीका है, जिसमें पैसा गरीबों से अमीरों की तरफ रुख करता है! दीर्घकालीन पूँजी सप्लायर होने के बावजूद हम बहुत से देशों में इस कमी को दूर कर पाने में अब तक विफल रहे हैं।

हम कभी-कभी वास्तविक दुनिया से कट जाते हैं, जो हमारे लिए एक जोखिम की तरह है। अच्छी कंपनियों के भी अच्छे और खराब दिन होते हैं। किसी परेशानी के दौरान हमारे लिए सबसे आसान रास्ता यही होता है कि हम किसी कंपनी के शेयर बेचें और उन हालात से बाहर आ जाएँ। प्रबंधन और नियंत्रक शेयरधारकों को यह सुविधा हासिल नहीं है। किसी कंपनी को प्रबंधन की निष्ठा और इतिहास के झरोखे से देखने का मतलब यह होता है कि वहाँ भी जोखिम मौजूद है कि कभी-कभी हम उस संस्थान में हो रहे तीव्र बदलाव को नहीं पकड़ पाते। स्कॉटिश इतिहास की जड़ों के हिसाब से, हमें शांतचित्त मूल्यांकन केंद्रित ही होना चाहिए। इस रवैये से अलग होने का मतलब है कि इससे पहले कि हम कुछ समझ पाएँ, कुछ अच्छी कंपनियों से हाथ धो बैठेंगे।

□

5

आपके अंदर का गुरु

"यह विचार कि दिमाग बचपन में ही एक राह पकड़ लेता है, जो कि एक विचार था, जिस पर अब तक काफी मजबूती से विश्वास किया जाता था, जब तक कि हाल में इसे पूरी तरह गलत साबित नहीं कर दिया गया। इससे संबंधित कोई तथ्य नहीं पाया गया कि दिमाग में बचपन के बाद कोई बदलाव नहीं किया जा सकता है। दरअसल, किशोरावस्था में मनुष्य के दिमाग में व्यापक बदलाव और विकास होता है और उसी प्रकार उम्र के 20वें और 30वें पड़ाव के दौरान और यहाँ तक कि उसके बाद भी इसमें प्लास्टिक की तरह बदलाव लाया जा सकता है। इसका लचीलापन या प्लास्टिकवाला गुण आधारभूत अवस्था है, जिसमें आपकी उम्र से फर्क नहीं पड़ता।"—सारा जेन ब्लेकमोर, रॉयल सोसाइटी यूनिवर्सिटी रिसर्च फेलो और यू.के. स्थित यूनिवर्सिटी कॉलेज लंदन में कॉग्निटिव न्यूरोसाइंस के प्रोफेसर।[1]

हमारा दिमाग 100 खरब न्यूरॉन से मिलकर बना होता है। दिमाग को लेकर बेहद दिलचस्प रिसर्च बताते हैं कि यह इस कदर शानदार और ताकतवर होता है कि इसमें शामिल हर न्यूरॉन 1000 से लेकर 10,000 अन्य न्यूरॉन्स के साथ संयोग भी बना सकता है। इस सूचना के आधार पर, वैज्ञानिकों ने यह आकलन किया है कि दिमाग की संभावित अवस्था कुछ ऐसी है कि दिमाग की सक्रियता

---

1. जॉन ब्रॉकमैन की संपादित किताब थिंकिंग के एक अध्याय द एडॉलसेंट ब्रेन में, (हार्पर पेरेनियल, 2013)

का आकलन अगर पर्म्युटेशंस और कॉम्बिनेशंस के आधार पर किया जाए तो यह आँकड़ा ब्रह्मांड में मौजूद प्राथमिक कणों को भी पार कर जाएगा।

बीते दशकों के दौरान विज्ञान की बेहद दिलचस्प खोजों में से एक यह भी है कि मैग्नेटिक रेजोनेंस इमेजिंग MRI के जरिए पता लगाया गया कि हमारा दिमाग कैसे काम करता है। एम.आर.आई. स्कैनर्स तगड़ी मैग्नेटिक फील्ड और रेडियो वेव्स की मदद से शरीर के अंग की इमेज, यानी एक छाप बनाई जाती है। इस तकनीक से चिकित्सकों द्वारा चिकित्सकीय जाँच, बीमारी की सही जगह तय करने और बिना रेडिएशन के खतरे के प्रभावित जगह का फॉलोअप किया जा सकता है। मनोवैज्ञानिकों और मस्तिष्क वैज्ञानिकों ने इस तकनीक का व्यापक इस्तेमाल किया है। इस चीज को समझना कि दिमाग आसान काम को कैसे करता है, जैसे कि चेहरा पहचानने में और साथ ही जटिल काम करने की प्रक्रिया भी, जैसे कि अंकों की सीरीज से अर्थमैटिक पैटर्न निकालना हो। उन्होंने इन शोधों से जो निष्कर्ष निकाला, उससे यह समझ बढ़ी कि दिमाग काम कैसे करता है, यह कितना ताकतवर है और सबसे महत्त्वपूर्ण कि इसमें प्लास्टिकवाले गुण कितने हैं, जिसकी वजह से किसी भी उम्र में इसमें बदलाव किया जा सकता है। इनसानी दिमाग की फितरत ने ही मुझे यह किताब लिखने को बाध्य किया, लेकिन इससे पहले कि हम इसके अंदर प्रवेश करें, हमें यह पहले समझ लेना चाहिए कि भारतीय स्टॉक मार्केट में लंबी अवधि के निवेशकों के अंदर किस प्रकार के गुण होने चाहिए।

दशकों से दुनिया के तमाम हिस्सों में रहनेवाले फंड मैनेजरों को सलाह देने से यही निष्कर्ष निकला कि

1. संशय (लेकिन नकारात्मक नहीं) और जिज्ञासा;
2. विरोधाभास या मूर्तिभंजन;
3. सतर्कता और संरक्षण, जो कि तात्कालिक स्थितियों के झोंके या बहाव में न आए;
4. निरंतरता और दृढता, जो कि गहरे विश्लेषण के लिए जरूरी है और
5. धैर्यपूर्वक (या दिमाग को ठंडा रखना) सही समय और अवसर का इंतजार करना।

आपके या मेरे लिए, सफलतापूर्वक बड़ी रकम निवेश करने के लिए ऊपर दिए गए लक्षण होने बेहद जरूरी हैं। उदाहरण के लिए, स्टॉक्स को लेकर मेरी गहन रिसर्च करने की क्षमता के आधार पर मान लें कि मैंने कुछ साल अच्छे रिटर्न हासिल किए और अपने पास मौजूद सोने के अंडे देखकर मन-ही-मन खुश होता रहा। खुशहाली की दशा में मैंने गोवा के समुद्री तट के किनारे एक घर बनाने का

ख्वाब देखा, जिसे मेरे स्टॉक्स खरीद सकते थे। मैंने इस विचार पर अपने दोस्तों से राय जाननी चाही तो उन्होंने भी उत्साहित होकर अपनी रजामंदी दिखाई। अब आप आगे क्या सोचेंगे कि क्या होना चाहिए? बाजार में लड़खड़ाहट का पहला संकेत मिलते ही मैं एक या दो साल के अच्छे रिटर्न हासिल करने के बाद ही अपने स्टॉक डंप कर दूँगा। उनमें से कुछ स्टॉक्स ऐसे होंगे, जिनसे उस दौरान बाहर निकलना उचित होगा, लेकिन अगर मैं वाकई उच्च स्तरीय पोर्टफोलियो बनाना चाहता हूँ, तो मेरे अंदर धैर्य की कमी के चलते गोवा में समुद्र के किनारे घर बनाने का मेरा इरादा सबसे ज्यादा खर्चीला साबित होगा।

इसलिए सफल निवेशकों के अंदर लक्षणों का पूरा जखीरा होता है और वे अपना ऐसा रिटर्न बाजार से निकालना चाहेंगे, जो दो या तीन दशक से बाजार में समाहित हो। अच्छी खबर यह है कि चाहे मैं हूँ या आप, इस आदत को अपने अंदर भी विकसित कर सकते हैं, यह विज्ञान ने कर के दिखा दिया है। अगर आप मेहनत करने के लिए तैयार हैं, जिसमें कम-से-कम 10 हजार घंटे की जरूरत है, आप भी विशेषज्ञ बन सकते हैं।

जटिल कुशलता आगे के एडवांस स्टेज में भी हासिल की जा सकती है और इस बारे में विज्ञान की दो शाखाएँ स्पष्ट बताती हैं—न्यूरो साइंस, जो कि जीव विज्ञान की एक शाखा है और नर्वस सिस्टम के वैज्ञानिक अध्ययन पर ध्यान केंद्रित करती है और मनोविज्ञान, जो कि दिमागी कार्यप्रणाली और व्यवहार से संबंधित व्यावहारिक क्षेत्र है। हम पहले यह पता करते हैं कि न्यूरो वैज्ञानिकों ने अब तक क्या हासिल किया है।

न्यूरो वैज्ञानिकों की राय

कैलिफोर्निया-आधारित न्यूरो वैज्ञानिक विलयानूर रामचंद्रन, यूनिवर्सिटी ऑफ कैलिफोर्निया—सैन डियागो स्थित सेंटर फॉर ब्रेन ऐंड कॉग्निशन में निदेशक हैं। महान् जीव विज्ञानी रिचर्ड डॉकिन्स, जिन्हें न्यूरो विज्ञान का मार्को पोलो भी कहा जाता है, ने रामचंद्रन के जबरदस्त कार्यों का उल्लेख किया है, जिसमें उन्होंने सुस्पष्ट और गैर वैज्ञानिक टर्मिनोलॉजी को शामिल करते हुए दोबारा हमारी समझ को एक नया आकार दिया है कि हमारा दिमाग कैसे काम करता है। उन्होंने यह साबित किया कि हमारे दिमाग की सतह पर पूरे शरीर का नक्शा छपा होता है। हमारे शरीर के हर हिस्से के लिए हमारे दिमाग में एक जगह निश्चित होती है, जहाँ से वह नियंत्रित होता है और उसके आदेश पर वह हिस्सा प्रतिक्रिया देता है। यह भी पता चला है कि दिमाग का फेस एरिया उसके हैंड एरिया के बिल्कुल बगल

में स्थित होता है। ऐसा क्यों है, इसका कारण अब तक खोजा नहीं जा सका है।

रामचंद्रन ने यह भी पाया कि अगर किसी की बाँह हटा दी जाए, तो दिमाग का हैंड एरिया भी खाली हो जाता है। चूँकि दिमाग का हैंड एरिया ही संवेदनाओं का इनपुट भेजने का काम करता है, तो फेस स्किन का संवेदी इनपुट (जो कि सामान्यतया दिमाग के फेस एरिया में जाता है) अब दिमाग में खाली पड़ी जगह में प्रवेश कर जाता है। परिणामस्वरूप, अगर आप चेहरे को छूते हैं, तो संदेश न केवल दिमाग के फेस एरिया में जाता है, बल्कि वह दिमाग के हैंड एरिया में भी पहुँचता है। परिणाम, उस व्यक्ति को महसूस होता है कि उसके शरीर में अब भी हाथ मौजूद है और कटा नहीं है। इस परिणाम का फायदा हम देख सकते हैं कि बाहरी बदलाव के कारण दिमाग की वायरिंग में भी बदलाव आ जाता है।

अपने काम के बारे में रामचंद्रन बताते हैं, ''मैंने न्यूरोलॉजी के इस सिद्धांत को चुनौती दी, जिसमें कहा गया था कि दिमाग के न्यूरल कनेक्शन भ्रूण में शुरुआत में ही पनप जाते हैं और एक बार जब वे जीनोम द्वारा दिमाग में बिछाए जाते हैं, फिर उसमें कोई बदलाव नहीं लाया जा सकता…ऐसा माना जाता था कि दिमाग के कनेक्शनों में प्लास्टिक जैसे गुण नहीं होते, यानी उनमें कोई बदलाव नहीं किया जा सकता। हमने अपने प्रयोगों से यह साबित किया कि वास्तव में, दिमाग में दोबारा वायरिंग करना बिल्कुल संभव है। इसमें इस कदर बदलाव की संभावना है कि दिमाग के कॉर्टेक्स में स्थित फेस इनपुट खाली जगह पाते ही दो सेंटीमीटर दूर स्थित हैंड एरिया में घुसपैठ करता है और वहाँ कब्जा कर लेता है। फिर हमने ब्रेन इमेजिंग करके इसे साबित किया कि वास्तव में यह घुसपैठ हुई। हालाँकि मनोवैज्ञानिक प्रयोगों से हम पहले ही जान चुके थे कि ऐसा वास्तव में होता है।''[2]

रामचंद्रन और तमाम अन्य न्यूरो वैज्ञानिक जैसे कि साराह जेन ब्लेकमोर, यह साबित करते हैं—

- हमारा दिमाग किसी भी चीज के प्रति सफलतापूर्वक आदत बना लेता है, खासकर बाहरी प्रभावों के कारण (इस लक्षण को न्यूरो प्लास्टिसिटी कहते हैं)
- कमियाँ, चाहे वे सेंसरी (डिस्लेक्सिया, दृष्टिहीनता)हों, भौतिक (किसी शारीरिक अंग का नुकसान), दिमाग के किसी खास हिस्से को दूसरी इनसानी क्रियाओं से सक्रिय किया जा सकता है; और

---

2. जॉन ब्रोकमैन की संपादित और विलायनूर रामचंद्रन की लिखी किताब थिंकिंग के अध्याय एडवेंचर्स इन बिहैविओरल न्यूरोलॉजी, (हार्पर पेरेनियल, 2013)

- हमारे दिमाग में बदलाव उम्र के शुरुआती वर्षों में ही नहीं आता, बल्कि ताउम्र इसमें बदलाव की संभावना बनी रहती है।

मनोवैज्ञानिकों का रुख

मनोवैज्ञानिकों ने अपनी राय अलग तरीके से पड़ताल करने के बाद बनाई। वे यह समझना चाहते थे कि क्या इस्तेमाल करने, स्व अनुशासन बनाने से हम दिमाग में नई चीजों को आकार दे सकते हैं, क्या नए कौशल विकसित कर सकते हैं और नई आदत भी बना सकते हैं।

स्व अनुशासन से संबंधित चर्चित अध्ययनों की शृंखला 1960 और 1970 के दशक में शुरू की गई थी, जो स्टैनफोर्ड यूनिवर्सिटी के वाल्टर मिशैल ने शुरू की थी और इसमें छोटे बच्चों की किसी चीज को ग्रहण करने में देरी करने की क्षमता (उदाहरण के लिए, लंबे समय तक मार्शमैलो न खाना, जबकि उन्हें ऐसा करने से कोई रोकता नहीं) से उनके बाद के जीवनकाल में सकारात्मक बदलाव देखने को मिले। ये बदलाव उनकी शारीरिक और अकादमिक सफलता से भी जुड़ते थे। इसके अलावा शोध में यह भी साबित हुआ कि स्व अनुशासन तमाम और भी जरूरी लक्षणों से जुड़ा रहता है, जैसे कि धैर्य, त्वरित प्रतिक्रिया पर नियंत्रण और इच्छा शक्ति। मिशैल के कामों को देखते हुए, बड़ा सवाल यही उठता है कि क्या स्व अनुशासन एक ऐसा गुण है, जो आप लेकर पैदा होते हैं या इसे आगे के जीवनकाल में भी किसी के अंदर विकसित किया जा सकता है?

मनोवैज्ञानिकों का इस पर कोई ठोस निष्कर्ष नहीं है, जिससे कि पता चल सके कि स्व अनुशासन अपने अंदर विकसितकर और सशक्त बनाया जा सकता है। हालाँकि यहाँ दिए गए कुछ संकेत हमें उस दिशा की ओर ले जाते हैं, जहाँ इससे संबंधित निष्कर्ष न्यूरो वैज्ञानिकों के निष्कर्षों से कुछ हद तक मेल खाते हैं—

1. 1980 के दशक की शुरुआत में स्व अनुशासन सिद्धांत में बड़ी सफलता हाथ लगी। कार्नेजी मेलन यूनिवर्सिटी के प्रोफेसर मिशैल शेइअर और मिआमी यूनिवर्सिटी के प्रोफेसर चार्ल्स कार्वर ने दिखाया कि कैसे स्व जागरूकता स्व सुधार से जुड़ा हुआ गुण है। दोनों ही प्रोफेसरों ने दिखाया कि स्व जागरूकता के चलते एक फीडबैक लूप बनता है, जिसे हम TOTE, यानी टेस्ट, ऑपरेट, टेस्ट, एग्जिट कहते हैं। इसमें खुद का आकलन स्वतः मौजूदा मानक पर करने की प्रवृत्ति (T) देखी जाती है और अगर वर्तमान स्थिति मानक से कमतर होती है, तो संबंधित व्यक्ति उस कमी को दूर करने के लिए विशेष प्रयास (o) करता है।

इसके बाद वह कुछ समय के बाद उसे दोबारा जाँचता (T) है। जब मानक का अंतिम रूप से मिलान हो जाता है, तो लूप एग्जिट (E) की राह पकड़ लेता है।[3]

2. जो लोग एक खास डोमेन में ज्यादा मात्रा में स्व अनुशासन हासिल करना चाहते हैं, उनके मामले में ज्यादा प्रभावी परिणाम खुद के जरिए और दूसरों के जरिए भी उनके व्यवहार की ज्यादा मॉनीटरिंग करके हासिल किया जा सकता है। यह तथ्य अल्बानी यूनिवर्सिटी के मार्क मुरावेन ने तमाम अध्ययनों के बाद विकसित किया था। 1999 में उन्होंने दिखाया कि जो लोग स्व नियंत्रित क्षमता पर दैनिक आधार पर अभ्यास करते हैं, जैसे कि उनकी चाल-ढाल में सुधार आदि से वे दूसरों से अच्छा प्रदर्शन करते हैं, जैसा कि स्व नियंत्रण से संबंधित प्रयोगशाला में जाँच से पाया गया है।[4]

3. आइए, स्व अनुशासन के एक खास पहलू पर गौर करते हैं—तमाम दिक्कतों और परेशानियों के बीच अपने खास लक्ष्य को ध्यान में रखते हुए लगन या निरंतरता या स्वेच्छा से अपनी गतिविधियों पर लगातार केंद्रित रहना। मनोवैज्ञानिकों का इस पर विशेष जोर रहता है कि यह लगन या निरंतरता आगे चलकर जैसे-जैसे उम्र बढ़ती है और खासकर युवावस्था के मध्य पहुँचने पर बढ़ जाती है।[5] इससे भी ज्यादा दिलचस्प यह कि निरंतरता ऐसा मानवी गुण है, जिसमें सुधार की गुंजाइश हमेशा बनी रहती है। तमाम अध्ययनों में यह बात निकलकर आई है कि जिन लोगों को प्रयास करने और निरंतरता बनाए रखने को लेकर प्रशिक्षण मिला होता है, उनके अंदर अपनी निरंतरतावाली क्षमता में सुधार की जबरदस्त संभावना बनी रहती है और विफलता की दशा में भी इसमें अंतर नहीं आता।[6]

---

3. अमेरिकन साइकोलॉजिकल एसोसिएशन के अध्याय 22 कैरेक्टर स्ट्रेंथ्स ऐंड वर्च्यूज, (ऑक्सफोर्ड यूनिवर्सिटी प्रेस, 2004)
4. अमेरिकन साइकोलॉजिकल एसोसिएशन का कैरेक्टर स्ट्रेंथ्स एंड वर्च्यू का अध्याय 22, (ऑक्सफोर्ड यूनिवर्सिटी प्रेस, 2004)
5. अमेरिकन साइकोलॉजिकल एसोसिएशन का कैरेक्टर स्ट्रेंथ्स एंड वर्च्यू का अध्याय 22, (ऑक्सफोर्ड यूनिवर्सिटी प्रेस, 2004)
6. अमेरिकन साइकोलॉजिकल एसोसिएशन का कैरेक्टर स्ट्रेंथ्स ऐंड वर्च्यू का अध्याय 10, (ऑक्सफोर्ड यूनिवर्सिटी प्रेस, 2004)

मोटे तौर पर कहें तो विज्ञान की इन दो बिल्कुल अलग शाखाओं की दिशा एक ही तरफ जाती है, उचित प्रयास से खुद को मोड़कर हम जो बनना चाहते हैं, वैसा बन तो सकते ही हैं। दरअसल, न्यूरो वैज्ञानिकों और मनोवैज्ञानिकों द्वारा, जो चीजें खोजी गई हैं, वे चाहे अटलांटिक महासागर के किसी भी तरफ हुई हों, तार्किकता के साथ यही बताती हैं कि मशहूर लेखक मैल्कम ग्लैडवेल और मैथ्यू सईद ने जो कहा है कि 10 हजार घंटे के समर्पित अभ्यास से कोई भी व्यक्ति विश्व चैंपियन बन सकता है। यह अब स्पष्ट हो चुका है कि समय में इस स्तर का निवेश दिमाग की वायरिंग को संशोधित करने के लिए काफी है। इससे नए न्यूरल कनेक्शंस का सृजन होता है और जो प्रतिस्पर्धी अपेक्षाकृत कम समर्पित कनेक्शन रखते हैं, वे घाटे में रहते हैं।

निवेश की दुनिया में न्यूरोलॉजिकल राह को बदलना

अब, जबकि वैज्ञानिकों ने भी कह दिया है कि हम सबमें वह क्षमता है कि अपने बेहतर भविष्य के लिए हम सब चाहें तो नियमित और केंद्रित अभ्यास के जरिए खुद में अहम बदलाव ला सकते हैं, फिर भी हममें से तमाम लोग ऐसे हैं, जिनके पास इतना वक्त नहीं होता कि वे बड़ा निवेशक बनने के लिए उच्च स्तर का अभ्यास कर सकें। हम सब हकोकत की दुनिया में रहते हैं, जहाँ हमारी नौकरियाँ हमसे बेहतर परिणाम की अपेक्षा करती हैं और पारिवारिक जिम्मेदारियाँ भी हमें ही निभानी पड़ती हैं। तो ऐसे में आपके-हमारे जैसे लोग एक सफल दीर्घकालीन निवेशक कैसे बन पाएँगे, बड़ा सवाल अब हमारे सामने है ? इसके लिए मैंने एक चीट शीट बनाई है, जिसमें आपकी इच्छा के अनुसार समय की अपेक्षा की गई है, वह समय हफ्ते में कुछ अतिरिक्त घंटे भी हो सकते हैं अगर आप निकाल पाएँ तो कुछ सीख सकते हैं।

सलाह 1—एक वास्तविक अपेक्षा या उम्मीद बनाएँ कि आप इक्विटी से किस तरह का रिटर्न चाहते हैं। क्रॉस साइकिल आधार पर, भारत की इक्विटी मोटे तौर पर आपको उतना ही रिटर्न दे पाएगी, जितना उनकी लागत होगी, जो फिलहाल 15 फीसद के आस-पास होती है। चूँकि यह भारतीय इक्विटीज द्वारा प्राप्त होनेवाला दीर्घकालीन रिटर्न है, वह भी तब, जब निफ्टी तीन साल लगातार ऊँचा रिटर्न देता रहे। आपके लिए यह समय है अंतर मूल्यांकन का और ज्यादा संभावना यही है कि यह उचित समय हो बिक्री के लिए। दूसरी तरफ, अगर तीन साल के दौरान, निफ्टी ने 15 फीसद से कम रिटर्न दिया, तो यह समय आपको स्टॉक्स में और भारी निवेश करने का है। हालाँकि आपके लिए इस तरह का व्यावहारिक

(या विरोधाभासी) निर्णय लेने के लिए, आपको अपने निवेश पर रिटर्न को लेकर वास्तविक अपेक्षा तय करनी होगी कि आप मूल आधार पर कितना खरीदना और बेचना चाहेंगे। अन्यथा, ज्यादा संभावना यही रहेगी कि आप भीड़ में खो जाएँ और क्रॉस साइकिल रिटर्न के तौर पर 15 फीसद से कम का रिटर्न हासिल कर पाएँ।

सलाह 2—यह आपकी तब मदद करेगी, जब आप निवेश किए हुए शेयरों के दामों पर जल्दी-जल्दी नजर नहीं दौड़ाते हैं। जब तक कि आपके पास वह दिमाग न हो कि पट्टी पर चलनेवाले नामों और आँकड़ों को देखकर न भटकता हो, तब आपको अपने शेयरों के दाम महीने में एक बार ही (वास्तव में तीन महीने में एक बार) देखने चाहिए और जब आप कीमतों की तरफ देखें, तब ध्यान रखें कि बाजार बंद होनेवाला हो। दरअसल, मेरी यह भी सलाह है कि आप वित्तीय खबरों से संबंधित समाचार चैनल भी न देखें या बाजार खुले होने के दौरान अपने कंप्यूटर टर्मिनल पर ब्लूमबर्ग/रॉयटर्स भी न लगाएँ। यही एक तरीका है, जिससे आप अपने रिफ्लेक्स ब्रेन को अनावश्यक हरकत करने से बचा सकेंगे, जो कि बेहद खराब निवेश निर्णय लेने के लिए आपको प्रेरित करेगा। जैसा कि व्यावहारिक विश्लेषण के मामले में पिता समान और नोबेल पुरस्कार विजेता डैनियल कान्हमैन कहते हैं, अगर स्टॉक खरीदना आपके लिए लंबे समय की परियोजना है, तो उनकी कीमतों में पल-पल होनेवाले बदलाव पर नजर रखना, बहुत-बहुत बुरा विचार है। यह काम आपको बिल्कुल छोड़ देना चाहिए, क्योंकि लोग छोटी अवधि में होनेवाले नुकसान के प्रति बेहद संवेदनशील होते हैं। अगर आपने रोज अपने पैसे गिनने शुरू कर दिए तो आप परेशानी में पड़ जाएँगे।[7]

सलाह 3—अपने पोर्टफोलियो को रिफ्लेक्सिव दिमाग से बचाने का एक और तरीका है, ताकि अति उत्साह में यह दुस्साहसिक और गलत फैसले लेने के लिए आपको न उकसाए, आप खजाने में समझदारी से कम-से-कम 15 स्टॉक रखें। इन्हें अच्छी तरह समझ-बूझकर चुनें (ये स्टॉक अलग-अलग क्षेत्रों और मार्केट कैप के हिसाब से हों), 15 स्टॉक आपको सुरक्षा भी प्रदान करेंगे और अति उत्साह के दौर में आपको नुकसान पहुँचने से बचा सकेंगे। स्वाभाविक रूप से, आप चाहें तो 15 से ज्यादा स्टॉक भी अपने पोर्टफोलियो में रख सकते हैं (ज्यादातर पेशेवर निवेशक कम-से-कम 40 से 50 स्टॉक अपने पोर्टफोलियो में रखते हैं) लेकिन उनमें बढ़ोतरी की उपयोगिता (आपके पोर्टफोलियो के विविधिकरण के नजरिए से) कम होती जाती है, जैसे-जैसे आप अपने पोर्टफोलियो में 15 से

7. योर मनी ऐंड योर ब्रेन, जेसन ज्वेग, (सिमोन एंड शूस्टर, 2007), पेज 83

ज्यादा स्टॉक शामिल करते जाते हैं।

सलाह 4—खुद से पूछें कि गलत क्या हुआ, बजाय कि वर्तमान शेयर कीमतों पर नजर केंद्रित रखने और कंपनी की हैसियत के बारे में ज्यादा सोच विचार करने के, खुद से सवाल करें, तब क्या होगा, जब अमुख कंपनी का कारोबार मेरी सोच के मुकाबले आधा ही निकला, या तब क्या, जबकि कंपनी में कल को साख को लेकर कोई घोटाला हो जाए, क्या उस कंपनी का कारोबार घोटाले से उबर पाएगा? केवल तभी, जबकि आप खुद को आश्वस्त कर लेंगे कि बाजार के धराशायी होने की स्थिति में भी आप न्यूनतम जोखिम उठा सकते हैं, तो आपको निवेश के लिए आगे बढ़ना चाहिए।

सलाह 5—इत्मीनान रखें। चूँकि आपकी हद से ज्यादा सक्रियता से भी ऐसा नहीं होनेवाला कि आपका निवेश बाजार की दिशा से उलट आपको हैरतअंगेज रिटर्न दे देगा, इसलिए निवेश के मामले में नपा-तुला रवैया अपनाने के अलावा दूसरा समझदारी भरा कदम कोई है ही नहीं। एक सुकून से भरा, स्थिर दिमाग, जो कि भीड़ के शोर से अप्रभावित रहता है, वही आपको बाजार में हर तरफ मौजूद लालच और डर के ज्वार भाटे से निकालकर ले जाएगा। यही कारण है कि चाहे भारत हो या दुनिया का कोई और मुल्क, महान् निवेशक आपको हमेशा शांत, धैर्यवान और संतुष्ट रूप में ही मिलेंगे।

सलाह 6—निवेश के सरल नियम लिख डालें और उन पर अमल करें। जो नियम इस किताब के पिछले अध्यायों में दिए गए हैं (उदाहरण—केवल तभी स्टॉक खरीदने की सोचें, जबकि आप उस कंपनी का बिजनेस मॉडल अच्छी तरह समझते हों, केवल उन्हीं कंपनियों में पैसे लगाएँ, जिनका कैश फ्लो अच्छा हो, वे नियोजित पूँजी पर अच्छा रिटर्न लंबे समय से दे रही हों और इसी तरह की तमाम चीजें वे तमाम समझदार पेशेवर निवेशकों के मामले में सफलतापूर्वक काम कर रहे हैं। कुछ इसी तरह के नियमों का सेट आप भी तय कर लें और उसी पैमाने पर आगे बढ़ें। वे ही आपकी मदद करेंगे। स्टॉक मार्केट में बिना नियम बनाए उतरना बिल्कुल उसी तरह है, जैसे महासागर में बिना कंपास या जी.पी.एस. के किश्ती लेकर उतर जाना।

बतौर केस स्टडी लेखक

तमाम वित्तीय पेशेवरों की भाँति मैंने भी निवेश के तमाम पहलुओं को समझने के लिए पाठ्यपुस्तकें पढ़ीं, अकाउंटिंग विश्लेषण, प्रतिस्पर्धी बढ़त विश्लेषण, मूल्यांकन आदि। यह सब मैंने अपने दूसरे दशक के मध्य तक कर लिया था।

निवेश से जुड़े तमाम हिस्सों को समझना और याद रखना कतई मुश्किल नहीं था और एक काल्पनिक स्तर पर, ऐसे तमाम पाठ्यक्रम और पाठ्यपुस्तकें थीं, जो शुरुआत करनेवाले को सैद्धांतिक समझ बढ़ाने में काफी मददगार साबित होती थीं। मेरी चुनौती, जो थी और अब भी बरकरार है कि मुझे निवेश से जुड़े मनोवैज्ञानिक पहलुओं को समझना और उन पर मजबूत पकड़ बनाना, अब भी कठिन प्रतीत होता है।

पिछले तीन सालों के दौरान, जो वक्त मैंने यह किताब लिखने में बिताया है, मेरे पास निवेश में मनोवैज्ञानिक पहलुओं पर काम करने हेतु ढेर सारा वक्त होता था। मैंने तमाम गुरुओं का साक्षात्कार लिया, मैंने उनकी मनोवैज्ञानिक सोच में समानता पाई, खासकर उन्होंने बताया कि निवेश का सबसे बढ़िया समय वह होता है, जब कोई और वैसा न कर रहा हो। उन लोगों की यह सलाह मेरे दिल में उतर गई।

जितना ज्यादा मैं इस विरोधाभास के विशेष पहलुओं के बारे में सोचता, उतनी ही गहनता से मैं जागरूक होता जाता और सोचता कि किस समय बड़े फंड मैनेजर अपना साम्राज्य खड़ा करते हैं और मैं भी उनकी सोच से अपनी सोच का मिलान करने लगा, यानी उदाहरण के लिए, ब्रिटिश फंड मैनेजर ने 100 मिलियन डॉलर का निवेश मारुति सुजुकी में 2012 में किया था, जब कंपनी के शेयरों के दाम मानेसर स्थित कंपनी की फैक्टरी में यूनियन की समस्याओं के चलते नीचे लुढ़के हुए थे। यह एक मील के पत्थर जैसा अनुभव है (विस्तृत जानकारी के लिए इस किताब में देखें—निवेश के सरल नियम)। उसी तरह, एक एफ.आई.आई. द्वारा आई.डी.एफ.सी. में 2013 के अगस्त के दौरान 100 मिलियन डॉलर का निवेश करना, यहाँ तक कि उसके शेयर मूल्य भारतीय रुपए की गिरावट के साथ-साथ नीचे लुढ़क रहे थे, एक शिक्षाप्रद अनुभव है।

अगस्त 2013 के अंत में मेरी सीखी हुई चीजें परीक्षण के दौर से गुजरीं। अगस्त आमतौर पर ऐसा महीना होता था, जब मेरे नियोक्ता बोनस देते थे। इसका परिणाम यह होता था कि मैं और मेरी पत्नी अपने घर के बजट का पुनरीक्षण करते थे। मुंबई में रहनेवाले ज्यादातर मध्य वर्ग के परिवारों की तरह ही हमारी वार्षिक चर्चा का विषय यही रहता कि क्या हम बड़े अपार्टमेंट में रहने के लायक हो चुके हैं? अगस्त का महीना खत्म होते-होते हम हर साल की तरह इस निष्कर्ष पर पहुँचते थे कि अभी हम उस लायक नहीं हुए। फिर सवाल यही उठता था कि हम अपनी बचत का क्या करें?

लगभग इसी दौरान मेरे सामने 24 अगस्त, 2013 का 'द इकोनॉमिस्ट' का

अंक आया, जिसके एक लेख में भारत में निवेशकों की निराशा व्यक्त की गई थी। देश में जिस तरह का नीतिगत ठहराव कायम था, जिस वजह से देश ढलान की तरफ अग्रसर था, इस लेख में जिन कड़वी सच्चाइयों को प्रस्तुत किया गया था, उससे मैं काफी प्रभावित हुआ। मैंने अपनी पत्नी से कहा कि हम अपनी आधी बचत को छोटे और मध्य आकार के इक्विटी फंड में निवेश करेंगे। मेरी पत्नी ने संशय भरी नजर से मुझे देखा और कहा कि क्या तुम इस बारे में आश्वस्त हो ? मैं एक क्षण के लिए जरा झिझका और सोचने लगा कि अगर भारत की अर्थव्यवस्था बिल्कुल ही नीचे चली गई तो मेरी मेहनत की कमाई का क्या होगा, बच्चों को आगे की पढ़ाई के लिए विदेश भेजने के हमारे सपने का क्या होगा ? फिर मैं इन सबसे बाहर निकल आया और मैंने कहा कि महान् लोगों ने मुझे यही सिखाया है कि निवेश का सबसे बढ़िया समय वही है, जब कोई और ऐसा न कर रहा हो। इस तरह, अगस्त 2013 के आखिरी हफ्ते में जब सेंसेक्स 18 हजार अंकों के आस-पास था (जनवरी 2013 में 20 हजार), मैंने अपनी आधी वित्तीय बचत दो छोटे श्रेणी के म्युचुअल फंड में निवेश कर दी।

अब जब मैं यह किताब पूरी कर रहा हूँ, अगस्त 2014 चल रहा है, सेंसेक्स 26 हजार पर है, यानी पिछले साल के मुकाबले 40 फीसद ऊपर। हालाँकि इस दौरान मेरी निवेश की हुई रकम 100 फीसद तक बढ़ चुकी है। अब मेरे म्युचुअल फंड ब्रोकर यह देखकर स्तब्ध थे और हर हफ्ते मुझसे पूछते थे कि क्या आप और खरीदना चाहेंगे। तब मैं अपने गुरुओं को ध्यान करते हुए ब्रोकरों से कहता कि मैं तब खरीदूँगा, जब लोग बेच रहे होंगे। फिलहाल के लिए, अगर आप बुरा न मानें तो मैं मुनाफा बाहर निकालना चाहूँगा।

विरोधाभासी होने में आनंद आता है, लेकिन जोखिम भी कम नहीं है

बी.एन. मंजूनाथ ने अपना कॅरियर 1980 में केनरा बैंक के नैसेंट म्यूचुअल फंड से शुरू किया था और उन्हें भारतीय म्यूचुअल फंड बाजार के पहले संस्थागत फंड मैनेजर होने का सौभाग्य हासिल हुआ। 1993 में उन्होंने लॉयड जॉर्ज मैनेजमेंट में काम शुरू किया, जो कि भारत में प्रवेश करनेवाली पहली एफ.आई.आई. थी। वे उसमें चीफ रिप्रेजेंटेटिव के पद पर शामिल हुए। 2001 से उनकी सेवानिवृत्ति तक, यानी 2014 तक वे वार्ड फेरी मैनेजमेंट में बतौर सलाहकार जुड़े रहे। यह फर्म उनके लंबे समय के दोस्त सकॉबी वार्ड ने स्थापित की थी। वे बिरला इंस्टीटयूट ऑफ टेक्नॉलॉजी ऐंड साइंस (पिलानी) से ग्रेजुएट थे और उन्होंने पिछले बीस साल के दौरान देश में आनेवाले बदलाव

और दुनिया के सबसे बड़े स्टॉक मार्केट में वैश्विक पूँजी निवेश को अपनी आँखों से देखा है और साक्षात् गवाह रहे हैं।

आप ऐसे पहले भारतीय फंड मैनेजर हैं, जो यू.टी.आई. के जरिए पैदा नहीं हुआ है। यह कैसे संभव हुआ, आप फंड मैनेजर कैसे बन गए?

एम.—मैं इस बात को लेकर तो आश्वस्त नहीं हूँ कि मैं ही देश का पहला गैर यू.टी.आई. फंड मैनेजर हूँ; क्योंकि एस.बी.आई. से भी कुछ लोग ऐसे रहे हैं। मैंने पहले केनरा बैंक में बैंगलोर में नौकरी शुरू की और मैं उसमें आर्थिक शोध शाखा में काम करता था। 1987 में सार्वजनिक क्षेत्र के बैंकों को म्यूचुअल फंड के संचालन की भी छूट मिल गई तो बैंक ने मुझे मुंबई बुला लिया और म्यूचुअल फंड विभाग में शामिल कर दिया। यहाँ मुझे इक्विटी रिसर्च के क्रियाकलाप को स्थापित करने में सहयोग का काम मिला। एक बार मुंबई आने के बाद, मैं और टीम के कुछ सदस्यों को एक छोटे से प्रशिक्षण कार्यक्रम में शामिल होने को कहा गया। यह प्रशिक्षण कैनबैंक म्यूचुअल फंड स्टाफ ने तैयार किया था और इसमें मूलभूत विश्लेषण पर जोर दिया गया था। यह प्रशिक्षण प्रोफेसर प्रसन्ना चंद्रा की देख-रेख में तैयार किया गया था, जो बैंगलोर आई.आई.एम. से ताल्लुक रखते थे। निवेश के विषय को लेकर यह एक शानदार शुरुआत थी और यहाँ से स्टॉक्स को आँकने या मूल्यांकन करने का बढ़िया तरीका सीखने को मिला। इसके बाद क्रिसिल की तरफ से फंड मैनेजरों के लिए सेमिनार आयोजित किया गया और संजय भट्टाचार्य, जो कि उस दौरान क्रिसिल में ही थे, उन्होंने हमारा जमकर दोहन किया। ये लोग ऐसे पहले लोग थे, जिन्होंने मुझ पर अमिट छाप छोड़ी और इक्विटी बाजार में निवेश की प्रक्रिया समझने में उनका प्रभाव लंबे समय तक मेरे ऊपर रहा। उन्होंने मुझे दिशा दी कि किस तरह एक व्यवस्थित तरीका अपनाकर मैं इस काम को बारीकी से कर सकता हूँ। इसके बाद मैंने कंपनियों की वार्षिक रिपोर्ट का अध्ययन करने का गुर सीखा और नौकरी के साथ-साथ सीखने का यह क्रम 1987 से 1990 तक चला। उन दिनों में वाकई यू.टी.आई. के अलावा कोई भी संस्था सीखने के लिहाज से मौजूद नहीं थी। यह एक चुनौतीपूर्ण काम था, लेकिन इसमें आनंद भी खूब आता था। उन दिनों फंड मैनेजर ढूँढ़ने से भी नहीं मिलते थे और कंपनियों के लिए भी फंड मैनेजरों से सीधा संबंध बेहद सीमित था। मैंने भी अहम चीज खोज निकाली थी कि मैं यह आँकूँ कि अमुक कंपनी कारोबार अच्छे से कर रही हो और उसके काम में निरंतरता हो।

क्या केनरा बैंक में भी आपके कोई गुरु हैं या वहाँ इक्विटी इन्वेस्टमेंट्स में आप ही मुख्य भूमिका में थे?

एम.—इक्विटी रिसर्च की तरफ से मैं ही मुख्य भूमिका में था और यह काम मैंने अगले दो साल तक किया और मैं यह काम सीख रहा था। उन दिनों में मैंने काफी कुछ सीखा। मैंने ढेर सारी गलतियाँ कीं, लेकिन इसके बावजूद मेरा सीखने का अनुभव बेहद शानदार रहा। उदाहरण के लिए, मैंने सीखा कि अगर कंपनी अच्छे आँकड़े प्रस्तुत कर रही हो तो आपको अति उत्साहित होने की जरूरत नहीं है, क्योंकि कंपनी का लंबा ट्रैक रिकॉर्ड ज्यादा मायने रखता है।

उन दिनों (1987) में काफी कम इक्विटी म्यूचुअल फंड मौजूद रहे होंगे और भारत में इक्विटी संस्कृति भी तब तक नहीं पहुँची थी, तो आप फंड को बाजार में कैसे आगे बढ़ाते रहे होंगे?

एम.—केनरा बैंक में उस समय हमारे पास एक ग्रोथ फंड और तीन इनकम फंड थे। 1987 में आम भारतीय म्यूचुअल फंड में निवेश को लेकर दिलचस्पी नहीं दिखाता था। स्पष्ट रूप से कहूँ तो लोग म्यूचुअल फंड के बारे में जानते नहीं थे। हम (बैंक) चार-पाँच लोगों की टीम थी, जो फंड की मार्केटिंग (प्रचार-प्रसार) करती थी। हम उस समय के बड़े शहरों जैसे मैसूर, अहमदाबाद, विजयवाड़ा, विशाखापत्तनम और हैदराबाद में जाकर वहाँ के स्थानीय बैंक मैनेजरों और बैंक से जुड़े ग्राहकों को इनके बारे में बताते थे। हम इसे श्रोताओं को बताते थे कि म्यूचुअल फंड क्या होते हैं और वे कैसे काम करते हैं।

1987-88 के दौरान आपके पास किस स्तर का काम था?

एम.—शुरुआत में मैं मुंबई में केनरा बैंक के इक्विटी रिसर्च डेस्क पर काम करने गया था, लेकिन मुझे डिबेंचर्स टीम और इनकम फंड मैनेजमेंट टीम के साथ सहयोग करने को भी कहा गया। तब यह कहा गया कि मेरी जिम्मेदारी इक्विटी रिसर्च के क्षेत्र पर ज्यादा केंद्रित रहेगी। मैं शोध में और गहराई में गया और कुछ चुनिंदा विचारों को पहचानकर ले आया और उन आइडियाज को बैंक के समक्ष प्रस्तुत किया, ताकि वे उन पर विचारकर उन्हें म्युचुअल फंड निर्धारण में समाहित कर सकें। मुझे यह भी कहा गया कि जहाँ तक संभव हो, मैं देश में भ्रमण करूँ और निवेश के और आइडियाज खोजूँ, बजाय कार्यालय में बैठकर ऐसा करने के। इसका परिणाम यह हुआ कि मेरे शुरुआती वर्षों के दौरान ही मुझे ज्यादा-से-ज्यादा दौरे करने का मौका मिला।

तब आपको शुरू से ही एक अच्छी मैनेजमेंट टीम, कैश फ्लो, ROCE आदि के बारे में स्पष्ट जानकारी हो चुकी थी या यह सब काफी बाद में स्पष्ट हो सका?

एम.—मेरी प्रकृति के अनुसार, मैं रूढ़िवादी था। इसलिए मुझे यह शुरू से ही स्पष्ट था कि मैं एक चमचमाती हुई कंपनी के झाँसे में नहीं आनेवाला। शुरुआती दिनों में मेरे सामने प्रदर्शन की प्रतिस्पर्धी चुनौती जैसा कुछ नहीं था। इससे भी मुझे सहज होने का पूरा समय मिला; साथ ही, क्योंकि मैं एक बैंक में काम कर ही रहा था, तो मैं इस बात से आश्वस्त था ही कि मुझे कारोबार को आगे बढ़ाने के लिए भरोसेमंद मैनेजमेंट टीम कहाँ से मिल सकती है। इसलिए मैंने इस मुद्दे पर साख के नजरिए से आगे बढ़ने पर विचार किया और ठोस, मजबूत कंपनियों की तलाश में जुट गया। शुरुआत में, फंड में फ्लो काफी कम या कहें छोटा था, मैंने सोचा कि ग्रोथ फंड में लगभग 80 करोड़ रुपए मूल्य की संपत्ति रही होगी। 1988 के अंत में जब मुझे ग्रोथ फंड सँभालने का जिम्मा सौंपा गया तो मैं अपने पेशे में स्थापित होने लगा। उन दिनों में ऐसे ब्रोकिंग हाउस कम थे, जो रिसर्च विंग रखते थे और उनके पास मजबूत कॉरपोरेट संपर्क भी नहीं थे। मुझे लगता है कि उस दौरान केवल दो ब्रोकर ही थे—इनाम और केआर चोकसी, जो इस समय मुझे याद आ रहे हैं, जिन्होंने कुछ प्रयास किया था और फंडामेंटल एनालिसिस/रिसर्च पर शोध को लेकर रवैया अपनाया था और मैंने उनके बारे में भी अध्ययन किया था। ब्रोकर रिसर्च काफी सतही होती थी और उससे निवेश को लेकर कोई ठोस आधार बनाना संभव नहीं था। बतौर फंड मैनेजर, मुझे ही खुद को निचोड़ना पड़ता था, कंपनियों के साथ मीटिंग, वार्षिक रिपोर्ट का अध्ययन, आँकड़ों को दर्ज करना और कैलकुलेटर से उन्हें जोड़ना-घटाना (उन दिनों कंप्यूटर या स्प्रेड शीट नहीं होती थी), उन आँकड़ों से निष्कर्ष और अनुपात निकालना आदि बहुत ढेर सारा काम करना होता था। आपको हर चीज शुरुआत से करनी पड़ती थी।

1990 के दशक में, जब आपने प्रवेश किया, तब भारत उदारीकरण को अपना रहा था। उस समय आपने अपनी फिलॉसफी कैसे बदली?

एम.—1990 में बैंक इंडोस्वेज ऑफ पेरिस ने भारत में हिमालयन फंड के नाम से एक फंड लॉञ्च कर देश के निवेश क्षेत्र में कदम रखा। उसमें 75 मिलियन डॉलर की पूँजी थी और यह उन दिनों का शुरुआती ऑफशोर फंड था, जो भारत में लॉञ्च किया गया था। उन दिनों केवल दो ही ऑफशोर फंड बाजार में थे—यू.टी.आई. इंडिया ग्रोथ, जिसे यू.टी.आई. मेरिल लिंच के साथ प्रबंधित कर

रही थी और दूसरा इंडिया मैग्नम फंड, जिसे मॉर्गन स्टैनली के साथ एस.बी.आई. प्रबंधित कर रही थी।

हिमालयन फंड 10 साल पुराना क्लोज्ड ऐंड फंड था, जिसका मूल उद्देश्य भारतीय उपमहाद्वीप में निवेश करना था। चूँकि उन दिनों एफ.आई.आई. का कहीं अता-पता नहीं था, तो बैंक इंडोस्वेज ने लोकल पार्टनर, केनरा बैंक के साथ गठजोड़ किया और इस तरह केनरा बैंक भी यू.टी.आई. और एस.बी.आई. के साथ लाइमलाइट में आ गया। यह फंड एम्सटर्डम आधारित था और चूँकि बैंक इंडोस्वेज को परोक्ष रूप से निवेश प्रबंधन की जरूरत थी, तो मुझे जुलाई 1990 में फंड मैनेजर के तौर पर काम सँभालने की जिम्मेदारी मिल गई। बैंक इंडोस्वेज का निवेश बिजनेस हाँगकाँग से सँभाला जाता था। वहाँ के प्रमुख श्री रॉबर्ट लॉयड जॉर्ज (जिन्होंने आगे चलकर लॉयड जॉर्ज मैनेजमेंट की स्थापना की) थे। जहाँ तक हिमालयन फंड का ताल्लुक है, रॉबर्ट से दैनिक बातचीत के अलावा मुझे उनके दो सहयोगियों, जेरेमी हिग्स (रॉबर्ट के अधीनस्थ) और स्कॉबी वार्ड (जिन्होंने आगे चलकर वार्ड फेरी मैनेजमेंट का गठन किया) से भी चर्चा करनी होती थी। बैंक इंडोस्वेज में स्कॉबी से मेरी सीधे बात होती थी और हर तिमाही वे भारत आते भी थे और इसके अलावा साल में तीन से चार बार मुझे भी हाँगकाँग जाकर अपनी रणनीति से संबंधित प्रस्तुति देनी होती थी। तब मैंने यह अनुभव किया, उदाहरण के लिए कि विदेशी निवेशक भारतीय कंपनियों को किस नजरिए से देखते हैं और उनका रवैया यहाँ के स्थानीय लोगों के रवैये से कितना भिन्न होता है। मैं यहाँ यह भी जोड़ना चाहूँगा कि प्रदीप शाह, जिन्होंने क्रिसिल की स्थापना की थी और वे हिमालयन फंड के स्वतंत्र निदेशक थे, ने भी फंड मैनेजमेंट और स्टॉक सेलेक्शन को लेकर मेरी समझ बढ़ाने में महती भूमिका निभाई।

भारतीय बाजार के प्रति विदेशी निवेशकों का नजरिया स्थानीय निवेशकों के मुकाबले अलग कैसे होता है?

एम.—भारत में आप छोटी-छोटी चीजों या कम समय के नजरिए से कुछ ज्यादा ही प्रभावित होते हैं; शोर, ब्रोकर की रिपोर्ट, तिमाही कमाई, बड़े खरीदारों-विक्रेताओं को जानकर, आदि। इसके विपरीत, विदेशी निवेशक या कम-से-कम जिनके साथ मैंने काम किया, वे कंपनी के लंबे ट्रैक रिकॉर्ड पर ज्यादा ध्यान देते हैं, साथ ही कंपनी की आधारभूत मजबूती और कमजोरियाँ, क्षेत्र का ट्रेंड और कंपनी की लंबी अवधि में आगे बढ़ने की रणनीति उनके अध्ययन के दायरे में आता है। हालाँकि अब घरेलू और विदेशी निवेशकों के बीच का यह विभाजन

कम हो गया है, क्योंकि भारतीयों ने भी उन चीजों को सीखा और भारतीय फर्में भी ज्यादा संगठित हो चुकी हैं, लेकिन बीते समय में स्थानीय फंड मैनेजर केवल यू.टी.आई. पर नजर रखते थे कि यह फर्म क्या खरीद और बेच रही है। ऐसे में एक वक्त था, उदाहरण के लिए, अगर मैं किसी कंपनी को पसंद करता हूँ, लेकिन मुझे किसी ने बता दिया कि यू.टी.आई., बड़े पापा, उस कंपनी के शेयर बेच रहे हैं, तो मैं अपनी अनुभवहीनता के आधार पर, मैं आनेवाले ब्रोकरों के फोन पर बेहद सतर्क और बेचैन हो उठता। स्कॉबी और बैंक इंडोस्वेज ने मुझे यह सिखाया कि इस तरह की सतही जानकारियों को कैसे दरकिनार करना है!

आपकी निवेश फिलॉसफी 1990 की शुरुआत से कैसे बदली?

एम.—उन दिनों वित्तीय दस्तावेजों में जो खुलासे किए जाते थे, वे ज्यादा गुणवत्तापरक नहीं होते थे। इसलिए मैं सोचता हूँ कि मैंने कुछ मामलों में विश्लेषण करने में गलतियाँ कीं। गलतियाँ होने का दूसरा कारण निवेश के तय समय के चयन को लेकर होता था। खाड़ी युद्ध के चलते तेल के दाम बढ़ गए और भारतीय रुपया धराशायी होने लगा। हम कुछ ब्लू चिप कंपनियों के शेयर आकर्षक दाम पर खरीदने में सफल हो गए। इसके लिए आर.बी.आई. ने डेडलाइन का पालन करना अनिवार्य बना दिया था। हमें मार्च 1991 से पहले करीब 70 फीसद तक फंड का निवेश कर डालना था। उन दिनों इलेक्ट्रॉनिक ट्रेडिंग होती नहीं थी। ज्यादा रिसर्च कर पाने का मुझे समय नहीं मिल सका। रिसर्च के अलावा मैं ही बोर्ड मीटिंग के मिनट्स बनाता था, कंपनी की मीटिंग के नोट तैयार करता था और शेयरों की खरीद-बिक्री भी करता था, लेकिन मैंने बहुत सीखा कि बाजार में कैसे काम करना है। उन तीन सालों (1990-1992) ने मुझे इक्विटीज के असली हकीकत से परिचय कराया।

आपने 1992 में केनरा बैंक छोड़ दिया। ऐसे समय में, जबकि सरकारी नौकरी को बड़ा सम्मानजनक माना जाता था समाज में, आपने यह कदम क्यों उठाया?

एम.—मैं भले ही केनरा बैंक में हिमालयन फंड को बखूबी सँभाल रहा था और अपने काम से निजी तौर पर खुश था, लेकिन मैंने 1992 की शुरुआत में ही काम छोड़ने का फैसला कर लिया था। इसकी मुख्य वजह यह थी कि मैं ज्यादा पेशेवर, गतिशील माहौल में काम करना चाहता था। मैं और आगे जाना चाहता था और जितना सुख मुझे सरकारी नौकरी करके पाना था, वह मैं पा भी चुका था।

अब नई संभावनाओं को तलाशने का वक्त आ गया था। इसके साथ ही केनरा बैंक मुझसे स्थानीय फंड भी सँभालने को कह रहा था। ऐसे वक्त में जबकि मैं रिसर्च भी देख रहा था, ऑफशोर फंड भी था ही मेरे पास और मैं फंड के लिए सेटलमेंट प्रॉसेस भी देखता था, तो घरेलू फंड का काम मेरे ऊपर और बढ़ाने का कोई मतलब नहीं था।

विपरीत चलने में आनंद तो आता है, लेकिन इसमें जोखिम के पूरे जिम्मेदार आप ही होते हैं। मेरे अंदर यह आदत मेरे यूनिवर्सिटी के दिनों से ही थी और इसी के चलते मैंने बैंगलोर में अपने कॅरियर को लेकर भी कुछ ऐसा ही निर्णय किया! यद्यपि कि मेरे लिए बॉम्बे (अब मुंबई) में कोई जगह नहीं थी और मेरे पास एक बहुत छोटी, तीन साल की बेटी भी थी, मैंने बैंगलोर छोड़ने का फैसला किया। शायद मेरा वह नजरिया ही था, जिसने मुझे प्रेरित किया कि मैं आगे बढ़ता रहूँ। मुझे इसका एक फायदा यह मिला कि उस दौर में पूरे देश में शायद ही कोई ऐसा हो, जो मेरे स्तर के अनुभव से मुकाबला कर सकता हो। मेरे पास संस्थागत फंड को सँभालने का अनुभव हासिल था और मैं सोचता था कि अगर जल्दी नहीं तो एक-दो साल में मेरे पास अवसर आनेवाला है। मैंने अपने पिता के साथ इस पर चर्चा भी की, उनमें भी विपरीत चलनेवाले गुण थे। उन्होंने निजी और पेशेवर तौर, दोनों पर, मेरे निर्णय को सराहा और समर्थन दिया।

उस समय सेबी घरेलू म्युचुअल फंड इंडस्ट्री को विस्तार देने के बारे में विचार कर रही थी और वह निजी कंपनियों को म्युचुअल फंड संचालन के लिए अनुमति प्रदान कर रही थी। जब मैंने 3 जनवरी, 1992 को अपने कागजात बैंक में जमा किए, तो यह बात कुछ क्षमतावान निजी कंपनियों को पता चल गई। नतीजा यह हुआ कि मुझे सबसे पहले क्रेडिट कैपिटल फाइनेंस कॉरपोरेशन लिमिटेड (जिनका गठजोड़ यू.के. की लाजार्ड के संग था) से जनवरी 1992 में ही संदेश प्राप्त हुआ कि मैं उनसे मिलूँ। मैंने चेयरमैन से मुलाकात की और उन्होंने कहा कि वे म्युचुअल फंड लाइसेंस के लिए आवेदन करने जा रहे हैं और उन्होंने मुझे फंड सँभालने में मदद के लिए फर्म में सीनियर पोजिशन का ऑफर दिया। उन्होंने बताया कि लाजार्ड असेट मैनेजमेंट और आई.एफ.सी. वॉशिंगटन उनके पार्टनर होंगे और वे इक्विटी निवेश ले आएँगे। मैंने सोचा कि यह एक बड़ा मौका है कि मैं एक नए फंड के साथ जुड़ सकता हूँ और स्वतंत्र रूप से काम कर सकता हूँ और इसलिए मैंने यह ऑफर स्वीकार कर लिया।

इधर अप्रैल 1992 में मैंने नया काम शुरू किया और उधर सेबी ने म्युचुअल फंड लाइसेंस देने की प्रक्रिया ऐसी बना दी कि उसमें काफी वक्त जाया होने लगा।

जैसा कि होता है, उसे संसद् और लालफीताशाही के मकड़जाल से गुजरना था। उस समय, मैं लंदन गया हुआ था और वहाँ लाजार्ड के फंड मैनेजरों और वरिष्ठ कार्यकारियों से मेरी मुलाकात हुई। मैं और क्रेडिट कैपिटल की टीम ने आई.एफ. सी. के अधिकारियों से बंबई में मुलाकात की। दोनों ही विदेशी निवेशक यहाँ असेट मैनेजमेंट कंपनी के जरिए इक्विटी में निवेश के लिए तैयार हो गए, लेकिन संसदीय पेचीदगियों के चलते फंड को शुरू नहीं किया जा सका था। जिन फंड मैनेजरों से मैं लाजार्ड में मिला था, वे मेरे अच्छे मित्र बन गए थे और मुझे उनसे भी काफी कुछ सीखने को मिला।

छह महीने गुजर गए, लेकिन संसद् की रुकावट दूर नहीं हुई और इसका मतलब यह था कि मैं कुछ नहीं कर सकता था। इस दौरान रॉबर्ट लॉयड जॉर्ज और स्कॉबी वार्ड ने बैंक इंडोस्वेज छोड़ दिया और अपनी फर्म लॉयड जॉर्ज मैनेजमेंट शुरू कर दी। उन्होंने मुझसे संपर्क किया और पूछा कि क्या मैं उनके फंड को लेकर भारत में सलाहकार की भूमिका निभा सकता हूँ? इस तरह 1993 में मैं लॉयड जॉर्ज मैनेजमेंट का भारत में चीफ रिप्रेजेंटेटिव बन गया। यह पोजिशन मैंने मार्च 2000 तक सँभाली।

एक बार जब आपने लॉयड जॉर्ज में काम शुरू किया, तब क्या आपको दुनिया कुछ अलग नजर आई, जो केनरा बैंक में आपके बिताए सालों के मुकाबले कुछ अलग थे?

एम.—हाँ। पहले दो साल बेहद दिलचस्प थे। उस दौरान हम काफी बुलिश थे और 1993 में सबकुछ काफी अच्छा नजर आ रहा था। हमने काफी सारी कंपनियों में निवेश किया, लेकिन कुछ ऐसी कंपनियों का भी चयन गलती से हो गया, जिन्हें लेकर मैं किसी निष्कर्ष पर नहीं पहुँच पाया। हमारे पास पाँच या छह शुगर स्टॉक थे, तीन या चार पैकेजिंग कंपनियों में निवेश था। अच्छी खबर यह थी कि वह साल शुगर और पैकेजिंग कंपनियों का ही था और इस वजह से हम एशिया की टॉप फंड कंपनियों में शुमार हो गए थे। खराब खबर यह थी कि तिमाही खत्म होते-होते हम धरातल पर आ गए थे, क्योंकि इससे पहले कि शुगर सेक्टर नीचे जाता, हम उसमें से पैसा निकाल नहीं पाए थे। इसके बाद हमें यह सीख मिली कि ऐसे सेक्टर में ज्यादा निवेश नहीं करना चाहिए, जहाँ सरकार का दखल जरूरत से ज्यादा हो। साथ ही वह समय ऐसा था, जब तमाम एफ.आई.आई. देश में निवेश के लिए आ रहे थे और हमें तेजी से नकदी का निवेश कहीं-न-कहीं करना था। इसलिए, मैंने सीखा कि जब आप निवेश करने की जल्दी में हों, तो

आपको एक-ग्रेड के स्टॉक छोड़कर बी-ग्रेड के स्टॉक में निवेश करना चाहिए और उसके बाद बी ग्रेड के स्टॉक बेच कर सी ग्रेड में पैसा लगाना चाहिए।

एफ.आई.आई. में निवेश के उन शुरुआती दिनों में, निवेशक आपको बिल्कुल माफ नहीं करते थे अगर आप पैसा लेकर बैठ गए तो। इसलिए हम एक दबाव में थे कि हमें पैसे को तेजी से घुमाना है। 1995-96 के दौरान हमें इसकी कीमत भी चुकानी पड़ी। हमने इंफोसिस, हिंदुस्तान लीवर और पंजाब ट्रैक्टर्स में निवेश किया। कुछ अन्य होल्डिंग्स में सुंदरम फास्टनर्स, बजाज ऑटो अच्छा प्रदर्शन कर रहे थे। इसलिए धीरे-धीरे हमने यह सीखा कि सफलता अच्छी कंपनियों का चयन करने में है और इस बात की फिक्र नहीं करनी चाहिए कि दूसरे क्या सलाह दे रहे हैं। तब से केवल दो बड़ी चीजों पर ही मेरा ध्यान रहने लगा था, ब्याज दर और एक्सचेंज रेट (मुद्रा विनिमय दर)।

ज्यादातर निवेशक आर्थिक विकास दर से बेहद प्रभावित रहते हैं। आप ऐसा क्यों सोचते हैं कि ब्याज दर ज्यादा महत्त्वपूर्ण हैं, बजाय आर्थिक विकास के?

एम.—आपको मैं एक उदाहरण देता हूँ। दिसंबर 2011 में मैंने तय किया कि एक बार पीछे देखूँ और अध्ययन करूँ कि भारतीय बाजार ने लंबी अवधि के दौरान कैसा प्रदर्शन किया है। चूँकि मैं फंड मैनेजमेंट में 80 के दशक के मध्य या उत्तरार्ध से रहा हूँ और ज्यादा सीधे तरीके से 1990 के बाद से रहा हूँ, तो मैंने मार्च 1992 को आधार वर्ष के तौर पर अपने अध्ययन के लिए चुना। मार्च 1992 में सेंसेक्स 4285 पर था। यह वह साल था, जिसे पूरी तरह उदारीकरण के लिए जाना जाता है।

अब 20 साल बाद, यानी मार्च 1992 से लेकर मार्च 2012 तक (जब सेंसेक्स 17 हजार के आस-पास था) चक्रवृद्धि वार्षिक दर के आधार पर रिटर्न औसतन 7.5 फीसद रहा, यानी सेंसेक्स ने वास्तविक जी.डी.पी. सी.ए.जी.आर. से कदमताल बनाए रखी। मुद्रा अवमूल्यन के नजरिए से देखें, तो रिटर्न और भी ज्यादा निराशाजनक थे। दूसरे शब्दों में, भले भारत में उदारीकरण का दौर आ गया हो और भले ही म्युचुअल फंड ने विकास किया हो, ढेर सारे एफ.आई.आई. देश में निवेश कर रहे हों, निजी क्षेत्र में इंश्योरेंस कंपनियाँ बढ़ गई हों, रिसर्च की सुविधा बढ़ गई हो, इलेक्ट्रॉनिक ट्रेडिंग आ गई हो, लेकिन स्टॉक मार्केट कभी भी संपत्ति बनाने या बैंक जमा पर मिलनेवाले रिटर्न से मेल नहीं खाता। इन रिटर्नों पर एक नजर डालने से मैं इस नतीजे पर पहुँचा और सम्मान दिया कि क्यों औसत

भारतीय स्टॉक मार्केट में निवेश नहीं करता।

जी.डी.पी. विकास दर और स्टॉक मार्केट के बीच कोरिलेशन इतना मजबूत नहीं है और मैं इस नतीजे पर काफी पहले ही पहुँच गया कि केवल मैक्रो ड्राइवर पर ही मुझे अधिक ध्यान देना है, वाकई दो बड़ी चीजों (ब्याज दरों और मुद्रा विनिमय दरों) पर नजर रखनी है, जो वाकई सीधे तौर पर पी ऐंड एल को प्रभावित करती हैं। इससे भी महत्त्वपूर्ण यह कि मेरा फोकस स्वस्थ, सतत ROCEs और ROEs पर होता है। सतत ROCEs का पूँजी के वेटेड एवरेज कॉस्ट से अधिक होना जरूरी होता है और जो कारोबार इस तरह के रिटर्न हासिल करने में सफल रहते हैं और वह भी बाजार से बिना अतिरिक्त नकदी उठाए वे तेजी से और चक्रवृद्धि तरीके से अच्छा काम करते हैं। किसी भी समय आप ऐसी दो दर्जन कंपनियाँ चुन सकते हैं, जो बी.एस.ई. 500 में इस पैमाने पर सटीक बैठती हों।

मैं आपको एक उदाहरण देता हूँ। पिछले साल मैं चेन्नई गई और वहाँ एक एन.बी.एफ.सी. सुंदरम फाइनेंस के लोगों से मुलाकात की। यह कंपनी 1972-73 में सूचीबद्ध हुई थी। मेरी जानकारी में यह सबसे बढ़िया कंपनी है, जिसने अपना लोन बुक 14-15 फीसद तक बढ़ाया है। इस कंपनी ने बाजार से बिना पूँजी उठाए यह काम पिछले चार दशक से सफलतापूर्वक किया है और इसने चक्रवृद्धि तरीके से विकास भी किया है। इस कंपनी के शेयरों के दाम, बोनस और लाभांश को काफी बेहतरीन ढंग से अपने शेयरधारकों में वितरित किया है। अगर मैं गलत नहीं हूँ तो यह एकमात्र सूचीबद्ध वित्तीय सेवा प्रदाता कंपनी है, जिसमें बैंक भी शामिल हैं, पूरे एशिया में, जिन्हें कभी बाजार से पूँजी उठाने की जरूरत नहीं पड़ी और कोई इनके स्टॉक को कवर भी नहीं करता!

अपने निवेश के तरीके को प्रभावित करनेवाले कारकों के बारे में और बताइए।

एम.—जैसा कि मैं पहले बता चुका हूँ कि मुझे सीखने के तमाम अनुभव मिले हैं और जब 1992 में मैं क्रेडिट कैपिटल में काम करता था, तब मुझे लाजार्ड असेट मैनेजमेंट से भी काफी कुछ सीखने को मिला था। लाजार्ड फंड मैनेजरों में से एक पैट्रीसिया मैक्सवेल ऑर्नाट भी थीं। उस समय वे पूरे यूरोप में सर्वश्रेष्ठ फंड मैनेजरों में से एक थीं। उन्होंने बताया था कि स्टॉक का चयन करते समय वे कंपनियों के ROEs और ROCEs को देखकर ही उनका चयन करती हैं। इसके अलावा उन कंपनियों का कारोबारी क्रियाकलाप और प्रबंधन की गुणवत्ता भी मायने रखती है, तो मैंने कहा कि यह प्रबंधन की गुणवत्ता काफी विस्तृत विषय है। मैंने

उनसे पूछा कि क्या प्रबंधन की गुणवत्ता में कुछ चुनिंदा बिंदु हैं, जिस आधार पर कंपनियों के चयन में तेजी लाई जा सके?

तब उन्होंने कहा था कि मेरा सवाल बेहद दिलचस्प है और उन्होंने इसका जवाब देने के लिए कुछ वक्त लिया था। उन्होंने कहा था कि इस विस्तृत विषय को हम तीन सवालों के जरिए छोटा करने का प्रयास कर सकते हैं—(1) मैनेजमेंट ने जो कहा है, उसे पूरा किया या नहीं? (2) क्या उन्होंने वह किया, जो उन्होंने कहा था कि वे करेंगे? और (3) उन्होंने जो वादा पूरा करने को कहा था, उसे किस तरह से किया? मैंने सोचा कि यह तो बेहतरीन तरीका है। मैंने इसे किसी भी किताब में नहीं पढ़ा था। यह पूरी तरह अनुभव पर आधारित था। जब मैं वार्षिक रिपोर्ट पढ़ता था, खासकर जो प्रबंधन की चर्चाओं और विश्लेषणों पर आधारित होती थीं, तब मैं पैट्रीसिया के उन तीन सवालों को जेहन में जरूर रखता था।

तो इन तीन सवालों ने आपको स्वाभाविक ढाँचा तैयार करने में मदद की, ताकि आप प्रबंधन की गुणवत्ता का आकलन कर सकें?

एम.—जब मैं लंदन के दौरे से वापस भारत आया, तो वास्तव में मैंने 60 वार्षिक रिपोर्ट इकट्ठी कीं और उनका अध्ययन करने में जुट गया। फंड का काम शुरू होने में अभी काफी वक्त था और मेरे पास भी। यह अध्ययन मेरे लिए जबरदस्त था। मैंने पाया कि केवल चार कंपनियाँ ऐसी थीं, जिन्होंने अपने बारे में बिल्कुल स्पष्ट तौर पर लिखा था कि वे भविष्य में क्या करेंगी और कैसे करेंगी। मैंने पाया कि उन कंपनियों की कथनी और करनी में जबरदस्त समानता थी और उन्होंने इसके बारे में भी साफ-साफ लिखा था कि वे फ्री कैश फ्लो और ROCE कहाँ से हासिल करेंगी।

विडंबना यह रही कि जब मैं 1992 में भारत लौटकर आया और 1993 से लॉयड जॉर्ज फंड के साथ काम करना शुरू किया तो चूँकि हमारे ऊपर निवेश को लेकर दबाव था और हमें बिल्कुल वक्त नहीं दिया जाता था और एफ.आई.आई. द्वारा भारत में निवेश को लेकर मुझे अति उत्साही बड़ी तसवीर दिखाकर निवेश के लिए कहा जाता था, तो ऐसे में मैं अनुशासित तरीके से अपनी सीखी हुई पूरी प्रक्रिया अमल में नहीं ला पाता था। मैं अपेक्षाकृत तेज नहीं था। मुझे इस प्रक्रिया को सीखने के लिए कुछ और वक्त देना चाहिए था।

पिछले 15-20 साल के दौरान, अगर आपको दो या तीन कंपनियों का चयन करने को कहा जाए, जो अपनी चीजों को स्पष्ट तौर पर रखती

थीं, जिन्होंने ROCE और कैश फ्लो को तरजीह दी और स्पष्ट दिखाया, तो आप किसे खास मानेंगे?

एम.—इंफोसिस ने काफी सारा काम इस दिशा में किया है, लेकिन हाल-फिलहाल वह गड़बड़ हो गई है, लेकिन साथ ही मैं यह भी कहना चाहूँगा कि वे ऐसे क्षेत्र से जुड़े रहे हैं, जिसे काफी थपेड़े खाने पड़े हैं। इसलिए अपेक्षाकृत यह कहना आसान है कि भारतीय आई.टी. सर्विस इंडस्ट्री के लिए 1990 के उत्तरार्ध में काम करना आसान हो गया था। टी.सी.एस. भी एक अच्छा उदाहरण है हमारे सामने, जिसने लंबे समय तक अपने प्रदर्शन और काबिलीयत का लोहा मनवाया और विपरीत हालात में भी अच्छा काम किया। अगर आप 10-15 साल के लंबे समय को लें, तो कुछ एम.एन.सी. भी इस दायरे में लाई जा सकती हैं। बॉश का, उदाहरण के लिए, स्टॉक शानदार रहा है, जबकि इस सेक्टर के लिए फिलहाल की अवधि या साइकिल गिरावटवाली थी। 2009-10 तक एक्साइड इंडस्ट्रीज ने अच्छा काम किया। गोदरेज कंज्यूमर भी पिछले 10 साल से अच्छा काम कर रही है। उसी तरह टाइटन है। हीरो मोटो कॉर्प, बजाज ऑटो, सन् फार्मा, क्रिसिल भी कुछ उदाहरण हैं, जिनसे आगे भी उम्मीद रहेगी। वित्तीय सेवाओं से जुड़ी कंपनियों में एच.डी.एफ.सी., एच.डी.एफ.सी. बैंक और श्रीराम ट्रांसपोर्ट (कुछ साल पहले तक) ने अच्छा काम करके दिखाया है। ऐसे कुछ और भी उदाहरण हैं, जिनके बारे में मैं सुनिश्चित हूँ कि वे भी हमारे पैमाने पर खरा उतर सकते हैं।

आप संतुलन कैसे बनाते हैं, जब किसी स्टॉक के बारे में आप राय बनाते हैं और फिर भी अपना दिमाग आप इसके लिए भी खुला रखते हैं कि आपका विचार गलत भी हो सकता है?

एम.—स्टॉक के संदर्भ में जब मैं ढाँचागत काम की तैयारी करता हूँ तो चार प्रकार के जोखिमों को ध्यान में रखता हूँ—कारोबारी जोखिम, प्रबंधन जोखिम, तरलता जोखिम और मूल्यांकन जोखिम। कारोबारी जोखिम के प्रति मैं ज्यादा चिंतित नहीं रहता, क्योंकि एक अच्छी प्रबंधन टीम उससे निपटने का तरीका खोज लेती है। मैं उन स्टॉक्स के बारे में विचार कर सकता हूँ, जिनके विपरीत हालात चल रहे होते हैं, लेकिन शर्त यही है कि उन विपरीत हालात को लेकर कंपनी की प्रबंधन टीम गंभीर हो और उससे उबरने के लिए प्रयासरत हो। मूल्यांकन जोखिम भी मुझे ज्यादा परेशान नहीं करता और मैं अच्छी कंपनी के शेयर खरीदने को इच्छुक रहता हूँ, खासतौर पर उसके लिए जिसे बाजार मूल्यांकन के स्तर पर तब तक तरजीह दे रहा हो, जब तक कंपनी अपेक्षित ROEs और ROCEs उपलब्ध करा रही हो।

सबसे गंभीर जोखिम, जिससे निपटना बेहद कठिन होता है, वह प्रबंधन का जोखिम होता है। एक बार मैं किसी प्रबंधन में विश्वास खो देता हूँ, मान लें कि प्रबंधन के उच्च स्तर पर फेरबदल के चलते उठा-पटक होने, कॉरपोरेट गवर्नेंस में परेशानियों, अनावश्यक विस्तारीकरण आदि, तो मेरे लिए फिर दोबारा उस कंपनी के स्टॉक के बारे में विचार करना कठिन हो जाता है और लंबे समय के बाद भी मैं उक्त कंपनी के बारे में अपना मन नहीं बना पाता। इंफोसिस, क्रॉम्पटन ग्रीव्स, यूब ग्रुप कुछ चुनिंदा उदाहरण हैं, जो अलग-अलग कारणों से मेरी नजर से उतर चुकी हैं! हो सकता है कि मैं इस मुद्दे पर उदारता नहीं दिखा पाता, जैसी कि बाकी लोग कर सकते हैं। इस मुद्दे पर ज्यादा खुलापन बरकरार रखा जा सकता है, लेकिन मेरे लिए यह कठिन अध्याय की तरह होता है!

आपको पता कैसे चलता है कि जो स्टॉक आपने बचा रखा है, उसे कब बेचना है?

एम.—निवेश प्रबंधन से संबंधित चर्चाओं का यह सबसे दिलचस्प सवाल होता है। मैं आज भी किसी स्टॉक के बेचनेवाले हिस्से में ज्यादातर गलतियाँ करता हूँ, जबकि खरीदनेवाले हिस्से में मुझसे ज्यादा गलतियाँ नहीं होतीं। यह अपेक्षाकृत आसान होता है कि आप खरीदने के लिए किसी स्टॉक को चुन सकते हैं, क्योंकि इसके लिए आप दौड़-भाग करने जैसे कि यात्रा, प्रतिस्पर्धियों और ग्राहकों के साथ मीटिंग करने आदि के लिए इच्छुक रहते हैं। स्टॉक की बिक्री, हालाँकि इसके विपरीत कठिन स्थिति होती है। मैं और ज्यादातर टीमों, जिनके साथ मैंने काम किया है, जहाँ एक संस्कृति विकसित हुई है कि अगर एक स्टॉक अच्छा प्रदर्शन कर रहा है और अगर कंपनी और उसका क्षेत्र भी अच्छा काम कर रहा है और उत्तरोत्तर विकास की संभावनाएँ बनाए हुए है और प्रबंधन भी अपना स्तर बरकरार रखे हुए है, तो उक्त कंपनी के शेयर बेचने में हम झिझकते हैं। मुझे लगता है कि अनुमानित उच्च मूल्यांकन के साथ ऐसे हालात में रहना ज्यादा आसान होता है। हम किसी अच्छी कंपनी के शेयर बेचने की गलती महज इस आधार पर नहीं कर सकते कि हमने उसे आंशिक तौर पर उसकी कीमत से ऊपर आँक लिया है। यहाँ तक कि अगर स्टॉक की कीमत वाकई बढ़ गई है, तो मैं सोचता हूँ कि बेच देना बुद्धिमत्ता नहीं है, क्योंकि हो सकता है कि कंपनी का प्रबंधन और बेहतर करने के प्रयास में कुछ और ऑफर लेकर आए, जो कि उसकी साथी या प्रतिस्पर्धी कंपनियों के मुकाबले उसे और ऊपर लेकर जाए। मैं ऐसे मूल्यांकन के जोखिम को लेकर उदार रहता हूँ, अगर प्रबंधन का जोखिम कम दिखता है तो। इसलिए जब आपने

स्व अनुशासन से संबंधित सवाल पूछा, तो निवेश प्रबंधन के क्षेत्र में महत्त्वपूर्ण 25 साल बिताने के बाद भी, मेरे लिए यह सबसे बड़ी चुनौती है।

तमाम भारतीय प्रवर्तकों को उचित मात्रा में राजनीतिक वरदहस्त प्राप्त करने की भी जरूरत होती है। आप उस प्रवर्तक के प्रति कैसा भाव रखते हैं, जो किसी राजनीतिक शख्सियत की मदद लेता है?

एम.—मेरा लालन-पालन ऐसे तरीके से हुआ है, जिसमें कुछ चीजें अंतर्निहित हो चुकी हैं, जिसे हम रूढ़िवादिता भी कह सकते हैं। मेरे पिता ने मुझे एक बेहद दिलचस्प अंतरदृष्टि प्रदान की है या आप उसे एक विचार भी कह सकते हैं कि अगर कोई कंपनी भारत में बेहतरीन काम कर रही है, इतना ज्यादा बेहतर कर रही है कि जिसकी कल्पना नहीं की जा सकती, तो उसको लेकर एक या दो चीजें जरूर होंगी, या तो वह पूरा क्षेत्र ही चरम पर होगा और उसके आवेग में अच्छा काम स्वत: हो रहा होगा, या फिर कंपनी कहीं-न-कहीं दाएँ-बाएँ से कुछ गड़बड़ कर रही होगी, जो सीधा और स्पष्ट नहीं होगा। दोनों ही स्थिति में कंपनी का परिचालन लंबा नहीं होगा और यह सवालों के घेरे में आ जाएगी। यह मेरे पिता की राय थी और यह कठोर हो सकती है, लेकिन यह बारंबार मेरे दिमाग में आती रहती है। मेरे पेशे में मैंने ऐसे स्टॉक्स से परहेज ही करना बेहतर समझा, जिनका किसी-न-किसी रूप में राजनीतिक कनेक्शन हो और इस मामले में मैं 2001 के बाद और भी ज्यादा सतर्क हो गया था। मैं फंड से कतई सिफारिश नहीं करता कि वह ऐसे स्टॉक्स खरीदे, यहाँ तक कि इन स्टॉक्स में बूम आ गया हो या उनका कारोबारी साइकिल सकारात्मकता की तरफ अग्रसर हो। जैसी कि आप कल्पना कर सकते हैं, इसका मतलब यह कि कॉरपोरेट ग्रुप की एक लंबी सूची होगी, जिसे मैंने अपने पूरे कॅरियर के दौरान छुआ ही नहीं।

तब आपने बिजली, बुनियादी ढाँचा और रियल एस्टेट जैसे क्षेत्रों के साथ कैसे काम किया?

एम.—बेहद सरल तरीके से उनसे दूर रहकर। बहुत कम ऐसा हो पाता था कि मैं उनके बारे अध्ययन करता था। मैं उनको लेकर यही सलाह देता था कि उनमें क्षमता की कमी है।

आपका क्या पैमाना है बड़ी कमियाँ पहचानने का?

एम.—मैंने 2008-09 के दौरान बेहद लाभप्रद बातें सीखी थीं। तब मैं बैंकिंग

सेक्टर को लेकर सोचता था कि यह सेक्टर बुरे दिनों की तरफ बढ़ रहा है और जल्दी ही यह समस्याओं से घिर जाएगा और इसे रिस्ट्रक्चरिंग की जरूरत पड़ेगी। हालाँकि बाजार इस स्तर पर अनुमान नहीं लगा सका था। कुछ चर्चित बैंकों के शॉर्ट कॉल्स भी थे। तथाकथित अच्छे बैंक धरातल पर थे, जबकि उनका मूल्यांकन उन्हें बढ़ा-चढ़ाकर पेश कर रहा था। अचानक ही यह सब गलत साबित होने लगा। तब मैंने सीखा कि आप केवल मूल्यांकन के आधार पर भारत में स्टॉक्स को छोटा या सीमित नहीं कर सकते। वहाँ ढाँचागत कैटलिस्ट या प्रबंधन की गुणवत्ता एक मुद्दा होता है। वहाँ ऐसा कुछ और भी होना चाहिए, जो कंपनी के आँकड़ों को हिट कर सके।

यह कारोबार उसे इनाम देता है, जो धैर्यवान होता है, बजाय उसके, जो जल्दी-से-जल्दी चीजें तय करना चाहता है।

अज्ञात हाल के समय तक भारत के सबसे ज्यादा प्रतिष्ठित म्युचुअल फंड हाउस के चीफ इन्वेस्टमेंट ऑफिसर रह चुके हैं। संजय भट्टाचार्य, जिनका इंटरव्यू हमने पहले अध्याय में पढ़ा था, ने एक बार मुझसे कहा था कि अगर किसी व्यक्ति को मुझे अपना फंड मैनेजर बनाना पड़े और अपना पैसा किसी को देना हो तो मैं उसे (अज्ञात) ही दूँगा। मैंने निजी तौर पर उस अज्ञात के फंड्स में निवेश कर रखा है और रिटर्न को ज्यादा संतोषजनक पाया है। दुर्भाग्य से अज्ञात का पब्लिक रिलेशन विभाग और उसका नियोक्ता नहीं चाहते कि इस इंटरव्यू के साथ उसका नाम दिया जाए। हालाँकि जो गहराई उन्होंने अपने इंटरव्यू में बयाँ की और जो ठोस बातें उन्होंने कही हैं, उसकी वजह से मैंने तय किया कि उनकी अमूल्य राय को आपके सामने जरूर रखा जाए और बिना उनका नाम दिए इस इंटरव्यू को प्रकाशित किया जाए। भारतीय बाजार में मैंने जो कुछ साल बिताए हैं, उसमें जो भी सफलता मुझे हासिल हुई है, उसमें उस अज्ञात विशेषज्ञ की अपनी बुद्धिमत्ता और अनुभवों को साझा करने की खूबी की अहम् भूमिका है। यह कहना कतई गलत नहीं होगा कि आगे आनेवाली पीढ़ी को भी इस महान् शख्सियत के विचारों से काफी कुछ सीखने को मिलेगा।

बीस साल पहले जब आपने फंड मैनेजमेंट में अपना कॅरियर शुरू किया था, उस दौरान आपकी निवेश फिलॉसफी ने किस तरह विकसित होना शुरू किया था?

ए.—जब मैंने इनवेस्टमेंट मैनेजमेंट के पेशे में कदम रखा, तब मेरी शिक्षा-

दीक्षा बस इतनी थी कि मैं उन कंपनियों को पहचान सकता था, जो लंबी रेस में अपनी कीमत बढ़ा सकती हों। इसका परिणाम यह रहा कि मेरे पेशे के कुछ ही सालों के अंदर, मेरा फोकस पूरी तरह फ्री कैश फ्लो और नियोजित पूँजी पर प्राप्त रिटर्न पर आधारित हो गया। ऐसा मैं इसलिए कह रहा हूँ, क्योंकि मैं आपको बताना चाहता हूँ कि किसी भी दिन हम किसी विश्लेषक का इंटरव्यू करते तो बाजार में कदम रखने के दौरान उसका और मेरा बैकग्राउंड एक समान ही रहता था। दूसरे विशेषज्ञ ने भी समान वित्तीय किताबें पढ़ रखी होती थीं जैसी कि मैंने पढ़ रखी होती थीं और हमारी पढ़ाई में कोई अंतर न होने के बावजूद, वह कहते कि स्टॉक मार्केट में पैसा कमाने का केवल एक ही तरीका है कि आपके पास अंदर की जानकारी हो। मेरे लिए यह एक झटकेवाली बात थी, जो मैं सुन रहा था, क्योंकि इसका तात्पर्य यह होता कि आपकी पूरी शिक्षा उस वक्त निरर्थक साबित हो जाती, जिस वक्त आप इनवेस्टमेंट मैनेजमेंट के पेशे में कदम रखते और रोज-रोज की जानकारियों से आप प्रभावित होने लगते।

1990 में आपने टेक बूम में ऊँचाई पर उड़ते स्टॉक्स से दूरी बना ली थी, और बाद में ये शेयर जमीन पर आ गिरे थे। आप कैसे बच पाए थे उस मायावी दुश्चक्र से?

ए.—टेक कंपनियों के बारे में हमने काफी कुछ जान-समझ रखा था, क्योंकि इनसे हमारा वास्ता ज्यादा पड़ता था। हमने एक ही प्रकार की कंपनी को नजरअंदाज किया¨टेक बूम का मतलब यह कि ढेर सारी कंपनियाँ, जिनके कारोबारी मॉडल पर सवाल खड़े किए जा सकते थे और उनके प्रवर्तक भी सवालों के घेरे में ही रहते थे, ने केवल अपनी कीमत बढ़ाने के उद्देश्य से शेयर बाजार में प्रवेश किया था, भले ही उनके पास कोई कारोबार न हो। हमने जो गलती 1990 की शुरुआत में की थी, उसकी वजह से हमें ऐसे प्रवर्तकों को नजरअंदाज करने में बड़ी मदद मिली, जिनके पास व्यवस्थित कारोबारी मॉडल नहीं था। इसलिए जब बाजार गिरा तो हमने बेतहाशा तरीके से बेहतर कंपनियों में निवेश किया। इन कंपनियों ने अपने आप में सुधार किया, क्योंकि इन कंपनियों की वैल्युएशन भी जरूरत से ज्यादा बढ़ गई थी, लेकिन कम-से-कम इन कंपनियों के पास ठोस कारोबारी मॉडल था और इनका उद्देश्य लंबे समय तक कारोबार करने का था। इसका नतीजा यह हुआ कि ये कंपनियाँ गायब नहीं हुईं। हमने अपना फोकस उन कंपनियों को नजरअंदाज करने पर किया, जो गायब हो रही थीं और जिन्होंने लोगों को सब्जबाग दिखा रखे थे। इस वजह से हम तमाम गलतियाँ करने से बच गए और ऐसा न केवल आई.

टी. में हुआ, बल्कि तमाम अन्य सेक्टरों के मामले में भी हमें काफी मदद मिली।

जिस वजह से हम 1990 के उत्तरार्ध में बच पाए थे, उसके पीछे एक सबक था, जो हमें उस दशक की शुरुआत में आए आई.पी.ओ. बूम से मिला था, क्योंकि हमने आई.पी.ओ. के मामले में गलती कर दी थी, इसलिए हमने उन कंपनियों को नकारना ही उचित समझा, जिनका कोई इतिहास नहीं होता था। हमने नए इश्यूज और प्रमोटर्स को भी छोड़ना सीखा, जिनका जरा सा भी ट्रैक रिकॉर्ड नहीं था। हो सकता है कि ऐसा करने में हमने कुछ अच्छी कंपनियाँ भी गँवा दी हों, जो कि संबंधित क्षेत्र में भले ही नई रही हों, लेकिन संभावनाओं से भरपूर रही हों, मगर हमारा मकसद बड़े नुकसान से बचना था और बड़ी गलतियाँ न करना हमारा लक्ष्य था बजाय उभरती हुई विजेता कंपनियों की पहचान करने के। हम कंपनी के शुरुआती चरण के विकास को छोड़ देना बेहतर समझते थे, ताकि हमें कंपनी के प्रमोटर्स की वास्तविकता का अंदाजा हो सके, बजाय अनजाने, अपरिचित प्रमोटर्स को चुनने और फलस्वरूप गलतियाँ करने का जोखिम उठाने के।

आई.पी.ओ. के आकलन को लेकर आपकी यह फिलॉसफी अब भी उसी तरह बरकरार है?

ए.—सौभाग्य से विगत कई वर्षों से हमारे लिए ज्यादातर आई.पी.ओ. जो थे, उनका वैल्युएशन इतना ऊँचा पाया गया कि उन पर दाँव लगाने का कोई मतलब हमें समझ में नहीं आया। इसलिए अगर हमने किसी कंपनी को पसंद भी किया, तो जिस ऊँचाई से उनका वैल्युएशन बाजार में नजर आ रहा था, वह हमारे मानक से कहीं ज्यादा बैठ रहा था।

आइए, उस दिलचस्प बिंदु पर चलते हैं, जिसकी आपने चर्चा की थी कि आपने एक विश्लेषक का इंटरव्यू किया था। आपको क्या लगता है कि कौन सी ऐसी चीज होती है, जो बाजार में हिस्सा लेनेवालों को अंदरूनी जानकारी पर निर्भर रहने के लिए प्रेरित करती है, बजाय कंपनी की बुनियादी मजबूती के?

ए.—मेरे लिए यह एक कठिन सवाल है। मेरी निजी राय यह है कि भारत जैसे देश में, स्टॉक मार्केट में जो लोग कदम रखते हैं, वे काफी अच्छे पढ़े-लिखे लोग होते हैं। ये ऐसे लोग होते हैं, जिनका फोकस स्टॉक मार्केट की बजाय कुछ और होता है। ऐसे लोगों को त्वरित परिणाम भी चाहिए होता है। हालाँकि यह कारोबार ऐसा है, जो धैर्यवान लोगों को ही इनाम देता है, बजाय उन लोगों के,

जो जल्दी-जल्दी चीजें तय करना चाहते हैं, क्योंकि ये लोग अथक होते हैं और यह तथ्य कि ज्यादातर लोग बुद्धिमान होते हैं, वे सोचते हैं कि बाजार में मौजूद अधिसंख्य लोगों के मुकाबले वे कहीं बेहतर प्रदर्शन कर सकते हैं। नतीजा यह कि वे काफी बड़ी संख्या में शॉर्टकट अपनाने लगते हैं और सोचते हैं कि वे अपने आइडियाज को तेजी से पैसे में तब्दील कर देंगे। मेरा मानना है कि इनवेस्टमेंट मैनेजमेंट का ताल्लुक है, इसमें बुनियादी बातों पर टिककर रहना और उनका धैर्यपूर्वक अनुसरण करना ज्यादा बेहतर साबित होता है।

भारत में भी चीजें उभरेंगी। भारत में इनवेस्टमेंट मैनेजमेंट का पेशा अभी शैशव काल में है। दस साल पहले तक बहुत मामूली संख्या में ही लोग शेयर बाजार में निवेश करते थे। मध्यवर्ग पूरी तरह से शेयर बाजार से अछूता था। पिछले दस साल में ही लोगों का रुझान भी इस ओर बढ़ा है और प्रशिक्षित इनवेस्टमेंट विश्लेषकों ने भी इनवेस्टमेंट मैनेजमेंट पेशे में प्रवेश करना शुरू किया है। धीरे-धीरे, जैसे-जैसे इसका विस्तार होता जाएगा, अच्छी तरह प्रशिक्षित पेशेवरों का इस ओर दखल बढ़ता जाएगा, फिर शॉर्ट टर्म ट्रेडिंग और अंदरूनी जानकारियों से संबंधित पागलपन कम होता जाएगा।

2008 तक के बूमवाले वर्षों में क्या आप अपने लॉन्ग टर्म इनवेस्टिंगवाले रवैए, जिसमें बुनियादी गुणवत्ता मायने रखती है, पर केंद्रित रह पाए थे या कुछ बदलाव किया था?

ए.—हम निवेश को लेकर अपनी फिलॉसफी पर टिके हुए थे और बूमवाले वर्षों 2006-07 में इसने हमें काफी चोट पहुँचाई, क्योंकि हम अपने तरीके से रिसर्च करते थे और हमारे विश्लेषकों की राय को तवज्जो देते थे और वे हम पर लगातार लंबे समय के लिए निवेश आइडियाज पर बने रहने के लिए प्रेरित करते रहते थे। इसका नतीजा यह हुआ कि भले ही कोई स्टॉक बाजार में बहुत अच्छा कर रहा होता था, जब तक कि हम उसमें निहित आधारभूत गुणों को परख नहीं लेते थे, हम हमेशा इस निष्कर्ष पर पहुँचते थे कि अमुक स्टॉक में लंबे समय के लिए निवेश किया जाना कहीं से मायने नहीं रखता।

एक मूलभूत बहस पर नजर डालते हैं, जिसमें ढेर सारे समर्थक हैं 2006-10 के दौर के। भारत को बुनियादी ढाँचा चाहिए। हालाँकि जो कंपनियाँ ये बुनियादी ढाँचा तैयार करती हैं, उनसे कैश फ्लो तेजी से हासिल करने की उम्मीद बेमानी होती है, तो यह आप जैसे विश्लेषक

लोगों के लिए अवास्तविक होगा कि ऐसे इंफ्रास्ट्रक्चर स्टॉक्स की तरफ देखें, जहाँ कैश फ्लो और स्वस्थ ROCEs मौजूद हों। दरअसल, ऐसे मानकों पर केंद्रित होने से आप विकास का अवसर गँवा रहे होते हैं। चरमवाले वर्षों में ऐसी बहसों से आप कैसे निपटते हैं?

ए.—हम यह करते हैं कि उन इंफ्रास्ट्रक्चर कंपनियों की तरफ नजर डालते हैं, जो कि इस क्षेत्र में दखल तो देती हैं, लेकिन सीधे तौर पर इंफ्रास्ट्रक्चर के तहत वर्गीकृत नहीं होती हैं, उदाहरण के लिए, बैंकिंग सेक्टर। यह सही है कि बैंकिंग में हम अंतर करते हैं कि फलाँ सार्वजनिक क्षेत्र के बैंक हैं और फलाँ निजी क्षेत्र के बैंक हैं और हम चाहते हैं कि हर कीमत पर सार्वजनिक क्षेत्र के बैंकों से दूरी बनाए रखें। सामान्यतया, चरम के दौरान, ढेर सारी गलतियाँ होती हैं, जो अमूमन कर्ज देने को लेकर होती हैं और इसलिए हम निजी बैंकों के साथ रहते हैं, साथ ही, जब हमने देखा कि बुनियादी ढाँचा क्षेत्र ऊपर चढ़ रहा है तो हमने उन कंपनियों पर फोकस किया, जो कि भले ही कैपिटल गुड्स के तौर पर वर्गीकृत थीं, लेकिन उनके पास इंफ्रा कंपनी कहलाने का पूरा आधार मौजूद था। जैसे क्यूमिंस इंडिया को उदाहरण के तौर पर लीजिए। देश में ऊर्जा की कमी एक अच्छा जरिया है काम करने का और मुझे याद नहीं है कि पिछली बार कब इस कंपनी ने बाजार से पूँजी उठाई थी। इसलिए हमने इस कंपनी पर अपना फोकस किया। हमने उन कंपनियों में शून्य निवेश किया, जहाँ मैनेजमेंट की विश्वसनीयता कुछ स्तर तक बनी हुई थी। हमने तमान ठेकेदारों और इंफ्रा असेट मालिकान को दरकिनार किया, जिन्होंने बैलेंस शीट में लिवरेज ले रखा था।

एक अच्छी मैनेजमेंट टीम का आकलन आप कैसे करते हैं और वह भी विशेष तौर पर इंफ्रास्ट्रक्चर में, जहाँ प्रवर्तकों को आवश्यक रूप से राजनीतिज्ञों और सरकारों से सौदा करना पड़ता है?

ए.—हममें से बहुतों को यह अनुभव पहले इन कंपनियों के जरिए या तो देनदार या कर्मचारी के तौर पर मिल चुका है या इंफ्रा कंपनियों की तिमाही के दौरान इन पर गौर करने पर, हमने स्पष्ट तौर पर इनके इंफ्रास्ट्रक्चर बिजनेस मॉडल में वैल्यू नहीं पाई। हमने सोचा कि इस सेक्टर के साथ यह बढ़िया रहेगा कि हम आई.डी.एफ.सी. के जरिए आगे बढ़ते हैं, जहाँ प्रमोटर की साख अच्छी है। हमने सोचा कि आई.डी.एफ.सी. के पास इंफ्रास्ट्रक्चर के दायरे को आँकने के मायने में हर लिहाज से सटीक बिजनेस मॉडल है। आई.डी.एफ.सी. के पास एकमात्र कारोबारी अनुभव इंफ्रास्ट्रक्चर के क्षेत्र में ही है।

आपने कहा कि आपने बैंकिंग सेक्टर में बड़े पैमाने पर निवेश किया। सवाल यह है कि आपने बैंकों को अपने पैमाने पर कैसे आँका, जबकि बैंकों के मामले में कैश फ्लो और ROCE वास्तव में लागू ही नहीं होते हैं?

ए.—हम इसके लिए हमेशा से तैयार रहे हैं। हमारी टीम में, इस विषय पर दो विचार चलते हैं। पहला, आप क्वालिटी के लिए भुगतान करते हैं और कम-से-कम भारतीय अर्थव्यवस्था के विकासवाले चरण में गुणवत्ता ने अपना योगदान दिया है। गुणवत्तापरक बैंकों ने हमेशा से विकास किया है, भले ही उनका वैल्यूएशन ऊँचा क्यों न रहा हो। उसी समय में हमने यह भी जाँचा कि क्या हम ऐसे बैंकों में भी निवेश कर सकते हैं, जिनका वैल्यूएशन निचले स्तर पर है, क्योंकि उनका ROEs नीचे ही चल रहा है, जबकि हम कुछ एक निवेश इस प्रकार के कर चुके थे, लंबी अवधि में इन निवेशों से ज्यादा कुछ हासिल नहीं हुआ। इसलिए अच्छी गुणवत्तावाले बैंक, जिनका कि ROEs भी ऊँचा हो, उन्होंने पिछले 10 सालों में निजी बैंकों की तुलना में ज्यादा अच्छा प्रदर्शन किया है।

इसका मतलब कि वित्तीय सेवाओंवाले स्टॉक्स के मामले में वैल्यू इनवेस्टिंग काम नहीं आता?

ए.—भारत के मामले में वित्तीय सेवाओंवाले स्टॉक्स की बात करें तो वैल्यू इनवेस्टिंग ने काम नहीं किया है। दरअसल, वित्तीय सेवाओं में वैल्यू इनवेस्टिंग जोखिम के एक सेट के साथ आता है। ज्यादातर चीजें प्राकृतिक रूप से लिवरेज्ड (फायदेमंद) हो जाती हैं। इसका परिणाम यह कि अगर आपने सस्ते बैंक में निवेश कर दिया, तो दोयम दरजे के क्रेडिट अप्रेजल कौशल का उस पर विपरीत आघात लगेगा, जो कि बहुत ज्यादा होगा। इसलिए, जब आप एक बैंक को नीचे के मूल्य पर ट्रेडिंग करते हुए देखते हैं तो समझ लीजिए कि यह बाजार का इशारा है कि उक्त बैंक का क्रेडिट अप्रेजल स्किल वैसा नहीं है, जैसा कि होना चाहिए।

तो ऐसे में किसी निवेशक को कैसे आकलन करना चाहिए कि बैंक का वैल्यूएशन ज्यादा तो नहीं हो गया है? क्या उचित प्राइस-बुक मल्टीपल का हिसाब-किताब एक अच्छी तरह प्रबंधित बैंक का 2x या 3x या 4x हो?

ए.—जब तक बैंक का ग्रोथ रेट बरकरार है और आपको अपने बिजनेस मॉडल और रिस्क प्रोफाइल के स्तर पर सुकून दिए हुए है, मेरा मानना है कि आप तब तक अच्छी तरह बैंक के शेयर खरीद सकते हैं। ऐसे बैंक के लिए, जिस दिन

उसकी विकास दर थमकर नीचे की तरफ रुख करेगी, तो उसकी रेटिंग में तेजी से गिरावट आएगी।

एस.एम.—आपकी इनवेस्टमेंट फिलॉसफी की मूल बात यह है कि कुछ प्रमोटर ही ऐसे होते हैं, जो लंबी अवधि में बेहतर प्रदर्शन कर पाते हैं और आप ऐसे प्रवर्तकों को तरजीह देते हैं। जैसा कि आप जानते हैं कि भारतीय बाजार अनुमानों के बुलबुले से भरा रहता है, तो ऐसी फिलॉसफी अपनाने से आपको लंबे समय तक कमजोर प्रदर्शन के दौर से गुजरना पड़ता होगा। इस तरह के सबसे लंबे दौर के बारे में बताएँ और उस दौर से आप कैसे निपट सके?

ए.—पिछले चरम काल में, जो कि 2008 की शुरुआत में ही हावी हो गया था, हम उससे पहले, यानी 2005 से ही कमजोर प्रदर्शन की मार झेल रहे थे। यह प्रदर्शन काफी कमजोर था और केवल इसलिए था, क्योंकि जो सेक्टर अच्छा प्रदर्शन कर रहे थे, वे ऐसे सेक्टर नहीं थे, जिन्हें लेकर हम सबसे ज्यादा संदेह से घिरे हुए थे।

हमने पाया कि कुछ विशेष प्रकार के इनवेस्टमेंट के मामले में हम बेहतर नहीं हैं, उदाहरण के लिए, साइक्लिकल स्टॉक्स पर दाँव लगाना, जिसमें आने और निकलने का समय अहम् होता है, यहाँ तक कि अगर हम किसी सेक्टर को लेकर सकारात्मक होते भी, तो अगर उसकी बुनियादी बातों में हमें दम नजर नहीं आता, तो हम उससे दूर ही रहना पसंद करते थे।

हम रियल एस्टेट सेक्टर से भी दूर रहे, जबकि उन वर्षों में वे अच्छा प्रदर्शन कर रहे थे। यह हमारे लिए बेहद कठिन था, क्योंकि हम जनता के पैसे को सँभाल रहे थे। हमारी तुलना बेंचमार्क और साथियों से दैनिक आधार पर की जाती थी और हम पर आंतरिक दबाव लगातार बना रहता था। हमें अपने फंड्स का भी जनता में प्रचार करना होता था। लेकिन मैं सोचता हूँ कि हमने जो महसूस किया, और हमारे कुछ साथियों ने भी यह एहसास किया कि लंबे समय में अगर आप अपने बेसिक्स से जुड़े रहते हैं, तो बेहतर क्वालिटी का पोर्टफोलियो आम तौर पर अच्छा प्रदर्शन करता ही है।

एक निश्चित स्तर तक कमजोर प्रदर्शन से निपटने के लिए यह जरूरी है कि आप किस तरह की फर्म के लिए काम कर रहे हैं। हमारी फिलॉसफी यह थी कि हमें तार्किक तौर पर सुदृढ जगह और गहन रिसर्च करने के बाद निवेश करना था। हमारी रिसर्च हमेशा एक अच्छी मैनेजमेंट टीम, बेहतर कारोबार और लंबी अवधि के निवेश के नजरिए को समर्थन देती थी, जिसकी वजह से निवेश बेहतर प्रदर्शन करता था। मैं सोचता हूँ कि एक फंड मैनेजर के लिए फर्म से समर्थन मिलना

जरूरी होता है, तभी वह कड़े फैसले कर पाता है। किस तरह की फर्म के साथ आप काम कर रहे हैं, यह बेहद जरूरी है।

उन दो से तीन वर्षों (2005 से 2008 की शुरुआत तक) में आपके फंड फ्लो के साथ क्या हुआ?

ए.—2007 के मध्य तक सभी म्युचुअल फंड, जिनमें हम भी शामिल थे, में एक अच्छी रफ्तार दिखी। 2007 के अंत तक हमारे फंड फ्लो तेजी से घटने लगे, क्योंकि हमारा प्रदर्शन गिर रहा था। असल मायने में हमने पैसा नहीं गँवाया। सापेक्ष प्रदर्शन की बात करें तो पैसे का बहार स्वाभाविक तौर पर एक विशेष प्रकार के फंड की तरफ मुड़ गया था। उस दौरान ढेर सारे इंफ्रा फंड काफी बड़े हो गए थे।

क्या अब हम कुछ निवेशकों को पेश आनेवाली अन्य प्रकार की दिक्कतों पर चर्चा कर सकते हैं, जैसे स्टॉक खरीदना, जिन्हें कि आप खारिज कर चुके हैं और जो आपके निवेश के व्यापक रवैये का कुछ आधार रखते हैं?

ए.—ज्यादातर अच्छी क्वालिटी की कंपनियाँ, जिनमें हमने निवेश किया, उन्हें अब तक अपने पोर्टफोलियो में हमने बरकरार रखा है। हालाँकि कुछ मामलों में हमने अच्छी कंपनियों के शेयर तत्कालीन मूल्यांकन आधार पर बेचे भी, लेकिन इसलिए, क्योंकि हमें उन कंपनियों में वैल्यू कहीं और यानी कुछ गलत होता हुआ महसूस हो रहा था। हमने वाकई उन गलतियों पर पश्चात्ताप किया, क्योंकि अब हम समझते हैं कि अच्छी क्वालिटी का कारोबार एक अवधि के दौरान महँगा हो सकता है और उस अवधि में आपको बाहर बैठकर इंतजार कर लेना चाहिए; संभव हो तो उस इनवेस्टमेंट के कमजोर प्रदर्शन करने तक रुक जाना चाहिए। एक फंड मैनेजर को जो प्राकृतिक रवैया अपनाना चाहिए, उसमें उसे कहना चाहिए कि मैं अब अमुक स्टॉक को बेच दूँगा और उस पर नजर रखूँगा, ताकि उसके सस्ता होने पर मैं उसे दोबारा खरीद सकूँ। यह कहना आसान है, लेकिन समस्या यह है कि जब स्टॉक सस्ता होने लगता है, फंड मैनेजर सामान्यतया खुद के बनाए नियम के तहत काम नहीं करते और उस स्टॉक को नहीं खरीदते। इसलिए अगर आप एक अच्छा कारोबार संचालित करते हैं, जो कि अच्छा काम कर रहा है, लेकिन स्टॉक के दाम अपने बुनियादी उसूलों से कहीं ऊपर चल रहे हैं, तो लंबी अवधि में उन स्टॉक्स को रोककर रखना ज्यादा बुद्धिमानी भरा फैसला कहा जाएगा। एच.डी.एफ. सी. बैंक ऐसे ही एक स्टॉक का अच्छा उदाहरण है।

इसके आगे, जहाँ तक गलतियों का सवाल है, तो हम भी गलतियाँ करते हैं,

इस कदर ज्यादा गलतियाँ करते हैं कि उनकी सूची बना के रख पाना भी कठिन है। उदाहरण के लिए, मीडिया सेक्टर को लेकर हमने कभी सोचा था कि इसमें विकास की असीम संभावना है। दुर्भाग्य से, अगर आप इस सेक्टर में कंपनियों का आकलन करेंगे तो पाएँगे कि आपके पास ढेर सारे विकल्प मौजूद हैं। हालाँकि कारोबारी लिहाज से टी.वी. चैनलों ने काफी अच्छा काम किया है, लेकिन हमें इनको समर्थन देना बंद करना पड़ा। शेयर होल्डरों के नजरिए से यह हमारी उम्मीदों पर खरा नहीं उतरा।

आमतौर पर निवेशकों में यह भी एक राय देखी गई है कि अच्छे पढ़े-लिखे पेशेवर जब अपना कारोबार शुरू करते हैं तो वे बेहतर प्रवर्तक साबित होते हैं। क्या आप इस चीज से सहमत हैं?

ए.—निवेश को लेकर हमारा अनुभव सोच की नकारात्मक प्रकृति को उभारने को लेकर रहता है। मैंने यह देखा है और मेरा निजी अनुभव कहता है कि भारत में नई पेशेवर टीम कुछ हद तक शॉर्ट कट अपनाने के चक्कर में रहती है और यह प्रवृत्ति पुराने कारोबारी परिवारों में कम देखने को मिलती है। लोग यह मान लेते हैं कि शिक्षा का मतलब बेहतर नैतिकता होता है, लेकिन भारत के मामले में कम-से-कम ऐसा नहीं है। जो पढ़े-लिखे स्मार्ट पेशेवर हैं, वे गलत लाइन आसानी से पकड़ लेते हैं। हममें से बहुत सारे यह मान बैठते हैं कि जो बंदा अच्छा पढ़ा-लिखा है, वह सही चीजें ही करेगा, जबकि वास्तविकता में ऐसा है नहीं।

प्राइवेट इक्विटी के बारे में आप क्या कहेंगे? उन कारोबारों के बारे में आप क्या कहेंगे, जो बोर्ड में प्राइवेट इक्विटी फर्म पर बैठे हैं?

ए.—निवेशकों के लिए भारत में प्राइवेट इक्विटी वास्तव में खराब है। अगर आप लिस्टेड स्पेस और प्राइवेट इक्विटी स्पेस पर गौर करें, तो मैं सोचता हूँ कि लिस्टेड स्पेस की क्वालिटी कहीं ज्यादा बेहतर साबित होगी। मैं समझता हूँ कि ऊँचा रिटर्न पाने के लिए प्राइवेट इक्विटी फर्म को ज्यादा जोखिम उठाना पड़ेगा, लेकिन कारोबार का मूल्यांकन सार्वजनिक क्षेत्र में ज्यादा गुणवत्तापरक होता है, इसलिए पब्लिक स्पेस में कंपनियों की क्वालिटी ज्यादा ऊँची रहती है।

मेरा सोचना यह है कि प्राइवेट इक्विटी फंड का इस्तेमाल ऊँचा रिटर्न पाने के लिए किया जाता है, जिसका कभी-कभार परिणाम कुछ वैसा ही होता है, मानो घोड़े के आगे आपने गाड़ी खड़ी कर दी हो। वे लोग पूँजी खपानेवाले कारोबार में

निवेश कर देते हैं और उम्मीद करते हैं कि एक दिन उनका कारोबार चमकेगा।

मेरी राय में आप कोई टार्गेट रिटर्न नहीं सेट कर सकते और उसके अनुसार काम नहीं कर सकते। यह संभव ही नहीं है। रिटर्न स्वतः तय होते हैं। अगर आपने अच्छी रख-रखाववाली कंपनियों में निवेश का अच्छा काम किया है तो आपको अर्थव्यवस्था से अच्छा रिटर्न मिलेगा। आप ऐसा नहीं कर सकते कि अपनी स्प्रेडशीट में रिटर्न पहले ही दर्ज कर लें और उसके अनुसार काम करें।

निवेश विश्लेषण के दौरान जिन बातों को आप अहम् मानते हैं, उन पर फोकस कैसे कर पाते हैं और शोर के बीच से कैसे रास्ता बना पाते हैं?

ए.—हम अपने पास काम के प्रति अति गंभीर कंपनियों की सूची रखते हैं, जिस पर हम व्यवस्थित तरीके नजर रखते हैं और हमें इससे फर्क नहीं पड़ता कि हमें किस तरह की सूचना प्राप्त हो रही है, हम उन कंपनियों से जुड़े रहते हैं। कोर लिस्ट में स्वाभाविक तौर पर ऐसी कंपनियों के नाम नहीं होते, जिनके प्रमोटरों की निष्ठा पर सवाल खड़े होते हों या कारोबारी मॉडल सवालों के घेरे में हो। इसके अलावा, पिछले 20 सालों में हमने ढेर सारे कारोबारों को उभरते हुए देखा है, इसलिए हम नए कारोबारों को लेकर अपने दरवाजे बंद नहीं करना चाहते हैं। इसलिए हमने अपने कोर पोर्टफोलियो में गतिशीलता बरकरार रखने की पूरी कोशिश की है। हमें एक ऐसा विश्लेषक मिल गया है, जो मिडकैप स्पेस पर खास तौर पर नजर रखता है और नए विचारों पर गौर करता है। इस विश्लेषक का काम यह है कि वह नए आइडियाज को फंड मैनेजरों के ध्यान में लाता है, लेकिन हम ऐसे किसी भी नए विचार के प्रति अत्यधिक सतर्क रहते हैं। हम यह सुनिश्चित करते हैं कि इन आइडियाज पर ज्यादा-से-ज्यादा काम किया गया हो। एक बार फिर, यह सतर्कता हमें हासिल हुए पिछले कड़वे अनुभव से स्वतः ध्यान में रहती है। हमने सीखा है कि नए आइडियाज पर गौर करते समय हमने बड़ी गलतियाँ की हैं। दस साल पहले टेलीकॉम एक नया आइडिया था और अब यह बाजार के प्रमुख सेक्टर में शामिल है। हम एक पोर्टफोलियो चाहते हैं, जो कोर आइडियाज पर फोकस करता हो और साथ ही उसमें गतिशीलता समाहित हो, ताकि हम नए आइडियाज को पहचानने में चूक न जाएँ।

आपके काम का एक हिस्सा किसी विचार के प्रति अपनी राय विकसित करना भी है। आपके काम का दूसरा हिस्सा संभावनाओं के प्रति खुला नजरिया रखने का भी है, आप एक गलत स्टॉक के चयन पर उन

कमियों को पकड़ें। दो विरोधाभासी दबावों के बीच आप सामंजस्य कैसे स्थापित करते हैं?

ए.—ऐसा नहीं कि हम गलतियाँ नहीं करते और तमाम अवसरों पर ऐसे फैसले लिये गए, जो भयानक रूप से गलत साबित हुए, लेकिन हमारा उद्देश्य रहता है कि गलतियों को न्यूनतम किया जाए। हमारा एक उद्देश्य यह भी रहता है कि इन गलतियों का हमारे पोर्टफोलियो पर कम-से-कम असर झलके। इसलिए अब हम ऐसा करते हैं कि अगर कोई नया आइडिया हमारे सामने आता है तो हम अपने पोर्टफोलियो में उसे थोड़ा सा जोड़ लेते हैं, उस पर नजर रखते हैं कि निवेश कैसा प्रदर्शन कर रहा है और फिर उसके बारे में आगे की राय बनाते हैं।

बड़े निवेश को लेकर एक बहुत ही अलग तरह की चुनौती हमारे सामने खड़ी हो जाती है। उदाहरण के लिए, टेलीकॉम सेक्टर में हमने बड़े पैमाने पर निवेश किया हुआ है और हमने इसे होल्ड करके रखा है और मुझे नहीं पता कि यह कितने सालों के लिए होल्ड रहेगा। जैसा कि आप जानते हैं, यह सेक्टर लगातार नियामक चुनौतियों से जूझ रहा है, जिसकी वजह से इसके कारोबार के बुनियादी हिस्से पर बुरा असर पड़ा है और इसके स्टॉक्स का वैल्युएशन भी प्रभावित हुआ है। नियामकीय जद्दोजहद की इस पूरी प्रक्रिया के दौरान हमने दोबारा अपने टेलीकॉम विश्लेषक से राय ली। हमारे पोर्टफोलियो में शामिल तमाम क्षेत्रों में यह सेक्टर बड़े पैमाने पर कमजोर प्रदर्शन कर रहा था और बेंचमार्क के सापेक्ष हम बड़े पैमाने पर बोझ तले दबे जा रहे थे। बारंबार हमें ड्राइंगबोर्ड पर वापस जाना पड़ता था, हम लगातार इस कोशिश में जुटे रहते कि आखिर गलती कहाँ हो रही है और बार-बार यह खोजने का प्रयास करते कि क्या हमें जरूरी सुधारात्मक कदम उठाने चाहिए। अब तक हम अपने निवेश के स्तर पर कायम रहे थे और यह जानते हुए भी कि यह सेक्टर बड़े पैमाने पर कनजोर प्रदर्शन कर रहा है, फिर भी हम लगातार जाँच-पड़ताल करते जा रहे थे और इस सेक्टर के प्रति आश्वस्त थे।

इस फर्म में ऐसे लोग भी थे, जो रूढिवादी थे और अलग तरह के अवसरों के प्रति बहुत उत्साह नहीं दिखाते थे। इसलिए यहाँ तक कि अगर कोई सहयोगी किसी स्टॉक को पसंद भी करता था, तो वहाँ ऐसे लोग मौजूद रहते थे, जो उस साथी के उत्साह को यथोचित स्तर पर ले आते थे, जहाँ एक सीमित तरीके से उसकी सलाह पर निवेश को आगे बढ़ाया जा सके।

मैं समझता हूँ कि आपकी फर्म ने कैसे स्थिर निवेश किया बजाय, भय और लालच के वशीभूत गलत जगह पैसा लगाने के, लेकिन क्या कुछ

ऐसे भी कारक हैं, जिनके बारे में आप यह कह सकते हैं कि वे फंड मैनेजरों को लॉन्ग टर्म के लिए फोकस्ड रख सकते हैं और वे लालच और डर से प्रभावित भी नहीं होंगे?

ए.—वैल्यू को लेकर अगर आपके पास एक कोर सेट है, जिसके प्रति आप आश्वस्त हैं, तो पोर्टफोलियो को लेकर आपको कम-से-कम प्रयास करने की जरूरत है। इसका परिणाम यह होगा कि बाजार में रोज-रोज के बदलावों से आप खुद को सुरक्षित महसूस कर सकेंगे और इससे आपको कोई लेना-देना भी नहीं रहेगा। आखिरी बात यह कि आप भले ही चाहे जितने बुद्धिमान हों, अगर टिकर से आपको परेशानी होती है तो मैं नहीं समझता कि एक पोर्टफोलियो मैनेजर बनने के लिए आपके अंदर जरूरी अर्हता मौजूद है। मेरा मानना है कि जो लोग काफी अच्छे से निवेश करते हैं, वे अपने निवेश को लेकर काफी उथल-पुथल करते हैं! हममें से बहुतों के साथ समस्या यह है कि हम सोचते हैं कि किसी सेक्टर के बारे में हम सबकुछ जानते हैं। हमें ऐसे सेक्टरों के साथ चिपककर रहना चाहिए, जिनके बारे में हमारी जानकारी जरा बेहतर हो। यह सूचना का अतिरिक्त भार है, और हमें यह सुनिश्चित करने की जरूरत है कि हम सूचनाओं के मामले में ओवरलोड न हो जाएँ। आपको किसी कंपनी के बारे में सबकुछ जानने की जरूरत नहीं है। बहुत से विश्लेषक यही गलती करते हैं कि जिस पल वे किसी कंपनी के बारे में सबकुछ जान लेते हैं, वे सोचते हैं कि कंपनी का मूल्यांकन कैसे बढ़ेगा, वे यह भी जान जाएँगे। मेरा मानना है कि आपको यह समझने की जरूरत है कि कौन सा कारक कारोबार को आगे बढ़ाता है, बजाय रोज-रोज कारोबार पर असर डालने के लिए हेडलाइन पढ़ने के।

मेरा मानना है कि जो लोग इनवेस्टमेंट बुटिक चला रहे हैं, वे काफी अच्छी स्थिति में हैं, क्योंकि वे लोग शांति से बैठे रहते हैं और दीर्घकालीन निवेश करते हैं और रोज-रोज के दबाव से कम प्रभावित होते हैं। उनके पास क्लाइंट्स का छोटा सा समूह होता है, जिनके बारे में वे अच्छी तरह से परिचित होते हैं। ऐसा भी संभव है कि एक पोर्टफोलियो मैनेजर की तुलना में एक अदना सा निवेशक बेहतर प्रदर्शन कर दे और बेहतर कीमत हासिल कर ले जाए। दरअसल, एक निवेशक को पता होना चाहिए कि वह कितना जोखिम उठा सकता है और कब तक अपने पास शेयर बचाकर रख सकता है तो उसे एक पेशेवर निवेशक पर बढ़त मिल जाती है।

□□□